福建師範大學文學院百年學術論叢　第三輯

明代建陽書坊之小說刊刻

涂秀虹　著

第三輯
總序

三載以來，通過兩岸學者及出版界同仁的協力合作，《福建師範大學文學院百年學術論叢》在臺北已出版兩輯凡二十種，目前第三輯十種又將推出，我為之由衷高興。

朱子詩曰：「千里煙波一葉舟，三年已是兩經由。今宵又過豐城縣，依舊長江直北流。」(〈次韻擇之發臨江〉) 他吟嘆的是人生履跡，我卻想藉以擬喻兩岸學術傳播交流的景況：煙海茫茫之間，矢志於弘揚中華文化的學人，駕一葉之扁舟，舉學術以相屬，僶俛努力，增進溝通，諸多同道，樂曷如之？今宵，我又提筆為第三輯作序，腦海中浮現的盡是福建師範大學文學院百年學術精品入臺後相繼產生的美好影響，以及兩岸學術交流更加輝煌的明天。

本輯所收論著，依舊如前兩輯的格調：辯章學術，融貫古今。

述古代文化者凡有四種：一是張善文《象數與義理》，考論歷代易學發展的主要流派；二是郗文倩《古代禮俗中的文體與文學》，溝通禮與文在特定意義上的關聯；三是歐明俊《唐宋詞史論》，從史的角度評騭唐宋詞作的蘊蓄；四是涂秀虹《明代建陽書坊之小說刊刻》，就版本範疇追考明代建本小說刊行的情貌。

論現代文學者亦有四種：一是鄭家建《透亮的紙窗（修訂本）》，為多層面的現代文學理論與個案研究；二是朱立立《臺灣及海外華文文學散論》，考察漢語文學在臺灣及海外的發展創新；三是余岱宗《現代小說的文本解讀》，參合審美風格對現代小說名著作出新的解讀；四是拙作《現代散文學論稿》，探討現代散文多樣發展的情形，乃亦忝列此間。

另有語言與修辭學專著兩種：陳澤平《十九世紀以來的福州方言——傳教士福州土白文獻之語言學研究》，考論福州方言在近代的歷史演變和話語特點；朱玲《意象·主題·文體——原型的修辭詩學考察》，從修辭詩學角度闡發文學原型的意蘊。

以上十種，合為論叢第三輯，與前兩輯相輔相成，共同呈示我校中文學科近年較有代表性的研究成果，並奉獻給臺灣文教學術界的同道，以相切磋研磨，以期攜手發展。

唐劉知幾云：「尺有所短，寸有所長。切磋酬對，互聞得失。」（節《史通》〈惑經〉語）無論是斗室間的師友講習，還是大規模的學術研討，劉氏之語仍然是今天頗可遵循的正確理念。當此全球化浪潮洶湧澎湃的關頭，如何不丟失我們五千年的學術文化，發揚傳統精華，滋培濟濟多士，實屬兩岸學者應相與擔當的歷史使命，也是本論叢陸續刊行的首要宗旨。

臺北萬卷樓圖書公司為論叢的編校出版付出辛勤工作，我們始終感荷於心，謹再次敦致謝忱。

汪文頂

西元二〇一六年仲冬序於福州

目次

代序
明代建陽坊刻通俗小說評析

福建建陽刻書萌芽於五代，繁榮於南宋，到了明代書坊刻書達到鼎盛。建陽書坊的刻書業對推動明代嘉靖、萬曆年間通俗小說的繁榮起了重大作用。《北宋志傳》、《大宋中興演義》、《全漢志傳》、《唐書志傳通俗演義》、《列國志傳》、《包龍圖判百家公案》開啟了楊家將、說唐、說岳、列國志、包公案等小說題材的創作。熊大木、余邵魚等人既是書坊主又是小說作家，鄧志謨、吳還初、朱鼎臣等人長期在建陽編撰小說，專業作家隊伍的形成已現端倪。書坊集編輯、出版、發行為一體，初具現代出版社的雛形，有利於通俗文學發展。建本在印刷版式上有很多創造，如上層是插圖，中層是評論，下層是正文這種三欄的版式；把《三國志演義》和《水滸傳》合刻，稱為「英雄譜」等，都有利於通俗文學的普及和推銷。

建陽坊刻與官府刻書、私家刻書不同，牟利是主要目的，同時，他們還自覺地承擔了教化的任務，認為不能見利忘義，還有一條道德的底線，也不是什麼書都出。下面我從明代四大名著《三國志演義》、《水滸傳》、《西遊記》、《金瓶梅》的出版來考察建陽坊刻是如何在追逐利潤和承擔教化任務之間徘徊的。

考察建陽坊刻的時候，有三點值得我們注意。一是建陽書坊的主人，不少人既是書坊主又是作家，他們既會編輯出版又會創作，如熊大木、余邵魚等；他們還聘請了一些文化人作編輯，如鄧志謨、吳還初、朱鼎臣等。他們可以自己創作小說，也可以利用別人的作品，對原本進行修改、刪節，甚至局部的再創作。二是他們已經有很強的版權觀念。他們強烈反對盜版，當然也怕別人指責他們盜版。如余象斗《八仙傳引》：「不佞斗自刊《華光》等傳，皆出予心胸之編集，其勞鞅掌矣！其費弘巨矣！乃多為射利者刊，甚諸傳照本堂樣式，踐人轍跡而逐人塵後也。今本坊亦有自立者，固多，而亦有逐利之無恥，與異方之浪棍，遷徙之逃奴，專欲翻人已成之刻者。襲人唾余，得無垂首而汗顏，無恥之甚乎？故說。三台山人仰止余象斗言。」[1]第三，建陽坊刻的讀者對象是文化程度不高的普通百姓，他們並不講究版本，也不注重文字描寫的細膩和雅致，他們喜歡故事的曲折和熱鬧，而且要價格低廉，買得起。當時除了在兩京刊行的官本外，按照刊行地點可分為江南本（即南京、蘇州、杭州、徽州）和閩本。對建陽刊本，明郎瑛《七修類稿》評之曰：「我朝太平日久，舊本多出，此大幸也。惜為建陽書坊所壞。蓋閩專以貨利為計，凡遇各省所刻好書，聞價高，即便翻刻，卷數目錄相同，而於篇中多所減去，使人不知，故一部止貨半部之價，人爭購之。」正如魏安所說：「如果江南本算是陽春白雪，那麼閩本應為下里巴人」。[2]總之，建陽書坊主有能力，也有需要，利用別人的版本，經過改編和增加部分故事的辦法，編撰出與原本不同的文簡事繁本，既不會被認為是盜版，又達到多銷盈利的目的。

先從《三國志演義》說起吧。《三國志演義》與建陽關係特別密切。《三國志平話》，元至治間（1321-1323）建安虞氏刊本是現存最早描寫三國故事的講史話本。《三國志演義》現存的明代刊本大約有三十五種，而建本就有二十四種之多。《三國志演義》在弘治甲寅七年（1494）之前沒有刊本，這有《三國志通俗演義》庸愚子（蔣大器）序可證：「書成，士君子之好事者，爭相謄錄，以便觀覽。」上

---

1 轉引自丁錫根編著：《中國歷代小說序跋集》（北京市：人民文學出版社，1996年），下冊，頁1399。

2 魏安：《三國演義版本考》（上海市：上海古籍出版社，1996年），頁2。

海殘葉本是否是成化、弘治的刻本還難以定論。《三國志演義》現存最早的刊本是嘉靖元年的《三國志通俗演義》司禮監本和嘉靖二十七年建陽葉逢春的《三國志傳》本，代表「演義」和「志傳」兩個版本系列。它們是從同一祖本發展而來，它們之間沒有繼承關係。兩書的字數差不多。[3]建陽《三國志傳》系統的版本很多，余氏雙峰堂本（萬曆二十二年，1592）有〈三國辯〉一文：「坊間所梓三國何止數十家矣。全像者止劉、鄭、熊、黃四姓。宗文堂人物醜陋，字亦差訛，久不行。種德堂其書極欠陋，字亦不好。仁和堂紙版雖新，內則人名詩詞去其一分。惟愛日堂者其版雖無差訛，士子觀之樂，然今板已矇，不便其覽矣。本堂以諸名公批評圈點校正無誤，人物字畫各無省陋，以便海內士子覽之。下顧者可認雙峰堂為記。」建陽出版的《三國志傳》系統的本子，大多屬於葉逢春《三國志傳》系統，在此基礎上有加入花關索故事的余象斗雙峰堂本、湯賓尹本等。這些本子文字略有減少，但故事多了。包括關索荊州認父；武陵見劉備；長沙戰楊齡；隨劉備入川；龐統死，回荊州報信（各本稍有區別）；隨張飛戰嚴顏、張任；益州戰葭萌關、益州封賞；取閬中，瓦口關戰張郃，參加了取漢中的大部分戰役，後來派去守雲南，亦死在雲南。有加入關索故事的朱鼎臣本、黃正甫本、喬山堂本等。這些本子裡的關索故事包括關索投軍、在前四次擒孟獲中他都隨軍作戰，六擒孟獲時被祝融夫人所擒，後來祝融夫人又被蜀軍俘獲，諸葛亮用祝融夫人將關索等三將換回來。七擒孟獲時，他又參加了戰鬥。但是，他最後的下落沒有交代。這些本子文字簡略，少了十多萬字而故事卻多了，是標準的文簡事繁本。[4]關索或花關索的故事從宋代就開始在民間流

3　嘉靖本五十五萬八千字，葉逢春本缺兩卷，字數是五十五萬三千字。據周文業《(三國演義)數字化研究》二○○四年九月內部出版。魏安《三國演義版本考》的統計大致相同。參看魏安：《三國演義版本考》，頁16、36。

4　雙峰堂本五十六點三萬字；喬山堂本四十五萬字；朱鼎臣本四十一點二萬字；黃

傳，但與關羽沒有任何聯繫。在《三國志平話》下卷，諸葛亮征孟獲時出現了關索。明成化說唱詞話中的《花關索傳》是明成化十四年（1478）重刊本，從其版式看是元代的風格，被認為是來源於元代的一個說唱本，包括花關索的出身傳、認父傳、下西川傳、貶雲南傳。建陽的書坊編輯們把花關索或關索的故事加以改編是輕而易舉的，他們用附加姓名、替換姓名、增插情節等辦法，製造了這些本子。在現存的這些本子中，我最感興趣的是余象斗雙峰堂本和朱鼎臣本，因為余象斗的雙峰堂也出版了《水滸傳》的文簡事繁本，也有一篇〈水滸辨〉，還刊行了《四遊記》，其中楊致和的《西遊記》也是簡本。而朱鼎臣對《三國志傳》大量刪節的同時，又增加了故事，是製造「文簡事繁本」的高手，在《西遊記》的版本上也有精彩的表演。

《水滸傳》文繁事簡本和文簡事繁本孰先孰後之爭由來已久。明嘉靖十年（1531）李開先在《一笑散》〈時調〉中云：「《水滸傳》委曲詳盡，血脈貫通，《史記》而下，便是此書。且古來更未有一事而二十冊者。倘以奸詐盜偽病之，不知序事之法，學史之妙者也。」[5]這是《水滸傳》最早最可靠的記載，說明此書已開始流傳。有趣的是《水滸傳》和《三國志演義》一樣，也在上海發現了殘葉，題為《京本忠義傳》，疑為正德、嘉靖時的刊本，被認為是現存繁本中最早的本子，也是現存《水滸傳》版本中最早的一種刻本。[6]百回文繁事簡本有《忠義水滸傳》殘本，存八回，當為嘉靖刊本；《忠義水滸傳》，首有天都外臣（汪道昆）序，明萬曆十七年（1589）刊本，但現存的

正甫本四十二點七萬字。據周文業《(三國演義）數字化研究》二〇〇四年九月內部出版。魏安《三國演義版本考》的統計相同，參看魏安：《三國演義版本考》，頁45-47。

5　據文學古籍刊行社一九五五年印本。

6　參看顧廷龍、沈津：〈關於新發現的《京本忠義傳》殘頁〉，《學習與批判》1975年第2期。劉世德認為是早期簡本，〈論《京本忠義傳》的時代、性質、和地位〉，《明清小說研究》1993年第2期。

不是原刊本，而是清康熙五年（1666）石渠閣補修本；《李卓吾先生評忠義水滸傳》，明萬曆三十八年（1610）容與堂刊本。文簡事繁本現存最早的是明刊本《新刊京本全像插增田虎王慶忠義水滸傳》殘本，巴黎國家圖書館藏，當出自建陽坊刻；《京本增補校正全像忠義水滸志傳評林》，萬曆二十二年（1594）建陽余氏雙峰堂刊本。在雙峰堂刊本之前，就有十多種文簡事繁本行世。雙峰堂刊本《京本增補校正全像忠義水滸志傳評林》〈題水滸傳敘〉端首眉批〈水滸辨〉云：「《水滸》一書，坊間梓者紛紛，偏像者十餘副，全像者止一家。前像板字中差訛，其板蒙舊。惟三槐堂一副，省詩去詞，不便觀誦。今雙峰堂余子改正增評，有不便覽者芟之，有漏者刪之。內有失韻詩詞，欲削去，恐觀者言其省漏，皆記上層。前後廿餘卷，一畫一句，並無差錯。士子買者，可認雙峰堂為記。」三槐堂是建陽書坊。「書林王祐、王敬喬、王泰源、王崐源、王介爵均稱三槐堂」。王祐三槐堂萬曆十九年（1591）刻印明龔廷賢輯《新鍥鰲頭復明眼方外科神驗全書》一種。王敬喬三槐堂萬曆間刻戲曲兩種，明李贄評《重校北西廂記》和明華山居士撰《投筆記》。王泰源三槐堂刻印明艾南英撰《新刻艾先生天祿閣匯編採精便覽萬寶全書》，這是一部日用類的書。王介爵三槐堂弘光元年（1645）刻印明鄭大郁《經國雄略》，是一部軍事著作。王崐源三槐堂無年號刻公案小說明葛天民、吳沛泉編《新刻名公神斷明鏡公案》[7]。這說明在萬曆二十二年（1594）前三槐堂和其他十多家書坊確實刊印過《水滸傳》的簡本。大約撰成於明萬曆三十四年（1606）的胡應麟《少室山房筆叢》云：「余二十年前所見《水滸傳》本，尚極足尋味，十數載來，為閩中坊賈刊落，止錄事實，中間遊詞餘韻，神情寄寓處，一概刪之，遂幾不堪覆瓿。」[8]

7　方彥壽著：《建陽刻書史》（北京市：中國社會出版社，2003年），頁364-365。

8　胡應麟：〈莊岳委談下〉，《少室山房筆叢》（清光緒二十二年廣雅書局校刊本），卷41。

這段話可與前引雙峰堂刊本《水滸志傳評林》上的〈水滸辨〉相互印證，說明簡本是建陽書坊刊行的。繁本本來沒有田虎、王慶的故事，所以建陽書坊在刪節的同時，卻增加了故事，以吸引讀者，製造出文簡事繁本。明萬曆十六年（1588）張鳳翼《水滸傳序》：「刻本惟郭武定為佳，坊間雜以王慶、田虎，便成蛇足，賞音者當辨之。」[9]建陽書賈也公開標明是「插增田虎王慶忠義水滸傳」、「增補校正全像忠義水滸志傳評林」。

《西遊記》現存最早的版本是萬曆二十年（1592）金陵世德堂刊本，二十卷一百回，題「華陽洞天主人校」。萬曆三十一年（1603）楊春元（字閩齋）刻印題「華陽洞天主人校」《鼎鍥京本全像西遊記》二十卷，這是建陽楊氏清白堂刊本，與世德堂刊本是一個系統的版本，它們都沒有唐僧出身傳，即陳光蕊逢災，江流兒的故事。這個系統的版本是繁本，大約為七十萬字左右。萬曆四十七年（1619）余象斗編的《四遊記》中有《西遊記傳》四卷四十一回，楊致和編。現在見到的都是余象斗編的《四遊記》，它以《西遊記傳》單行時的面貌如何已無法知道，編寫的確切時間也無法確定。這是一個沒有唐僧出世故事的本子，約七萬多字。《唐三藏西遊釋厄傳》十卷，題「羊城沖懷朱鼎臣編輯」，「書林蓮臺劉永茂繡」。這個本子，約十三萬字，卻多出了一個唐僧出世故事，即陳光蕊逢災，江流兒的故事。

《西遊記》版本複雜，世德堂本、楊致和本、朱鼎臣本之間的關係眾說紛紜。一、楊本—世本說（魯迅《中國小說史略》）。二、世本—楊本說（胡適〈跋《四遊記》本的《西遊記傳》〉）。[10]因為魯迅、胡適當時都沒有見過朱本，所以不可能涉及朱本。三、世本—朱本—

9 序載《處世堂集續集》，卷64。轉引自朱一玄等編：《水滸傳資料匯編》（天津市：百花文藝出版社，1981年），頁191。

10 《胡適古典文學研究論文集》（上海市：上海古籍出版社，1988年），頁934-936。

楊本說[11]。四、朱本—楊本—世本說[12]。五、世本—楊本—朱本說[13]。六、楊本（古本）—朱本（吳本初稿本和楊本的捏合本）—世本（吳本定本）說[14]。七、世本—楊本（以刪節改寫的法子節自世本）—朱本（其卷一至卷三和卷五至卷七節世本，卷四節自永樂大典系統的平話本、卷八至卷十節自楊本的三綴本）[15]。

楊本是世本的刪節本，學術界基本上是有共識的。而比較複雜的是朱本。朱鼎臣是個受雇於建陽書坊的文人。朱鼎臣編的書除《三國志演義》和《西遊記》之外，還有《新鍥全像南海觀音菩薩出身修行傳》，書林煥文堂刊，題「南海西大午辰走人訂著」，「羊城沖懷朱鼎臣編輯」，「潭城泰齋楊春榮繡梓」，萬曆四十七年（1619）刊。《鼎鐫徽池雅調南北官腔樂府點板曲響大明春》，題「教坊掌教司扶搖程萬里選，後學庠生朱鼎臣集，閩建書林拱塘金魁繡」。孫楷第先生在《日本東京所見書目》中說「《大明春》確是萬曆刊本，則朱鼎臣者當為萬曆間人」。我想補充一個證據。朱鼎臣編的書裡有一本題《新鍥閣老臺山葉先生訂釋龍頭切韻海編新鏡》。明代建陽書坊所出的書籍常掛名由葉向高編校。葉向高（1559-1627）字進卿，號臺山，福建福清人，萬曆進士，萬曆三十五年（1607）任禮部尚書兼東閣大學士，萬曆四十二年辭職，天啟元年（1621）再為宰輔，四年為救護東林不及，辭職去官，前後擔任宰輔二十多年。葉向高萬曆三十五年才

11 孫楷第：《日本東京所見書目》（北京市：人民文學出版社，1958年），頁83-84；鄭振鐸：〈西遊記的演化〉，《中國文學研究》（北京市：作家出版社，1957年），上冊。

12 柳存仁：《倫敦所見中國小說書目提要》（北京市：書目文獻出版社，1982年）。

13 杜德橋：〈百回本西遊記及其早期版本〉，臺北《中外文學》第5卷第9期、第10期；李時人：〈明刊朱鼎臣《西遊釋厄傳》考〉，〈吳本、楊本、朱本《西遊記》關係考辯〉，均見其論文集《西遊記考論》（杭州市：浙江古籍出版社，1991年）。

14 陳新：〈重評朱鼎臣《唐三藏西遊釋厄傳》的地位和價值〉，《江海學刊》1983年第1期。

15 張錦池：《西遊記考》（哈爾濱市：黑龍江教育出版社，1997年），頁374。

入閣，打出「閣老臺山葉先生」的招牌至少要到萬曆三十五年之後。這些情況說明朱鼎臣活躍在建陽書坊，擔任編輯工作是在萬曆後期至崇禎初年。那時萬曆二十年（1592）金陵世德堂刊本的《西遊記》早已刊行，而且與金陵世德堂刊本同一系統的版本即萬曆三十一年（1603）楊春元刻印、題「華陽洞天主人校」《鼎鍥京本全像西遊記》的建陽楊氏清白堂刊本也已出版。

江流兒故事，早在元代就有院本《陳光蕊江流和尚》（只存佚曲三十多支）[16]，楊景賢《西遊記》雜劇以一本四出寫了「之官逢盜」、「逼母棄兒」、「江流認親」、「擒賊雪仇」。可見這個故事已廣泛流傳。世德堂本《西遊記》陳元之序云：唐光祿既購是書，「奇之，益俾好事者為之訂校其卷目梓之，凡二十卷數千萬言有餘，而充序于余。」我贊成這樣的看法，即唐光祿所購的《西遊記》應是世德堂本的底本（可稱為前世本），世德堂本據此校訂，刪落了唐僧出世的故事，但刪得不夠乾淨，還留下一些殘跡。朱鼎臣本就是把世本加以大量刪節，加上他依據前世本改編的唐僧出世的故事或採用民間流傳的唐僧出世的故事拼湊而成，與他製造文簡事繁本《三國志傳》是一樣的手法。

總之，楊致和本是世德堂本《西遊記》的刪節本，朱鼎臣本是《西遊記》的文簡事繁本。

綜上所述，過去我們對《三國志演義》、《水滸傳》、《西遊記》的簡繁本的關係是分別進行考察，爭論不休。現在我們把它們放在建陽書坊刊行通俗小說的大背景下考察，了解建陽書坊為謀利而採取的經營策略，從現存的版本看，這三部名著的簡本和文簡事繁本都是建陽書坊製造的，大概是符合實際的判斷吧！

明代四大名著，建陽書坊出了三部，而且相對於其他地方數量是

16 見錢南揚：《宋元戲文輯佚》（上海市：古典文學出版社，1956年）。

最多的，但是它沒有出版《金瓶梅》。《金瓶梅》成書年代，有嘉靖說和萬曆說。我同意成書於萬曆十年至二十年間的看法。今見最早的刊本是萬曆四十五年丁巳（1617）的《金瓶梅詞話》。沈德符《萬曆野獲編》卷二十五「詞曲・金瓶梅」中說到《金瓶梅》抄本流傳，馮夢龍「慫恿書坊以重價購刻」，還沒有結果，但「未幾時，而吳中懸之國門矣」。弄珠客〈金瓶梅序〉署「萬曆丁巳季冬東吳弄珠客漫書于金閶道中」。可見《金瓶梅詞話》是在蘇州刊行的，至於崇禎本[17]、張竹坡評本更不是建陽刊本了。

在嘉靖後期開始出現，到萬曆後期（我這裡是指萬曆三十年之後）形成熱潮的所謂「豔情小說」（魯迅稱之為「猥褻小說」），建陽幾乎都沒有出版。如《如意君傳》，署「吳門徐昌齡著」，黃訓《讀書一得》嘉靖四十一年（1562）刊出，其卷二有〈讀如意君傳〉一文，可見此書在嘉靖四十一年前已出版。《癡婆子傳》，署「芙蓉主人輯，情癡子批校」，雉衡山人楊爾曾〈東西晉演義序〉寫於萬曆四十年（1612）（金陵大業堂版），就提到這本書，可見該書在此前已出版。《浪史》署「風月軒又玄子著」，現存嘯風軒刊本。《天許齋批點北宋三遂平妖傳》寫於泰昌元年（1620）的張無咎序提到此書，可見它在泰昌元年前已出版。《僧尼孽海》，署唐寅著，恐係偽託，刊於萬曆、天啟間。《昭陽趣史》題「古杭豔豔生編，情癡子批」，有玩花齋刊本。作者自序云：「向刻《玉妃媚史》，足為玉妃知己，若不孱工以寫昭陽之趣，昭陽于九泉寧不遺恨君耶？乃爰輯其外紀，題曰《昭陽趣史》。」《玉妃媚史》寫楊玉環，《昭陽趣史》寫趙飛燕。《昭陽趣史》圖有題「辛酉孟春寫于有況居」，此「辛酉」當為天啟元年（1621）。《龍陽趣史》，題「京江醉竹居士浪編」，首有蔗道人題詞，署「崇禎壬申陽曰陽至日蔗道人題于菖芨中」，次有新安程俠敘，亦署崇禎壬

17 崇禎本刻於杭州。

申，可見是在崇禎五年（1362）刊行的。第一回圖左下角署「洪國良刻」。洪國良為明末蘇杭一帶名刻工，和劉應祖、黃子立等合刻崇禎本《金瓶梅》插圖，此書可能是在杭州出版的。《歡喜冤家》，西湖漁隱主人著，崇禎十三年（1630）山水鄰刊。《玉閨紅》東魯落落平生撰，明湘陰白眉老人序，金陵文潤山房刊。白眉老人序作於崇禎四年，此書大約在崇禎元年（1628）至三年（1630）間寫成。《宜春香質》、《弁而釵》都是「醉西湖心月主人著」，筆耕山房刊。筆耕山房還刊有《醋葫蘆》，寫妒婦故事，署「西子湖伏雌教主編」。它的第一回有圖，署「項南洲刊」，項為明末杭州地區著名刻工。這三本書都是在崇禎十二年左右在杭州刊行的。以上所舉的這些所謂「豔情小說」都是在杭州或蘇州一帶刊行的，建陽書坊沒有參與其事。[18]有一個例外，就是《繡榻野史》，王驥德《曲律》（卷四）說是呂天成「少年遊戲之筆」，在萬曆三十五年（1597）前後出版，現存醉眠閣、種德堂、本衙藏本三種版本，其中種德堂是建陽書坊。書林熊氏種德堂是建陽重要書坊，前期以熊宗立為主，後期由他的後人熊成冶等繼承。熊成冶，號沖宇，熊宗立五世孫。種德堂現存或見於著錄的刊本有四十多種，以刊刻醫書為主，逐漸擴展到經、史、子、集。但通俗小說印得很少，方彥壽先生《建陽刻書史》稱只有《新鍥京本校正按鑑演義三國志傳》一種。[19]可是，陳慶浩、王秋桂先生主編的《思無邪匯寶》之《繡榻野史》「出版說明」指出，種德堂刊本《繡榻野史》日本山口大學棲息堂文庫和中國社會科學院文學研究所圖書館均有收藏。這是建陽書坊出版「豔情小說」現在發現的唯一例證。有趣

18 有關「豔情小說」的出版情況，主要參考陳慶浩、王秋桂主編的《思無邪匯寶》相關小說的「出版說明」，也參考了陳大康的《明代小說史》。只涉及到明代小說，不涉及清代小說。

19 有關熊氏種德堂的情況，見方彥壽《建陽刻書史》（北京市：中國社會出版社，2003年），頁307。

的是這個唯一的例證，可能值得懷疑。因為「種德堂」後期刻書的，除熊成冶外，還有熊成建、熊秉宸、熊成應三人，其中熊成應「至金陵，四十四歲卒，即葬南京和尚巷。」[20]熊成應在萬曆三十七年（1609）刊行了《國朝名文英華》，在萬曆四十二年左右刊印了《三國志演義》熊成冶刊本乙本，地點在南京。[21]《繡榻野史》在萬曆三十五年（1597）前後出版，有沒有可能是熊成應到了南京以後用「種德堂」名義刊印的？

到萬曆後期建陽出版業已出現衰落之勢，但是，它還是出版了《北方真武玄天上帝出身志傳》，題「三台山人仰止余象斗雙峰堂」，末頁牌記「壬寅歲季春月書林熊仰台梓」，此壬寅當指萬曆三十年（1602）。鄧志謨著的《鐵樹記》、《咒棗記》、《飛劍記》都在萬曆三十一年（1603）由建陽余氏萃慶堂刊出。在這一年出版的還有《達摩出身傳燈傳》、《二十四尊得道羅漢傳》，都是建陽楊氏清白堂出版的。萬曆三十三年（1605）吳遷著的《新民公案》、朱名世著的《牛郎織女傳》都署「書林仙源余成章繡梓」。《天妃濟世出身傳》，「南州散人吳還初編」，吳還初即吳遷，該書是「潭邑書林熊龍峰繡梓」。萬曆三十四年（1606）余象斗重刊余邵魚之《列國志傳》。萬曆後期刊行的還有余象斗撰的《皇明諸司廉明奇判公案》、建陽書林陳懷軒存仁堂刊行的《杜騙新書》。天啟、崇禎年間有《名公案斷法林灼見》（天啟元年，1621，建陽書林高陽生刊本）、《國朝名公神斷詳情公案》（無名氏撰，崇禎年間建陽書林陳懷軒存仁堂刊行），《古今律條公案》（「金陵陳玉秀選校」「書林師儉堂梓行」、書末牌記「書林蕭少衢梓行」），《明鏡公案》（題「葛天民吳沛泉匯編」，三槐堂王崑源刊本），以及《出像封神演義》、《戚南塘剿平倭寇志傳》。《三國志演

20 《譚陽熊氏宗譜》，光緒元年（1875）木活字本。

21 劉世德：〈(三國志演義) 熊成冶刊本試論〉，《文獻》2004年第2期。

義》、《水滸傳》的各種版本，特別是崇禎年間熊飛雄飛館刻印的《三國志演義》、《水滸傳》的合刻本《英雄譜》，影響很大。對市場極為敏感的建陽書坊並沒有搶著去出版正在「熱銷」的「豔情小說」以挽救自己的衰敗。建陽是以朱熹為代表的閩學的故鄉，是深受理學影響的地方，他們出版書籍時，還有一條道德的底線，即要盈利又要承擔教化的任務，所以大量出版歷史演義等宣傳「忠義」思想、表彰忠臣義士的小說，不敢去刊印那些有露骨的色情描寫的作品。

研究中國古代小說，討論《三國志演義》、《水滸傳》、《西遊記》以至「說唐」、「說岳」、「包公案」、「楊家將」，無不涉及建本。因此，我們對建本關注頗多，但是，過去沒有對建本作整體、系統的研究。二〇〇一年秋，石昌渝先生、日本磯部彰教授與磯部祐子教授應邀到福建師範大學講學，並希望去建陽考察建陽刻書，因為磯部先生在研究東亞出版文化。於是，我們陪他們到建陽考察。這次建陽之行，我們參觀了建陽博物館與圖書館，到書坊鄉、麻沙鎮實地考察，不但加深了我們對建本重要意義的認識，而且深感作為福建學者研究建本是責無旁貸的。

二〇〇三年十一月二十七至二十九日，我和劉世德、石昌渝、章培恒、黃霖諸先生應日本東北大學之邀到仙臺參加東亞出版文化國際研討會，為此，我寫了發言稿，會後經修改，以〈明代建陽坊刻通俗小說評析〉為題發表在福建師範大學學報上。現在涂秀虹研究建陽刊刻小說的書稿即將出版，索序於我，我就權且以此文代序吧。

對建本的研究我是淺嘗輒止，而涂秀虹則鍥而不捨。二〇〇四年她申報的課題《福建刻書與明代通俗文學的發展》獲得國家社科基金青年項目的立項，從此對建本小說進行了全面、系統、深入的研究，經過十餘年的努力取得豐碩的成果。《明代建陽書坊之小說刊刻》這部著作全面論述了建本小說發展的社會文化背景，分類研究了建本歷史演義小說、神魔小說、公案小說的特點，探討了《三國志演義》、《水滸傳》、《大宋中興通俗演義》的編撰模式、建本小說的版式特徵和插圖方式，充分肯定建本小說的傳播價值和藝術價值，以及對推動明代小說發展的重要意義。這是迄今為止最全面論述建陽小說刊刻，具有較高學術水準的一部著作。

涂秀虹仍在這條道路上繼續艱苦跋涉，奮勇前行，今年她申報的課題《建陽刊刻小說與地域文化的關係》又獲得國家社科基金項目立項，我們期待也堅信，她會在已有的基礎上取得更大的成果，為中國古代小說和出版文化的研究作出新的貢獻。

齊裕焜

二〇一六年八月二十六日寫於福州芙蓉園寓所

導論

建刻：傳承經典，普及大眾

福建刻書起步時間早，持續時間長，刻書地域分布廣泛，從宋代至清代長期為全國刻書重鎮，在中國傳統文化的傳承和發展中地位尊榮，意義重大。

福建省內每一州府都有刻書，建寧府之外各地多以官刻為主。福建官刻刻書種類基本與國子監刻書相似，內容多側重儒家經典、正經正史，還有一些實用的醫書、小學等類。福建各府刻書以福州地區持續時間最長，福州的官刻從宋代至清代雕刻了大量裨人心、益文教的經史典籍。特別引人注目的還有福州的寺院刻書，從宋代延續至今，宋代的三大藏名揚海內外，至今福州鼓山湧泉寺還藏有大量版片，並且仍然印製經書。在宋代繼福州刻書興盛之後不久，建陽刻書興起，持續宋元明三代長盛不衰，為宋元明三代全國的刻書中心之一。建陽刻書以坊刻為主，刻書種類齊全，刊刻了大量的儒家經典、正經正史，也有蒙學與舉業用書、日用類書、通俗讀物等。建陽坊刻在清代以後逐漸衰微，但福建刻書以福州與汀州四堡的刻書為代表，仍然獨樹一幟，流布四方。福州南後街的坊刻相當興盛。閩西四堡坊刻尤為銷售廣遠，其刻書種類多通俗日用訓蒙科舉以及小說戲曲通俗讀物，銷售網絡遍布南方各省，甚至深入西南偏遠鄉村，文化普及的意義不容置疑。

本書主要討論明代建陽書坊刊刻小說，因此對建陽書坊與明代福建刻書概況略作介紹。

一　建本輝煌歷史之一瞥

建寧府在宋代號稱「圖書之府」，刻書所指主要為建陽，建陽的麻沙、崇化兩坊產書，時人稱麻沙版本猶水行地，無遠而不至。自宋至明，延至清初，建陽麻沙、崇化產業單一，居民多「以刀為鋤，以版為田」，躬耕於雕版，留下了大量珍貴刻本。有人統計《中國古籍善本書目》收錄建陽刻本將近一千五百種。《中國古籍善本書目》收錄的是中國大陸各地圖書館、研究機構所藏古籍，海外的藏書未涉及。中國古籍收藏於海外各國的數量很大，很難統計，這當中還有大量建陽刊刻圖書。對於建陽刻書的情況，方彥壽先生《建陽刻書史》作了較為全面的介紹，可資參考。

近年來，由於國家文獻整理專案以及一些網站古籍資源公開，建陽刻書的研究條件逐漸改善。二〇〇八年以來，中國文化部徵集出版了五批珍貴古籍名錄，目前正在徵集第六批。已出版的五批名錄中包含了大量福建刻本，特別是建陽刻書在其中占了相當大的比例，極為引人注目。此選列第一批名錄中的部分建刻珍本[1]，一瞥建陽刻書的輝煌歷史。

宋本

鉅宋廣韻五卷　（宋）陳彭年等撰　宋乾道五年（1169）建寧府黃三八郎刻本（卷四配元刻本）　上海圖書館

史記一百三十卷　（漢）司馬遷撰　（劉宋）裴駰集解　（唐）司馬貞索隱　宋乾道七年（1171）蔡夢弼東塾刻本（卷四十三配清光緒元年楊保彝影宋抄本）　季振宜題款　國家圖書館

1　中國國家圖書館、中國國家古籍保護中心編《國家珍貴古籍名錄圖錄》（第一批），國家圖書館出版社二〇〇八年版。本文所錄建刻，包括建寧府刻書，建寧府乃至閩北刻書多出於建陽，但建陽周邊各縣也有少量坊刻或家刻。建陽刻書與建寧府刻書之間細緻的分別比較困難，本書未作區分，統稱之為建陽刻書。特此說明。

春秋公羊經傳解詁十二卷　（漢）何休撰　（唐）陸德明音義　宋紹熙二年（1191）余仁仲萬卷堂刻本　國家圖書館
史記一百三十卷　（漢）司馬遷撰　（劉宋）裴駰集解　（唐）司馬貞索隱　（唐）張守節正義宋建安黃善夫家塾刻本　黃紹箕　羅振玉題款　國家圖書館存六十八卷（一、四至十二、十九至二十一、二十三至二十八、三十、三十九至六十七、七十三至九十、一百三十）
漢書一百卷　（漢）班固撰　（唐）顏師古注　宋建安黃善夫刻慶元元年（1195）建安劉元起修印本　北京大學圖書館
後漢書九十卷　（劉宋）范曄撰　（唐）李賢注　志三十卷　（晉）司馬彪撰　（梁）劉昭注　宋建安黃善夫刻本（有抄配）　潘祖蔭跋　北京大學圖書館
王狀元集百家注分類東坡先生詩二十五卷　（宋）蘇軾撰　題（宋）王十朋纂集　東坡紀年錄一卷　（宋）傅藻撰　宋建安黃善夫家塾刻本（卷一至四、九至十二配另一印本）　國家圖書館
新刊五百家注音辯昌黎先生文集四十卷外集十卷　（唐）韓愈撰（宋）魏仲舉輯注　序傳碑記一卷韓文類譜十卷　（宋）魏仲舉輯宋慶元六年（1200）魏仲舉家塾刻本（卷三至四、六至七、十五至十七、二十一配清抄本）　王棻　丁丙跋　南京圖書館存五十四卷（文集一至二、五、八至十四、十八至四十、餘全）
童溪王先生易傳三十卷　（宋）王宗傳撰　宋開禧元年（1205）建安劉日新宅三桂堂刻本　國家圖書館藏　存二十二卷（一至十四、十八至二十二、二十八至三十）
童溪王先生易傳三十卷　（宋）王宗傳撰　宋開禧元年（1205）建安劉日新宅三桂堂刻本　遼寧省圖書館藏　存六卷（十五至十七、二十五至二十七）
史記一百三十卷　（漢）司馬遷撰　（劉宋）裴駰集解　（唐）司馬貞索隱　（唐）張守節正義　宋元明清集配本　中國書店

漢書一百卷　（漢）班固撰　（唐）顏師古注　宋蔡琪家塾刻本（卷二十九、四十五至四十七、五十六至五十七上、八十六、八十八、九十九配另一宋刻本）　國家圖書館
漢書一百卷　（漢）班固撰　（唐）顏師古注　北宋刻遞修本（卷二十九配宋嘉定蔡琪刻本、卷三十配宋慶元元年劉元起刻本）　倪瓚　黄丕烈　顧廣圻跋　國家圖書館
後漢書九十卷　（劉宋）范曄撰　（唐）李賢注　志三十卷　（晉）司馬彪撰　（梁）劉昭注　宋錢塘王叔邊建陽刻本　國家圖書館
周易本義十二卷五贊一卷筮儀一卷易圖一卷　（宋）朱熹撰　宋咸淳元年（1265）吳革建寧府刻本　國家圖書館藏
晦庵先生朱文公文集一百卷續集十一卷目錄二卷　（宋）朱熹撰　宋咸淳元年（1265）建寧府建安書院刻宋元明遞修本　湖南圖書館
禮記二十卷　（漢）鄭玄注　（唐）陸德明音義　宋余仁仲萬卷堂家塾刻本　周叔弢跋　國家圖書館
纂圖互注禮記二十卷禮記舉要圖一卷　（漢）鄭玄注　（唐）陸德明音義　宋紹熙福建刻本　錢天樹　孫鋆　楊希鈺　李兆洛　陳鑾　吳憲澄　張爾旦　季錫疇　吳輔仁　張蓉鏡跋　國家圖書館
監本纂圖重言重意互注禮記二十卷　（漢）鄭玄注　（唐）陸德明音義　宋刻本　上海圖書公司
纂圖互注春秋經傳集解三十卷　（晉）杜預撰　（唐）陸德明釋文　春秋名號歸一圖二卷　（蜀）馮繼先撰　宋刻本　國家圖書館
監本纂圖重言重意互注論語二卷　（魏）何晏集解　宋劉氏天香書院刻本　北京大學圖書館
纂圖分門類題五臣注揚子法言十卷　（漢）揚雄撰　（晉）李軌　（唐）柳宗元　（宋）宋咸　吳祕　司馬光注　新增麗澤編次揚子事實品題一卷　（宋）呂祖謙輯　新刊揚子門類題目一卷　（宋）陳傅良輯　宋劉通判宅仰高堂刻本（有明人抄配）　國家圖書館

類編增廣黃先生大全文集五十卷　（宋）黃庭堅撰　宋乾道麻沙鎮水南劉仲吉宅刻本（卷十三至十八配清抄本）　沈廷芳　黃丕烈跋　北京大學圖書館

皇朝文鑒一百五十卷目錄三卷　（宋）呂祖謙輯　南宋麻沙劉將仕宅刻本（有抄配及明刻本配補）　北京大學圖書館

二十先生回瀾文鑒二十卷後集二十卷　（宋）虞祖南輯　（宋）虞夔注　宋江仲達群玉堂刻本（前集卷十三至二十、後集卷八配清抄本）陸心源　丁丙跋　南京圖書館存二十三卷（前集十三至二十，後集一至八、十四至二十）

史記一百三十卷　（漢）司馬遷撰　（劉宋）裴駰集解　北宋刻本（卷一至四、八至一百三十配南宋初建陽刻本）　北京大學圖書館

西漢會要七十卷　（宋）徐天麟撰　宋嘉定建寧郡齋刻元明遞修公文紙印本　南京圖書館

西漢會要七十卷　（宋）徐天麟撰　宋嘉定建寧郡齋刻元明遞修本　上海圖書館

東漢會要四十卷　（宋）徐天麟撰　宋寶慶二年（1226）建寧郡齋刻本（卷三十六至四十配清抄本）　上海圖書館

東漢會要四十卷　（宋）徐天麟撰　宋寶慶二年（1226）建寧郡齋刻元明遞修本　南京圖書館

新編方輿勝覽七十卷　（宋）祝穆輯　宋咸淳三年（1267）吳堅、劉震孫刻本　俞誠跋　上海圖書館

京本點校附音重言重意互注周禮十二卷　（漢）鄭玄注　南宋建陽刻本　北京大學圖書館存四卷　（二、四、五、六）

京本增修五代史詳節十卷　（宋）呂祖謙輯　宋刻本　國家圖書館

揮麈前錄四卷後錄十一卷第三錄三卷餘話二卷　（宋）王明清撰　宋龍山書堂刻本　國家圖書館

三因極一病證方論十八卷　（宋）陳言撰　宋刻本（缺葉配元麻沙刻本）　北京大學圖書館

元本

朱文公校昌黎先生文集四十卷外集十卷遺文一卷　（唐）韓愈撰（宋）朱熹考異　集傳一卷　（宋）王伯大音釋　元至元十八年（1281）日新書堂刻本　山東省博物館

黃氏補千家注紀年杜工部詩史三十六卷　（唐）杜甫撰　（宋）黃希黃鶴補注　年譜辨疑一卷　（宋）黃鶴撰　元至元二十四年（1287）詹光祖月崖書堂刻本　山東省博物館

資治通鑑綱目五十九卷　（宋）朱熹撰　元至元二十四年（1287）詹光祖月崖書堂刻本　國家圖書館

易學啟蒙通釋二卷圖一卷　（宋）胡方平撰　元至元二十九年（1292）熊禾武夷書室刻明修本　國家圖書館

易學啟蒙通釋二卷　（宋）胡方平撰　元至元二十九年（1292）熊禾武夷書室刻明修本　山東省博物館

宋季三朝政要六卷　元皇慶元年（1312）陳氏餘慶堂刻本　趙烈文費念慈　鄧邦述跋　上海圖書館

續資治通鑑十八卷　題（宋）李燾撰　元陳氏餘慶堂刻本　國家圖書館

續資治通鑑十五卷　（宋）劉時舉撰　元陳氏餘慶堂刻本　上海圖書館

程朱二先生周易傳義十卷首一卷　（宋）程頤　朱熹撰　元延祐元年（1314）翠岩精舍刻本　北京大學圖書館藏　存九卷（一至八、首一卷）

大寶積經一百二十卷　（唐）釋菩提流志等譯　元延祐二年（1315）建陽后山報恩萬壽堂刻毗盧大藏經本　國家圖書館存二卷（二十、五十九）

大方廣佛華嚴經八十卷　（唐）釋實叉難陀譯　元延祐二年（1315）建陽后山報恩萬壽堂刻毗盧大藏經本　山西省圖書館存一卷　（二十八）

書集傳輯錄纂注六卷又一卷朱子說書綱領輯錄一卷　（元）董鼎輯錄

纂註　元延祐五年（1318）建安余氏勤有堂刻本　王元亮點校　國家圖書館
分類補注李太白詩二十五卷　（唐）李白撰　（宋）楊齊賢集注（元）蕭士贇補注　元建安余氏勤有堂刻本　四川大學圖書館
分類補注李太白詩二十五卷　（唐）李白撰　（宋）楊齊賢集注（元）蕭士贇補注　唐翰林李太白年譜一卷　（宋）薛仲邕撰　元建安余氏勤有堂刻本　浙江圖書館存二十五卷（一至五、七至二十五，年譜）
楚辭集注八卷辯證二卷後語六卷　（宋）朱熹撰　元至治元年（1321）建安虞信亨宅刻本　山東省圖書館
韓魯齊三家詩考六卷　（宋）王應麟輯　元泰定四年（1327）劉君佐翠岩精舍刻本　國家圖書館藏
詩集傳附錄纂疏二十卷詩序附錄纂疏一卷詩傳綱領附錄纂疏一卷（元）胡一桂撰　語錄輯要一卷　（元）胡一桂輯　元泰定四年（1327）　翠岩精舍刻本　國家圖書館藏
三輔黃圖六卷　元致和元年（1328）余氏勤有堂刻本　國家圖書館
故唐律疏議三十卷　（唐）長孫無忌等撰　佚名釋文　纂例十二卷（元）王元亮撰　元余志安勤有堂刻本　國家圖書館、首都圖書館藏
禮記集說十六卷　（元）陳澔撰　元天曆元年（1328）建安鄭明德宅刻本　國家圖書館存十四卷（一至六、九至十六），北京大學圖書館存十二卷（一至六、九至十、十三至十六）
禮記集說十六卷　（元）陳澔撰　元天曆元年（1328）建安鄭明德宅刻重修本　北京師範大學圖書館
新刊河間劉守真傷寒直格三卷　（金）劉完素撰　（元）葛雍編校　元天曆元年（1328）建安翠岩精舍刻本　北京大學圖書館
新刊王氏脈經十卷　（晉）王叔和撰　（宋）林億等校定　元天曆三年（1330）廣勤書堂刻本　國家圖書館

靜修先生文集二十二卷　（元）劉因撰　元至順元年（1330）宗文堂刻本　國家圖書館

程朱二先生周易傳義十卷　（宋）程頤傳　朱熹本義　上下篇義一卷（宋）程頤撰易圖集錄一卷　（宋）朱熹撰　元後至元二年（1336）建安碧灣書堂刻本　國家圖書館藏

伯生詩續編三卷　（元）虞集撰　題葉氏四愛堂詩一卷　（元）虞集吳全節等撰　元後至元六年（1340）劉氏日新堂刻本　黃丕烈　葉昌熾　王國維跋　張裕釗　高墅侯題款　錢恂　邵章題詞　金兆蕃題詩國家圖書館

揭曼碩詩集三卷　（元）揭傒斯撰　元後至元六年（1340）日新堂刻本　傅增湘跋　國家圖書館、福建省圖書館

纂圖增新群書類要事林廣記十集二十卷　（宋）陳元靚輯　元後至元六年（1340）鄭氏積誠堂刻本（有抄配）　北京大學圖書館

詩學集成押韻淵海二十卷　（元）嚴毅輯　元後至元六年（1340）蔡氏梅軒刻本　國家圖書館、南京圖書館藏　北京大學圖書館藏本卷前張溭序為抄配

趙子昂詩集七卷　（元）趙孟頫撰　元至正元年（1341）虞氏務本堂刻本　傅增湘跋　國家圖書館

朱子成書十卷　（元）黃瑞節輯　元至正元年（1341）日新書堂刻本國家圖書館

四書輯釋三十六卷　元至正二年（1342）日新書堂刻本　蓬萊市文化局慕湘藏書館存二卷（大學一卷、中庸一卷）

詩童子問二十卷　（宋）輔廣撰　元至正三年（1343）余志安勤有堂刻本　上海圖書館

新編婦人大全良方二十四卷辨識修制藥物法度一卷　（宋）陳自明編注　元勤有書堂刻本　國家圖書館

周易程朱傳義音訓十卷　（宋）程頤　朱熹撰　（宋）呂祖謙音訓

易圖一卷　（宋）朱熹撰　元至正六年（1346）虞氏務本堂刻本　傅增湘跋　國家圖書館

漢唐事箋對策機要十二卷後集八卷　（元）朱禮撰　元至正六年（1346）日新堂刻本　邵淵耀　黃廷鑒跋　程恩澤題款　國家圖書館

詩經疑問七卷　（元）朱倬撰　附編一卷　（元）趙悳撰　元至正七年（1347）建安書林劉錦文刻本　國家圖書館

春秋胡氏傳纂疏三十卷　（元）汪克寬撰　元至正八年（1348）建安劉叔簡日新堂刻本　國家圖書館藏，安徽師範大學圖書館存十四卷（三至四、七至八、十至十二、十四至十九、二十二），天津圖書館存九卷（一至九）

聯新事備詩學大成三十卷　（元）林楨輯　元至正九年（1349）建寧路書市劉衡甫刻本　丁丙跋　南京圖書館

聯新事備詩學大成三十卷　（元）林楨輯　元刻本　華東師範大學圖書館

蜀漢本末三卷　（元）趙居信撰　元至正十一年（1351）建寧路建安書院刻本　國家圖書館

詩集傳通釋二十卷綱領一卷外綱領一卷　（元）劉瑾撰　元至正十二年（1352）建安劉氏日新書堂刻本　國家圖書館　北京大學圖書館　湖北省圖書館藏

注陸宣公奏議十五卷　（唐）陸贄撰　（宋）郎曄注　元至正十四年（1354）劉氏翠岩精舍刻本　國家圖書館　南京圖書館　山東省圖書館藏

新增說文韻府群玉二十卷　（元）陰時夫輯　（元）陰中夫注　元至正十六年（1356）劉氏日新堂刻本（卷一配明初刻本）　上海圖書館

新增說文韻府群玉二十卷　（元）陰時夫輯　（元）陰中夫注　元至正十六年（1356）劉氏日新堂刻本　四川師範大學圖書館存十一卷（一至二、五至十、十七至十九）

傷寒論注解十卷圖解一卷　（金）成無己撰　元至正二十五年（1365）西園余氏刻本　朱顏校　國家圖書館

傷寒論注解附釋音十卷圖解運氣鈐一卷　（漢）張機撰　（晉）王叔和編　（金）成無己注解　元刻本　北京大學圖書館

太平惠民和劑局方十卷　（宋）陳師文等撰　指南總論三卷　（宋）許洪撰　增廣和劑局方圖經本草藥性總論一卷　元至正二十六年（1366）建安高氏日新堂刻本　國家圖書館

世醫得效方十九卷　（元）危亦林撰　孫真人養生書一卷　（唐）孫思邈撰　元至正建寧路官醫提領陳志刻本（卷首補配）　北京大學圖書館

續資治通鑑十八卷　題（宋）李燾撰　元朱氏與畊堂刻本　丁丙跋　南京圖書館

宋史全文續資治通鑑三十六卷增入名儒講義續資治通鑑宋季朝事實二卷　（元）佚名撰　元建陽刻本（有缺葉）　復旦大學圖書館

新編方輿勝覽七十卷　（宋）祝穆輯　元刻本　北京大學圖書館

纂圖互注四子四種　元覆刻宋建安書坊本　北京大學圖書館

新編音點性理群書句解前集二十三卷　（宋）熊節輯　（宋）熊剛大集解　後集二十三卷　（宋）朱熹　呂祖謙撰　（宋）熊剛大集解　元刻本　北京大學圖書館存十八卷（前集一至十、後集一至八）

潛室陳先生木鐘集十一卷　（宋）陳埴撰　元建安吳氏友于堂刻本（有抄配）　上海圖書館存十卷（一、三至十一）

太平惠民和劑局方十卷　（宋）陳師文等撰　元陳氏留畊書堂刻本　天津市醫學科學技術資訊研究所

新編連相搜神廣記前集一卷後集一卷　（元）秦子晉撰　元刻本　國家圖書館

湖海新聞夷堅續志前集十二卷　元碧山精舍刻本　國家圖書館存十卷（一至十）

新刊分類江湖紀聞前集□卷　（元）郭霄鳳撰　元刻本　國家圖書館存五卷（六至十）

新編事文類聚啟劄雲錦甲集六卷乙集六卷丙集六卷丁集六卷戊集六卷己集六卷庚集六卷辛集五卷壬集九卷癸集七卷　元刻本　國家圖書館

新編類意集解諸子瓊林前集二十四卷後集十六卷　（元）蘇應龍輯　元刻本　國家圖書館

新編事文類要啟劄青錢後集十卷　元刻本　北京大學圖書館

王狀元集百家注分類東坡先生詩二十五卷　（宋）蘇軾撰　題（宋）王十朋纂集　（宋）劉辰翁批點　東坡紀年錄一卷　（宋）傅藻撰　元建安熊氏刻本　傅增湘跋　國家圖書館

瓊琯白玉蟾上清集八卷　（宋）葛長庚撰　元建安余氏靜庵刻本　上海圖書館

皇元風雅六卷　（元）傅習　孫存吾輯　元刻本　國家圖書館

皇元風雅後集六卷　（元）孫存吾輯　元李氏建安書堂刻本　國家圖書館

漁隱叢話前集六十卷　（宋）胡仔輯　元翠岩精舍刻本　傅增湘跋　北京大學圖書館存五十卷（一至五十）

明本

新箋決科古今源流至論前集十卷後集十卷續集十卷　（宋）林駉撰　別集十卷　（宋）黃履翁撰　明宣德二年（1427）建陽書林劉克常刻本　湖南圖書館

聯新事備詩學大成三十卷　（元）林楨輯　明正統九年（1444）劉氏翠岩精舍刻景泰三年（1452）重修本　浙江圖書館

五倫書六十二卷　（明）宣宗朱瞻基撰　明景泰五年（1454）劉氏翠岩精舍刻本　揚州市圖書館

新刊京本孫武子十三篇本義三卷　（明）鄭靈撰　明成化二十年（1484）陳道刻本　中央民族大學圖書館

大學衍義補一百六十卷首一卷表一卷　（明）丘濬撰　明弘治元年（1488）建寧府刻本　王貢忱跋　山東省圖書館

新增說文韻府群玉二十卷　（元）陰時夫輯　陰中夫注　明弘治七年（1494）劉氏安正書堂刻本　鄭州市圖書館

資治通鑑綱目發明五十九卷　（宋）尹起莘撰　（元）劉友益書法（元）汪克寬考異　（元）徐昭文考證　（明）陳濟正誤　（明）馮智舒質實　明弘治十四年（1501）日新堂刻本　內蒙古圖書館

大明一統志九十卷　（明）李賢　萬安等纂修　明弘治十八年（1505）慎獨齋刻本　杭州圖書館

皇明政要二十卷　（明）婁性撰　明正德二年（1507）慎獨齋刻本　南京圖書館

宋儒致堂胡先生讀史管見三十卷　（宋）胡寅撰　明正德七年（1512）劉弘毅慎獨齋刻本　無錫市圖書館

十七史詳節二百七十三卷　（明）呂祖謙輯　明正德十三年（1518）劉弘毅慎獨齋刻本　青海民族學院圖書館存二百六十八卷（一至二百六十三、二百六十九至二百七十三）

歷代通鑑纂要九十二卷　（明）李東陽等撰　明正德十四年（1519）慎獨齋刻本　杭州圖書館、甘肅省通渭縣圖書館

文獻通考三百四十八卷　（元）馬端臨撰　明正德十一至十四年（1516-1519）劉洪慎獨齋刻十六年（1521）重修本　山東師範大學圖書館

群書考索前集六十六卷後集六十五卷續集五十六卷別集二十五卷（宋）章如愚輯　明正德三至十三年（1508-1518）劉洪慎獨書齋刻十六年（1521）重修本　大連圖書館

續真文忠公文章正宗四十卷　（明）鄭柏輯　明正德十年（1515）建安劉氏日新堂刻本　安徽省圖書館

新刊通鑑綱目策論摘題二十卷　（明）嚴時泰輯　明嘉靖三年（1524）鄭氏宗文堂刻本　安徽省圖書館

禮記集說三十卷　（元）陳澔撰　明嘉靖十一年（1532）建寧府刻本　開封市圖書館

春秋四傳三十八卷　明嘉靖十一年（1532）建寧府刻本（卷三十四抄補，卷三十五至三十八配另一版本）　內蒙古圖書館

春秋四傳三十八卷　明嘉靖十一年（1532）建寧府刻本　湖南省社會科學院圖書館

周易程朱傳義二十四卷　（宋）程頤　朱熹撰　上下篇義一卷（宋）程頤撰　朱子圖說一卷周易五贊一卷筮儀一卷　（宋）朱熹撰　明嘉靖福建建寧府知府曲梁楊一鶚刻本　安徽省圖書館

大學衍義補一百六十卷首一卷　（明）丘濬撰　明嘉靖十二年（1533）宗文堂刻本　揚州市圖書館

新刊校正批點大字歐陽精論六卷　（元）歐陽起鳴撰　明嘉靖十三年（1534）劉氏安正堂刻本　湖南師範大學圖書館

周易傳義大全二十四卷　（明）胡廣等輯　明嘉靖十五年（1536）劉氏安正堂刻本　蘇州圖書館

建寧人物傳四卷　（明）李默撰　明嘉靖十七年（1538）李東光刻本　遼寧省圖書館

新刊性理大全七十卷　（明）胡廣等撰　明嘉靖三十一年（1552）葉氏廣勤堂刻本　湖北省圖書館

通鑑綱目全書一百八卷　明嘉靖三十九年（1560）書林楊氏歸仁齋刻本　江蘇省南通市圖書館存三十四卷（一至二十九、六十三至六十四、七十三、八十九至九十）

新編古今事文類聚前集六十卷後集五十卷續集二十八卷別集三十二卷（宋）祝穆輯新集三十六卷外集十五卷　（元）富大用輯　明嘉靖四十年（1561）書林楊歸仁刻本　江蘇省南通市圖書館

新刊性理大全七十卷首一卷　（明）胡廣等撰　明隆慶二年（1568）張氏靜山齋刻本　安徽大學圖書館

鼎雕銅人腧穴針灸圖經三卷　（宋）王惟一輯　明書林宗文堂刻本　中國中醫科學院圖書館

經國雄略四十八卷　（明）鄭大郁撰　明弘光元年（1645）觀社刻本（有「三槐堂較梓」牌記）　華東師範大學圖書館藏

以上只是浮光掠影列舉第一批珍貴古籍名錄中的部分刻本，以見建陽刻書宋元明三代刻書之盛。建陽刻書包容了經史子集各類題材，在中華文化傳承發展中的作用不言自明，而現存刻本更是中華文化珍貴的物質遺存。

特別值得一提的是，建陽以經史典籍的刊刻開始它輝煌的刻書歷程，這與宋代以來學校的普及、閩學的興盛密切相關，但也以刻書業的發展、宋代文化的全面興盛為背景。

儒家經典的刊刻向來備受朝廷重視，北宋之前雕印五經、七經以及群經注本，都由朝廷選官校定、國子監頒刻發行，成為世所遵循的定本。南宋時期，一方面國子監財力薄弱，書板多下諸州郡鏤版，另一方面雕版印刷技術全面發展，私刻、坊刻極為興盛。建陽刻書正是在這一背景下大力發展起來的。

但與官刻以及其他地區刻書相比，以坊刻為主的建陽刻書一開始就具備明確的銷售意識，換位思考，從讀者需求出發，體現出貼心的服務意識，也體現了書坊民間商業經營的性質。

同樣刊刻經史典籍，建陽書坊在刻書內容和版式上力求創新，費盡心思設計，有所謂的纂圖互注本、附釋音本、附音重言互注本、監本纂圖本、監本纂圖重言重意互注本、監本纂圖重言重意互注點校本、京本點校附音重言重意互注本等等諸多名目。現存如圖文互見的《纂圖互注尚書》、《纂圖互注禮記》；附有注音解義的《尚書注疏》、《春秋經傳集解》、《入注附音資治通鑑》、《增廣注釋音唐柳先生集》等便是其例。這些附有插圖、釋音、互注、句讀、重言重意等內容的典籍，便於讀者閱讀理解，因而擁有更廣泛的讀者群。

建陽書坊對經史典籍進行各種形式的創意加工，體現了書坊傳承經典、普及文化、走大眾化道路的經營定位，這樣的定位成為建陽刻書最為重要的特點。

二　明代福建官刻與家刻

明代是刻書業大繁榮的時代。明初採取與民休養生息、扶持工商業發展的政策，經濟很快得到復甦並迅速繁榮。同時，一系列興文重教的措施使得社會文化迅速繁榮。洪武元年（1368）八月，朱元璋詔令免除書籍稅。洪武二十三年（1390）冬，朱元璋又「命禮部遣使購天下遺書善本，令書坊刻行」。在這樣的背景下，不僅坊刻大為興盛，而且，官、私刻書也非常繁盛。

明代嘉靖三十八年進士、曾任福建提學副使的周弘祖，曾編纂一部全國性書目《古今書刻》，記載了嘉靖以前中央機關和各省出版發行的書目兩千四百一十二種，其中福建省四百七十九種，居全國第一位。居於第二位的是南直隸（相當於今天的蘇皖兩省）十五府、三州，共刻書四百五十一種，其中最多的蘇州府一百一十七種。居第三位的江西省共刻書三百二十七種。接著是浙江一百七十三種，陝西一百〇九種，湘廣一百種，其他各省均不及百種。在當時的條件下，周弘祖以私人編纂，遺漏在所難免，以福建刻書而論，所列書坊刻書未包括當時大量刊行的科舉考試參考書和戲曲小說類圖書等。但所錄書目，已經足夠說明當時福建刻書業的地位了。萬曆以後，南京、歙縣等地的刻書業發展很快，而福建建陽的坊刻業也在當時達到極盛，以刻書數量而言，建陽在全國仍處領先地位。

周弘祖《古今書刻》著錄福建刻書中的官刻如下：

布政司

大明會典、大明律、理數日抄、聖學格物通、醫林集要、醫方選要、韓柳文、自警編、金匱要略、東海文集、教家要略、國初事蹟、感應編、玉壺冰、櫻寧方、筮吉肘後經、問刑條例、荔枝考

按察司

五經集註、四書集註、晦庵文集、薛文清公全集、梓溪全集、家教節儀、贈言錄、胡端敏公奏議、洗冤錄、麻衣相訣

五經書院

通志略、杜氏通典、東西漢書、十三經註疏、皇明進士登科考

鹽運司

丹溪醫案、地理管見、陸宣公奏議

福州府

文苑英華、文編、玉髓真經、大學衍義補、五代史、班馬異同、管子、傷寒論、韓非子、小學大全、小學白文、古音傳、一統志略、鄭詩、鄭文、古樂府

福州府學

唐書、晉書、史記題評、大明一統志、八閩通志、近思錄、百將傳並武經七書、讀書記、學政集、傳習錄、羅一峰文集、宋史新編、衛生易簡方

興化府

莆陽文獻志
類博稿

漳州府

府志、陳布衣遺稿、劉愛禮文集、白虎通、風俗通、陳北溪字義

泉州府

府志、法帖釋文、五經白文、周禮、歐陽詹集

延平府

玉機微義、豫章文集、延平答問、大明令

建寧府

四書集注、五經集注、武經總要、朱文公年譜、唐文粹、杜工部詩、顏氏家訓、朱文公登科錄、建寧府志、詩法源流、古樂府、建寧人物傳、道南源委錄、黃學士文集、劉屏山文集、王氏存笥稿、歐陽南野文集

周弘祖以私人之力，所見必然不全。比如方志，據《中國地方志聯合目錄》著錄，明代福建刻地方志有：省志兩種、府志十六種、州志四種、縣志五十一種。在《古今書刻》中只列舉幾種。

今參考謝水順、李珽《福建古代刻書》等文獻，可知現存明代福建官刻本數量相當多，試列舉部分書目如下：

一、成化十年（1474），巡按張瑄刻元陳友仁輯《周禮集說》十一卷、《綱領》一卷、《春官綱領》一卷、《夏官綱領》一卷、《秋官綱領》一卷，宋俞庭椿《復古編》一卷。現藏南京圖書館。

二、正德十一年（1516），巡按胡文靜、邵武知縣蕭泮刻宋李綱《宋丞相李忠定公奏議》六十九卷、《附錄》九卷。現藏安徽省圖書館。

三、嘉靖七年（1528），右布政使吳昂刻湛若水《聖學格物通》一百卷。沈津《美國哈佛大學哈佛燕京圖書館中文善本書志》著錄明資政堂刻本，他認為資政堂刻本應是據吳昂本重刻的，提到資政堂刻本「前有嘉靖七年湛若水謝恩進書疏並進書表、序、纂要錄」、「進書表及序後刊『福建布政司右布政使吳昂校刊』一行」；《日藏漢籍善本書錄》著錄「明嘉靖七年福建布政使司刊本」，有內閣文庫、尊經閣文庫、靜嘉堂文庫、東京大學東洋文化研究所等多個藏本。

四、嘉靖十一年（1532），按察司刻《晦庵先生朱文公文集》一百卷、《續集》十一卷、《別集》十卷、《目錄》二卷，現藏吉林大學圖書館。此書又有宋咸淳元年（1265）建寧府建安書院刻宋元明遞修本，現存湖南圖書館。

五、嘉靖十五年（1536），按察司僉事王批發刻《石堂先生遺集》二十卷。

六、嘉靖年間，福建巡按李元陽刊刻了許多經史典籍，如《十三經注疏》四百一十六卷，楊慎《古音叢目》五卷、《古音獵要》五卷、《古音略例》一卷、《古音餘》五卷、《古音略》五卷、《附錄》一卷，楊慎、李元陽輯《史記題評》一百三十卷，倪思《班馬異同》三十五卷，杜佑《杜氏通典》二百卷。

七、嘉靖末年，監察御史、開州人吉澄巡按福建，也刻了經史書籍多種：《春秋四傳》三十八卷、《綱領》一卷、《提要》一卷、《列國東坡圖說》一卷、《春秋二十國年表》一卷、《諸國興廢說》一卷[2]，《詩經集傳》八卷，《禮記集說》三十卷，《資治通鑑綱目》五十九卷，真德秀《大學衍義》四十三卷，邱濬《大學衍義補》一百六十卷首一卷等。

八、隆慶元年（1567），福建巡按胡維新、將軍戚繼光等人刻《文苑英華》一千卷。現藏重慶圖書館等多處。

九、萬曆三年（1575），布政司督糧道徐中行捐俸刻王叔和《脈經》十卷。萬曆四年（1576）徐中行捐俸囑閩縣袁表、懷安馬熒選輯《閩中十子詩集》，並飭令建陽知縣李增校勘承刻。

十、萬曆二十一年（1593），布政司刻戚繼光著《紀效新書》十四卷。

十一、萬曆五年（1577），巡撫龐尚鵬刻自撰《福建省城防禦火患事宜》一卷。

十二、萬曆二十五年（1597），巡撫金學曾刻真德秀撰《西山先生真文忠公文集》五十五卷，卷末有蓮臺牌記「萬曆丁酉歲季冬月重梓于景賢堂」[3]；萬曆二十八年（1600）刻田一儁《鐘臺先生文集》十二卷。

十三、萬曆三十九年（1611），按察使陳邦瞻刻陸游《渭南文集》五十二卷，胡宏《皇王大紀》八十卷。

以上為省級機關及官員刻書，延續宋元官刻傳統，以經史典籍和儒學名家著作為主。

建寧府下轄建陽，由於得天獨厚的便利條件而刻書較多，其中見於《國家珍貴古籍名錄圖錄》（第一批）所錄如弘治元年（1488）建寧府刻丘濬撰《大學衍義補》一百六十卷首一卷表一卷，嘉靖十一年

---

2 此書又有明嘉靖吉澄刻樊獻科、楊一鶚遞修本，存三十八卷（春秋四傳三十八卷），藏揚州市圖書館、西北師範大學圖書館等處。

3 參看沈津著《美國哈佛大學哈佛燕京圖書館中文善本書志》（上海市：上海辭書出版社，1999年），頁651。

（1532）建寧府刻元陳澔撰《禮記集說》三十卷，嘉靖十一年（1532）建寧府刻《春秋四傳》三十八卷、《綱領》一卷、《提要》一卷、《列國東坡圖說》一卷、《春秋二十國年表》一卷、《諸國興廢說》一卷，嘉靖十七年（1538）李光東刻李默《建寧人物傳》四卷，嘉靖末年楊一鶚刻《周易程朱傳義》二十四卷、《書經集注》六卷等，已見於上文引錄。此外還有不少，比如：

一、洪武三十一年（1398），建寧知府芮麟刻元吳海《聞過齋集》八卷。

二、正德十五年（1520）至嘉靖元年（1522），張文麟、黃鞏刻宋真德秀撰《西山先生真文忠公文集》五十一卷、目錄二卷，現藏湖北省圖書館、揚州市圖書館。

三、正德十六年（1521），張文麟刻明何孟春補注《孔子家語》八卷。現藏江蘇常熟博物館、蘇州大學圖書館。

四、嘉靖十七年（1536），分巡建寧道按察司僉事汪佃與甌寧縣儒學訓導朱幸刻唐建州刺史李頻《李建州詩》一卷《附錄》一卷。

五、嘉靖三十五年（1556），知府程秀民刻胡廣《性理大全書》七十卷，三十八年（1559）刻《新刊憲臺考正少微通鑑全編》二十卷、《宋元通鑑全編》二十一卷。

六、嘉靖四十二年（1563），楊一鶚建寧大儒書院刻朱衡《道南源委錄》十二卷。現藏福建省圖書館。

七、天啟年間，建寧府刻丁繼嗣朱東光等纂修《（萬曆）建寧府志》五十二卷首一卷。現藏福建省圖書館，存四十九卷（一至三十四、三十八至五十二）。

建陽知縣也刻書。如正統年間縣令何景春捐俸刻《風雅翼》十五卷，崇禎十五年（1642）黃國琦刻《冊府元龜》一千卷，等等。

建寧府和建陽縣的官方或官員刻書與建陽書坊關係密切，多由官員交付書坊刊刻。

在建陽官員刻書中特別值得一提的是宣德年間建陽知縣張光啟。他和縣丞何景春一起，刊刻了傳奇小說集《剪燈新話》和《剪燈餘話》，在明代小說史上具有重要意義。此二書在不久後的正統七年被禁毀。張光啟還編輯了《四明先生續資治通鑑節要》二十卷，今存多種版本；刊刻了明代江西張美和編的《群書備數》，即《四庫全書總目》所著錄的《群書拾唾》。這些著述的刊刻，可見建陽當地官員與書坊合作的關係。

與建寧府毗鄰的邵武府和延平府，也得地利之便，就近刻書較多。其他如福州府、泉州府、興化府、福寧州、寧德縣、羅源縣等，都刊刻了不少圖書。

由於刻書業的興盛，刻工極廉，明代私家刻書風氣也很盛。據說王慎中、唐順之曾談論明人刻書：「數十年讀書人，能中一榜，必有一部刻稿；屠沽小兒，身衣飽暖，歿時必有一篇墓誌。此等板籍，幸不久即滅，假使盡存，則雖以大地為架子，亦貯不下矣。」[4]明代福建私家所刻書籍以儒學名家、鄉賢遺集較為著名。如洪武二十年（1387）光澤人劉縉刻鄉先賢元代危德華的《北溪集》、《觀海集》；正統年間，建安人楊恭刻其父親楊榮的《兩京類稿》、《玉堂選稿》；正德八年（1513），莆田黃希英刻其先祖黃滔《唐黃御史集》八卷，等等。

明代建陽私家刻書則以閩學諸子後裔為主，刻書內容主要是閩學諸人的著述。如劉文，朱熹門人劉炳的九世孫，永樂二十年（1422）刻印劉炳《四書問目》（不分卷）。熊斌，熊禾六世孫，成化三年（1467）刻印熊禾《熊勿軒先生文集》八卷；成化五年（1469）刻明

4　轉引自葉德輝：《書林清話》卷七「明時刻書工價之廉」（上海市：上海古籍出版社，2008年），頁139。

黃溥撰《詩學權輿》二十二卷。朱洵，朱熹八世孫，正統十三年（1448）刻印《朱文公年譜》。等等。

明代還有一些外地學者委託建陽書坊刊刻大部總集。如休寧（今安徽歙縣）人金德玹編纂、蘇大訂正的《新安文粹》，包括三十多種圖書，福建龍溪人張燮編輯的《七十二家集》，包括七十二種文集，據方彥壽考證，都是委託建陽書坊雕刻的。

福建全境刻書是建陽書坊刻書的地域文化背景和氛圍，建陽書坊刻書的繁華又促進福建各地刻書的發展。然而，福建刻書以建陽書坊刻書最為繁盛，明代建陽書坊刻書的數量遠遠不止周弘祖《古今書刻》所記載的三百六十七種，現存刻本數量就至少數倍於此。

三　明代建陽書坊刻書

明代是建陽書坊刻書的鼎盛期。嘉靖年間周弘祖《古今書刻》記載福建刻書達四百七十九種，刻書數量位居全國第一，其中建陽書坊刻本三百六十七種，在全國刻書業中處於領先地位。而建陽書坊刻書實際遠遠不止這個數量。如嘉靖《建陽縣志》中記載「書坊書目」三百八十二種，除去與《古今書刻》相同部分，尚有一百九十多種書目為《古今書刻》所無。兩個目錄數字相加，則明嘉靖以前建陽書坊的刻本數量達五百五十七種。這個統計數字未包括小說、戲曲等通俗讀物，還有很多暢銷書被不同書坊反覆刊印，但只列書目而未列版本版次。方彥壽《建陽刻書史》對建陽刻書歷史作了較為明晰的梳理，本文在此基礎上，參考學術界研究，略述明代建陽書坊概況如下，以為明代建陽刊刻小說之背景描述。

建陽刻書在萬曆之前發展至高峰，著名刻書家輩出，名肆如林，但天啟、崇禎以後逐漸走向衰落。

明代建陽的坊刻，以正德（1506-1521）為界，大致可分為前後兩個時期。

明前期，刻本內容因襲前代以傳統的經、史、類書、醫書為主。這一時期，全國的科舉應試之書，多出於建陽書坊，書坊承接了許多官方委託刻書的任務，包括國子監一些用書，也出於建陽。如洪武二十四年（1391）六月，朱元璋詔下，於國子監印頒書籍，有未備者，遣人往福建購之。成化二十三年（1487），文淵閣學士邱濬進呈《大學衍義補》一書，孝宗命抄寫副本，命建陽書坊印行。[5]

明前期的建陽書坊以劉姓居首，其中刻書名家有劉炏、劉文壽翠岩精舍、劉氏日新堂、劉宗器安正堂、劉弘毅慎獨齋等。刻書較多的還有熊宗立種德堂、葉氏廣勤堂、楊氏清江堂、魏氏仁實堂、詹氏進德堂等。此外，根據方彥壽統計，明前期的建陽書坊還有三十五家，其中余姓書坊五家，劉姓書坊七家，熊姓、陳姓、朱姓書坊各三家，虞、魏、鄭、江、蔡、詹、黃、羅、張諸姓書坊各一家。

明代後期，建陽書坊刻書業更為鼎盛，無論是書坊，還是刻本數量，都比明前期多很多，並遠超宋元。宋元以來的刻書大族如余、劉、黃、陳、鄭、葉在明代後期書坊中仍然保持家族優勢，同姓書坊成批湧現，刻書作坊都達到十家以上。後起的熊、楊、詹諸姓，刻書作坊也多達十幾、二十家不等。根據方彥壽統計，列舉明後期建陽書坊如下：

一、書林余氏刻書。從明嘉靖至崇禎一百二十多年中，先後出現了三十三家書坊，是明後期建陽書坊中書堂最多、刻本數量最多的刻書大族。書林余氏刻書最多的是余氏新安堂、書林余氏自新齋、余象斗雙峰堂和三台館、余彰德（余泗泉）萃慶堂、書林余成章永慶堂等書坊。余氏其他書坊還有余氏敬賢堂，書林余氏興文堂等二十多家。

5　方彥壽：《建陽刻書史》（北京市：中國社會出版社，2003年），頁242。

二、書林熊氏刻書。明代建陽書林的熊姓書肆，前期以熊宗立為主，主要刊刻醫書；後期則以熊沖宇為主，主要刊刻民間日常用書和童蒙讀物，間或也有科舉應試之書、醫學書籍和通俗文學作品等。從明嘉靖至明末，先後出現了二十二家熊姓書坊，二十三位知名的刻書家，以書林熊氏忠正堂、書林熊氏種德堂、書林熊體忠宏遠堂最為有名。其他還有書林熊氏東軒，書林熊清波誠德堂，書林雨錢世家（又稱雨錢館），書林熊仰台，閩建書林熊稔寰燕石居，建邑書林熊秉懋，熊飛雄飛館等十幾家。

三、書林劉氏刻書。從明前期延續下來二家，新湧現十五家。其中刻本較多的是劉氏明德堂、劉氏安正堂、劉氏喬山堂等。其他還有如建邑書林劉亨屏山堂，南閩潭邑劉太華，劉氏藜光堂，富沙劉興我（又作潭邑書坊劉興我），忠賢堂（又稱忠賢世家），建安京兆劉寬裕，潭城書林劉希信等。

四、書林楊氏刻書。除前期延續下來的清江堂，還出現了書林楊氏清白堂、書林楊氏歸仁齋、書林楊氏四知館等名肆。此外還有建安楊氏遂初書房，潭陽楊居理道卿，潭陽楊居寀素卿等十幾家。

五、書林鄭氏刻書。書林鄭氏刻書歷史最悠久的是鄭氏宗文堂，是元明間建陽名肆。書林鄭氏光裕堂也刻書較多。此外，還有閩中鄭炯霞，閩建書林鄭少垣聯輝堂（又作書林少垣鄭純鎬聯輝堂），鄭世容，鄭以禎，書林鄭名相，富沙鄭尚玄人瑞堂等十數家。

六、書林詹氏刻書。書林詹氏名肆有：書林詹氏進賢堂，書林詹氏西清堂，書林詹聖澤。其他還有書林詹長卿就正齋，閩建書林詹國正，閩書林勉齋詹聖學，閩建書林詹彥洪等十數家。

七、書林黃氏刻書有黃氏集義書堂，寶善堂黃希賢，建邑書林黃秀宇興正堂，書林黃正甫，建邑書林黃燦宇等十幾家。

八、書林陳氏刻書。明前期的積善堂、余慶堂等仍然延續下來，明後期，書林陳氏刻書家輩出，刻本眾多，以子部為主。明後期刻書較多的是書林陳氏積善堂、書林陳氏存德書堂、書林陳懷軒存仁堂等。此外陳氏書坊還有建陽陳所學，潭陽書林陳國晉，潭城書林陳孫安，閩中書林陳恭敬，書林陳應翔等十餘家。

九、書林葉氏刻書。明後期以書林葉氏作德堂、葉貴近山堂刻本最多。其他還有葉氏翠軒，書林葉逢春，書林南陽堂葉文橋等十餘家。

十、書林蕭氏刻書。蕭氏書坊和刻本數量都遠不及其他刻書大姓，但萬曆間名肆蕭氏師儉堂刊刻的戲曲很有特色，數量多，質量高。

以上十姓之外，明後期建陽其他書坊還有書林精舍，建陽張明（又作張安明），書林張氏新賢堂（又稱張閩岳新賢堂），麻沙蔡氏道義堂，書林蔡正河愛日堂，建陽書林王興泉善敬堂，書林三槐堂（王祐、王敬喬、王泰源、王崑源、王介爵均稱三槐堂），建邑書林敬堂王泗源，麻沙江甫，閩建方瑞泉，潭邑書林羅端源，書林游敬泉，閩建書林笈郵齋，書林朱仁齋（又作朱仁齋與畊堂），書林朱桃源（名釜，朱熹十二世孫）、朱明吾紫陽館，建陽書林朱美初，閩建書林拱唐金魁，閩建書林德聚堂，潭邑書林歲寒友，閩潭天瑞堂，閩建書林高陽生，書林李仕弘昌遠堂，閩建州書林瑞芝堂等三、四十家。

根據方彥壽所錄，明代建陽書坊的數量至少二百多家，明代建陽刻書之盛由此可見。景泰《建陽縣志》說：「天下書籍備于建陽之書坊，書目俱在，可考也。」今見《中國古籍善本書目》和《國家珍貴古籍名錄》所錄明代建陽刊本上千種。

明代建陽刻書經史子集各部俱全，史部尤多，而史部中以史評、史抄等解讀、評釋類為主，主要面向科舉士子和蒙學，屬於學習輔導用書。此外，尤多醫書、類書、小說、戲曲以及其他日用通俗讀物。可見，比之於宋代和元代，明代建陽刻書內容通俗化、大眾化的特點更為突出。

建陽刻書通俗化、大眾化的特點不僅表現在刻書內容上，也表現在刻本版式上。如建陽刻本的插圖方式以上圖下文為多，也有上評中圖下文、文中嵌圖、半葉全幅、合頁連式等形式。為經史典籍加上插圖，以幫助學習者理解艱深的典籍內容，顯然是很有必要的。通俗讀物如小說最多上圖下文版式，顯然面對的是識字不多、理解能力有限的下層民眾。建陽刻書還常見上下雙欄的版式，如法律類專業書籍上欄附上法律常識歌訣，以幫助學習者記憶。明後期的法律類書籍還與公案小說搭配成上下欄，這樣的方式可見書坊刻書通俗化的努力。

建陽刻書通俗化、大眾化的特點還體現在它的書價低廉。由於刻書業的發達、印刷術的進步等原因，明代書價本來就比之宋代大為降低。而閩本在明代各地刻本中又是最便宜的。胡應麟《少室山房筆叢》甲部「經籍會通四」說：「凡刻，閩中十不當越中七，越中七不當吳中五，吳中五不當燕中三，燕中三不當內府一。」這一方面是因為建陽山區有著造紙、製墨、木板等條件的便利，並且由於產業單一、經濟不發達，因而勞工價格也便宜，所以能夠較低成本地從事刻書業。另一方面很重要的也在於建陽書坊主明確自己的讀者階層和銷售定位，因而有意走價格低廉的銷售路線，從刻書內容的通俗化、大眾化，到版式、字體、裝幀等各方面都體現大眾化的定位。

對建陽刻書，有些文人學者評價較低。比如常為學界所引述的明代郎瑛《七修類稿》卷四十五〈書冊〉之言：「我朝太平日久，舊書多出，此大幸也。惜為福建書坊所壞。蓋閩專以貨利為計，但遇各省所刻好書，聞價高，即便翻刊。卷數目錄相同，而於篇中多所減去，使人不知，故一部止貨半部之價，人爭購之。近徽州刻《山海經》，亦效閩之書坊，只為省工耳。」

確實，在古代版權觀念淡薄、缺乏法制約束的情況下，為了追求利益，暢銷書翻刻現象非常普遍。早在宋代建陽刻書就多翻刻暢銷書，但不僅建陽，各地書坊都有這樣的情況，江南書坊也翻刻建陽書版。在建陽，刻書業繁榮，書坊競爭激烈，為了佔領市場，而又節約成本、爭取利益，往往一種編纂精美或銷售良好的圖書出版，馬上有書坊爭相摹刻，這種惡性競爭手段是造成建陽刻本版本眾多、但又往往質量不高的重要原因。但是，同時，還必須看到，建陽書坊低廉的書價使圖書不再成為部分階層的專利，而最大可能地擴大了圖書的傳播面，極大普及了思想文化，對於普及國民教育顯然具有重要意義。

刻書趨向專業化，是明代建陽刻書的又一特點。如劉弘毅慎獨齋以刊行史部、集部書為主；熊宗立種德堂、劉龍田喬山堂以刻印醫書為主；熊沖宇種德堂以刊刻童蒙教育和民間日用書為主。有的書坊大量刊行小說、戲曲，如余氏雙峰堂和三台館以刊刻小說為主，蕭氏師儉堂以雕印戲曲為主。專業化的刻書與書坊主專業化的修養密切相關。

建陽書坊多幾百年世代經營的刻書世家，悠久的刻書歷史、無書不備的讀書便利，和本地濃厚的教育氛圍，使得建陽刻書家多為文化修養較高的文人，他們中的一些翹楚刻書而兼編書。這個傳統自宋代至於明代，是建陽書坊很重要的一個特點。如宋代的蔡夢弼、余仁仲等諸家刻，不少都是自編自刻。這些自編自刻的刻書家，多從儒學出身，如余仁仲，據說為國學士。又如黃善夫，也是宋代建陽家塾型私家刻書的代表，亦可能進士出身，其生平與身分雖無法確知，但從他所刻《史記集解索引正義》、《百家注分類東坡先生詩》看來，前者方便讀者閱讀而兼採諸家之說，後者在蘇詩「五注」、「八注」、「十注」基礎上，「搜索諸家之釋」，「鏟繁剔冗」而編成，若不是有著切身的閱讀體會，並有一定的學識判斷，是不可能有如此創意的。《漢書》一百卷、《後漢書》一百二十卷，均有宋代學者評注。《史記》卷首序後有「建安黃善夫刊於家塾之敬室」牌記，從閩北家族重視家塾教育看來，黃善夫刻書很可能是在滿足家塾教育的同時而兼顧商業銷售，黃善夫顯然是黃氏家族一位學者型的刻書家，是個文化修養相當深厚的讀書人。

建陽人文深厚，刻書世家往往有其家學淵源。比如刻書世家麻沙劉氏，這是個「忠賢世家」。清代道光甲午王利賓為《建州劉氏三族忠賢傳》寫跋，謂「五忠四文，後先彪炳，而理學名臣較他族為尤盛」，誠不虛言。劉氏有著強烈的家族自豪感，世代讀書，以忠賢自居，劉氏刻書因此帶著明顯的家族特色。劉氏刻書約始自北宋，宋代家刻知名者如劉麟、劉仲吉、劉仲立、劉將士、劉元起、劉叔剛等。劉麟於北宋宣和六年（1124）刻《元氏長慶集》六十卷。此書由劉麟之父劉僎輯成，由劉麟刊行。這是元稹文集早期刻本，宋浙本、蜀本均據劉麟本翻雕。劉麟刻《元氏長慶集》有序云：「僕之先子尤愛其文，嘗手自抄寫，曉夕玩味，稱歎不已。謹募工刊行，庶幾元氏之文因先子復傳於世。」由此可見，劉麟之父是個讀書人，劉麟刻書淵源有自。又如劉仲吉，也是一位嗜讀書善著述的文人。劉仲吉是文忠公劉崇之的父親，父因子貴，死後贈吏部員外郎太中大夫，周必大為其撰寫墓誌銘，朱熹為其書寫像贊。《建州劉氏三族忠賢傳》卷一載〈太中公大成傳〉曰：「（劉仲吉）天姿爽邁，賦詩有警句，已乃不利場屋，閉門教子。淳熙乙未，子崇之登第……性嗜書，手不釋卷。前輩文集，晝夜編集。或質疑義，應答如流……善著述，詩文夷雅似其為人。」至於明代刻書家劉龍田，仍是讀書人：「初業儒，弗售，攜策遊洞庭、瞿塘諸勝，喟然曰：名教中自有樂地，吾何多求。遄歸侍養。發藏書讀之，纂《五經緒論》《昌後錄》《古今箴鑑》諸編。」[6] 自宋至明代，劉氏刻書以正經正史類為多，追求品質，如劉弘毅獨慎齋刻本，刊刻精良，卓然名家，都與家族良好的經史修養和傳承斯文的定位有關。

至於明代，建陽書坊集編校、刻印、銷售於一身的現象更為普遍。比如劉剡自編自刻《通鑑續編》等。比如熊宗立，著名醫家兼刻書家，自編自刻醫書，是福建歷史上刊刻醫書最多的人。他的《名方

6 劉秉鈞編輯，劉維新等修撰：《劉氏忠賢傳》（福州市：福建省圖書館，1990年據清光緒六年木活字本複印），卷1。

類證醫書大全》在《南北經驗醫方大成》的基礎上擴充、分類編撰而成，被譽為「醫家至寶」，據說是第一部被日本翻刻的中醫典籍，對日本醫學產生了重要影響。萬曆時期著名刻書家余象斗，科舉考試不第，轉而從事祖傳刻書事業，因為有著良好的文化修養，自編自刻多種圖書，在當時影響很大，今人王重民先生稱他為書坊主中的草莽英雄。

自編自刻的現象說明建陽書坊的文化積澱，使之儲備了具有較高文學和文化修養的人才。同時，書坊自編自刻解決了一部分刊刻稿源，特別是通俗讀物的編輯與刊刻，由於對市場需求的了解，書坊的自編自刻適應市場，並最快投放市場。

明代建陽書坊品種繁富、數量巨大的刻書是小說刊刻的背景，建陽刊刻小說之編撰素材、刊刻形式之插圖、注釋、評點乃至版本特徵，都源於建陽書坊刻書內容豐富、讀者定位意識明顯的歷史積澱。

第一章
明代建陽刊小說及其地域文化特徵

福建建陽刊刻小說歷經宋元明三代，至於清代尚有零星雕刻，所以，建陽刻書幾乎見證了中國小說從雅致書齋走向社會大眾的全過程。中國通俗小說真正的繁榮在明代，明代嘉靖、萬曆年間小說得到很大的發展，而福建建陽書坊是當時最主要的刻書中心，流傳至今的小說刊本以建陽刻本為最多，占現存刊本的三分之二以上，因此從建陽刻本可以窺見明代乃至明代之前中國小說史之大概。由於宋以來朱子閩學的影響，以及建陽的地理位置、經濟文化狀況等原因，建陽刊小說有其明顯的地域特徵，並因此很大的影響了明代小說史的面貌，甚至對中國古代小說發展走向起過決定性作用。

第一節　明代建陽刊刻小說概況

明代是中國古代小說的繁盛期，大量小說編撰和出版於此時。刻書中心之一福建建陽地區刊刻的小說以其數量眾多而引人注目。王清源、牟仁隆、韓錫鐸編纂的《小說書坊錄》共錄明代小說兩百二十五種，其中明確為建陽刊刻的有六十六種，占明代小說的百分之二十九點三。而我們根據江蘇社會科學院明清小說研究中心文學研究所編《中國通俗小說總目提要》、石昌渝主編《中國古代小說總目》、中華書局《古本小說叢刊》、上海古籍出版社《古本小說集成》以及其他一些資料統計，明代建陽書坊刊刻的小說數量大概要兩倍於此，在一百三十種以上。[1]

明代文學的發展前期相對沉寂，明代中期開始復甦，同時，「與整個農業文明向著工商文明迅速轉變的歷史潮流相適應，文學急劇地向著世俗化、個性化、趣味化流動，從內在精神到審美形式，都鮮明而強烈地打上了這種轉變的色彩」。[2]明代建陽書坊刊刻小說的繁盛，正是明代文學發展潮流的反映。

建陽書坊早在宋元時代就已刊刻小說，有著悠久的小說刊刻傳統，但是，明代早期刊刻的小說目前所知甚少，大約從宣德八年（1433）開始，建陽知縣張光啟校刊瞿佑《剪燈新話》與李昌祺《剪燈餘話》，二書合刊，至於《剪燈餘話》刊刻時，張光啟已調任上杭知縣。

弘治以後，通俗文學的刊刻漸多。弘治丙辰（1496）余氏雙桂堂刊刻《湖海奇聞集》六卷。弘治十七年（1504），建陽江氏宗德書堂刻印雷燮撰《新刊奇見異聞筆坡叢脞》一卷。正德六年（1511），楊氏清江堂翻刻《新增補相剪燈新話大全》四卷，《新增全相湖海新奇剪燈餘話大全》四卷。

與明代小說的發展過程相一致，嘉靖年間，建陽書坊刊刻了不少小說。現存嘉靖二十七年（1548）書林葉逢春刻印《新刊通俗演義三國志史傳》十卷，嘉靖三十一年（1552）楊氏清江堂、清白堂刻《大宋中興通俗演義》八卷、附錄《會纂宋岳鄂武穆王精忠錄後集》二卷，嘉靖三十二年（1553）楊氏清江堂刻《唐書志傳通俗演義》八卷八十九節。

---

1 此就目前所見所知統計，包括一些已佚版本，還包括現存一些上圖下文版式的殘本（殘葉），學界一般歸為建陽刊本。同一種小說若存不同版本，以不同版本數計。以下涉及統計數字，亦以此為標準。

2 袁行霈主編：《中國文學史》（北京市：高等教育出版社，1999年），卷4，頁4。

另外，嘉靖萬曆間周弘祖《古今書刻》錄建陽書坊刻本三百六十七種，但不錄小說戲曲，其中雜書類記載《搜神記》、《列女傳》。[3]

建陽書坊刊刻小說大繁榮於嘉靖以後，現在可知的建陽小說刊本絕大多數刻於萬曆年間。現存署刊刻年代、或基本可確定為萬曆年間刊刻的至少有七十多種，其中包括一些清代刊本中保留的明刊本資訊。試列舉如下：

一、萬曆十四年（1586）余碧泉刻王世貞批點《世說新語》八卷。

二、萬曆十六年（1588）余氏克勤齋刊刻《京本通俗演義按鑑全漢志傳》十二卷。從此本題署可知，余氏之外，「愛日堂繼葵劉世忠」、「清白堂楊氏」等都曾刊行或重修過此版。

三、萬曆十九年（1591）書林楊明峰刊刻《新鐫龍興名世錄皇明開運英武傳》八卷六十則。

四、萬曆二十年（1592）余氏雙峰堂刊刻《音釋補遺按鑑演義全像批評三國志傳》二十卷。

五、余象斗「補梓」《京本增補校正全像忠義水滸志傳評林》二十五卷，萬曆甲午（二十二年，1594）序刊。

六、萬曆甲午（二十二年，1594）朱氏與畊堂刻印明錢塘散人安遇時編集《新刊京本通俗演義全像百家公案全傳》十卷一百回。

七、萬曆二十三年（1595）熊體忠宏遠堂刻印明莊鐘實輯《新刊列仙降凡徵應全編》二卷。

八、萬曆二十四年（1596）熊清波誠德堂刊刻《新刻京本補遺通俗演義三國志傳》二十卷。

九、余象斗輯《新刊皇明諸司廉明奇判公案》，原刊本未見，現存余氏文台堂刊本、余氏建泉堂刊本、余氏雙峰堂刊本、三台館

3　《列女傳》，《四庫全書》歸於「史部傳記類」，但前人多稱其為「小說」，此為較寬泛的小說觀念，按當前小說研究的一般認識，唐以前小說適用。

余氏雙峰堂刊本、萃英堂重刊本。余氏建泉堂刊本首有萬曆二十六年（1598）余象斗自序。

十、萬曆戊戌（二十六年，1598）雙峰堂刊余象斗編《新刻芸窗匯爽萬錦情林》六卷，為上下兩欄版式。

十一、萬曆壬寅（三十年，1602）刊刻《北方真武祖師玄天上帝出身志傳》四卷二十四回。第一卷卷端署「三台山人仰止余象斗編」、「建邑書林余氏雙峰堂梓」。卷末木記曰：「壬寅歲季春月書林熊仰台梓」。不知熊仰台與余象斗、雙峰堂是什麼關係。

十二、萬曆三十年（1602）余泗泉刻印王同軌撰《新刻耳談》十五卷。

十三、萬曆三十一年（1603）楊閩齋刊刻華陽洞天主人校《鼎鐫京本全像西遊記》二十卷百回。

十四、萬曆三十一年（1603）萃慶堂余氏刊鄧志謨編撰《新鐫晉代許旌陽得道擒蛟鐵樹記》二卷、《鍥唐代呂純陽得道飛劍記》二卷、《鍥五代薩真人得道咒棗記》二卷。

鄧志謨編撰繁富，此三篇小說之外，還有「爭奇」系列小說為學界所關注，並錄於此。爭奇系列小說現存七種，根據潘建國考訂，其中《花鳥爭奇》、《山水爭奇》、《風月爭奇》三種為鄧志謨編撰。《梅雪爭奇》編撰者為「武夷蝶庵主」魏邦達。《茶酒爭奇》編撰者為「天馬主人」朱永昌，據說為建陽楊氏清白堂刊本。《童婉爭奇》、《蔬果爭奇》二者署名「竹溪風月主人」，此竹溪風月主人難以斷定為鄧志謨，很可能是書坊另請文人模仿編撰。《茶酒爭奇》之外，六種爭奇皆為萃慶堂刊本，後四者刊刻於天啟年間，今存多種版本。[4]

鄧志謨編撰者還有《精選故事黃眉》、《重刻增補故事白眉》、《丰

4 潘建國：〈晚明七種爭奇小說的作者與版本〉，《文學遺產》2007年第4期。

韻情書》、《鍥注釋得愚書》、《新刻灑灑篇》、《新刻一劄三奇》、《百拙生傳奇》等，也多由余氏書坊刊刻。[5]其中《新刻灑灑篇》並錄小說。

十五、萬曆三十一年（1603），忠正堂熊佛貴刻《新鍥音釋評林演義合相三國志史傳》二十卷。

十六、萬曆三十二年（1604）楊氏清白堂刊刻朱星祚撰《新刻全相二十四尊得道羅漢傳》六卷二十三則。現存萬曆乙巳（三十三年）聚奎齋挖改題署的版本。

十七、萬曆三十三年（1605）余氏雙峰堂刊余象斗輯《新刊皇明諸司廉明奇判公案》四卷。

十八、萬曆三十三年（1605）書林余成章永慶堂刻《新刻郭青螺六省聽訟錄新民公案》四卷四十三則。

十九、萬曆三十三年（1605）鄭少垣聯輝堂刻印《新鍥京本校正通俗演義按鑑三國志傳》二十卷。

二十、萬曆乙巳（三十三年，1605）詹氏西清堂刻印《京板全像按鑑音釋兩漢開國中興傳志》六卷。

二十一、萬曆三十三年（1605）書林萃慶堂刊刻鳩茲洛源子編集《新鐫全像一見賞心編》十四卷。

二十二、萬曆三十四年（1606）三台館刊余邵魚纂集《新刊京本春秋五霸七雄全像列國志傳》八卷。

二十三、萬曆三十八年（1610）楊閩齋（春元）刊刻《重刊京本通俗演義按鑑三國志傳》二十卷。

二十四、萬曆三十九年（1611）鄭世容刊行《新鍥京本校正通俗演義按鑑三國志傳》二十卷。

二十五、萬曆四十六年（1618）余象斗三台館重刊余邵魚纂集《列國志傳》八卷。

5　陳旭東：〈鄧志謨著述知見錄〉，《福建師範大學學報》2012年第6期。

二十六、萬曆四十八年（1620）費守齋刊刻《新刻京本全像演義三國志傳》二十卷。

大體可確定於萬曆年間（1573-1619）的刊本：

二十七、書林仙源余成章刊刻明朱名世撰《新刻全像牛郎織女傳》四卷。

二十八、書林清白堂楊麗泉刊刻明朱開泰撰《新刻達摩出身傳燈傳》四卷七十則。

二十九、書林景生楊文高刊刻《新刊京本通俗演義全像百家公案全傳》十卷一百回，殘存卷一至卷五。此為與畊堂本的翻刻本。

三十、 楊春榮刊刻《南海觀世音菩薩出身修行傳》四卷二十五則。正文卷端署「南州西大午辰走人訂著」、「羊城沖懷朱鼎臣編輯」、「潭[6]城泰齋楊春榮繡梓」。

三十一、書林余文台刊刻明吳元泰撰《新刊八仙出處東遊記》二卷五十六回。此本又有□□氏刊本，疑為明刊，從上圖下文的版式看，可能也是建陽刊本。還有道光十年（1830）致和堂《四遊全傳》，覆明刊。[7]

三十二、余象斗萬曆間刊刻《新刊京本校正演義全像三國志傳評林》二十卷。

三十三、雙峰堂萬曆間重印《新刊大宋中興通俗演義》八卷八十則，後附《精忠錄》二卷。此本卷二、卷七首題「書林萬卷樓刊行」，版心題「仁壽堂」，萬卷樓與仁壽堂為同一書坊，屬金陵周氏。其他各卷題「鰲峰熊大木編輯」、「書林

6 原書此字刻得不甚清楚，接近「渾」字。但可能是「潭」字。潭城，正是建陽別稱。建陽書坊刻書署「潭城」者多見。

7 參看施雨田撰寫詞條「八仙出處東遊記」，石昌渝主編：《中國古代小說總目》（白話卷）（太原市：山西教育出版社，2004年），頁3。

雙峰堂刊行」。石昌渝認為此書是用萬卷樓舊板挖改重印，為清江堂、清白堂合訂本的翻刻本。

三十四、《新刊按鑑演義全像大宋中興岳王傳》八卷八十則，題「紅雪山人余應鰲編次」、「潭陽書林三台館梓行」。此本與余氏雙峰堂用萬卷樓舊板挖改重印本文字內容相同，但不附《精忠錄》。

三十五、三台館萬曆間刊刻明熊大木撰《南北宋志傳》二十卷。

三十六、北京大學圖書館藏明世德堂刊本之《南宋志傳》的第五、七、九卷，題「文台余氏雙峰堂校梓」，《北宋志傳》第二十卷之底葉正中，鐫雙行大字：「書林雙峰堂」、「文台余氏梓」。則余氏又有另一種《南北宋志傳》刊本。

三十七、三台館刊刻余象斗編述《皇明諸司公案》六卷五十九則。此內封題「全像續廉明公案」，編刊當晚於萬曆二十六年余象斗自序的《皇明諸司廉明奇判公案傳》。

三十八、三台館刊刻《列國前編十二朝傳》四卷五十四則。第一卷卷端題「刻按鑑通俗演義列國前編十二朝」，署「三台山人仰止余象斗編集」、「閩雙峰堂西一三台館梓行」。

三十九、書林余君召刊《新刻皇明開運輯略武功名世英烈傳》六卷。

四十、　三台館刊明楊爾曾編《新鐫全像東西兩晉演義志傳》十二卷五十回，今存嘉慶四年（1799）敬書堂藏板，覆明三台館刊本。

四十一、雙峰堂、三台館刊刻《新刊按鑑演義全像唐國志傳》八卷八十九則。

四十二、余文台刊《二十四帝通俗演義全漢志傳》二十卷。

四十三、潭陽三台館元素刊《新刻按鑑編集二十四帝通俗演義全漢志傳》十五卷。此本又有十四卷本，現存寶華樓覆三台館刊本。

四十四、萃慶堂刻明林近陽增編《新刻增補全相燕居筆記》上下兩欄各十卷。署「芝士林近陽增編」，顯然此前有原編、原刻。[8]

四十五、熊龍峰刊刻《張生彩鸞燈傳》一卷、《馮伯玉風月相思小說》一卷、《孔淑芳雙魚扇墜傳》一卷、《蘇長公章臺柳傳》一卷。此四種小說為分冊單行本，版式紙質相同。其中，僅《張生彩鸞燈傳》篇首「入話」二字下，題「熊龍峰刊行」。

四十六、熊氏忠正堂熊龍峰刊刻吳還初撰《新刊出像天妃濟世出身傳》二卷三十二回，第一卷卷端署「南州散人吳還初編」、「昌江逸士凃[9]德孚校」、「潭邑書林熊龍峰梓」，卷末木記曰：「萬曆新春之歲忠正堂熊氏龍峰行」。

四十七、海北遊人無根子集《顯法降蛇海遊記傳》，近年由葉明生發現[10]，為清乾隆十八年文元堂據建邑書林忠正堂刻本重刊，未知建邑書林忠正堂刊刻此書之時間，但從題材、書坊來看，應該與《新刊出像天妃濟世出身傳》時間相近。

四十八、《新刻全像五鼠鬧東京》，殘存卷一、卷二，原書當為四卷。卷一首葉題「新刻全像五鼠鬧東京一卷」、「豫章還初吳遷編」、「昌江崙樵徐萬里校」、「書林文萃堂梓」。[11]

---

8 上海古籍出版社《古本小說集成》影印本前言中，魏同賢認為此書大約出現於萬曆年間，應早於現存何大掄序本《重刻增補燕居筆記》，更早於署名「馮夢龍增編」的余公仁本《增補批點圖像燕居筆記》。

9 此字模糊，有人斷為「余」字。但刻本明顯可見此「余」字左上側有筆劃，應是「凃」字。且見其他刻本中「凃」字寫法與此相同，如《廉明公案》上卷「人命類」《郭推官判猴報主》，其中「凃起」之「凃」即此寫法。

10 現存清乾隆十八年文元堂重刊本，二○○○年臺灣施合鄭民俗文化基金會出版《民俗曲藝叢書》，收錄葉明生發現整理的《海遊記校注》。

11 參看潘建國：〈海內孤本明刊《新刻全像五鼠鬧東京》小說考〉，《文學遺產》2008年第5期。

《新刻全像五鼠鬧東京》現存二卷情節相當於《五鼠鬧東京包公收妖傳》之卷一。

《五鼠鬧東京包公收妖傳》二卷一百二十七目，藏於英國倫敦博物館，李夢生認為此書內容、語言風格、分則體制與《新刊出像天妃濟世出身傳》等建陽萬曆刊刻的這批神魔小說相仿，應成書於明代，可能也是明代閩刊。[12]《中國古代小說總目》（白話卷）韋鳳娟所撰詞條認為此書當作於明代末期。潘建國則根據此書用紙、字體、版式判定為清代中後期廣東地區刊本。並錄於此。

四十九、種德堂熊成冶（沖宇）刊《新鍥京本校正按鑑演義全像三國志傳》二十卷，現殘存八卷，其中一、二卷藏於中國國家圖書館，三至六卷、十九卷、二十卷藏於中國社會科學院文學研究所圖書館。

五十、　萬曆年間種德堂刊刻《繡榻野史》上下兩卷，不署撰人。書前有「繡榻野史小敘」，署「戊申秋日五陵豪長書」。

五十一、書林熊體忠（字爾報，號雲濱）宏遠堂萬曆間補修重印華陽洞天主人校《新刻出像官板大字西遊記》二十卷，現存金陵世德堂本《新刻出像官板大字西遊記》之卷十六題「書林熊雲濱重鍥」。今日本天理圖書館、臺灣故宮博物館各藏一部，磯部彰認為兩者不是同一版本。

五十二、芝潭朱蒼嶺刊刻《唐三藏出身全傳》，正文題署「新鍥三藏出身全傳」、「齊雲陽至和（編）」、「天水趙毓真校」、「芝潭朱蒼嶺梓」。

五十三、書林劉氏安正堂萬曆間刊刻《唐鍾馗全傳》四卷。

五十四、書林劉龍田喬山堂萬曆間刊刻《新鋟全像大字通俗演義三國志傳》二十卷。

---

12 參看李夢生為《五鼠鬧東京傳》（上海市：上海古籍出版社，1992年，《古本小說集成》影印本）所撰〈前言〉。

五十五、潭邑明德堂劉太華萬曆間刊《新鐫國朝名公神斷詳刑公案》八卷四十則，題「京南歸正寧靜子輯」。

五十六、書林陳懷軒存仁堂萬曆間刊行明浙江夔衷張應俞撰《新刻江湖歷覽杜騙新書》四卷，目錄八十三則，實為八十九則。

五十七、蕭氏師儉堂刊刻《新刻湯海若先生匯集古今律條公案》八卷，正文卷端題「金陵陳玉秀選校」。

五十八、鄭以禎（號瑞我，鄭世容三子）萬曆間刻印《新鐫校正京本大字音釋圈點三國志演義》十二卷。

五十九、萬曆間樂純刻印自撰之《雪庵清史》五卷。《四庫全書總目》入子部雜家類存目。樂純，字思白，號天湖子，沙縣諸生。今有明萬曆天湖樂氏刻本（為建陽余氏承刻）、明書林李少泉刻本等。

六十、閩建書林笈郵齋萬曆間刊印《新鋟全像大字通俗演義三國志傳》二十卷。

六十一、閩書林楊美生刊刻《新刻按鑑演義全像三國英雄志傳》二十卷。

現存「三國」、「水滸」小說殘葉頗多，多認為出於萬曆年間建陽書坊。如：

一、《新刻京本按鑑演義合像三國志傳》二十卷（天理本）。現藏日本天理圖書館。

二、《新刻音釋旁訓評林演義三國志史傳》二十卷，朱鼎臣輯。現藏於美國哈佛大學、英國倫敦大英圖書館。

三、《新刻全像演義三國志傳》二十卷（國圖本）。殘本存於中國國家圖書館，存卷五至卷七。

四、《二刻按鑑演義全像三國英雄志傳》二十卷（魏氏本）。殘本存於中國國家圖書館，存卷一至三。

五、《二刻按鑑演義全像三國英雄志傳》二十卷，存卷六至十。藏於德國魏瑪圖書館。[13]

六、《插增田虎王慶忠義水滸全傳》（殘本），明刊本，法國國家圖書館存卷二十全卷（五回）和卷二十一的四葉。

七、《插增田虎王慶忠義水滸全傳》（殘本），明刊本，丹麥國家圖書館（哥本哈根）藏，存卷十五（闕葉）、卷十六（闕葉）、卷十七、卷十八（闕葉）、卷十九（闕葉）部分內容。

八、《新刊通俗增演忠義出像水滸傳》（殘本），明刊本，德國德萊斯頓薩克森州圖書館藏，殘存卷十七、十八、十九、二十，四卷，共十八回。

九、《全像水滸》（殘葉），存卷二十二之第十四葉。藏於英國倫敦牛津大學圖書館。

還有一些不知書坊名的刊本，據其版式內容，一般認為可能出於萬曆間建陽書坊，如：

一、《承運傳》四卷。不題撰人。正文卷端題「新鍥國朝承運傳」。

二、《潛龍馬再興七姑傳》二卷三十九則，不題撰人。正文卷端題「新鍥圖像潛龍馬再興七姑傳」。

三、明萬曆間刊刻《新刻湯學士校正古本按鑑演義全像通俗三國志傳》二十卷。

四、《孔聖宗師出身全傳》四卷二十則。首佚七葉，因而不詳撰人姓氏，亦不詳書坊堂號和刊刻年月。

五、《戚南塘剿平倭寇志傳》，殘存卷一至三。闕卷首十餘葉，不知撰人與刊刻者。

六、穆氏編輯《關帝歷代顯聖志傳》四卷三十二則，無書坊標識。

---

13 此德國魏瑪圖書館藏本與魏氏本（或稱「魏某本」）不是同一版本，二者版心所題書名不同，行款不同。參考魏安：《三國演義版本考》（上海市：上海古籍出版社，1996年）。

萬曆時期是明代建陽書坊刊刻小說的黃金時代，至於天啟崇禎間，建陽書坊可能就逐漸衰微了。現存天啟崇禎間小說刊本數量相對不多，試列舉如下：

一、天啟元年（1621）閩建書林高陽生刻印《合刻名公案斷法林灼見》四卷四十則，署「湖海山人清虛子編輯」。

二、書林黃正甫刻印《新刻考訂按鑑通俗演義全像三國志傳》二十卷。前有《三國志敘》，為「癸亥春正月山人博古生題」，癸亥為天啟三年（1623）。

三、楊氏四知館天啟年間刊《鍾伯敬先生批評水滸忠義傳》一百卷一百回。日本神山潤次藏本卷二十二第三葉版心下端有「積慶堂藏板」五字。

四、建邑書林鄭氏宗文堂刻印明余象斗輯《皇明諸司廉明奇判公案傳》。今存明天啟年間萃英堂重刊本，上下二卷。

五、三槐堂王崑源刻印葛天民吳沛泉匯編《新刻名公神斷明鏡公案》七卷。

六、崇禎間富沙劉興我刊刻《鼎鐫全像水滸忠義志傳》二十五卷一百十五回。書前《敘水滸忠義志傳》題「戊辰長至日清源汪子深書於巢雲山房」。

七、富沙忠賢堂劉興我刊刻《新刻按鑑演義全像三國志傳》二十卷二百四十則[14]。

八、劉氏藜光堂（閣）刊刻《精鐫按鑑全像鼎峙三國志傳》二十卷，正文卷端署「明富沙劉榮吾梓行」。

---

14 此本藏於日本名古屋大學中文系研究室，僅見於日本上田望：〈《三國志演義》版本試論——關於通俗小說版本演變的考察〉著錄，謂其版式與劉興我刊刻《鼎鐫全像水滸忠義志傳》相同。則其刊刻時間可能也在崇禎間。上田望此文原載《東洋文化》第71號（1990年12月）；中文譯本收入周兆新主編：《三國演義叢考》（北京市：北京大學出版社，1995年）。

九、劉榮吾藜光堂刊刻《新刻全像忠義水滸志傳》二十五卷一百十五回。

十、楊閩齋之子楊居謙崇禎辛未（四年，1631）以楊氏閩齋堂之名刊《新刻增補批評全像西遊記》。

十一、書林蓮台劉永茂刊刻朱鼎臣編輯《鼎鍥全相唐三藏西遊釋厄傳》十卷。[15]

十二、崇禎四年（1631）富沙鄭尚玄人瑞堂刻印明齊東野人撰《新鐫全像通俗演義隋煬帝豔史》八卷四十回。

十三、崇禎四年（1631）書林李仕弘昌遠堂刻印余象斗撰《全像五顯靈官大帝華光天王傳》四卷十八則。此應有余象斗原刊，已不存。

十四、大約明天啟、崇禎間，余季岳刊刻《按鑑演義帝王御世盤古至唐虞傳》二卷七則。

十五、余季岳刊刻《按鑑演義帝王御世有夏志傳》四卷十九則。此書內容緊接《盤古至唐虞傳》，題署、行款格式也相同。另有和《有商志傳》合刊的嘉慶十九年稽古堂本、光緒三十二年宏道堂本存世。其中「有夏」部分完全同於余季岳本《有夏志傳》的內容，只是缺了上圖。因此，余季岳這一「帝王御世」系列的刊本至少出了三種，第三種是《有商志傳》。

十六、書林陳懷軒存仁堂天啟崇禎間刻印《詳情公案》，原刊本已佚，現存三種本子：日本東京大學東洋文化研究所藏本，日本蓬左文庫藏本，日本內閣文庫藏本。三本題署不同，但版式、行款相同。可見此書曾數次改版印行。

十七、崇禎間熊飛雄飛館刻印《英雄譜》，為兩種長篇小說的合刻

15 朱鼎臣本的刊刻時間，張錦池先生、齊裕焜先生認為是崇禎四年（1631）。齊裕焜：〈明代建陽坊刻通俗小說評析〉，《福建師範大學學報》2006年第1期。

本，分上下兩欄，上欄為施耐庵《水滸傳》，下欄為羅貫中《三國志》，各二十卷。此本有初刻、二刻。

十八、熊飛雄飛館刊刻《小說選言》十八卷。《小說書坊錄》據大塚秀高《增補中國通俗小說書目》著錄。[16]

十九、《封神演義》十卷一百回，崇禎年間周之標序本。[17]路工《訪書見聞錄》著錄《封神演義》殘本似即此本。[18]

二十、《神武傳》四卷，崇禎年間建陽余氏刊本，版本情況不詳。[19]

據周蕪《中國版畫史圖錄》，明崇禎間三槐堂刻《新鐫玉茗堂批評按鑑參補出像南宋志傳》二十卷[20]，此三槐堂未知是否為建陽王氏三槐堂。

還有一些無刊刻年號，可能為明刊本的小說，如書林陳恭敬刻印福唐陳伯全校正《新刊增補全像音釋古今列女全傳》三卷；書林松溪陳應翔刻印唐牛僧孺撰《幽怪錄》四卷、附李復言撰《續幽怪錄》一卷等。

現存非建陽刊小說中，還有不少刊本保留了建陽書坊編刊的痕跡，如《片璧列國志》，內封題「李卓吾先生評閱」，「金閶五雅堂梓行」。卷首《列國志敘》署「三台山人仰止子撰」，可見此書可能原為余象斗編撰刊行。這類刊本我們未能一一檢閱統計。

以上所列並不完全，但從中我們可大體看到明代建陽書坊刊刻小說的興衰變化。建陽書坊在明代後期已開始衰微，入清以後刻書較少，所刻小說屈指可數。

---

16 王清源、牟仁隆、韓錫鐸：《小說書坊錄》（北京市：北京圖書館出版社，2002年），頁13。

17 石昌渝主編：《中國古代小說總目》（白話卷）（太原市：山西教育出版社，2004年），頁78。

18 路工：《訪書見聞錄》（上海市：上海古籍出版社，1985年），頁155。

19 路工：《訪書見聞錄》（上海市：上海古籍出版社，1985年），頁148-160。

20 周蕪：《中國版畫史圖錄》（上海市：上海人民美術出版社，1988年），頁529。

就小說史發展的總體概況來說，明代小說興盛於嘉靖以後，這一發展狀況固然與小說創作的情況相關，但我們認為與建陽書坊有很大關係。因為明代前期建陽書坊刻書占市場份額很大，建陽書坊的刻書與經營狀況對於圖書的市場流通具有重要的決定作用，明代小說的傳播也受此影響。

第二節　小說語體與題材選擇

建陽書坊刊刻小說的歷史很長，但就現存刊本來看，宋元時代刊刻的小說還不多，大量刊行小說是在明代。與明代小說發展潮流相一致，建陽書坊刊刻小說興盛於嘉靖以後。明代建陽刊小說版本至少在一百三十種以上，其中絕大多數刊刻於萬曆和萬曆以後。

建陽刊小說有其明顯的地域特徵：從語體來說，以白話通俗小說為主，而較少刊刻文言小說；從題材來說，多集中于講史、神魔、公案三類題材，而極少豔情小說的刊刻。如此特徵的形成，與明朝的封建統治能力與官方的政策導向、閩北地區的理學氛圍與區域性文化特徵密切相關。

一　書坊定位與官方政策

從文本流傳來看，明代前期小說編撰和傳播的主流顯然是文言小說。

明代初年首先掀起小說閱讀熱潮的是瞿佑的《剪燈新話》和李昌祺的《剪燈餘話》。《剪燈新話》四卷二十一篇，成書於洪武十一年（1378），洪武十四年（1381）梓行於世，在文人圈中影響極大，當時很多名士為之作序，不少文人著述中提到《剪燈新話》。如洪武十四年嚴州吳植、洪武二十三年仁和桂衡、洪武三十年錢塘淩雲翰都曾有序。永樂年間曾任四川蒲江知縣的胡子昂作〈剪燈新話後記〉，曾任江西瑞州知府的唐岳作〈剪燈新話卷後志〉，曾為徐州判官、累遷至山東按察司僉事的廬陵人晏璧作〈秋香亭記跋〉。永樂之前《剪燈新話》已傳寫四方，且「有鏤版者」，永樂年間瞿佑校訂所依據的本子來自四川，幾經傳抄，已很多訛誤。經瞿佑重新校訂的本子後來於永樂末年或宣德初年刊出。宣德八年又經建陽知縣張光啟刊刻，但此後不久的正統七年就遭到禁毀。

大約永樂十七年，由於《剪燈新話》的影響，李昌祺編撰成《剪燈餘話》四卷二十篇。《剪燈餘話》同樣受到文人圈子的歡迎和盛讚，從作序之人看來，《剪燈餘話》似乎還享受了比《剪燈新話》更高的「待遇」。李昌祺是永樂二年進士，為之作序的都是同年進士。永樂二年的狀元曾棨為之作序，稱其「穠麗豐蔚，文采爛然」，為之作序的還有永樂二年進士王英和羅敬汝。這兩部小說仿作很多，對整個明代文言小說都產生了很大影響。

明代前期廣為流傳的另一類文言小說是以元代《嬌紅記》為發端的中篇傳奇。中篇傳奇除《嬌紅記》外，其他的基本都出現在明代，而且萬曆中期以後基本上不再有新作問世。[21]中篇傳奇的創作時間很難確定，多有爭議。陳國軍把中篇傳奇的發展分為四個時期：第一個時期，從元代至順元年到明永樂十一年（1330-1413），宋遠《嬌紅記》二卷、無名氏《龍會蘭池錄》一卷、明代洪武年間桂衡《柔柔傳》（已佚），以及永樂十一年李昌祺的《賈雲華還魂記》。第二個時期，成化至嘉靖十九年前（1465-1540），其間現存五部中篇傳奇，它們是成化末、弘治初的《鍾情麗集》、約成書於正德、嘉靖間的《麗史》、成書於弘治末、嘉靖初的《荔鏡傳》、成書於弘治、正德的《雙卿筆記》，以及成書於正德末年之前的三山鳳池盧民表著《懷春雅

21 陳大康：《明代小說史》（上海市：上海文藝出版社，2000年），頁316。

集》二卷。另外，還有見於著錄，但已經散佚的郴陽南谷靜齋雷世清編著的《豔情集》八卷、趙元暉編輯的《李嬌玉香羅記》三卷。第三個時期，嘉靖二十年至嘉靖四十五年（1541-1566），這一時期，共產生三部中篇傳奇小說，即《尋芳雅集》、《花神三妙傳》、《天緣奇遇》。第四個時期，隆慶、萬曆時期（1567-1620），這一時期有五部中篇傳奇。它們是創作於嘉靖末至萬曆的《李生六一天緣》、成書於萬曆時期的《劉生覓蓮記》、成書於萬曆二十年前的《雙雙傳》、成書於萬曆時期的《五金魚傳》、《傳奇雅集》。[22]這些小說藝術成就有限，但是廣受文人歡迎，很多文人玩味而稱羨。當時多有單行本流傳，又常被各通俗類書轉錄，影響廣泛。然而明代萬曆以後就少有新作，清代以後逐漸退出了傳播領域。

此外，繼承前代文人編撰文言小說和文言小說集的傳統，明代前期就有大量的傳奇集、志怪小說集、志人小說集、雜俎集，以及各種文言小說選集、文言小說叢鈔等，事實上，作為文人讀書、編書的習慣，這類文言小說集的選編一直持續到清代。從甯稼雨撰《中國文言小說總目提要》、石昌渝主編《中國古代小說總目》（文言卷）可見其洋洋大觀。另外，文言小說還有一類存在方式，就是雜收於文人文集中。這些文集內容駁雜，有前代作品，也有當代傳說，還有作者自創，文體則有殘叢小語，也有篇幅較長的傳奇，還有大量非小說性質的文字。其實是小說比較傳統的一種存在方式，編撰者往往沒有自覺的小說意識，多為讀書生活的副產品，甚至只是一種抄書的習慣，有的可能是為了證明自己的「博洽」。這些作品無以數計，大概無論層次高低，每個文人都或多或少有所編撰。同時，可稱之為小說的文字還更廣泛地存在於家譜、方志等等各種文獻當中。

---

22 陳國軍：〈元明中篇傳奇小說的發展歷程及其特徵〉，《中國小說論叢》（韓國）第21輯（2005年3月）。

參考甯稼雨撰《中國文言小說總目提要》、石昌渝主編《中國古代小說總目》（文言卷），以及陳大康《明代小說史》附錄的《明代小說編年史》，可見明代前期各類文言小說多有刊刻。特別是「剪燈」系列小說和中篇傳奇，坊間多有刻本，傳播相當廣泛。

但是，面對如此「熱銷」的文言小說，建陽書坊的刊刻卻不是太多。

由宋至元，建陽刻書由官刻、家刻、坊刻並重，逐漸發展為坊刻為主、甚至一枝獨秀。在這個發展過程中，建陽小說刊刻逐漸完成了從雅致書齋到市井勾欄、大眾文學的轉變。宋元以來建陽刊刻的文言小說多有官員參與，如《夷堅志》、《容齋隨筆》、《類說》等刊刻都與當地任職官員的推進有關。元代劉應登評點之《世說新語》、陶宗儀之《輟耕錄》應該都是委託建陽書坊刊刻。文言小說在宋元建陽刻書中總量本來就不多，到了明代，建陽書坊小說刊刻基本確定了以白話為主的方針。明代文言小說的刊刻也與官員之雅趣密切相關，宣德八年（1433）建陽知縣張光啟刊刻《剪燈新話》和《剪燈餘話》。但是，《剪燈新話》、《剪燈餘話》不久就遭禁毀，建陽書坊遲至正德六年（1511）才有這兩種小說的翻刻，但此後也未見重刊[23]。此外，確證為建陽書坊刊的文言小說（筆記）現存不多，即弘治十七年（1504）書林梅軒和江氏宗德書堂刻印雷燮《新刊奇見異聞筆坡叢脞》一卷，萬曆二十三年（1595）書林熊體忠宏遠堂刻印明莊鏜實輯

23 國內現存《剪燈新話》明刊本四種，建陽刊本占了兩種，在《剪燈新話》的刊刻中建陽佔有重要地位。而且張光啟刻本是《剪燈餘話》的第一個刻本，在《剪燈餘話》的傳播中具有重要意義。但這與建陽總體上較少刊刻文言小說並不矛盾。根據學界研究可知，《剪燈新話》的明代刊本並非僅此四種，洪武永樂年間已有刊本，但已不存，永樂十九年之後由瞿暹刊刻的本子國內不存，但朝鮮、日本的本子多源於此本。張光啟「命工刻梓」時《剪燈新話》已經是「四海盛傳」了。另外，張光啟出於文人雅好與推廣《剪燈餘話》之意合刊二書，具有很大的偶然性，此後「剪燈系列」出現的一系列新作，尚未見建陽書坊刊本。

《新刊列仙降凡徵應全編》二卷，書林陳應翔刻印唐牛僧孺撰《幽怪錄》四卷、附李復言撰《續幽怪錄》一卷，書坊承刻樂純《雪庵清史》等，以及《夷堅志》、《世說新語》等一些宋元刻本的重刊。其中甌寧（今建甌）雷燮《新刊奇見異聞筆坡叢脞》、沙縣樂純《雪庵清史》，應該都是文人委託書坊刊刻。引人注目的是中篇傳奇的刊刻情況，元代開始至於明代萬曆年間，中篇傳奇暢銷，各地書坊爭相刻印，留存至今的建陽書坊刻書中也僅見雙峰堂刊余象斗編《萬錦情林》六卷、萃慶堂余泗泉刊《新刻增補全相燕居筆記》十卷，這在繁盛的建陽刻書中比例實在是很小的。雖然現存刻本並不是當時刻書的全部，但與白話小說等其他類型刻書相比，就刻書的存佚概率來說，現存各類型刻書的比例基本體現當時刻書的大致情況。

建陽書坊很少涉足文言小說的刊刻，與書坊的讀者定位有關。建陽書坊刻書就內容來說以普及為主，偏重於正經正史，特別多經史類普及讀物，包括啟蒙、科舉輔助書，同時多刻與百姓日用密切相關的醫書、通俗類書等。元代以後開始刊刻白話通俗小說，面向下層民眾這一普通讀者階層。文言小說使用文言敘事，大量插入詩詞文賦，表現文人生活和文人的觀念世界，充滿文人情趣，與識字量少、關心自己市井經驗的下層民眾離得很遠，不為市井大眾所接受，因而，面向市井大眾的建陽刻書也就很少留意這類小說。

但語體的選擇只是建陽書坊小說刊刻狀況的一個方面。因為明代前期也存在通俗小說的編撰和傳播，由宋元而來的說話和說唱繼續發展，全國各地出現了數量眾多的說書先生，他們以講唱小說故事為謀生手段，廣泛地活躍在城鎮鄉村，上至帝王宮廷、官府人家，下至村居里巷、路邊門前。從葉盛（1420-1474）《水東日記》卷二十一「小說戲文」的記載來看，當時書坊刊刻不少「小說雜書」：「故事書，坊印本行世頗多，而善本甚鮮。」（卷十二）「今書坊相傳射利之徒偽為小說雜書，南人喜談如漢小王光武、蔡伯喈邕、楊六使文廣；北方人喜談如繼母大賢等事甚多。農工商販抄寫繪畫，家蓄而有之。癡騃女婦，尤所酷好。」（卷二十一）[24]但是，建陽書坊同樣少有這些「小說雜書」刊本。

那麼，為什麼明代前期建陽書坊很少刊刻小說呢？有人認為是刻書業不夠發達的原因。事實上，元明之際的戰火雖然燒毀了建陽書坊一些板片，但並沒有毀滅性的打擊。明代前期，據顧炎武《鈔書自序》，至於正統年間，「其時天下惟王府官司及建寧書坊乃有刻板」。[25]洪武二十四年（1391）六月，太祖「命禮部頒書籍於北方學校。上諭之曰……向嘗頒與五經四書，其他子史諸書未嘗賜予，宜於國子監印頒，有未備者遣人往福建購與之」。[26]清代施鴻保《閩雜記》稱：「麻沙書板，自宋著稱。明宣德四年（1429），衍聖公孔彥縉以請市福建麻沙版書籍咨禮部尚書胡濙，奏聞許之，並令有司依時值買紙雇工摹印。」[27]明代嘉靖年間周弘祖《古今書刻》統計各地刻書，以福建最多，而福建又以建陽書坊最多，達三百六十七種，比南京國子監和各省都多。以私人之力統計必然不完全，但由此可見明代前期建陽書坊刻書之盛。

在如此繁盛的刻書中少有小說，當然有著多方面的內外因，我認為影響建陽書坊明代前期刻書狀況的因素首先在於官方的政策導向。

一方面，明初建陽書坊的地位很高，明代前期全國的科舉應試之書多出於建陽書坊，書坊承接了許多官方委託刻書的任務。如成化二十三年（1487），禮部尚書丘濬進呈《大學衍義補》一書，孝宗命

---

24 葉盛：《水東日記》，《元明史料筆記叢刊》（北京市：中華書局，1980年），頁213。

25 顧炎武：《亭林文集》，卷2，《續修四庫全書》（上海市：上海古籍出版社，1995年據清刻本影印），冊1402，頁82。

26 《明實錄》，冊28，《太祖洪武實錄》（長樂梁鴻志民國二十九年影江蘇國學圖書館傳鈔本），卷209。

27 施鴻保：《閩雜記》（光緒戊寅〔1878〕申報館印），卷8，「麻沙書板」。

「謄副本下福建書坊刊行」(《孝宗弘治實錄》卷七)，丘濬《大學衍義補》最早的刊本即為弘治元年（1488）建寧府刊本。成化十六年（1480)，福建按察司僉事余諒請建陽書坊刻印丘濬輯《文公家禮儀節》八卷。當時福建巡撫、巡按以及建寧府、建陽縣的官員、書院大量刻書，刻書地點多為建陽書坊。

建陽書坊的地位源於明王朝大力提倡程朱理學。元代仁宗延祐年間（1314-1320）恢復科舉，就詔定以朱熹《四書集注》試士子。明朝朱元璋推崇朱子學，洪武二年（1369）詔令天下立學，規定：「國家明經取士，說經者以宋儒傳注為宗，行文者以典實純正為主。今後務須頒降《四書五經》《性理》《通鑑綱目》《大學衍義》《歷代名臣奏議》《文章正宗》及歷代誥律典制等等書，課令生徒誦習講解，其有剽竊異端邪說，炫奇立異者，文雖工，弗錄。」[28]這一政策對建陽書坊的發展非常有利，因為建陽是閩學中心、理學淵藪，是朱子講學終老之地，而且建陽書坊刻書向來以儒家經典為主，自宋代以來就特別用力於科舉考試用書，在讀書士子中擁有廣泛的市場。當時官方還規定理學諸子後裔可優免徭役，萬曆《建陽縣志》卷三「籍產志」之「賦役」載：「本縣昔為先賢所萃之鄉，故各家子孫俱得優免。朱文公伍拾丁石，而蔡西山壹拾玖丁石，遊廌山、張橫渠各壹拾陸丁石，劉雲莊壹拾肆丁石，劉瑞樟、熊勿軒各捌丁石，黃勉齋伍丁石。蓋士夫舉監生員吏承之優免，各縣所同，而先賢子孫之優免，則本縣所獨也。」[29]為了取得這種優惠待遇，建陽刻書世家往往以名賢後裔自居，如劉弘毅慎獨齋刻印《十七史詳節》，就標明「五忠後裔」、「精力史學」。[30]在這樣濃郁的文化氛圍中，當時無論官刻、家刻、坊刻都

---

28 佚名：《松下雜鈔》，卷下，孫毓修編：《涵芬樓秘笈》（北京市：北京圖書館出版社，2000年據上海商務印書館1917年影印本影印），第3集，冊3，頁368。

29 《（萬曆）建陽縣志》，《日本藏中國罕見地方志叢刊》（北京市：書目文獻出版社，1991年），頁350。

30 方彥壽：《建陽刻書史》（北京市：中國社會出版社，2003年），頁215。

以理學名著為主，多刻宋元理學諸子著作。悠久的刻書歷史、理學名家的良好聲譽和特別有利於建陽刻書發展的政治文化氛圍，吸引了國子監乃至各地名士把經典著作和理學新作寄發建陽書坊刊刻。所以，建陽書坊稿源相當充足，銷量也大。

另一方面，當時官方對文藝的管理也使得書坊不敢輕舉妄動刊刻違禁書籍。關於明代前期戲曲、說唱傳播的禁令為學界所熟悉，如洪武六年（1373）詔令禁限戲曲妝扮歷代帝王后妃忠臣烈士先聖先賢神像，這條禁令被寫進了洪武三十年（1397）正式頒佈的《御制大明律》，永樂九年（1411）又再次出榜禁同類詞曲的演出、收藏、傳誦、印賣。[31]這樣的規定對說書同樣有效，據褚人獲《堅瓠集》辛集卷二記載，就是在後來通俗文藝已經頗為繁榮的嘉靖、隆慶年間，王世貞的兒子王士驌還因為奴僕說平話而致罪[32]。

而關於小說傳播的禁令現在所見似乎與建陽刻書關係較為密切。建陽書坊發展繁盛，必然也會產生一些非「經史有益之書」，由於建陽和建陽書坊引人注目的地位，「道所從出」、「文章萃聚」，官方對建陽刻書業的管理也較為重視。如宣德正統間建陽知縣張光啟刊刻《剪燈新話》、《剪燈餘話》後不久，明正統七年（1442），「國子監祭酒李時勉言五事……近年有俗儒假託怪異之事，飾以無根之言，如《剪燈新話》之類，不惟市井輕浮之徒爭相誦習，至於經生儒士多捨正學不講，日夜記憶以資談論，若不嚴禁，恐邪說異端日新月盛，惑亂人心，實非細故，乞敕禮部行文內外衙門及提調學校僉事御史並按察司官巡歷去處，凡遇此等書籍，即令焚毀，有印賣及藏習者問罪如律，庶俾人知正道，不為邪妄所惑。詔下禮部議，尚書胡濙等以其言多切理可行，但欲取太醫院藥於本監治病原無舊例難從。上是其議。」[33]

31 參看程華平：《明清傳奇編年史稿》（山東市：齊魯書社，2008年），頁2、4。

32 參看陳大康：《明代小說史》（上海市：上海文藝出版社，2000年），頁144。

33 《明實錄》，冊97，《英宗正統實錄》（民國二十九年影江蘇國學圖書館傳鈔本），卷90。

李時勉的奏疏有可能是針對張光啟刊刻《剪燈新話》、《剪燈餘話》而發的。李時勉的奏書中雖言「剪燈新話之類」，而沒有直接提《剪燈餘話》，但可能更為直接導致李時勉上書的是《剪燈餘話》。《剪燈新話》自洪武十一年成書，至此四海流傳四十餘年，且已多有刊本。《剪燈餘話》大約成書於永樂十七年，張光啟刊本是《剪燈餘話》的第一個刻本。《剪燈餘話》作者李昌祺與李時勉同鄉且為同年進士，曾經是好朋友，李時勉為李昌祺詩集作過序，永樂十八年還為李昌祺的《至正妓人行》作過跋，張光啟刊本《剪燈餘話》附《至正妓人行》及諸名公跋，李時勉之跋也在其中。收入李時勉等名公之跋顯然是為了提高《剪燈餘話》的身價，但是否正因為如此而更引起李時勉的注意乃至反感呢？歷史細節無法還原，但從李時勉為《至正妓人行》寫的跋可以知道，李時勉不贊成李昌祺撰寫這類作品，認為「公為方面大臣，固當以功名事業自期」。對比《剪燈餘話》諸篇，《至正妓人行》已屬雅正。對於《至正妓人行》李時勉尚且認為不當用力於此，更不必說《剪燈餘話》諸篇的「怪異之事」、「無根之言」；而且比之《剪燈新話》，《剪燈餘話》對於男女之情更多露骨描寫，觸犯時忌的內容也更多，多處譏刺永樂朝「失節」大臣，「同時諸老，多面交而心惡之」[34]。李時勉是明代著名的理學名臣，《明史》有傳，為了維護禮教，甚至曾經「廷辱」洪熙皇帝，據說洪熙皇帝就是被他氣死的。可以想見，李時勉若讀到《剪燈餘話》，必然如鯁在喉。正統六年，李時勉任國子監祭酒，兢兢業業教誨國子監學生，終於因為「經生儒士多舍正學不講」、沉迷於《剪燈新話》一類的小說而慨然上書建議禁毀。而從「上是其議」看來，李時勉禁書的建議必然被採納了，因為此後二十多年不僅《剪燈新話》、《剪燈餘話》未見傳本，其他小說也少有流傳，從現存刊本來看，成化以後才逐漸開禁。又據施鴻保《閩雜記》記載：「宏（弘）治十二年給事中許天錫言今年闕里

---

34 祝允明：《野記》（1936年商務印書館影印），卷1。

孔廟災，福建建陽縣書坊亦被火，古今書板盡毀，上天示警，必於道所從出、文所會萃之處，請禁偽學，以崇實用。下禮部議，遂敕福建巡按御史釐正麻沙書板。又嘉靖五年福建巡按御史楊瑞、提督學校副使邵誥請于建陽設立官署，派翰林春坊官一員監校麻沙書板，且有官監校矣。」[35]在建陽書坊這麼一個偏僻的小地方設置一名專任官員，可見中央政府對建陽書坊的重視，也可見建陽書坊之繁盛。嘉靖十一年（1532），福建提刑按察司還專門就建陽書坊刊刻的四書五經出了一道牒文，明文規範刻書的文字差訛和版式問題。可見政府的監管是有力的。

所以，明代前期建陽書坊少有小說刊刻雖決定於當時小說創作情況，但也與書坊的讀者定位和官方的政策導向與文化管理有關。

二　題材選擇與理學的影響

建陽書坊的經史類典籍和理學著作的刊刻自明代中葉以後有所衰退，一方面是因為統治階層日益腐敗，無力倡導和維護理學，另一方面是心學的興起使理學熱潮弱減。心學的興起對於建陽的文化思想影響不大，但客觀上影響了建陽書坊刻書的稿源和銷售。又根據《建陽縣志續集》〈典籍〉記載：「天下書籍備於建陽之書坊，書目俱在，可考也。然近時學者自一經為書，外皆庋閣不用。故板刻日就脫落。況書坊之人苟圖財利，而官府之征索償不酬勞，往往陰毀之以便己私。不可慨歎。故今具紀其所有者，而不全者止錄其目。好古而有力者能搜訪訂正而重刻之以惠後學，亦一幸也。」[36]由此可見，明代中期建陽書坊刊刻經史類典籍乃至科舉參考書的衰退有著諸多具體的原因，

---

35 施鴻保：《閩雜記》（光緒戊寅〔1878年〕申報館印），卷8「麻沙書板」。

36 袁銛《（弘治）建陽續志》，《四庫全書存目叢書》（濟南市：齊魯書社，1995年據明弘治刻本影印本），史部，冊176，頁87-88。

其中越來越暴露弊端的八股取士制度對於建陽刻書有很大影響。建陽刻書的巨大支柱是輔助科舉考試和蒙童學習的經史類普及讀物，但八股考試改變了從前士子遍讀經史的學習方式，使得建陽刊刻的經史類圖書失去了銷路而萎縮。而官府的徵索又加重了書坊的負擔，加劇了書坊的衰落。

正是在這樣的背景下，又由於此時全國小說圖書市場逐漸興盛，建陽書坊因為本來就有著良好的通俗圖書刊刻傳統，所以，通俗小說很快成為書坊刻書的支柱品種。明代建陽小說刊本現在所知一百三十一種，從萬曆年間余象斗刊刻《三國志傳評林》之〈三國辯〉、《水滸志傳評林》之〈水滸辨〉[37]看來，現存的刊本只是當時刻書中的一部分，佚失的版本數量應該比現存的還多。

但是，建陽刊刻的通俗小說仍然有著建陽這個「閩邦鄒魯」、「道南理窟」明顯的地域特色。這一地域特色充分體現在建陽刊小說的題材選擇上。檢視目前所知建陽書坊刊刻小說，可見其明顯的題材特徵，即以講史、神魔、公案三種類型為主，其中講史小說刊本六十九種，神魔小說刊本二十七種，[38]公案小說刊本十八種。

從現存刊本來看，建陽書坊少有人情小說。人情小說在明代後期的主要類型是「豔情小說」，這類小說在嘉靖後期開始出現，到萬曆後期形成高潮，像《如意君傳》、《癡婆子傳》、《浪史》等作品大量出現，但是，現存刊本多出於江浙一帶，而建陽刻本今見惟有種德堂刊《繡榻野史》。「種德堂」是建陽熊氏書坊之一，但此《繡榻野史》不

---

37 余象斗刊本《三國志傳評林》有〈三國辯〉、《水滸傳評林》有〈水滸辨〉，此「辯」、「辨」二字按原文，特此說明。以下全書均此處理，不另說明。

38 其中包括近年由潘建國發現的書林文萃堂刊《新刻全像五鼠鬧東京》，見潘建國：〈海內孤本明刊《新刻全像五鼠鬧東京》小說考〉，《文學遺產》2008年第5期；葉明生發現的書林忠正堂刊《顯法降蛇海遊記傳》，現存清乾隆十八年文元堂重刊本，參看葉明生：《海遊記校注》（臺北市：施合鄭民俗文化基金會，2000年，《民俗曲藝叢書》）。

一定刊刻於建陽，因為明代後期熊氏種德堂在金陵有分店，其刊本有一部分刻於金陵。[39]而此本《繡榻野史》不是建陽刊小說常見的上圖下文版式，而是圖版散插於正文中間，雙面合頁連式，上下卷各十二幅，是江南刊小說常見的版式。[40]

我們不能以現存小說刊本情況斷言建陽書坊不刊豔情小說，但從存本在題材類型上的比例可以推斷建陽書坊有著較為明顯的題材取向。以《三國志演義》、《水滸傳》為典範的講史小說無不是以綱常義理為旨歸，宣揚忠孝節義、懲惡揚善。建陽書坊組織編撰和刊刻的神魔小說雖然是在《西遊記》影響下產生的，但實際上都融合了講史小說的影響，是講史小說發展的一個支流。這些神魔小說顯然不同於傳統的志怪小說以鬼神為表現對象、追求怪異的敘事趣味，而是通過神仙佛道的修行故事，達到教人向善的目的，所以與講史小說實異途同歸，為儒教之補。而公案小說向來被視為廣義的講史類小說，建陽書坊刊刻的公案小說還經常與法律文書上下欄刊刻，是普及司法知識的一種手段，也是法律文書的派生物，當然既有益於教育，又符合理學的精神。事實上，結合建陽書坊對通俗小說題材的選擇來觀照文言小說，我們會發現建陽書坊刊刻小說的語體傾向也主要取決於題材的選擇。文言小說中的剪燈系列和中篇傳奇在題材上屬於人情一類，特別是被稱為「話本」的中篇傳奇，其題材與通俗小說之豔情一類相接近。正因為題材的原因，建陽書坊較少刊刻。

建陽書坊刊刻小說就是通過講述故事通俗演繹儒家義理，令人自然想到被稱為「考亭學派」的朱子理學。理學是以研究儒家經典的義理為宗旨的學說，所謂「義理之學」。朱子理學代表了宋代儒學的最高成就，因為朱熹生長、師承、講學基本都在閩地，所以，又被稱為

---

39 劉世德：〈《三國志演義》熊成冶刊本試論〉，《文獻》2004年第2期。

40 當然並不排除此本刻印於建陽。很有意義的是，由此亦可見明代後期建陽書坊與江南書坊的合流。

閩學。元代理學家建陽之熊禾有言：「文公之文，如日麗天；書坊之書，猶水行地。」朱子理學與建陽刻書是閩地文化兩大瑰寶，建陽刻書深受朱子理學影響。朱熹主張，人人可以成為聖人，必要的途徑就是格物致知。格物致知的重要內容是「窮天理，明人倫」，其中「天理」主要是指仁義禮智等道德原則，明確要求以天理節制私欲邪念，要求君臣上下講求道德，重民生，安社稷，鼓勵每個普通人以聖賢自任。朱子學說反映了人的理性自覺，表達的是理學家崇高的人生理想：追求理想人格和完善道德原則，在「天地人」「三才」之中努力與天地並立、實現「以道自任」的理想境界，「為天地立志，為生民立道，為去聖繼絕學，為萬世開太平」。這種詩性哲學所具有的超拔塵俗的人性光輝，是閩學成為官學、並為文人士大夫普遍認同的重要原因。在建陽刊小說中，我們能真切感受到朱子精神的深刻影響。

理學思想成為影響建陽書坊刊刻小說題材選擇的重要原因。儘管建陽刊小說題材類型上的特點有著文學發展內、外多種因素的作用，與當時文化政策有關，還與書坊長期大量刊刻史部圖書以及講史平話的積澱有關，但是最主要的生成動力是建陽地域文化形成的道德基準和書坊主的自覺選擇。

在福建乃至全國，閩北地區是一個獨特的區域，它分布於武夷山脈建溪一線，包括了建寧府、邵武軍、南劍州三州府，建陽則處於這一地域網絡的中心。這一地區被稱為「道南理窟」確實非常形象，因為理學家在這裡紮堆出現。至少從南唐時代開始，建安江文蔚、朱弼都是名重天下的儒學名家。宋代閩學的著名理學家從「南劍三先生」的楊時、羅從彥、李侗以下，武夷「胡氏五賢」：胡安國、胡寅、胡寧、胡宏、胡憲，以及游酢，劉勉之，劉子翬，到朱熹，其生活地域基本上集中於以建陽為中心的閩北走廊。由於理學家如此密集，所以，閩學在閩北的影響非常深入，地位極其穩固，宋代「慶元黨禁」

中，閩北地區無一人充當反閩學的幹將。[41]朱熹去世正當黨禁最烈之時，慶元六年（1200）十一月，朱熹葬於建陽九峰山大林谷，參加葬禮的有六千人，其中不乏遠道而來的朱子門人，但如此多的人數，必然更多的是本地人。《閩學源流》根據歷代文獻統計，列出朱熹門人有姓名記載的五百一十一人，其中占比例最多的還是閩北三州府，有八十四人。通過門人弟子的遞相承傳，朱子思想源遠流長。尤其在建陽，由於政府的扶持與嘉獎，從宋末到明清，大量立祠堂、建書院、修復閩學學者創辦的書院，弘揚閩學精神。

元代、明代，朱子著作遍行天下，元代虞集謂「天下之學皆朱子之書」[42]。宋以來的刻書中心建陽得天時地利，大量印行朱子等理學家著作。同時，建州由於得天獨厚的地理優勢，是唐以來世族匯集之地，早期移民從中原地區帶來崇儒重教的傳統，教育極為普及，是宋以來福建地區教育最發達的州府，而福建又是全國教育最發達的地區。所以，建陽刻書家很多都有著良好的教育背景和較高的文化修養，宋以來不少書坊主都能親自編書，他們很多都是幼讀詩書、參加科舉考試未能成功而重操父輩祖業的文人，如明代余象斗即如此。朱熹等理學名賢使建陽山川為之生色，建陽人引以為豪，根據嘉靖《建陽縣志》記載，小小一個建陽建有四十八座坊表，這些坊表以弘揚理學道統為主，題名多如「南州闕里」、「道學淵源」、「世家先哲，力扶道統」、「道學傳心，斯文纘緒」等，最值得注意的是書坊所在崇化里的「書坊」坊表，「內八坊，曰崇孝，曰崇弟，曰崇忠，曰崇信，曰崇禮，曰崇義，曰崇廉，曰崇恥」，[43]由此可見建陽刻書所處的濃厚的理學氛圍。理學對建陽的影響至為深遠，教育的普及更使理學深入普

---

41 林拓：《文化的地理過程分析》（上海市：上海書店出版社，2004年），頁74。

42 王頲點校：《虞集全集》（天津市：天津古籍出版社，2007年），上冊，頁658。

43 （嘉靖）《建陽縣志》（上海市：上海古籍書店，1982年，天一閣藏明代方志選刊），卷4，《治署志》附坊表。

通民眾，理學成為建陽書坊主自覺的思想意識，由他們編撰和刊刻的小說必然受到理學強調文學的社會政治功能的影響，故建陽刊刻的小說在內容上重視社會性，在風格上則骨力剛健，以「天理」為旨歸，著力于教化人心。就是到了天啟、崇禎，建陽書坊已逐漸走向衰落，對市場極為敏感的建陽書坊也仍然沒有改變道德尺度以挽救自己的衰勢。

第三節　編刻類型與版式特徵

建陽刊小說現存版本以經典小說數量最多，《三國志演義》、《水滸傳》、《西遊記》三大名著的刊刻與改編占了現存全部刊本的一半，且以簡本為主。此外所刊小說多為書坊組織文人編撰，受典範作品影響，大多藝術成就不高。從版式上看，現存三分之二的刊本為上圖下文版式，相當部分圖像雕刻比較粗糙。很顯然，建陽刊小說在作品類型、小說版本、插圖版式上也有明顯的地域特徵，這不僅源於建陽的區域文化性質，而且與建陽的經濟文化水平、以及與此相關的書坊經營策略等密切相關。

一　編刻類型與稿源

建陽書坊刊刻小說大致可分為兩類，一類是《剪燈新話》、《三國志演義》、《水滸傳》、《西遊記》等典範作品，一類是這些典範作品影響下產生的作品。典範作品大體都是江南刊本的重新編刻，如《三國志演義》、《水滸傳》、《西遊記》三大奇書的各種版本占現存建陽小說刊本將近一半，其中多數為簡本。典範影響下產生的作品也有一些版本來自江南，如三台館刊楊爾曾編訂《新鐫全像東西兩晉演義志傳》等，但是絕大多數出於建陽書坊組織文人自編。這些作品因襲摹仿，其敘事水平與元刊平話比較接近，藝術成就無法與典範作品相比，因此，時至今日，這些小說已多被市場流通所遺忘，這是傳播史上優勝劣汰的必然規律。

建陽刊小說的編刻類型有其深層的生成原因，最直接的原因在於稿源，特別是小說作者的構成。

對於建陽書坊來說，稿源的問題其實是書坊發展的瓶頸。當閩學發展走過了它的黃金時代，閩北文化復歸於它山林的偏遠和沉寂時，稿源問題特別突出的表現出來，並最終限制了建陽刻書業的持續發展。隨著明代弘治、正德以後封建統治能力的下滑，理學在民眾生活中的核心地位也逐漸減退，建陽書坊理學著作和經史類著作稿源不足，這是明代正德、嘉靖以後建陽書坊向小說刊刻轉型的重要原因。但是，建陽刊刻小說若要持續發展，小說稿源同樣是最為關鍵的因素。而建陽書坊不容易獲得高質量的稿源。

從文言小說和白話小說全部作品和作者來看，典範作品的作者都不出於建陽，如「剪燈」系列的瞿祐《剪燈新話》和李昌祺《剪燈餘話》，中篇傳奇的（元）宋梅洞《嬌紅記》，白話長篇小說羅貫中《三國志演義》、施耐庵《水滸傳》、吳承恩《西遊記》。《三國志演義》、《水滸傳》、《西遊記》的作者研究至今存在爭議，但這些作者也與福建地區無涉。典範影響下的作品其作者或者是建陽文人，包括建陽書坊主，更多的則是建陽書坊聘請的文人，多來自江西。筆者對「三國」「水滸」《剪燈新話》、《剪燈餘話》之外的九十種刊本進行統計，除三十四種不明作者或不明作者籍貫之外，三十二種出自福建文人，其中以建陽刻書世家之熊大木、余邵魚、余象斗之作最多；十一種出自江西文人如鄧志謨、朱星祚、黃化宇、吳還初等；其他浙江、金陵、湖北、河南、安徽、甘肅等地各有少量，其中如馮夢龍等可能係偽託。

從已知情況來看，建陽書坊組織編撰小說的作者都是名不見經傳的下層文人，文學修養不高。但他們中有的人閱讀面很廣，所謂「博洽士」，善於做編輯的工作。如熊大木，《大宋中興通俗演義》等數種小說之外，還編校、集成《日記故事》、《新刊類纂天下利用通俗集成錦繡萬花谷文林廣記》、《新刊明解音釋校正書言故事大全》等，就是《大宋中興通俗演義》、《唐書志傳通俗演義》、《全漢志傳》、《南北宋志傳》等小說，嚴格說來也具編輯性質，因為都有所據舊本，結合史料及其他傳說資料編寫而成，所以，我們往往稱之為「編撰」，而不稱之為「創作」。又如鄧志謨，其編輯情況與熊大木非常相似，《鐵樹記》、《飛劍記》、《咒棗記》等小說之外，還有《山水爭奇》等「爭奇」小說，以及《故事白眉》、《故事黃眉》、《鍥旁注事類捷錄》、《古事鏡》等等，編了很多書，大多屬於類書。利用舊本，大量抄錄史料及其他資料，拼湊痕跡比較明顯，這是建陽書坊編撰小說的基本特徵；甚至如公案小說，多轉錄、拼湊而更換書名。顯然，由建陽書坊編撰和刊行的很多小說都具有開拓新題材的意義，如《列國志傳》、《唐書志傳通俗演義》、《南北宋志傳》、《大宋中興通俗演義》、《包龍圖判百家公案》等小說，開啟了列國志、說唐、楊家將、說岳、包公等小說題材的創作；大量同類型小說的刊刻從小說史發展的角度、從小說文體與小說類型形成的角度、從普及小說接受從而推進小說發展的角度來說有其重要意義，但若每一部小說單獨分析，其敘事藝術成就不高。

明代小說的典範之作多已在嘉靖之前產生，但是，為數很少的幾部作品遠遠無法滿足讀者的需求，而此時通俗小說的創作尚處於不自覺的狀態，因此建陽書坊主以其商業敏感率先組織文人編撰小說，對於小說的發展顯然有其重要意義。可惜的是，建陽書坊未能與高水平小說作家合作，未能獲得高質量稿源，這是與建陽當地的經濟文化發展水平密切相關的。

宋代閩北地區曾為全國文化最發達地區，這有著天時地利人和多方面的原因，但其中一個不容忽視的因素是帶動閩北地區文化發展的理學屬於山林文化，它不依賴於城市的發展，甚至它必須逃避城市發展的喧囂，它要求學者遠離城市歸於山林，讀書思考，涵泳性情，正如李侗傳於朱熹的指訣：「默坐澄心，體認天理。」閩北由於武夷山的阻隔，有深山大川之靜僻，非常適合理學家體認天理的默坐澄心，同時離南宋的政治文化中心臨安不太遠，若以當時的半壁江山而論，建陽甚至正好處於全國中心的位置，因此又很方便於以天下為己任的理學家感觸國家民族命脈，適時干預時事。這是閩學能建立集大成的思想體系，而又能成為主流意識的客觀原因之一。

然而，時至明代中葉，山林文化衰微，城市文化成為主流，而通俗小說是商品經濟發展的產物，與城市化的文明程度密切相關。從宋元話本、元刊雜劇來看，很多小說戲曲都出自「古杭新編」，蘇杭一帶由於城市規模大，經濟發達，是小說戲曲之淵藪。而且江南地區當時事實上已初步形成以蘇、杭為中心城市的經濟區，包括鎮江、應天（南京）、松江、常州、嘉興、湖州等地在內，類似於今日的長江三角洲經濟區，構成了都會、府縣城、鄉鎮、村市等多層級的市場網絡。江南地區人口密集，明代，蘇州、杭州與北京、南京是全國人口最多的城市，比如蘇州，據《明史》記載，洪武二十六年編戶四十九萬一千五百一十四，口二百三十五萬五千三十。弘治四年，戶五十三萬五千四百九，口二百四萬八千九十七。萬曆六年戶六十萬七百五十五，口二百一萬一千九百八十五。[44]可以想見，在江南地區這個龐大、密集的人群中，有多少藝術人才，有多少熱衷小說戲曲的讀者，每天演繹著多少小說戲曲取之不盡的市井故事素材。

而閩北，歷來以山林文化著稱，它培育出了唐宋以來大量的詩人和學者，武夷名山曾吸引眾多道、釋修行者。興於宋代的建陽刻書正

44 《明史》（北京市：中華書局，1974年），卷40，志第16，地理1，冊4，頁918。

源于此深厚的文化意蘊。但是，它處於深山，刻書興盛的麻沙和書坊更是兩個遠離塵囂的秀美山村，明代的建陽經濟文化都不發達，就城市化的發展程度來說與杭州、蘇州、金陵等地相比更是望塵莫及。由於計產育子、溺嬰等習俗，建陽乃至福建人口長期增長不大。根據萬曆《建陽縣志》卷三「籍產志」記載，萬曆二十年建陽人口為「戶二萬五千四十六，內寄莊戶二百二十三，口八萬三千三百七十一」。[45]又由於福建山水阻隔的地理特徵，福建從來未能形成調控全域的文化中心，閩人善於經商，但是，福建的商業貿易也始終未形成統一的區域性市場網絡。閩南地區商業貿易發達，宋代泉州刺桐港、明代漳州月港都曾經非常興盛，一度甚至成為全省的經濟中心，但以閩南一帶為中心主要向海外輻射，與閩北、閩西內地的交流由於交通不便相對較少。明代景泰年間至於天啟，是漳州月港最為興盛的時期，這個時期也是建陽刊刻小說的興盛時期，但是，我認為兩者沒有必然聯繫。閩南對外貿易的商品中也有「建本文字」，但是，建陽書坊刻書是以江南刻書為向心的，其版本翻刻、編撰取材、圖書集散都主要與江南地區交流，從圖書銷售的角度說，通過江南地區流向全國的市場絕對要比通過閩南流向海外的市場大。所以，一定程度上可以說，建陽書坊相當於當時全國圖書行業的小商品生產（加工）地，小作坊密集，生產成本較低，生產水平也較低，但生產量很大。城市文明和市民文化的發展先天不足，沒有喧囂城市那家長里短的豐厚積累，天馬行空的空曠想像也受阻於觸目的群山，缺乏敘事文學豐厚的土壤，必然，建陽的小說編撰和小說刊刻缺乏原創性大手筆的精品。

建陽經濟不發達，在宋元時期尚有銀礦和建茶產業，至於明代，則惟以書坊書籍為當地最大產業。萬曆《建陽縣志》卷三「賦役」

---

45 《（萬曆）建陽縣志》（北京市：書目文獻出版社，1991年，影印《日本藏中國罕見地方志叢刊》），頁341。

說：「今潭產至單微。」[46]卷一記各鄉市集：「在鄉一十六里鄉市各有日期。如崇化里書坊街、洛田里崇洛街、崇文里將口街，每月俱以一六日集……是日里人並諸商會聚，各以貨物交易，至晡乃散，俗謂之墟。而惟書坊書籍，比屋為之，天下諸商皆集。次則崇洛綿花紗布二集為大，餘若崇泰里馬伏、石街、后山街……則聚無常期，亦不過魚鹽米布而已。」[47]明代建陽產業單一，商業不盛，經濟相對落後。

明代，似乎福建文化的輝煌已成過去，特別閩北地區區域文化呈明顯弱化趨勢。從一些資料統計看來，明代福建進入政府中樞的官員已經很少，遠遠無法跟宋代相比，跟鄰近的江西相比也大為遜色。明代閩北乃至福建已經較少產生著名文人，像明初楊榮那樣的名人極少。以科舉及第情況來說，明代與宋代遠遠無法相比，而嘉靖以後閩北地區更明顯衰落，明前期該地區進士總數一百一十九人，而嘉靖及其以後只有六十六人，僅占明代該地區進士總數的百分之三十五；從各科平均及第人數來看，嘉靖以前每科及第近三人，嘉靖以後則為一人左右。[48]根據萬曆《建陽縣志》卷二「書院」之「同文書院」條下小字記載，「其地方業儒者少」[49]，建陽縣學生員也不多。

顯然，由於地處偏僻，文化衰退，閩北本地較少產生人才，也留不住人才，更不能吸引外來人才。這是建陽刊小說作者構成的根本原因。建陽經濟文化不發達，民間資金積累薄弱，使得建陽書坊主未能有大手筆、大魄力向外地組織高水平的作者和稿源。而建陽之外經濟文化發達地區，也許已經具備了創作較高水平小說的力量，但是，又

---

46 《（萬曆）建陽縣志》（北京市：書目文獻出版社，1991年影印《日本藏中國罕見地方志叢刊》），頁343。

47 《（萬曆）建陽縣志》（北京市：書目文獻出版社，1991年影印《日本藏中國罕見地方志叢刊》），頁265。

48 林拓：《文化的地理過程分析》（上海市：上海書店出版社，2004年），頁125。

49 《（萬曆）建陽縣志》（北京市：書目文獻出版社，1991年，影印《日本藏中國罕見地方志叢刊》），頁300。

缺乏像建陽書坊這樣的組織推動力，很遺憾，同時期同樣未能產生高水平小說。於此可觀明代嘉靖、萬曆時期小說面貌生成之一斑。

二　版式特徵與刻工及讀者

假如說稿源問題還主要決定於客觀條件的話，小說的版本面貌、版式特徵則不能不說是建陽書坊的自覺選擇了，建陽書坊有其明確的讀者定位和銷售策略。

建陽刻書集中於崇化書坊和麻沙兩個鄉鎮，熊、劉、余、楊等幾大刻書家族之外，還有很多書戶，幾乎家家刻書。建陽書坊刊小說現存版本都很複雜，版本複雜的原因之一是當時每一部小說行世之後，都有好幾家書坊競相翻刻，現存版本往往是好幾家書坊刻本拼湊而成的，或者書版為別家書坊獲得後挖改。[50]書坊以家庭為單位，各書坊之間雖有合作[51]；但從同一姓氏有好幾家書坊，而且版面題署常見挖改看來，可能競爭多於合作。這樣的民間商業經營形式一方面具有優長，小作坊運作，經營方式比較靈活，為求銷售、競爭市場，在刻書內容和版式上力求創新。另一方面也有嚴重侷限，那就是資金薄弱，資本積累與文化積累層次低，小本經營，儘量壓低成本。甚至因惡性競爭而導致盜版、偷工減料等，最終徹底毀壞了建陽刊本的聲譽。

與建陽刊小說作者少名家相比，刻工水平更為直觀地表現出來。建陽刊本大部分給人這樣的印象：圖像簡陋，多錯字、俗字、字句脫漏，版面較為擁擠，小型開本等。因此，歷代文人對建陽刊本多無好評。

即以版式而言，建陽刊小說有其明顯的特徵，即上圖下文的版式。據筆者統計，在現存一百三十多種建陽刊小說版本中，至少有三

50 比如《全漢志傳》的版本即如此，序文、卷端的題署和卷終的牌記所署書坊不一。
51 如余彰德與余象斗就曾合作刊刻《古今韻會小補》。

分之二是上圖下文的版式。上圖下文的版式，幾乎是建陽刊小說的標誌性版式，人們往往以此作為判斷是否出自建陽書坊的重要標準。建陽刊本小說上圖下文的版式有其悠遠的歷史和深厚的傳統，是建陽書坊刻書在其發展過程中逐漸形成的特有的版刻風格。從版畫藝術的角度，對於宋元建陽本上圖下文的版式及其版畫藝術成就，歷來評價很高。誠然，在版畫藝術發展史上，建陽刊本有其重要的地位。但是，插圖版畫發展至於萬曆時期，金陵、新安等地版畫精美佳作如林，相比之下，建陽刊不少小說插圖比之宋元似乎更為簡率了。若以建陽刊本上圖下文小說中的一幅圖與江南本同題材小說插圖中的一幅進行對比，建陽刊本實遠為粗樸稚拙。建陽刊小說大量的圖像都是略具形似而已，不少圖像構圖雷同，相似的圖像在一本書中、乃至在好幾本書中重複出現，但用以表現不同的時間地點人物事件。房屋無論家居還是酒肆、旅館、寺廟道觀，造型一律，只以門上表明「店」字、「廟」字等區別。插圖背景簡略，往往只有很簡略的人物動作，人物造型也沒有大的區別，更沒有人物表情等細緻的刻畫，雕刻確實粗糙，客觀地說不少插圖藝術價值不高。

那麼，是否由於建陽缺乏優秀的刻工呢？建陽不乏技術精良的刻工，根據方彥壽統計，嘉靖《邵武府志》、《建寧府志》、《建陽縣志》至少有八十四名刻工多次參加雕刻；而崇禎年間何喬遠《閩書》的刊刻，徵集了福州、泉州、漳州、興化、建寧五府近一百二十名刻工，其中將近五十名來自建寧府。[52]官府主持刊刻的這些方志都質量很好，雕刻精美。現存宋、元、明建本無數，大多數經史子集類圖書都是刻印精美的善本。這一方面在於經史子集往往由官方或個人委託書坊刊刻，書坊必須按照委託要求刊刻，同時資金也較為充足；另一方面是由於經史子集的讀者定位在於較高文化層次的人群，這個人群同

52 方彥壽：《建陽刻書史》（北京市：中國社會出版社，2003年），頁378-390。

時也是經濟能力較好的人群，消費能力較強。

建陽書坊刊小說少量版式是卷首冠圖、單面全幅的形式，如人瑞堂刊《隋煬帝豔史》、熊飛雄飛館刊本《英雄譜》等，圖像精美，多出於明代後期，明顯受江南刊本影響，學界有人因此懷疑其刻書地不在建陽本地。《英雄譜》插圖刻繪者劉玉明，據方彥壽考證，是著名刻工劉素明的弟弟。劉素明長期生活於外地，經常與金陵、杭州、徽州等地的版畫家合作，故學界對劉素明籍貫有多種說法，方彥壽根據建陽書坊《貞房劉氏宗譜》記載，認定劉素明是明代建陽刻書家劉弘毅的五世孫。《三國志演義》版本中有一種吳觀明本，刻工吳觀明為建陽人，但學界認為刻書地也未必在建陽。此雖不能確定，但確實，建陽刻工中的一些翹楚主要活動於江南一帶。這不是偶然的，福建的書畫界從來不乏才俊，如宋代蔡襄、蔡京的影響及於全國，著名畫僧惠崇便是建陽僧人，至於明代，書畫界亦頗多閩人，但他們多供職於朝廷，或主要活動於福建之外的地區。這種情況正是由當地的經濟狀況所決定的。

明代建陽刊小說少量標署了刻工名字。這些小說多上圖下文，刻工名字往往標於圖像上，可能是專門刊刻圖像的刻工。如正德六年（1511）楊氏清江書堂刻印《剪燈新話》，署「書林正己詹吾孟簡圖相」。嘉靖二十七年（1548）葉逢春刊本序言中說明圖像刻工是葉蒼溪。建陽刊多種《三國志傳》版本都題「次泉刻」，萬曆間喬山堂劉龍田刊本題「三泉刻像」。李仕弘昌遠堂刻本《全像華光天王南游志傳》末葉插圖題「劉次泉刻像」。芝潭朱蒼嶺梓《唐三藏出身全傳》題「書林彭氏□圖像秋月刻」。這些刻本中有些圖像質量較好，如葉逢春刊《新刊通俗演義三國志史傳》，但大多數刻本圖像較為簡陋。

從建陽刊小說的整體情況來看，建陽刊小說的刻工絕大多數不是名家，而且往往連名字也沒有留下。跟金陵、新安等地刻工多署名的情況對比，建陽刊小說不署名不是偶然的，它說明一個非常重要的問題：建陽刻工沒有專業意識，建陽書坊不重視刻工素質。曾有論者以前人所謂「建陽故書肆，婦人女子咸工剞劂」[53]為據說明建陽刻書業是多麼發達。而我認為，婦人女子都能刻書固然說明建陽刻書業刻工需求之大，但也恰恰說明建陽刻書業刻工素質不高，不一定是專業刻工，很可能是婦人女子閒時兼作。這是符合建陽地區的經濟文化狀況的。閩北是福建的糧倉，所以本地的生業結構向來是以農為本，農閒之時幫點工貼補日用，至今如此。由於偏僻閉塞，資訊流通少，如《邵武府志》所稱，「奇技淫巧，不接於目，故工安其拙，舟車不通，故商賈不集」。有學者認為，閩北長期作為物資輸出地的社會經濟特徵，使其安於本土，勤務農、力稼穡，導致商品經濟的萎縮及民風的變化。[54]建陽並不發達的經濟狀況和建陽書坊的小本經營，使之無力聘請書畫名家和著名刻工。以農為本的生業結構使書坊的商業經營成本很低，衣食無憂的小農經濟形態使其缺乏發憤商賈的奮鬥精神，又由於相對的閉塞，因此書坊和刻工安於現狀，只求微利，不思進取，沒有強烈的創新意識，不像新安人那樣，書坊主有意刊刻傳世之作，刻工則立志成為名刻工。

事實上，建陽刻書的地理條件、經濟文化狀況在其發展之初就已經存在，但宋元時期因為理學的興盛等各方面的天時地利，建陽刻書先天的營養不足沒有暴露出來。而書坊主們顯然斟酌過自己的實力，經濟的實力，文化的實力，選擇了基層讀書士子為對象，在版本、版面、字體、用紙、刻工等方面都沒有太高的要求，唯有實用與普及。對比宋代建陽坊刻（家刻）與官刻、以及其他地區的坊刻，就可見出這樣的特點。明代建陽書坊的小說刊刻也正是如此，把自己的銷售定

53 方日升：《古今韻會舉要小補》卷首，李維楨撰：《韻會小補再敘》，四庫全書存目叢書編纂委員會編：《四庫全書存目叢書》（濟南市：齊魯書社，1997年），經部，冊212。

54 林拓：《文化的地理過程分析》（上海市：上海書店出版社，2004年），頁127。

位於文化層次較低、消費能力較弱的普通民眾。如上圖下文的版本形式，就體現了書坊主以圖釋文、以圖補文的刻書理念，正是其普及通俗經營策略的直觀體現，也是有著強烈商品意識的出版手段。事實證明他們的策略在很長時間內是有效的，從元代到明代萬曆的小說圖書市場中，建陽書坊占了很大的份額。不可低估建陽書坊商品意識與出版手段的重要意義，他們在競爭市場、拓寬銷路的同時也普及了文化。

當然，對於書價，目前未見能直接說明建陽刊小說價格的資料。結合沈津等學者所列舉的一些書價，我試圖作些推論。

建陽刊本中有些書價格不菲，如《大明一統志》，九十卷，十六冊，萬曆十六年（1588）楊氏歸仁齋刻本，劉雙松重梓，每部實價紋銀三兩。《新刻李袁二先生精選唐詩訓解》七卷，明李攀龍輯。明萬曆四十六年（1618）居仁堂余獻可刻本。藏美國哈佛，計四冊，內封刻「唐詩訓解。二刻。李于麟先生選。書林三台館梓」。鈐有「每部紋銀壹兩」木記。《新編古今事文類聚》，前集六十卷後集五十卷續集二十八卷別集三十二卷（一百七十卷），宋祝穆輯。新集三十六卷外集十五卷，元富大用輯。明萬曆三十五年（1607）書林劉雙松安正堂刻本，共三十七冊。每部實價紋銀三兩。[55]這些著作的讀者定位較高，應該是經濟能力較好的讀書士子。同時期有的書價格略低，如葉德輝《書林清話》記載，萬曆三十九年（1611）劉氏安正堂又刻有《新編事文類聚翰墨大全》一百二十五卷，價銀壹兩。此書未注明冊數，沈津懷疑有誤，認為沒有理由會這麼便宜。但若以卷數來比較的話，《新編古今事文類聚》兩百二十一卷售價三兩，此一百二十五卷售價一兩，則似乎相差也不是特別大；更重要的是從題目和卷數來

55 沈津：〈明代坊刻圖書之流通與價格〉，《書韻悠悠一脈香——沈津書目文獻論集》（桂林市：廣西師範大學出版社，2006年），頁94-112。

看，《新編事文類聚翰墨大全》應該是個更為普及的本子，未知版式與《新編古今事文類聚》是否有差異，但可能定位是購買力略差的讀者群。又根據方彥壽記載，崇禎元年（1628）陳懷軒刊刻明艾南英編《新刻艾先生天祿閣匯編採精便覽萬寶全書》三十七卷，有「每部價銀一錢」字樣。這部書與《新編事文類聚翰墨大全》讀者定位相似，都是普及性讀物。所以，這麼便宜的價格是可能的。建陽刊小說所定位的讀者群與此相似或略低，價格應該也相接近或略低。

還有另一個參照系，即曲詞刊本的價格。據沈津介紹，《新調萬曲長春》，六卷，明程萬里撰，三冊，明萬曆年間書林拱塘金氏所刻。每部價銀一錢二分。同類著作，杭本價高。如《月露音》四卷，八冊，寫刻精美，圖尤雅致。萬曆杭城豐東橋三官巷口李衙刊發。每部紋銀捌錢。可見，建陽刊本價格不及杭本一半。

綜合起來考慮與推測，比如二十卷的《三國志傳》，大概是四錢左右的價格。對比《列國志傳》姑蘇龔紹山刊十二卷本每部紋銀壹兩的價格，和《封神演義》舒文淵刻二十卷本每部紋銀貳兩的定價，則建陽本的價格優勢很明顯。明代文人對各地圖書質量與價格多所議論，此推論或許相去不遠。

以上從明朝的社會政治與政策導向、從建陽的經濟文化以及作者、刻工等各方面分析了建陽刊小說地域特色之所以形成的諸多原因，對建陽刊小說的藝術價值作了相對客觀的評價。然而，建陽刊小說在小說創作和傳播史上的重要意義是不容置疑的。建陽豐富的林木資源使刻書具有優越的物質條件，其悠久的刻書傳統足以在讀者心中樹立無形的品牌，它擁有當時全國數量最多的書坊，由於低成本運作，它能讓江南精雕細刻的書坊難以實現的大批量快速刻書成為現實，這對於通俗小說的傳播來說，甚至與高質量的稿源同樣重要。《三國志演義》和《水滸傳》可能成書於元末明初，但由於沒有刊刻，當時知道的人很少，流傳相當有限。嘉靖元年到萬曆中期，《三國志演義》和《水滸傳》在江南等地的刊刻還不是太多，可是，建陽的版本已經有幾十種，有的書坊板片因刷印太多模糊了而新雕。嘉靖開始建陽書坊大量刊行通俗小說，這些小說以其刊刻迅速、價格低廉而把通俗小說向最廣大的民眾普及。從熊大木開始出現的通俗小說新編雖然今天看來藝術粗糙，但當時一再翻印，也為江浙等各地書坊大量翻刻，最大限度地普及了通俗小說。通俗小說的繁榮造成了小說傳播的巨大聲勢，也更擴大了《三國志演義》、《水滸傳》等名著的影響。可以想像，若沒有通俗小說繁榮的局面，沒有大量的通俗小說培養大量的讀者，那麼《三國志演義》、《水滸傳》兩部名著獨秀於空林，恐怕像一些文言小說那樣逐漸被遺忘並不是不可能的。以嘉靖之後通俗小說刊刻的盛況反觀明代初年通俗小說的刊刻，我們不能不肯定建陽書坊對於小說創作與傳播所起的巨大推動作用。

第二章
講史小說之文體興盛與按鑑編撰方式

通俗小說是明代文學中令人矚目的新興文體，其中，講史小說是明代小說的第一創作流派，成熟最早，作品最多，對社會生活以及後來的小說發展影響最大。

關於講史小說，本文沿用魯迅《中國小說史略》的概念，現在學界多析為「歷史演義」和「英雄傳奇」，這樣的文體劃分是很有意義的。但是建陽刻書中的「英雄傳奇」如岳飛、楊家將題材小說基本屬於歷史演義，還沒有發展成為英雄傳奇。傳統的史官文化在閩地影響深刻，講史平話和講史小說對建陽編刊的各類小說都產生了深遠影響。在此我們暫且仍把「歷史演義」和「英雄傳奇」總歸為「講史小說」。

第一節　建陽書坊與講史小說的文體興盛

講史小說的成熟有其文體內外多方面的原因，學者多有論述。福建建陽作為明代全國刻書中心之一，在萬曆以前也是講史小說的刊刻中心，刊刻和編撰了大量講史小說。在此我們主要討論的是：在明代講史小說文體興盛之中，建陽刻書所起的作用。

文體興盛的要素至少有如下幾方面：一是高水平作品的出現與傳播，二是具有一定規模的作家作品創作，三是與此二者相關的讀者群的形成，四是文體的建設具有一定的理論總結。在這些方面，建陽刻書都為講史小說的文體興盛作出了重要貢獻，所以說，明代講史小說文體的興盛與建陽刻書關係密切。

一　以《三國志演義》、《水滸傳》為典範的講史小說

明代講史小說以《三國志演義》和《水滸傳》為典範。建陽刊刻的《三國志演義》與《水滸傳》諸版本對於推進講史小說文體的興盛起了重要作用。

講史小說中最早問世的成熟之作是《三國志演義》，一般認為這部小說產生於元末明初，今見最早的版本前有弘治甲寅（七年，1494）庸愚子（金華蔣大器）《三國志通俗演義序》和嘉靖壬午（元年，1522）修髯子·關中（或關西）張孚（字尚德）《三國志通俗演義引》，被稱為明弘治本或嘉靖本。與此本源自同一祖本卻具有不同版本特點的是建陽葉逢春刊本，刊於嘉靖二十七年（1548）。葉逢春本元峰子序後有「新刊按鑑漢譜三國志傳繪象足本大全目錄」，正文卷端題「新刊通俗演義三國志史傳」。稱為「新刊」，則前已有刊本。對此或有不同理解。但一些學者根據兩個版本的比較，認為葉逢春本可能更接近小說原本。可以肯定的是，葉逢春本是現存《三國志演義》的最早刊本之一，它通俗化的傾向，上圖下文的版式，都對後出的《三國志演義》版本乃至明代其他小說有著重要影響。

大約與《三國志演義》前後同時產生的講史類小說是《水滸傳》。現存《水滸傳》可確定刊刻時間的最早刊本是建陽余象斗雙峰堂刊本《京本增補校正全像忠義水滸志傳評林》，二十五卷，一〇三回，書前有「萬曆甲午（1594）歲臘月吉旦」《題水滸傳敘》。

建陽刊本的重要意義不僅在於《三國志演義》、《水滸傳》現存版本的遲早，更重要的在於以版本眾多而擴大了講史小說的市場，推進

了講史小說的影響，培養了大批的小說讀者，為講史小說的繁榮提供了物質可能。

根據《中國古代小說總目》金文京所撰「三國志演義」詞條、陳翔華主編《三國志演義古版叢刊五種》及其續輯、中華書局《古本小說叢刊》、上海古籍出版社《古本小說集成》、臺灣天一出版社《明清善本小說叢刊》以及當前研究資料，現存《三國志演義》版本中可以確定為建陽刊本者二十幾種，多存殘卷，現列原刊卷數如下：嘉靖二十七年（1548）葉逢春刊刻《新刊通俗演義三國志史傳》十卷；萬曆二十年（1592）余象斗刊刻《音釋補遺按鑑演義全像批評三國志傳》二十卷；萬曆年間余象斗刊刻《新刊京本校正演義全像三國志傳評林》二十卷；萬曆二十四年（1596）書林熊清波誠德堂刊刻《新刻京本補遺通俗演義三國全傳》二十卷；萬曆三十一年（1603），忠正堂熊佛貴刻《新鍥音釋評林演義合相三國志史傳》二十卷；萬曆三十三年（1605）聯輝堂鄭少垣刊刻《新鍥京本校正通俗演義按鑑三國志史傳》二十卷；萬曆三十八年（1610）楊閩齋刊刻《重刊京本通俗演義按鑑三國志傳》二十卷；萬曆三十九年（1611）鄭世容刊刻《新鍥京本校正通俗演義按鑑三國志傳》二十卷；萬曆間鄭以禎刊刻《新鐫校正京本大字音釋圈點三國志演義》十二卷；萬曆四十八年（1620）費守齋與耕堂刊刻《新刻京本全像演義三國志傳》二十卷；日本天理圖書館藏本《新刻京本按鑑演義合像三國志傳》二十卷；萬曆年間劉龍田刊刻《新鍥全像大字通俗演義三國志傳》二十卷；笈郵齋重印劉龍田本《新鍥全像大字通俗演義三國志傳》二十卷；萬曆年間刊刻朱鼎臣輯《新刻音釋旁訓評林演義三國志史傳》二十卷（此本清初又有「敬堂王泗源刊行」之補刻本）；萬曆年間刊刻《新刻湯學士校正古本按鑑演義全像通俗三國志傳》二十卷；萬曆年間種德堂熊成冶（沖宇）刊刻《新鍥京本校正按鑑演義全像三國志傳》二十卷；閩書林楊美生刊刻《新刻按鑑演義全像三國英雄志傳》二十卷；天啟前後建陽吳觀明刊刻《李卓吾先生批評三國志》一百二十回；天啟年間黃正甫刊刻《新刻考訂按鑑通俗演義全像三國志傳》二十卷；大約崇禎年間藜光堂劉榮吾刊刻《精鐫按鑑全像鼎峙三國志傳》二十卷；崇禎年間熊飛雄飛館刊刻《精鐫合刻三國水滸全傳》，即《英雄譜》，《三國》部分二百四十回，此書又有二刻本；中國國家圖書館藏本《新刻全像演義三國志傳》二十卷；書林魏某刊《二刻按鑑演義全像三國英雄志傳》二十卷；德國魏瑪邦立吐靈森圖書館藏本《二刻按鑑演義全像三國英雄志傳》二十卷。近年拍賣公開的劉玉明鐫圖《古本演義三國志》（殘卷）可能是建陽本。另外，夏振宇刊本《新刊校正古本大字音釋三國志傳通俗演義》、清雍正十二年（1735）書林繼志堂刊刻《鼎鐫按鑑演義古本全像三國英雄志傳》等，也多認為出於建陽。

以上所列可見，建陽書坊刊刻三國現存二十多種，多為明刊本，現存明刊《三國志演義》大概只有嘉靖壬午本和周曰校本、夷白堂本等數種不是建陽刊刻。實際上當時《三國志演義》刊刻情況比今見版本遠為繁盛，萬曆二十年（1541）建陽書林雙峰堂余象斗刊本《音釋補遺按鑑演義全像批評三國志傳》有一〈三國辯〉，說：「坊間所梓三國何止數十家矣。」而這「數十家」坊刻大概都已不存。

如此浩大的陣容，足可見當時《三國志演義》廣為傳播、廣受歡迎的程度。也足可見建陽書坊在《三國志演義》傳播中所起的重要作用。當時《三國志演義》非常暢銷，書坊間的競爭非常激烈，敏感的書坊主不斷創新版式、吸收別家的成功經驗以提高自家版本的競爭力，比如余象斗就在萬曆年間先後刻了兩種《三國志演義》的版本，萬曆二十年刊刻《音釋補遺按鑑演義全像批評三國志傳》二十卷，已經「新增評斷」作為自已新的賣點，此後，又以「評林」相標榜刊刻了《新刊京本校正演義全像三國志傳評林》二十卷，從中我們可以看到書坊主為促銷而作的努力，當然，也只有《三國志演義》具有足夠大的市場，余象斗才會為之改版再刊。

《水滸傳》當時也是版本繁多，正如余象斗在《京本增補校正全像忠義水滸志傳評林》的〈水滸辨〉當中所說：「《水滸》一書，坊間梓者紛紛。」現存版本中可以確定為建陽刊本的大概有這些：萬曆二十二年（1594）余象斗雙峰堂刊刻《京本增補校正全像忠義水滸志傳評林》二十五卷一百〇三回；萬曆年間刊刻《京本全像插增田虎王慶忠義水滸全傳》，殘本分藏於德國斯圖加特邦立瓦敦堡圖書館、哥本哈根丹麥皇家圖書館、法國國家圖書館、牛津大學等處；萬曆年間種德書堂刊本《全相忠義水滸傳》，殘本分藏於德國德雷斯登薩克森州圖書館和梵蒂岡教廷圖書館；劉興我刊崇禎元年（1628）序《新刻全像水滸傳》二十五卷一百十五回；藜光堂劉榮吾刊刻《新刻全像忠義水滸志傳》二十五卷一百十五回；明代天啟年間「積慶堂藏板　四知館梓行」《鍾伯敬先生批評忠義水滸傳》一百卷一百回；崇禎末年熊飛雄飛館刊刻《精鐫合刻三國水滸全傳》，即《英雄譜》，《水滸》部分二十卷一百十回，此本又有二刻本；另外，德國慕尼黑巴威略國家圖書館藏《新刻繪像忠義水滸全傳》殘本，大約刻於明末清初。此外，清代初年還有閩書林鄭喬林刊刻李漁序本《新刻全像忠義水滸傳》二十五卷一百十五回。

《三國志演義》、《水滸傳》的大量刊行，從講史小說編撰的角度說，有文體範式強化的意義；從傳播的角度來說，有講史小說市場的建立與拓展、講史小說讀者的培養等方面的意義。這對於講史小說文體的建設與興盛是兩個必要條件。事實上，由於建陽書坊主的商業敏感和建陽本版式新穎、內容通俗、售價便宜等諸多原因，建陽刊本小說很可能比江南本的銷路更好，擁有更多的讀者。

二　講史小說編刊之繁盛

講史小說文體的興盛，僅靠《三國志演義》、《水滸傳》這兩種名著的大量刊行是不夠的，文體興盛還表現在創作的繁榮、多種講史小說的刊行。對此，建陽書坊功不可奪。

《三國志演義》、《水滸傳》等作品在元末明初問世之後，由於文化政策及小說敘事藝術的積累等多方面的原因，很長時間內沒有新的小說問世，至嘉靖之前竟有一百多年通俗小說創作的空白，這是歷來為明代文學研究者所重視的問題。這一百多年由於《三國志演義》、《水滸傳》的傳播，廣大讀者對講史小說傾注了莫大的熱情。特別是嘉靖年間《三國志演義》、《水滸傳》的刊刻更推進了小說的傳播。正由於《三國志演義》、《水滸傳》刊本的熱銷，書坊主也熱切呼喚和《三國志演義》、《水滸傳》一樣為讀者喜愛的新的講史小說問世。

嘉靖年間，出身於建陽刻書世家的熊大木編撰了一系列講史小說，對明代講史小說文體的興盛產生了深遠影響，因為它形成了一個規模效應，以「熊大木模式」對萬曆以後的小說創作形成了重要影響。

嘉靖三十一年，熊大木模仿《三國志演義》及《水滸傳》編撰了《大宋演義中興英烈傳》，演義民族英雄岳飛的故事。這部書首先由建陽楊氏清江堂、清白堂刊行，獲得了很大成功，「風行一時，即使僅據至今尚存的刊本作統計，它在明代也至少先後被七家書坊翻刻。」[1]現存版本中有一種嘉靖年間的內府精抄本，題《大宋中興通俗演義》（僅存卷四、五、六、八、九），可見它的傳播與影響。接著，熊大木基本上用同樣的編撰方式編撰了三本講史小說：《唐書志傳》、《全漢志傳》、《南北宋志傳》。

此後，在「熊大木模式」的影響下，出現了大批講史小說，如余邵魚撰《列國志傳》，沈孟柈撰《錢塘漁隱濟顛禪師語錄》，栖真齋名道狂客《徵播奏捷傳通俗演義》，佚名《兩漢開國中興志傳》，秦淮墨客（紀振倫）《楊家府演義》，酉陽野史《三國志後傳》，佚名《承運

1 陳大康：《明代小說史》（上海市：上海文藝出版社，2000年），頁274。

傳》，余象斗《列國前編十二朝傳》，題署鍾惺編輯的《盤古志傳》、《有夏志傳》、《有商志傳》，題署周遊編的《開闢衍繹通俗志傳》，甄偉《西漢通俗演義》，雉衡山人（楊爾曾）《東西晉演義》，署名羅貫中編輯的《隋唐兩朝志傳》和《殘唐五代史演義傳》，孫高亮《于少保萃忠全傳》，佚名《皇明開運英武傳》，空谷老人（紀振倫）《續英烈傳》，謝詔《東漢十二帝通俗演義》，佚名《戚南塘剿平倭寇志傳》，錢塘漁隱叟《胡少保平倭記》，佚名重修《東西兩晉志傳》，以及熊大木《大宋演義中興英烈傳》的刪改本鄒元標編訂《岳武穆精忠傳》、于華玉《岳武穆精忠報國傳》等。此外，還有近十種時事小說亦可歸之於講史小說。講史小說的編撰在當時已成最具聲勢的文學潮流。

在講史小說的作者群中，出身於建陽刻書世家的熊大木、余邵魚、余象斗頗為引人注目。余邵魚是余象斗的叔祖。熊大木與余象斗除了上文所列舉的講史小說的編撰之外，還有多種通俗小說的編撰，他們都因此而享譽一時，是具有較高文化水平的書坊文人，在書坊文人中稱得上是博學而多才的。熊氏、余氏都是建陽著名的刻書世家，可見，熊大木、余邵魚、余象斗等書坊文人的「家學淵源」。

事實上，假如我們的眼光不僅限於講史小說，而縱觀明代的建陽刻書整體的話，我們會發現，建陽書坊刊刻小說已經具備了較為穩定的作家隊伍。除了熊大木、余象斗等建陽當地作家之外，還有一些文人長期生活於建陽，受僱於書坊，為書坊供稿，如鄧志謨、吳還初、朱鼎臣等人，他們大概是中國歷史上較早的職業作家。

建陽書坊對於講史小說文體興盛的貢獻不僅在於作家隊伍的建設，而且還在於講史小說的大量刊行。從現存刊本可知明代建陽書坊刊刻講史類小說資訊如下：

一、嘉靖三十一年（1552），楊氏書坊刊刻熊大木編撰《大宋中興通俗演義》八卷七十四則。書前有〈序武穆王演義〉，末署「時嘉靖三十一年歲在壬子冬十一月望日建邑書林熊大木鍾谷識」。次〈凡例七條〉。次插圖二十四葉。卷一題「新刊大宋演義中興英烈傳卷之一」，署「鰲峰熊大木編輯　書林清白堂刊行」。卷二至卷八題「新刊大宋中興通俗演義」。版心題「中興演義」。卷八末木記署「嘉靖壬子孟冬楊氏清江堂刊」。書後附《會纂宋岳鄂武穆王精忠錄後集》三卷，署「賜進士巡按浙江監察御史海陽李春芳編輯　書林楊氏清白堂梓行」，末葉木記署「嘉靖壬子年秋清白堂新梓行」。從其卷首卷尾所署可見，此書包含了二次刊刻信息：一為楊氏清江堂刊刻，一為楊氏清白堂刊刻。

二、萬曆年間余氏雙峰堂刊刻熊大木《新刊大宋中興通俗演義》八卷八十則。書前有熊大木序。各卷卷端多署「鰲峰熊大木編輯　書林雙峰堂刊行」，卷二、七則署「書林萬卷樓刊行」。版心題「全像大宋演義」。圖像散插於正文中，半葉全幅，偶見記寫刻工云「王少淮寫」。王少淮上元人。從「萬卷樓」、「王少淮」的題署，以及此書插圖版式，可見此本應該是建陽余氏雙峰堂用萬卷樓本重印。此本與楊氏清江堂、清白堂本相比，所附《精忠錄》內容略有差異。此本藏日本內閣文庫、日本日光輪王寺慈眼堂。

三、萬曆年間余氏三台館刊刻《新刊按鑑演義全像大宋中興岳王傳》八卷八十則。書前有熊大木〈序〉，但署「三台館主人言」。有〈目錄〉。正文卷端題「新刊按鑑演義全像大宋中興岳王傳」，署「紅雪山人余應鰲編次　潭陽書林三台館梓行」。版心題「全像演義岳王志傳」。上圖下文版式。此本與余氏雙峰堂用萬卷樓本重印者文字內容相同，更改了編撰人熊大木的名字。但此本不附《精忠錄》。日本內閣文庫、日本國會圖書館均有藏本。

四、嘉靖三十二年（1553）楊氏清江堂熊大木《唐書志傳通俗演義》八卷九十節（實為八十九節，其中第三十六節誤刊為三十七節）。首為李大年《唐書演義序》，署「時龍飛癸丑年仲秋朔旦，江南散人李大年識，書林楊氏清江堂刊」。次為「新刊唐書志傳目錄卷之首」，目錄葉題「新刊秦王演義」。正文卷端題「新刊參采史鑒唐書志傳通俗演義」，署「金陵薛居士的本，鰲峰熊鍾谷編集」。卷末有木記：「嘉靖癸丑孟秋楊氏清江堂刊」。

五、萬曆年間，余氏雙峰堂、三台館刊熊大木《新刊按鑑演義全像唐國志傳》八卷八十九節。內封有「雙峰堂記」圖章。首有序，末署「三台館主人書」。序文不同於楊氏清江堂刊本《唐書志傳通俗演義》之李大年序，而同於金陵唐氏世德堂本《唐書志傳題評》卷首之〈唐書演義序〉。目錄葉題「唐書志傳」。正文卷端題「新刊按鑑演義全像唐國志傳」，署「紅雪山人余應鰲編次　潭陽書林三台館梓行」。上圖下文版式。

六、萬曆十六年（1588），余氏克勤齋刊刻熊大木《全漢志傳》十二卷一百一十八則，包括西漢六卷六十一則，東漢六卷五十七則。西漢卷前有〈敘西漢志傳首〉，署「萬曆十六年秋月書林余氏克勤齋梓」。次〈全相演義西漢乙卷目錄〉，目錄後題「全相演義西漢大全志傳目錄終」。卷一題「京本通俗演義按鑑全漢志傳卷之一」，署「鰲峰後人熊鍾谷編次　書林文台余世騰梓行」。東漢卷前有〈題東漢志傳序〉，亦署「萬曆十六年秋月書林余氏克勤齋梓」。次〈全相演義東漢乙卷目錄〉，目錄後題「全相演義西漢大全志傳目錄終」。卷一題「京本通俗演義按鑑全漢志傳卷之一」，卷二至卷五題「新刻（或刊）京本通俗演義按鑑全漢志傳」。卷一署「愛日堂繼葵劉世忠梓行」，卷二署「克勤齋文台余世騰梓行」，卷三、卷四、卷五、卷六署「余氏克勤齋校正刊行」，尾葉圖中有木記云「清白堂楊氏梓行」。

此本書坊題署情況混雜，但從熊大木《大宋中興通俗演義》、《唐書志傳通俗演義》由楊氏書坊刊刻的情況來看，此本《全漢志傳》的刊刻情況可能是這樣的：先由楊氏清白堂刊刻，後來板片先後歸於余氏克勤齋、愛日堂繼葵劉世忠。

七、熊大木編撰的《全漢志傳》後來被改編為《二十四帝通俗演義兩漢志傳》。

《二十四帝通俗演義兩漢志傳》現存二十卷本，署「書林仰止山人編集，余氏文台重梓」，藏於中國國家圖書館。此書第六卷和第十一卷又題作「金川西湖謝詔編集」，程毅中先生認為應該是仰止山人沿用了謝詔改編本的舊版。[2]也就是在余文台重梓《二十四帝通俗演義兩漢志傳》之前先有謝詔的改編本。

《二十四帝通俗演義兩漢志傳》還有三台館元素刊本，十五卷，現存於美國哥倫比亞大學東亞圖書館，北京大學圖書館存西漢九卷。現存還有清代寶華樓覆三台館刊本，十四卷，與十五卷本相比少了最後一卷，小說文本中還有一些文字差異。[3]

八、漢代故事題材的小說還有黃化宇校正《兩漢開國中興傳志》六卷，詹秀閩西清堂刊於萬曆三十三年（1605）。封面上圖下文，題「按鑑增補全像兩漢志傳」，「卤清堂詹秀閩藏板」。首卷卷端題「京板全像按鑑音釋兩漢開國中興傳志卷之一」，署「撫宜黃化宇校正，書林詹秀閩繡梓」。卷六末牌記署「萬曆乙巳冬月詹氏秀閩梓行」。藏於日本蓬左文庫、內閣文庫。

此本雖然刊刻時間晚於萬曆十六年（1588）余氏克勤齋《全漢志傳》，但更接近元刊《前漢書平話》的形態。所以，學術界多認為：「很可能《全漢志傳》倒是根據《兩漢開國中興傳志》增改而來的，至少後者是直接從《前漢書平話》承襲下來的較早的改本，只是現存的刻本晚於《全漢志傳》而已。」[4]

九、大約萬曆年間，余氏三台館刊熊大木《新刻全像按鑑演義南北兩宋志傳》，二十卷。前十卷為「南宋志傳」，敘五代末及宋開國事，自石敬瑭征蜀起，至曹彬定江南止；後十卷為「北宋志傳」，敘宋初太宗及真宗、仁宗三朝事，自宋太祖下河東起，至楊宗保定西夏

2 程毅中：《明代小說叢稿》（北京市：人民文學出版社，2006年），頁68。

3 石旻：〈美國哥倫比亞大學東亞圖書館所藏《全漢志傳》〉，《古典文獻研究》第11輯。

4 程毅中：《明代小說叢稿》（北京市：人民文學出版社，2006年），頁63。

止。其所謂「南宋」、「北宋」與通常的歷史名詞內涵不同，故孫楷第認為此書「命名至為不通」。封面題「全像兩宋南北志傳」，「三台館梓行」。書首有三台館主人〈序〉，〈序〉中稱：「昔熊大本先生，建邑之博洽士也，遍覽群書，涉獵諸史，乃綜核宋事，匯為一書，名曰《南北宋兩傳演義》。」明確指出此書的作者是熊大本。因熊大木編撰了《大宋中興通俗演義》、《唐書志傳通俗演義》、《全漢志傳》，學界普遍認為此熊大本即指熊大木。次目錄，題「全像按鑑演義南北兩宋志傳」。卷一題「新刻全像按鑑演義南宋志傳卷之一」，署「雲間眉公陳繼儒編次　潭陽書林三台館梓行」。此「陳繼儒編次」顯然與序言所稱熊大本（木）編撰相矛盾。託名陳繼儒，則此本非原書初刊。此書傳本較多，三台館本是現存最早的刊本。藏日本內閣文庫。

北京大學圖書館藏明代金陵唐氏世德堂刊本之《南宋志傳》的卷五、七、九卷，題「文台余氏雙峰堂校梓」，北宋傳第二十卷之底葉正中，鐫雙行大字：「書林雙峰堂，文台余氏梓」。則余象斗又有另一種《南北宋志傳》刊本。

十、萬曆十九年（1591），書林明峰楊氏重梓佚名《新鍥龍興名世錄皇明開運英武傳》八卷六十則。書前有〈皇明英武傳序〉，僅存一葉。次〈新鍥龍興名世錄皇明開運英武傳目錄〉。全書分為金、石、絲、竹、匏、土、革、木八集。卷一題「新鍥龍興名世錄皇明開運英武傳卷之一」，署「原板南京齊府刊行　書林明峰楊氏重梓」。版心題「皇明英武傳」。卷八末蓮牌木記署「皇明萬曆辛卯年歲次孟夏月吉旦重刻」。原本藏於日本內閣文庫，有缺葉，《古本小說集成》《古本小說叢刊》據此影印。

十一、書林余君召梓行佚名《皇明開運輯略武功名世英烈傳》六卷。內封題「官板皇明全像英烈志傳」，「書林余君召梓行」。[5]書前有

5　《古本小說集成》影印本未見封面。此據江蘇省社科院明清小說研究中心、文學研究所編：《中國通俗小說總目提要》，頁53。

〈皇明英烈傳序〉，未署名。各卷卷端題「新刻皇明開運輯略武功名世英烈傳」；卷一、四、六末題「刻全像增補皇明英烈傳卷之×終」，卷三末題「新刻全像英烈演義三卷終」；版心題「全像英烈傳」。中國國家圖書館、日本內閣文庫、日本御茶之水圖書館成簣堂文庫、日本日光輪王寺慈眼堂等都有藏本。此本實與楊明峰刊本《新鍥龍興名世錄皇明開運英武傳》內容大體相同，但並八卷為六卷而已，但小說文字有些增刪。對比二本文字，比較大的可能是《皇明開運英武傳》在前。

十二、萬曆三十四年（1606）余象斗三台館重刊余邵魚《新刊京本春秋五霸七雄全像列國志傳》八卷。封面四周飾精美花草紋。框內分兩欄。上欄圖像，兩側題「謹依古板校正批點無訛」。下欄分三行：兩側大字題「按鑑演義全像列國評林」；中間上端有一小方框，框內署「三台館刻」，下端有識語：「列國一書，廼先族叔翁按鑑演義纂集。惟板一付，重刊數次，其板蒙舊。象斗校正重刻，全像批斷，以便海內君子一覽。買者須認雙峰堂為記。余文台識。」書前有〈題全像列國志傳引〉，署「時大明萬曆歲次丙午孟春重刊　後學畏齋余邵魚謹序」。次〈題列國序〉，署「時大明萬曆歲次丙午孟春重刊　後學仰止余象斗再拜序」。次〈列國併吞凡例〉，末有木記，但僅存長方形單線邊框，框內文字已被剜去。次〈新鍥史綱總會列國志傳目錄〉。卷一題「新刊京本春秋五霸七雄全像列國志傳卷之一」，署「後學畏齋余邵魚編集　書林文台余象斗評梓」。版心題「全像列國評林」。此書全本藏於日本蓬左文庫，中國國家圖書館藏殘本存卷五、六、八，大連圖書館藏殘本存卷二至卷六。從序言可見，此為重刊本，則此前已有刊本，估計余邵魚根據舊本加以改編而成此書，此余象斗刊本又經余象斗改編校訂。

萬曆四十六年（1618）余象斗三台館再次重刊余邵魚《新刊京本春秋五霸七雄全像列國志傳》八卷，此本藏於上海圖書館。

此書又有十二卷本。現存萬曆四十三年（1615）《新鐫陳眉公先生批評春秋列國志傳》十二卷。首〈敘列國傳〉，署「萬曆乙卯仲秋陳繼儒書」。次〈列國傳題詞〉，署「萬曆乙卯秋季朱篁書於鏗鏗齋」。次為目錄，題「新鐫陳眉公先生批評列國志傳」，署「雲間陳繼儒校正」「古吳朱篁參閱」。次為〈列國源流總論〉，其中出現了余邵魚的名字：「邵魚是以不揣寡昧……」以此知此本即為余邵魚所著者。此本雖然分為十二卷，但正文文字與八卷本基本相同。此本版式非上圖下文，每卷前插圖，半葉全幅。估計不是建陽刻本。

十三、「閩雙峰堂　西一　三台館梓行」余象斗《列國前編十二朝》四卷五十四則。封面題「列國前編十二朝傳」，「三台館梓行」。書前有「十二朝列國前編目錄」。次為插圖，或半葉全幅，或雙面合式。正文卷一題「刻按鑑通俗演義列國前編十二朝」，署「三台山人仰止余象斗編集閩雙峰堂西一三台館梓行」。正文版式上圖下文。藏日本天理大學天理圖書館。此本書坊題署很奇怪，「閩雙峰堂西一三台館梓行」，估計不是第一次刊刻的本子。

十四、余氏三台館曾刊刻楊爾曾訂《新鐫全像東西兩晉演義志傳》十二卷五十回，現存嘉慶四年敬書堂覆明三台館本。卷一題「新鐫全像東西兩晉演義志傳一卷」，署「雙峰堂主人鑒定三台館余氏梓行」。上圖下文版式。藏中國國家圖書館、上海圖書館、北京大學圖書館、遼寧圖書館。

十五、天啟崇禎間，余季岳刊佚名《按鑑演義帝王御世盤古至唐虞傳》二卷七則。封面上圖下文。上欄圖像兩側分別書「自盤古分天地起」、「至唐虞交會時止」。下欄題「鍾伯敬先生演義」「盤古志傳」「金陵原梓」。書前有〈盤古至唐虞傳序〉，署「景陵鍾惺題」。次〈歷代統系圖〉，次〈歷代帝王歌〉，並附〈歷數歌〉。次目錄，分上下兩卷，上卷三則，下卷四則。正文上卷題「按鑑演義帝王御世盤古至唐虞傳卷之上」，署「景陵鍾惺伯敬父編輯　古吳馮夢龍猶龍父鑒定」。上圖下文版式，圖方框中月光型，正文半葉十行，行十八字。藏於日本東京大學東洋文化研究所雙紅堂文庫、日本內閣文庫。

此書下卷卷末有一則識語：「邇來傳志之書，自正史外，稗官小說雖輒極俚謬，不堪目覩。是集出自鍾、馮二先生著輯，自盤古以迄我朝，悉遵鑑史通紀為之演義，一代編為一傳，以通俗諭人，總名之曰『帝王御世志傳』。不比世之紀傳小說無補世道人心者也。四方君子以是傳而置之座右，誠古今來一大帳（賬）簿也哉。書林余季岳謹識。」

由此可見，余季岳計畫刊刻自盤古至於當代（明代）的一套全史演義，一代編為一本志傳。現在無法明確這套全史演義是否完整出版，但是，從現存版本可見，這套書至少出了前三本，即此《盤古至唐虞傳》和以下《有夏志傳》、《有商志傳》。

十六、天啟崇禎間，余季岳刊佚名《按鑑演義帝王御世有夏志傳》四卷十九則。此書版式與《按鑑演義帝王御世盤古至唐虞傳》相同，即為余季岳刊刻全史演義系列第二本。封面上圖下文，上欄圖像兩側分別書「大禹受命治水起」、「成湯放桀南巢止」。下欄題「鍾伯敬先生演義」、「有夏志傳」、「金陵原梓」。首為〈有夏傳敘〉，署「景陵鍾惺題」。次〈有夏傳目錄〉。卷一題「按鑑演義帝王御世有夏志傳卷之一」，署「景陵鍾惺伯敬父編輯　古吳馮夢龍猶龍父鑒定」。

十七、余季岳刊刻的全史演義第三部是《按鑑演義帝王御世有商志傳》四卷十二則，原刊本已佚，現存與《有夏志傳》合刊的嘉慶十九年稽古堂本和光緒三十二年宏道堂本。

十八、崇禎四年（1631），富沙鄭尚玄人瑞堂刊刻齊東野人《新鐫全像通俗演義隋煬帝豔史》八卷四十回。封面題「繡像批評」、「豔史」、「人瑞堂梓」。首有〈隋煬帝豔史敘〉，署「笑癡子書于咄咄居」。次〈豔史序〉，署「崇禎辛未歲清和月野史主人漫書于虛白堂」。次〈豔史題辭〉，署「時崇禎辛未朱明既望檇李友人委蛇居士識于陶陶館中」。次〈豔史凡例〉，共十二條。次〈隋豔史爵里姓氏〉。次圖八十葉，正面圖像、背面題詠。次目錄。卷一題「新鐫全像通俗演義隋煬帝豔史卷一」，署「齊東野人編演　不經先生批評」。

現存刊本中有一些刊刻資訊不詳的，根據其版式，一般認為可能是建陽刊本，如：

十九、《新鍥國朝承運傳》四卷，不題撰人。卷一題「新鍥國朝承運傳卷之一」。版心題「承運傳」。上圖下文版式。開篇〈古風短篇〉云：「南都開基英烈書，北甸中興承運傳。」則此書成書時間在《英烈傳》之後。日本內閣文庫藏，有缺葉。

二十、《戚南塘剿平倭寇志傳》，卷數不詳，殘存卷一至卷三。卷首殘缺，因而不詳編撰人姓氏與書坊堂號、刊刻年代。卷二、卷三題「京鍥皇明通俗演義全像戚南塘剿平倭寇志傳」。上圖下文版式。藏中國國家圖書館。

二十一、《孔聖宗師出身全傳》四卷，首佚七葉，因而不詳編撰人姓氏與書坊堂號。現存十八則標題，卷首缺葉大約有一則標題，估計原書為四卷十九則。卷二首題「新鍥孔聖宗師出身全傳卷之一」，本應題「卷之二」，誤刊為「卷之一」。卷四最後一則故事標題「晉人兵納蒯聵」。「杏壇銘」以下為附錄，包括歷代詩賦銘文選及《聖代源流》。

關於此書的編刊年代，胡適曾說最早出於正德年間，或在正德之後。因其書附錄《聖代源流》至於「六十二代聞韶，字知德，弘治十六年襲封衍聖公」。則弘治十六年（1503）為此書編撰時間上限。而孔子傳人第六十三代孫孔用濟封衍聖公則是嘉靖二十五（1546）年。則嘉靖廿五年即為此書編撰時間下限。但現存此本刊刻時間則可能晚於嘉靖。此書現藏中國國家圖書館。另有一部影抄本，藏浙江圖書館。

此外，在現存小說刊本中還能發現不少關於建陽書坊編刊小說的信息。

比如署名「五嶽山人周遊仰止」編集的《開闢衍繹通俗志傳》六卷八十回。首為〈開闢衍繹敘〉，署「崇禎歲在旃蒙大淵獻春王正月人日靖竹居王黌子承父書于柳浪軒」。次為〈附錄乩仙天地判說〉。次為「新刻按鑑編纂開闢衍繹通俗志傳目錄」。次為四十六幅半葉整版全幅插圖。正文卷端題署：「新刻按鑑編纂開闢衍繹通俗志傳，五嶽山人周遊仰止集，靖竹居士王黌子承釋。」《古本小說集成》據崇禎間麟瑞堂刊本影印。

此書內容大體與余季岳《盤古至唐虞傳》、《有夏志傳》、《有商志傳》重合，文字與余象斗編撰之《列國前編十二朝》大體相同，特別是此書開篇小序透露了余象斗編撰此書的信息：「余仰止曰：若云天開於子，地辟於丑……愚按天皇生在寅，地皇生在卯，人皇生在辰……」《列國前編十二朝》開篇亦有此小序，大體相同，「余仰止曰」作「仰止子曰」。由此可見，此《開闢衍繹通俗志傳》應該亦為余象斗編撰，疑原有余氏刊本。

此外，佚名《片璧列國志》，亦疑原為余象斗編撰、原有余氏刊本。

以上只是就現存版本粗粗瀏覽而言，小說閱讀往往隨讀隨扔，不重視收藏，再加上時代久遠，紙質書籍保存不易，因而現存版本未必能體現當時小說刊刻繁盛面貌之一二。值得注意的是這些小說版本不少是重刊本，往往是因為版片刷印次數太多而變得模糊了，書坊才重新雕版，從中我們可以獲知這些小說相當暢銷的信息。

三　建陽教育的普及與刻書之讀者定位

作者創作和小說刊行只是講史小說文體興盛的兩個條件，若無小說傳播管道的建立和讀者閱讀興趣的培養，則講史小說文體興盛仍無從實現。

建陽刻書歷史悠久，從宋代以來，一方面通過本地人文的建設吸引全國各地的讀書士子前來建陽求學。宋代閩學的著名理學家主要集中於以建陽地區為中心的閩北走廊。宋代以來，武夷山脈一線學院林立。教育興盛，受教育者人數眾多，這是宋代以來建陽刻書興盛的重要原因。明代教育比之宋元更為普及，在全國教育發展的大背景下，宋代以來基礎較好的閩北地區教育更是深入遍布每一村社。教育的普及使得粗識文墨者非常普遍，這尤其為通俗小說的發展準備了讀者。

另一方面，宋代以來興盛的建陽刻書有自己獨特的刻書特點和經營策略。建陽歷宋元明三代都是全國的刻書中心之一，其麻沙、崇化二坊號稱「圖書之府」，吸引天下四方客商前來批量購買圖書，史載「書市在崇化里，比屋皆鬻書籍。天下客商販者如織，每月以一六日集」[6]。建陽交通便利，陸路往北通過浙江、江西輻射內地乃至全國，水路則往南通過福州、泉州入海輻射海外日本、高麗各國，建立了穩定的銷售傳播管道。宋代建陽在全國率先大批量刊刻經史類圖書建立了穩定的圖書市場，元明通俗小說正是這一市場的新型主打產品。

而對於講史小說文體興盛更為直接產生影響的尤在於建陽書坊的讀者定位和讀者培養。這樣的讀者定位和讀者培養至少從元代虞氏刊刻平話就開始了。在此我們且就近談論明代通俗小說的刊行。

建陽書坊刊刻小說有著明確的讀者定位，那就是以粗識文墨的村野豎子、市井細民乃至癡頑婦孺為讀者對象，這是人口數量最大的讀者群。早在嘉靖二十七年葉逢春本《新刊通俗演義三國志史傳》的刊行中，就體現出這一讀者定位所帶來的鮮明特點。

首先，葉逢春本是第一次插入圖像的《三國》小說本子，加入圖像是為了助於讀者理解小說內容。元峰子嘉靖二十七年（1548）〈三

6　《(嘉靖) 建陽縣志》(上海市：上海古籍書店，1982年，天一閣藏明代方志選刊)，卷4，《戶賦志》。

國志傳加像序〉中稱：「書林葉靜軒子又慮閱者之厭怠，鮮於首末之盡詳，而加以圖像。」「而天下之人，因像以詳傳，因傳以通志，而以勸以戒。」可見，刊刻者對接受群有一個基本定位，那就是，文化程度不高的讀者。

其次，與此同樣用意的還有大量引用周靜軒的詩。周靜軒是明代中期的民間學者，當時很多小說都喜歡引用他的詩，可能跟它較為通俗有關。其中也可能有偽託，但正可見出周靜軒詩在當時廣受普通讀者歡迎，從而形成了一種「名牌」效應。

再次，此書卷首還有一首「一從混沌分天地」的歷代詩，後來的建陽刊本多轉引此詩，稱之為「全漢歌」或「全漢總歌」。這種從天地開闢為始歷敘各代的歌詞在成化本說唱詞話等說唱文學中常見，這顯示出建陽刊本更接近民間文學的特點。

葉逢春本與嘉靖壬午本應該來源自同一祖本，卻具有各自不同的特色，這是由於讀者定位或銷售對象的定位不同。和嘉靖壬午本大量引用史書資料的史化傾向不同，葉逢春本的特點是更為通俗化、娛樂化。[7]

葉逢春本與嘉靖壬午本同屬於嘉靖刊本系列，兩者內容、文字基本一致，但葉逢春本文字較為粗糙，脫文或訛誤較多，則目不如嘉靖壬午本整齊，以七言為主，也有六言、八言。葉逢春本在建陽刻本中是很有代表性的，建陽刊本小說往往文字較為簡略，講故事而不重細節的精緻，但卻適合市民讀者的閱讀需求，普通的市民讀者文化水平不高，甚至認字不多，對於文字的簡陋以及錯別字不具敏感性，喜歡聽故事，但不善於對故事、對歷史進行深思，不太理解深刻獨特的思想，也很難領會婉轉蘊藉的文學韻味。再加上建陽刻本售價便宜，所

7 參看金文京撰寫詞條「三國志演義」，石昌渝主編：《中國古代小說總目》（白話卷）（太原市：山西教育出版社，2004年），頁298。

以，建陽刻本走通俗、娛樂的出版路線，有自己的讀者定位，也擁有自己的讀者群。

嘉靖時期建陽名士熊大木編創《大宋中興通俗演義》更體現出培養小說讀者的自覺。熊大木對此書的讀者也有明確定位，那就是：「士大夫以下遽爾未明乎理者」。他在自序中說他的編撰目的是「庶使愚夫愚婦亦識其意思之一二」。出身於刻書世家的熊大木對於這一讀者群是非常了解的，又由於熟知經史書籍中加注解與評點的方法，於是，熊大木煞費苦心地為小說加了一百五十多條注解和評點，以幫助那些識字能力和理解能力都很有限的讀者保持閱讀的興趣。此書採用雙行夾批的形式，注音釋意、注解人名地名、注釋名稱或典故、為作品敘及的事件作注。[8]這些注解中有不少是常識性的內容，但對於文化水平較低的讀者來說，恰能在閱讀進程中及時解決疑難。這種良苦用心對於提高讀者的文化水平、對於培養講史小說的讀者修養是有效的。這樣的小說版本形式為建陽刊本小說培養和爭取了最大的小說銷售市場和小說閱讀群體，為講史小說的文體興盛提供了必要的保證。而小說銷售市場和小說讀者群的培養和建立，其功效不僅在於講史小說的興盛，對於明清小說後來的長足發展也具有深遠意義。

為小說加上注釋這不是熊大木的首創，此前已有嘉靖元年刊本《三國志通俗演義》插入注釋的做法。但是，對通俗小說內容進行評點則似以熊大木為開端，熊大木之後，建陽刊本的不少小說都加入了評點，建陽書坊主中另一位重要的小說評點者是余象斗，他為《三國志演義》、《水滸傳》等多種小說增補評點，為今天的研究者所關注。建陽刊本小說中的評點雖然還較為簡陋，但開了後來李卓吾、金聖歎、毛宗崗等評點的先河，在中國古代小說理論史上有其重要意義。在熊大木《大宋演義中興英烈傳》的序言與評點中涉及小說與史實的

8　參看陳大康：《明代小說史》（上海市：上海文藝出版社，2000年），第3編，第8章第2節。

關係問題，這是明代以來至今爭論的問題。熊大木一方面在小說中標榜自己的小說對史書的忠實，另一方面又不能不看到小說無法完全忠實於史書，他說：「史書小說有不同者」，「若使的以事蹟顯然不泯者得錄，則是書竟難以成野史之餘意矣」。熊大木無意之中探討了講史小說的理論問題，也算為講史小說的文體建設作出了自己的貢獻。

還需要特別指出的是，講史小說的文體有著「通俗而不媚俗」的特點，這也正是所有建陽刻書的特點。因此，為什麼建陽會是明代講史小說的刊刻中心，這是有其必然性的。

作為書坊主的商人不同於其他商人，他們銷售的是精神產品，具有文化傳播的意義。建陽作為理學淵藪、被稱為「小鄒魯」的文化名鎮，建陽的書坊主無不在濃厚的理學氛圍中成長和生存，因此，贏利的同時，普及歷史知識、提高文化修養是建陽書坊主刊刻小說自覺的責任意識，這樣的職業道德和道德自覺很大程度上決定了明代講史小說文體的面貌，乃至萬曆以前小說史的面貌。因為萬曆以後全國刻書中心逐漸轉移，建陽刻書逐漸走向衰微。

第二節　從史部圖書的刊行到按鑑演義的編撰

中國古代小說中品種最多的是歷史演義，章回小說中最早成熟的也是歷史演義，而明代的歷史演義多以「按鑑」相標榜。所謂「按鑑」，就是按照《資治通鑑》或者通鑑類圖書編撰通俗演義小說。「按鑑」實為明代歷史演義的基本面貌。中國古代小說這一面貌的形成有著多方面的原因，其中與中國古代刻書有著密切關係。建陽在宋代率先雕刻經史著作，至於今日尚存的刻本中，仍以史部為其大宗，而在史部中，又以通鑑類圖書占絕大多數。這自然有著中國歷代重史的文化傳統作為大背景，但區別於其他刻書作坊而成為建陽刻書的特徵，則有其獨特的地域文化背景。這一文化背景和刻書背景對中國古代小說的發展產生了重大的影響。在此，我們試圖把明代「按鑑」演義的編撰置於建陽刻書背景中，探討其成因之一面。

一　建陽書坊刊刻的通鑑類圖書

宋代司馬光編修的《資治通鑑》長期成為上至帝王、下及黎民百姓共同欣賞、長期學習的歷史教科書，《資治通鑑》還以改編、節選、注解、導讀等多種形式傳播，以適應文化層次不同的廣大讀者的閱讀。《資治通鑑》前編、續編、再續編也不斷出現。正是在通鑑類圖書廣為普及和接受的盛況中，對圖書市場極為敏感的建陽書坊刊刻了大量的通鑑類圖書，其中有朱熹《資治通鑑綱目》，有《資治通鑑》及其續編的各種改編本，有發蒙、科舉用書，形式有注釋、節要、標題摘要等，種類繁多。由於藏書分散等原因，無法準確統計建陽刻書中的通鑑類圖書，拙文〈明代「按鑑」演義與建陽刻書背景〉[9]略為列舉，從中可見一斑。

建陽書坊刊刻通鑑類圖書有其明顯的特點。

首先是以具有普及意義的節本為主，這個特點是適應普通讀者閱讀市場而產生的。司馬光《資治通鑑》自宋代以來有很多刻本，其中也有建陽書坊刻本。如宋刻百衲本七種之第六種，半葉十一行，行二十一字，一般認為是建本。[10]但《資治通鑑》內容艱深、卷帙浩繁，很難普及。以普及為主的建陽刻書在宋代就刊刻了《資治通鑑》節本，如宋慶元三年（1197）梅山蔡建侯行甫蔡氏家塾刻《陸狀元集百家注資治通鑑詳節》。宋乾道八年（1172），朱熹撰成《資治通鑑綱目》五十九卷，此為《資治通鑑》的節本，實際上就是一種普及本。

9　拙文：〈明代「按鑑」演義與建陽刻書背景〉，《中國典籍與文化》2009年第4期。

10　參看〈胡刻通鑑正文校宋記述略〉，司馬光等撰：《資治通鑑》（北京市：中華書局，1956年），頁14-16。

建陽書坊大量刊刻朱子綱目，一方面是因為建陽作為閩學中心，自然有著刊刻的便利；另一方面則是因為朱子綱目作為《資治通鑑》的普及本擁有巨大的市場。一方面由於閩學的廣泛影響，另一方面由於綱目體簡明扼要，深合封建君臣、士人強調正統、教化的政治文化心理，以及社會受眾對於史著由繁趨簡的閱讀需求，故而朱子綱目得到歷代統治者的激賞，學者亦多以之為史學不易之經典。朱子綱目對史學撰著影響很大，宋以來為綱目作注、採用綱目體著書或為綱目續編的很多，這一類著作，建陽書坊也多有刊刻。從現存刊本來看，建陽是最早刊刻《資治通鑑》節本的地區之一，建陽刊本中大宗的通鑑類圖書多為通鑑普及本，因而也可見，在《資治通鑑》以及歷史文化的普及中，建陽書坊起了很重要的作用。

其次是與普及相結合的實用性，建陽刊通鑑類圖書多有針對科舉考試和蒙館學童而編撰的學習輔助用書。現在可知建陽最早的一種通鑑類圖書刊本是宋慶元三年梅山蔡建侯行甫蔡氏家塾刊刻的《陸狀元集百家注資治通鑑詳節》，元代的刻本有蒙古憲宗三年至五年（1253-1255）張宅晦明軒刻的《增節標目音注精議資治通鑑》一百二十卷，題宋呂祖謙輯。這兩種早期刊本都是科舉考試輔助用書，抄錄司馬光書內可備科舉策略之用的內容而成書，間有音注。蔡氏家塾刊本打出陸狀元的旗號，陸狀元是誰呢，陸狀元是宋代會稽人陸唐老，淳熙中（1174-1189）進士第一。似此題署狀元、進士、翰林等編撰的通鑑類圖書明代很多，如萬曆年間熊沖宇刊本《歷代紀要綱鑒》就題署狀元蘇曈會纂；萬曆十六年（1588）張氏新賢堂刻本《新刊翰林考正綱目批點音釋少微節要通鑑大全》二十卷外紀二卷，此「翰林」為明代唐順之，嘉靖八年會試第一；萬曆十八年（1590）萃慶堂余泗泉刻本《鐫王鳳洲先生會纂綱鑒歷朝正史全編》，此王鳳洲先生即為王世貞，嘉靖二十六年（1547）進士，文壇盟主。很顯然，以這些名人為旗號為的是招徠科考士子的閱讀興趣。

科舉雖未設「史科」，但是，中國古代學科體系中最為成熟的就是史學。當時，有的學官還將《資治通鑑綱目》定為學子的必讀書，如明代弘治九年（1495），黃仲昭提督江西學政，就要求學子熟讀《資治通鑑綱目》。甚至就連私塾蒙學，亦學「綱鑒」，像《新鐫增訂評注批點便蒙通鑑》、《增定課兒鑒略妥注善本》等書，都是專為蒙學所用的[11]。福建自宋以來就是科舉大省，全省從沿海到山區內地都非常重視教育，宋元明坊刻中類書及貼括經義之類的書籍很多，其中用於科舉考試和蒙學學習的通鑑類輔助讀物占了很大比重，這些書行銷全國各地。

第三個特點是稿源就近。建陽作為閩學淵源、朱子講學與終老之地，自然《資治通鑑綱目》刻得特別多。朱子綱目而外，現存刊本中宋代江贄所撰《古本少微先生資治通鑑節要》有九種，江贄是崇安人。明張光啟撰，劉剡編輯《四明先生續資治通鑑節要》十種，另題為《增修附注資治通鑑節要續編》七種，張光啟是宣德年間建陽知縣，萬曆《建陽縣志》卷四「名宦傳」中有傳。其他如鍾惺曾任職福建，葉向高、蘇曈等都是閩人。而陸唐老是會稽人，福建古屬會稽郡，浙江會稽與閩地緊鄰，歷來交流很多。

通鑑類圖書的這些刊刻特點對明代歷史演義產生了重要影響。通俗與普及是歷史演義最大的特點。明代歷史演義很多出於建陽書坊自編自刻，這些演義的編撰者多為建陽本地文人，如熊大木、余象斗等；或長期生活於建陽、供職於書坊的文人——這些人多來自鄰近建陽的江西等地。

尤值得重視的是建陽刊本節本的特點。建陽書坊刊刻的史部圖書多為節本，它把由於卷帙浩繁而令人生畏的歷史巨著從書櫥中釋放出

---

11 參看紀德君：〈明代「通鑑」類史書之普及與「按鑑」通俗演義之興起〉，《揚州大學學報》2003年第5期。

來，以簡潔精鍊的形式普及到千千萬萬讀書人和普通民眾中，功勞莫大焉。同時，這些節本在大量減省篇幅的同時，在選材上、表述方式上、語言風格上，都具有了可讀易懂的特點，這是從「然史之文，理微義奧」走向「文不甚深，言不甚俗，事紀其實，亦庶幾乎史」（庸愚子〈三國志通俗演義序〉）的小說家言所必由的中間過程。學界曾探討如《十七史詳節》（建陽有多種刊本）和《三國志演義》之間的關係[12]等，事實上，由於書坊所藏書版的便利，嘉靖萬歷時書坊所編的小說都和史部圖書有著密切關係。而且，這種關係不僅在於某一部小說和一部史書之間的關係，建陽書坊刊刻的史部圖書整體為正史通向小說的發展架起了一座過渡的橋樑。

二　歷史演義與書坊刊刻史部圖書的關係

建陽刊本史部圖書除通鑑類之外還很多，現存善本至少有兩百來種。這一方面是由於中國史官文化高度發達，史學的影響遍及社會人群，遍及社會文化生活各領域，史部圖書的接受群巨大而廣泛。另一方面跟地域文化有關。福建由於中原文化的移入，素有崇儒重教的傳統，由於特別的天時地利，宋代建陽成為天下儒學中心，出現了大批理學家和學者。在《四庫全書總目》的史部中，我們可以看到很多閩人著作，朱熹、袁樞而外，如熊克著《中興小紀》四十卷，陳均著《宋九朝編年備要》三十卷，胡宏著《皇王大紀》八十卷，江贄著《少微通鑑節要》五十卷，吳樸著《龍飛紀略》八卷，黃光昇著《昭代典則》二十八卷。閩人在四庫所錄史部作者中所占比例是很大的。由此也可見宋代以來建陽刻書以經史為主的地域文化淵源。由於崇儒重教的傳統，建陽對史官文化有著天然的認同。

12 周兆新：《三國演義考評》（北京市：北京大學出版社，1990年），頁189-198。

大量刊刻的史部書籍更為建陽刻書營造了濃厚的史官文化氛圍。建陽大量編撰與刊刻歷史演義，實與建陽刻書多史部圖書有很大關係。

大量的史部圖書刊刻為建陽書坊編撰和刊刻歷史演義提供了藍本，各書坊往往就地取材，把史部書籍通俗化，改編成通俗演義。

由於宋代以來學校的普及與興盛，廣讀詩書者很普遍，民間多飽學之士。這些飽學之士無法躋身於正史寫作之列，往往以野史來表現自己撰史的才能。中國古代小說與史官文化有著深厚的淵源，被稱為「稗史」、「稗官」。它從正史中衍生出來，往往取材於正史；或者自覺補充記載正史之闕，觀念受正史影響；或者補充正史觀念之不足，人物從正史記載中選取，在正史記載基礎上生發。寫作方法基本上模仿正史，像正史一樣真實、像正史的記事方式，是對小說很高的評價。在這樣的傳統之下，建陽書坊或所僱傭的文人就地取材，把史部書籍編成通俗讀物，在歷史演義發展的早期是很自然的事情。

從現存版本來看，書林楊氏清江堂是較早刊刻歷史演義的書坊。嘉靖三十一年，清江堂刊刻了熊大木編撰的《大宋中興通俗演義》，嘉靖三十二年（1553）刊刻了《唐書志傳通俗演義》。極有可能熊大木編撰的其他幾部歷史演義都是由清江書堂刊刻的，這不是偶然的。從小說刊刻來說，正德六年（1511）清江堂率先刊刻《剪燈新話》和《剪燈餘話》，可見清江書堂刊刻小說的傳統，也可見其刻書的商業敏感。而且，清江堂刊刻歷史演義更有著它長期、大量刊刻史部圖書的優勢：明弘治十年（1497）刊刻張光啟訂正、劉剡編輯《增修附注資治通鑑節要續編》；正德元年（1506）刊刻商輅等撰、周禮發明、張時泰廣義《續資治通鑑綱目》二十七卷；嘉靖十年（1531）刊刻《新刊紫陽朱子綱目》五十九卷首一卷，商輅等撰《續編資治宋元綱目大全》二十七卷；嘉靖十四年（1535）刊刻宋金履祥撰《資治通鑑綱目前編》十八卷、明陳桱撰《外紀》一卷，還刊刻了朱熹撰《新刊資治通鑑綱目大全》五十九卷。清江堂刊刻的歷史演義與其所刻史部圖書有密切關係。比如熊大木編撰的《大宋中興通俗演義》，其各則題目來自商輅《續資治通鑑綱目》，其中的綱目段云直接摘抄自商輅《續資治通鑑綱目》，大意也同於此綱目。

又如明代萬曆年間建陽最有名的小說編撰者和刻書家余象斗，萬曆年間刊刻朱之蕃輯評《新鋟朱狀元芸窗匯輯百大家評注史記品粹》十卷、李廷機輯《新刻九我李太史編纂古本歷史大方綱鑒》三十九卷首一卷、袁黃撰《鼎鍥趙田了凡袁先生編纂古本歷史大方綱鑒》三十九卷首一卷、周廷儒輯《周玉繩先生家藏二十三史綺編》十七卷。如余象斗編撰的《十二朝前編》的素材就很多來自於《資治通鑑綱目前編》，不過把《資治通鑑綱目前編》的文言轉化為通俗白話而已。

可見歷史演義的成書，與書坊刊刻的史部書籍有很大關係。刊刻歷史演義的書坊多同時刊刻史部圖書，比如：

書林宗文堂是最早刊刻《三國志演義》插圖本的書坊之一，明嘉靖七年（1528）刊刻商輅等撰《續資治通鑑綱目》二十七卷，萬曆三年（1575）刊刻《新刊憲臺考正少微通鑑全編》二十卷《外紀》二卷，《宋元通鑑全編》二十一卷。

書林熊氏種德堂，也是最早刊刻插圖本《三國志演義》的建陽書坊之一，在明代萬曆年間刊刻了淩稚隆輯、李光縉增補《史記評林》一百三十卷，葉向高撰《鼎鍥葉太史匯纂玉堂鑒綱》七十二卷，吳韋昭注、焦竑集評《新鐫百家評林國語天梯》二十一卷，楊九經輯《精摘古史粹語舉業前茅》五卷。後來，種德堂主人熊成冶（沖宇）又刊刻了《新鍥京本校正按鑑演義全像三國志傳》二十卷，現藏於中國國家圖書館。

萬曆十六年（1588）刊刻了《全漢志傳》十二卷的克勤齋，刊刻了《古本少微先生資治通鑑節要》五十卷、《外紀節要》五卷首一卷。

萬曆三十三年（1605）刻印《京板全像按鑑音釋兩漢開國中興傳志》六卷的詹氏西清書堂，弘治十一年（1498）刊刻了明張光啟訂正、劉剡編輯《增修附注資治通鑑節要續編》三十卷。

書林聯輝堂鄭純鎬，萬曆三十三年（1605）刻印《新鍥京本校正通俗演義按鑑三國志傳》二十卷，明萬曆三十四年（1606）刊刻明馮琦撰《鼎鍥纂補標題論表策綱鑒正要精鈔》二十卷。

以上只是就同一書坊刊刻的圖書而言。事實上，建陽書坊之間版本交流非常頻繁，從現存版本來看，一個本子各卷題署不同書坊的現象非常普遍，這可能有多方面的原因，但可見書坊間的版片流動很大。而同姓氏書坊間關係可能很密切。

三　通鑑類圖書催生了「按鑑」歷史演義

儘管書坊刊刻的通鑑類圖書已為普及本，多有句讀、注釋和評點，但是對於絕大多數的讀者來說還是存在閱讀的困難。最直接的困難來自文言語體。大量的官職制度與歷史典故，以簡練雅潔的文言敘述，對於絕大多數讀者來說，都只能是「不求甚解」的閱讀。因此，通鑑類圖書的接受需要進一步的通俗化，才能適應與滿足廣大讀者的要求。

《新刊大宋中興通俗演義》熊大木序很有代表性地說明了通俗歷史演義適應讀者閱讀而產生的必然性：「武穆王《精忠錄》，原有小說，未及於全文。今得浙之刊本，著述王之事實，甚得其悉。然而意寓文墨，綱由大紀，士大夫以下遽爾未明乎理者，或有之矣。近因眷連楊子素號湧泉者，挾是書謁於愚曰：『敢勞代吾演出辭話，庶使愚夫愚婦亦識其意思之一二。』」於是熊大木「以王本傳行狀之實跡，按《通鑑綱目》而取義」[13]，以淺近的語言大量鋪敘故事，編撰成

13 《新鐫大宋中興通俗演義》卷首熊大木〈序武穆王演義〉，《明清善本小說叢刊初編》（臺北市：天一出版社，1985年），第14輯「岳武穆精忠演義專輯」之一。

《大宋中興通俗演義》。

余邵魚《題全像列國志傳引》則更直接說明其「按鑑」而又「通俗」的良苦用心：「《列國傳》，起自武王伐紂，迄於秦並六國，編年取法《麟經》，記事一據實錄。凡英君良將，七雄五霸，平生履歷，莫不謹按『五經』並《左傳》、《十七史綱目通鑑》、《戰國策》、《吳越春秋》等書而逐類分紀。且又懼齊民不能悉達經傳微辭奧旨，復又改為演義，以便觀覽。」[14]

其實按照「通鑑」來演義歷史由來已久。吳自牧《夢粱錄》卷二十「小說講經史」記載宋元時代的講史藝術，就是「講說《通鑑》漢唐歷代書史文傳興廢爭戰之事」。明代的歷史演義多由講史話本發展而來，但從「元刊平話五種」看來，說話藝人畢竟史部修養有限，其演說歷史揣摩之意多於據史之辭。明代以來隨著教育的普及，人們對於歷史知識的需求水平有了很大的提高。三台館刊本《全像按鑑演義南北兩宋志傳》卷首之序便是抓住人們對歷史教育普及求「真」求「明」的需求所做的文章：「昔大本先生，建邑之博洽士也。遍覽群書，涉獵諸史，乃綜核宋事，匯為一書，名曰『南北宋兩傳演義』。事取其真，辭取明，以便士民觀覽，其用力亦勤矣。」[15]「事真」而「辭明」的「按鑑」，成為書坊炫耀其歷史知識可靠性的招牌。

通鑑類圖書的大量刊刻直接催生了「按鑑」演義的形成。明代的歷史演義卷首序引或書後牌記多稱本書參采史鑒，不同於一般野史。還有很多演義直接題名為「按鑑」，醒目地標榜於封面或卷首。例如：

嘉靖二十七年（1548）葉逢春刊《新刊通俗演義三國志史傳》，元峰子序後為「新刊按鑑漢譜三國志傳繪象足本大全目錄」，此書受

---

14 余邵魚：《春秋五霸七雄列國志傳》，《古本小說集成》（上海市：上海古籍出版社，1990-1994年）。

15 三台館刊《南北宋志傳》，署陳繼儒編次，《古本小說集成》（上海市：上海古籍出版社，1990-1994年）。

《通鑑綱目》影響，每卷卷首都記起止年代，這在以後的很多版本中都被繼承。且多題名「按鑑」。現存「三國」小說版本特別是建陽刊本多如此，不一一列舉。

成書於嘉靖三十一年（1552）的《大宋中興通俗演義》，熊大木序言中說明自己的編撰是「按《通鑑綱目》而取義」的。萬曆年間余氏三台館刊本題名為《新刊按鑑演義全像大宋中興岳王傳》。

嘉靖三十二年（1553）楊氏清江堂刊《唐書志傳通俗演義》，正文卷端題「新刊參采史鑒唐書志傳通俗演義」，每卷卷首標明敘事起止時間，並注「按唐書實史節目」。此書有萬曆二十一年（1593）金陵唐氏世德堂翻刻本，正文卷端題「新刊出像補訂參采史鑒唐書志傳通俗演義題評」。余氏三台館刊本題《新刊按鑑演義全像唐國志傳》。

萬曆十六年（1588）余氏克勤齋刊刻熊大木撰《京本通俗演義按鑑全漢志傳》。此為繼承《全相平話》和《兩漢開國中興傳志》而成書的平話系統兩漢故事小說。

萬曆三十三年（1605）西清堂詹秀閩刊刻《京板全像按鑑音釋兩漢開國中興傳志》。

萬曆三十四年（1606）余象斗三台館刊余邵魚撰《列國志傳》。內封大字題「按鑑演義全像列國評林」。

萬曆間三台館刊刻熊大木撰《南北宋志傳》。目錄葉題「全像按鑑演義南北兩宋志傳」。正文卷端題「新刻全像按鑑演義南宋志傳」。此書又有金陵唐氏世德堂刊本，題「新刊出像補訂參采史鑒南宋志傳通俗演義題評」、「新刊出像補訂參采史鑒北宋志傳通俗演義題評」。

三台館刊刻余象斗編集《列國前編十二朝》。正文題「新刻按鑑通俗演義列國前編十二朝」。

署「五嶽山人周遊仰止集」、「靖竹居士王黌子承釋」的《開闢衍繹通俗志傳》，正文首題「新刻按鑑編纂開闢衍繹通俗志傳」。

大約明天啟（1621-1627）、崇禎（1628-1644）間余季岳刊刻

《按鑑演義帝王御世盤古至唐虞傳》、《按鑑演義帝王御世有夏志傳》。當時同時刊刻了《有商志傳》。

以上皆為歷史演義。此外，建陽書坊刊本中還有一種《唐鍾馗全傳》，刊於萬曆間，封面題「全像唐鍾馗出身袪妖傳」，正文卷端題「鼎鍥全像按鑑唐鍾馗全傳」。此書素材源於唐代以來廣為流傳的鍾馗傳說，以題材性質而論，此為神魔小說。神魔小說也打「按鑑」的旗號，可見當時「按鑑」小說的影響。

需要強調說明的是，這裡所謂「按鑑」，並不一定按《資治通鑑》，而很多按的是《資治通鑑綱目》及其前編與後編。當然，「按鑑」也只是一種代稱，當時的歷史演義都按史書材料編撰，有的並不是按照通鑑類圖書，而按照其他史書，如各斷代史、如「十七史詳節」等。建陽書坊刊刻的大量通鑑類圖書和其他史部圖書為這些「按鑑」小說的編撰提供了充沛的素材，所以，大量歷史演義出於建陽書坊實有其取材的便利。

第三節　歷史演義「按鑑」的性質和意義

事實上，「按鑑」是明代歷史演義的基本面貌。

在現存刊本中，最早以「按鑑」相標榜的是嘉靖二十七年（1548）的葉逢春本《三國志史傳》。把「按鑑」兩字標識於題目之中，大概正是因為通鑑類圖書盛行而受啟發所為。據日本學者上田望的研究，與嘉靖壬午（1522）序本所依據的史書同為陳壽《三國志》及其裴注和《通鑑綱目》，而不是《後漢書》、《資治通鑑》或《資治通鑑》的其他節本，而且，與葉逢春本相比，嘉靖壬午序本有些文字依據《資治通鑑》而有所增改。但是，葉逢春本標明「按鑑」，而嘉靖壬午序本則未標識「按鑑」。考察《三國志演義》現存諸本，江南本系統的版本多不標「按鑑」，而建陽刊本系統多標明「按鑑」。由此看來，「按鑑」是書坊面向仰慕「通鑑」而文化水平不高的讀者群而設計的標誌，是書坊刻書走通俗銷售路線的策略之一。

為此，葉逢春本的作用是很大的，它不但影響了後來大批《三國志演義》版本的面貌，而且啟發了明代其他歷史演義的編撰與刊行，這些小說大多都是建陽刊本。完成於嘉靖三十一年（1552）的《大宋中興通俗演義》，編撰者熊大木就在序言中明確宣稱自己的編撰是「按《通鑑綱目》而取義」的。接著，第二年由楊氏清江堂刊行的《唐書志傳通俗演義》更明確地以「按鑑」相標榜，正文卷端題「新刊參采史鑒唐書志傳通俗演義」，每卷卷首標明敘事起止時間，並注「按唐書實史節目」。此後，可以想見「按鑑」通俗演義大量出現的繁盛狀況。

一　歷史演義「按鑑」的性質

雖然「按鑑」主要是書坊銷售策略的體現，但是「按鑑」二字卻是明代歷史演義敘事很準確的概括。

「按鑑」說明編撰者的寫作素材和編撰方式來自「通鑑」。寫作素材、編撰內容來自「通鑑」，為的是以通鑑的權威性說明小說內容的真實性、作為歷史通俗讀物的可靠性。因此，「按鑑」也說明歷史演義的編撰目的首先是普及歷史知識，這是民眾接受的需求，同時也是書坊適應市場需求的「賣點」。事實上，是否「按鑑」，是當時對歷史演義最重要的評價標準。有些小說以「悉遵鑒史通紀為之演義」作為廣告，如《盤古志傳》、《夏商合傳》的書後識語就是這樣。而如楊氏清江堂本《唐書志傳通俗演義》，就因為編撰沒有完全「按鑑」，而被認為「是書不足以行世」。其本李大年〈唐書演義序〉曰：「《唐書演義》，書林熊子鍾谷編集。書成以視余。逐首末閱之，似有紊亂《通鑑綱目》之非。人或曰：『若然，則是書不足以行世矣。』余又曰：『雖出其一臆之見，於坊間《三國志》、《水滸傳》相仿，未必無可取。且詞話中詩詞檄書頗據文理，使俗人騷客披之自亦得諸歡慕。豈以其全謬爾忽之耶？惜乎全文有欠，歷年實跡，未克顯明其事實。致善觀是書者見哂焉。』或人諾吾言而退。余曰：『使再會熊子，雖以歷年事實告之，使其勤渠於斯，迄於五代而止，誠所幸矣。』因援筆識之以俟知者。」[16]附帶說一句，楊氏清江堂把這篇顯然評價很低的序言置於卷首耐人尋味，或者由此可見書坊出書有其嚴肅的態度，而並非一味擴展銷路唯以賺錢。

而編撰方式來自通鑑，那主要是因為此時長篇小說敘事藝術尚無經驗，長篇小說的敘事是從對史傳的模仿中逐漸成熟起來的。正如鄭振鐸先生在〈中國小說的分類及演化的趨勢〉一文中所說：「在小說藝術未臻完美之前，長篇著作是很難著手的，只有跟了歷史的自然演進的事實寫去，才可得到了長篇。」[17]長篇小說第一部成熟之作《三國志演義》就是根據陳壽《三國志》及裴注、《資治通鑑》來編寫的，而其構架全篇、單元敘事的方法等，則直接來自《資治通鑑》的示範。其後的明代歷史演義敘事水平很難與《三國志演義》相比，抄錄史傳、模仿《三國志演義》則是共同的特徵。

「按鑑」基本體現了明代歷史演義的敘事水平。如《大宋中興通俗演義》多抄自明代商輅主編的《續資治通鑑綱目》，糅合戲曲、民間傳說等編寫而成。正如熊大木序言所說：「於是不吝臆見，以王本傳行狀之實跡，按《通鑑綱目》以取義，至於小說與本傳互有同異者，兩存之以備參考。」其他諸演義之作，或抄綴史書，或按照史書修訂宋元講史平話。正如孫楷第先生所說，明代書坊所刊歷史演義，凡演五代以前故事的，大抵抄自朱熹《通鑑綱目》，演宋元以後之事

---

16 《唐書志傳通俗演義》，《古本小說叢刊》（北京市：中華書局，1990年，影印本）。

17 《鄭振鐸文集》（北京市：人民文學出版社，1988年），卷7，頁114。

則抄明人陳桱《通鑑續編》與商輅等《通鑑綱目續編》。[18]

然而，假如「按鑑」歷史演義都是照抄史書的話，當時的人們讀史書就可以了，何必讀這些演義呢？而從明代以來歷史演義刊行的情況來看，《大宋中興通俗演義》等小說雖不能跟《三國志演義》的盛況相比，但也頗為壯觀。如《大宋中興通俗演義》至少有楊氏清江堂、清白堂、余氏雙峰堂、金陵周氏萬卷樓等曾經刊行過。此書還有不同題名的多種版本，包括刪節本，各種版本不少於二十種。《唐書志傳通俗演義》今存楊氏清江堂刊本、唐氏世德堂刊本、余氏三台館刊本、蘇州舒載陽刊本（此書板原為武林藏珠館所刻）。《全漢志傳》有十二卷本、二十卷本、十四卷本等多種版本系統。其中十二卷本至少有余氏克勤齋、書林文台余世騰、愛日堂繼葵劉世忠、清白堂楊氏曾經刊行過。《東西晉演義》今存武林刊本、本衙藏版本、世榮堂刊本，清嘉慶四年（1799）敬書堂藏板為覆明三台館刊本。《東西兩晉志傳》存周氏大業堂板、碧梧山房刊本、尺蠖齋刊本、周氏文光堂刊本、文遠堂刊本、雲林萬全書屋藏板本、成都英德堂重刊本、廣百宋齋刊本等。其他不一一列舉。如此壯觀的刊行狀況，足以說明歷史演義小說受讀者歡迎的程度。

為什麼歷史演義小說能長時期受到讀者歡迎呢？細讀文本，我們會發現，歷史演義比之史書可讀性確實大大增強了。比如《大宋中興通俗演義》，主要史料來自於商輅《續資治通鑑綱目》。但是商輅之著全面而零碎，涉及朝野上下人事複雜，很難記憶，普通讀者望之興歎。而小說有一條清晰的事件發展脈絡，敘述二帝北狩，宋室南渡，時世艱難，中興諸將如李綱、宗澤、韓世忠、張浚等奮力扶持，但朝中昏君奸臣當道，苟且偷安，恢復中原之事付之罔論。小說敘述中興

18 孫楷第：《中國通俗小說提要．大宋演義中興英烈傳》（三）（太原市：山西人民出版社，1985年），載《藝文志》，第3輯，頁201。

諸將，而以岳飛為主，較為全面生動地敘述了岳飛奮自徒伍、身經百戰、盡忠報國、戰功赫赫，但最終功高被戮、冤死於風波亭的一生經歷，描寫了岳飛英勇善戰、善於以少勝多的卓越才能，他的忠君愛國，他令敵人聞風喪膽的赫赫聲名。岳飛的故事本於《精忠錄》，但小說遠比《精忠錄》細緻生動，展開了豐富的情節描寫。小說表現岳飛和中興諸將，以及岳飛手下諸將如岳雲、牛皋、楊再興等形象，乃至宋高宗、秦檜、張俊等昏君奸臣，都生動可感，敘述故事可讀性強。《大宋中興通俗演義》在史書的基礎上吸收了宋以來說話、戲曲以及詩文詞賦、民間傳聞中岳飛題材和中興諸將題材的藝術創造，加以編撰者的理解和判斷，使得故事敘述充實豐富而又脈絡分明，材料眾多而能駕馭自如，且敘述傾向褒貶分明，引人共鳴，發人深思。如此，岳飛和南宋中興諸將故事普及至於閭閻，史書的影響遠遠不能與之相比。

又比如《唐書志傳通俗演義》，世德堂刊本的序言曾曰：「載攬演義，亦頗能得意。獨其文詞時傳正史，於流俗或不盡通。其事實時采譎狂，於正史或不盡合。」此評頗為中肯。此書確實局部存在孫楷第先生《日本東京所見小說書目》卷三著錄所說的現象：「其敘次情節，則一依通鑑，順序照抄原文而聯綴之。」如李世民父子倡義起兵、玄武門之變等，基本上是抄錄《資治通鑑綱目》原文的。但這樣的情況並不普遍，不然也就不會有李大年「似有紊亂《通鑑綱目》之非」的指責了。而且，《唐書志傳通俗演義》比之《通鑑綱目》，也絕不僅僅是語言表達的文白之異，更為重要的是歷史書寫與小說敘事之間整體構架的變化。從敘事結構來說，《資治通鑑綱目》是編年體，按時間順序記載歷史事件，不求事件之間的關聯與事件表達的完整性，而《唐書志傳通俗演義》作為小說，找到了一條歷史發展的線索作為敘事的主線，這就是以李淵一方的發展為線索。小說敘述李唐開國之事，從隋煬帝大業十三年（617）至唐太宗貞觀十九年（645），以秦王李世民的故事為主，剪裁和組織史料，使得紛繁複雜的唐代開國歷史成為一個線索分明、有始有終的故事，敘事前後連貫，主題清晰。這樣就把零散、繁雜的歷史記載變成了歷史小說，可讀性自然大大增強。《唐書志傳通俗演義》的主要故事都來自史書，但比之史書全面的記載和簡潔的書寫，小說按照自己的尺度有刪減有鋪排。孫楷第先生亦言，「凡事非涉唐者皆甚略，唯煬帝江都遇弒及竇建德滅宇文化及事稍詳而已」。而小說所鋪排者亦相當可觀。如孫楷第先生述及的竇建德破宇文化及和美良川之戰、「秦王三跳澗」之事，都根據史書簡略記載鋪排生發。[19]小說增加了很多文學性的鋪陳敘述，也增加了很多情節與細節的虛構，因此一些人物形象如李世民、尉遲恭等顯得性格鮮明。這些鋪排虛構很可能多有戲曲詞話的創造，為小說編撰所化用，使小說敘事豐腴增色。小說中一些戰爭場面的描寫，雖然模仿《三國志演義》而遠為稚拙，未能與《三國志演義》相比，但也是超越於史書敘事而具備一定文學色彩的筆墨。

二　「按鑑」歷史演義的意義

由於通鑑類圖書的普及和《三國志通俗演義》的暢銷，「按鑑」演義的出現成為必然。如和《三國志演義》相比，或以今天歷史小說的標準來衡量，「按鑑」演義藝術成就不高，但是它在明代的大量產生有其積極意義。

首先，它滿足了讀者閱讀的需要。在歷史文化普及而史書艱深難讀的情況下，《三國志演義》的出現開啟了歷史小說閱讀的新時尚。雖然《三國志演義》的作者未必是出於普及歷史知識的目的而創作

19 孫楷第：《日本東京所見小說書目》（北京市：人民文學出版社，1958年），卷3，「明清部二」，頁36。

的，但不必諱言當時的絕大部分讀者，包括文人和有能力批評的文人（如作序和引的庸愚子與修髯子），他們更多的是從通俗歷史讀物的角度來讚賞和接受這部著作的。然而，《三國志演義》開啟了歷史小說消費的空間之後，長時間未能有新的歷史小說出現，嘉靖年間熊大木的編撰填補了這個消費空間，滿足了人們久已企盼的閱讀期待。此後大量出現的「按鑑」演義在幾十年間長期受到讀者的歡迎，這從余季岳天啟、崇禎年間計畫編撰和刊行「按鑑演義帝王御世」全傳就可看出，「按鑑」演義的消費熱潮還持續至此。明清易代的歷史巨變並沒有使這一潮流中斷，入清以後歷史演義繼續刊行與編撰。「按鑑」演義在滿足讀者閱讀的同時，對普及歷史文化、傳承民族精神起到了重要作用。

其次，從小說藝術發展的角度來說，「按鑑」演義是從講史平話走向小說藝術精緻化過程中必不可少的一個中間環節。有人認為「按鑑」演義是歷史小說創作觀念上的倒退，它制約了歷史小說虛構意識的覺醒，使歷史小說成為史的附庸。但我們認為，中國深厚的史官文化就是歷史小說滋生與成長的土壤，這樣的條件將永遠伴隨歷史小說的發展，正因為如此，所以關於歷史小說中史實與虛構關係的爭論至今未能有結論。講史平話大膽粗礪、橫空出世的想像為平話插上了藝術的翅膀，但是畢竟「言辭鄙謬」，「失之於野」。「按鑑」演義的作者多為積年參加科舉而不能獲得一第的鄉村「博洽士」，他們有著較好的歷史文化修養，因而往往在平話的基礎上，以正史之「實」之「雅」來修訂平話之「野」之「俗」。但他們未能有羅貫中那樣的史識、詩才與哲思，所以，「按鑑」演義的藝術成就與《三國志演義》相比存在差距。然而，從嘉靖本《三國志通俗演義》到毛宗崗修訂的《三國演義》之間，歷史小說藝術走過了堪稱漫長的發展之路，小說藝術逐漸朝精緻化方向發展，小說編撰者也逐漸朝文化精英化方向更替。在這個前進的過程中，很顯然，「按鑑」演義起到了重要的鋪墊作用。一般來說，「按鑑」演義的作者其身分地位與文化修養要高於平話作者書會才人，從文化傳承的角度說，正是他們的努力培養了後代的文化精英。從讀者培養的角度來說，「按鑑」演義的讀者已悄悄地從平話的「田夫豎子」轉變為「俗人騷客」，正是大量的「按鑑」演義培養了一代接一代讀者的閱讀興趣與閱讀經驗，讀者的欣賞水平是在長期和大量的閱讀中被培養起來的，「按鑑」演義為後來精緻化的歷史小說準備了高水平的讀者。從文體成熟的角度來說，獨木不成林，只有一部《三國志演義》是不足以成就歷史演義文體的成熟的，大量的「按鑑」演義摸索和積累了歷史小說敘事的經驗，明代的「按鑑」演義編撰和刊刻還創造出了小說評點的方式，成為文化精英關注和評論小說的先河，從而促進了小說藝術的發展。從平話之野俗到「按鑑」之質實，到毛本《三國演義》等小說的雅俗結合、文質並舉之美，小說藝術就是這樣經過否定之否定、螺旋式上升發展的。

再次，按鑑演義的編撰對於小說觀念的演進或更有著重要意義。明代由於小說編撰藝術所處的起步階段，無論小說之編撰還是小說之閱讀都還未有成熟的理論支持。既「按鑑」，又「演義」，這顯然存在一些矛盾。因此，無論對於編者來說，還是對於評論者（特殊的讀者）來說，對「按鑑」演義的編撰方式都多少存懷疑、猶豫之念，頗為尷尬。熊大木在《大宋中興通俗演義》序中說：「或謂小說不可紊之以正史，余深服其論。然而稗官野史實記正史之未備，若使的以事蹟顯然不泯者得錄，則是書竟難以成野史之餘意矣……質是而論之，則史書小說有不同者，無足怪矣。屢易日月，書已告成鋟梓，公諸天下，未知覽者而以邪說罪予否？」[20]熊大木之戰戰兢兢不是沒有來由的。熊大木是歷史演義編撰早期的實踐者，當時大家對於小說的認識

20　《新鐫大宋中興通俗演義》卷首熊大木〈序武穆王演義〉，《明清善本小說叢刊初編》（臺北市：天一出版社，1985年），第14輯，「岳武穆精忠演義專輯」之一。

還是「正史之補」。褚人獲《隋唐演義》載林瀚原序曰：「後之君子能體予此意，以是編為正史之補，勿第以稗官野乘目之，是蓋予之至願也夫。」[21]所以，李大年的「唐書演義序」就明確否定熊大木《唐書演義》之「紊亂《通鑑綱目》」。世德堂本《唐書志傳通俗演義》卷首長序則更明顯地表現了當時有較高文化水平的讀者對於「按鑑演義」的矛盾心態：「載攬演義，亦頗能得意。獨其文詞時傳正史，於流俗或不盡通；其事實時采譎狂，於正史或不盡合。」[22]

即使現代以來，對於「按鑑演義」這一類小說藝術成就的評價也基本不高。如孫楷第先生對這一類編撰評價很低，他在評價《唐書演義》時曾說：「……除此而外，則多抄綴史書，盡是呆板之文矣。大抵講史一派，市人揣摩，則勇於變古，唯其有變古之勇氣，故粗糙而尚不失為活潑。小儒沾沾，則頗泥於史實，自矜博雅，恥為市言。然所閱者至多不過朱子《綱目》，鉤稽史書，既無其學力；演義生發，又愧此槃才。其結果為非史抄，非小說，非文學，非考定。凡前人之性格趣味，既不能直接得之於正史，又不能憑其幻想構成個人理想中之事實人物，如打話人所為。固雅俗共賞，實則兩失之無一而是。如此《唐書演義》，如《東西漢》，如《東西晉》，以至於清之《梁武帝》《南北史》等皆然。」[23]

然而正是在熊大木的彷徨而探索中，按鑑演義開啟了小說編撰的新篇章，從嘉靖至於萬曆大量「時傳正史」而又「時采譎狂」的歷史演義逐漸教會了人們如何認識小說文體。如刊刻於萬曆年間的《新刻續編三國志後傳》，取材既已虛妄，作「序」作「引」者（或許就是

21 褚人獲：《隋唐演義》，《古本小說集成》（上海市：上海古籍出版社，1990-1994年）。

22 世德堂刊本《唐書志傳題評》，《古本小說叢刊》（北京市：中華書局，1991年，影印本）。

23 孫楷第：《日本東京所見小說書目》（北京市：人民文學出版社，1958年），頁38。

作者）更有著對小說文體的自覺認識。其卷首之序云：「粵自書契肇興，而紀動紀言，代不乏史……顧其古調奇辭，員機奧理，可以賞知音，不可以入俚耳。於是好事者往往敷衍其義，顯淺其詞，形容妝點，俾閭巷顓蒙皆得窺古人一斑；且與唫歌俗諺並著口實，亦牖民一機也。」序後有引，曰：「夫小說者，乃坊間通俗之說，固非國史正綱，無過消遣於長夜永晝，或解悶於煩劇憂態，以豁一時之情懷耳。」[24]此編撰某氏未為知名，但惟其不知名，更可見類似的觀點已非「先鋒」，已是較為普遍的認識。而在此前後眾多知名文人的序跋題詠、批點評論更把小說文體引入文章體例、文學理論的視野，小說文體之獨立、小說觀念之發展取得了長足的進步。至此回顧嘉靖間熊大木等人的編撰，藝術發展的軌跡宛然如見。

24 酉陽野史：《三國志後傳》，《古本小說集成》（上海市：上海古籍出版社，1990-1994年）。

第三章
神魔小說編刊的文學與文化背景

關於神魔小說，或稱之為神怪小說，本文沿用魯迅先生在《中國小說史略》中提出的概念。齊裕焜先生《中國古代小說演變史》說：「在魯迅論述的啟發下，根據這類小說所呈現的基本特徵，我們認為，神魔小說是指明清時代在儒道釋『三教同源』的思想影響下所產生的、以神魔怪異為題材的白話章回小說。這類小說除了魯迅在《中國小說史略》中提到的《平妖傳》、《四遊記》、《西遊記》、《後西遊記》、《續西遊記》、《封神傳》、《三寶太監西洋記》、《西遊補》八種外，據孫楷第的《中國通俗小說書目》、譚正璧的《古本稀見小說匯考》等書所錄，尚有三十種左右。」[1]如《錢塘湖隱濟顛禪師語錄》、《鐵樹記》、《咒棗記》、《飛劍記》、《二十四尊得道羅漢傳》、《南海觀世音菩薩出身修行傳》、《達摩出身傳燈錄》、《天妃濟世出身傳》、《唐鍾馗全傳》、《牛郎織女傳》、《五鼠鬧東京包公收妖傳》、《三教開迷歸正演義》、《三遂平妖傳》（四十回）、《韓湘子全傳》、《關帝歷代顯聖志傳》、《掃魅敦倫東度記》（即《續證道書東遊記》）等，數量可觀，確實與歷史演義分庭抗禮。

近年來，神魔小說的研究取得了很大的成績。先後出版了歐陽健先生《中國神怪小說通史》（南京市：江蘇教育出版社，1997年）、林辰先生《神怪小說史》（杭州市：浙江古籍出版社，1998年）、胡勝先生《明清神魔小說研究》（韓國：新星出版社，2002年）等專著。

1　齊裕焜：《中國古代小說演變史》（蘭州市：敦煌文藝出版社，2002年），頁292。

明代神魔小說有一半以上出自建陽書坊編撰或刊刻。這些作品基本成書於萬曆時期，在胡勝《明清神魔小說研究》所說的神魔小說發展期，基本上是建陽書坊刊刻的小說。本文在前賢研究的基礎上，著重討論的是福建刻書對於明代神魔小說興盛的意義，以及神魔小說的興盛與福建刻書關係切近的一些背景問題。

第一節　建陽刊刻神魔小說

建陽刻書的一個明顯特點是大量刊行暢銷書。《西遊記》一經問世，與《三國志演義》、《水滸傳》一樣成為暢銷書，市場敏銳的建陽書坊立刻跟進《西遊記》的刊刻和銷售。

從現存世德堂本《西遊記》第十六回題署熊雲濱重刻來看，建陽書坊可能在世德堂之後不久就開始了《西遊記》的刊行。

現存熊雲濱補修重印萬曆二十年南京世德堂本《新刻出像官板大字西遊記》二十卷一百回。書前有〈刊西遊記序〉，署「秣陵陳元之撰」，序末署「時壬辰夏端四日也」。次《新刻出像官板大字西遊記目錄》，以宋人邵雍五言絕句〈清夜吟〉詩為卷目，末題「出像西遊記目錄終」。卷一題「新刻出像官板大字西遊記月字卷之一」，署「華陽洞天主人校　金陵世德堂梓行」。卷九、十、十九、二十署「華陽洞天主人校　金陵榮壽堂梓行」。卷十六則署「華陽洞天主人校　書林熊雲濱重鍥」，可見此本係建陽書坊主熊雲濱以金陵世德堂版片補修重印而成。版心題「出像西遊記」，或無「出像」二字。小說正文行款為半葉十二行，行二十四字。全書有圖像一百九十七幅，大體每回插圖兩幅，少數幾回僅一幅。插圖多為雙面合頁的方式散插於各回正文之中，圖像精美。此書現藏於臺灣故宮博物院、日本天理圖書館。天理圖書館藏本存有內封，題「刻官板全像西遊記」，署「金陵唐氏世德堂校梓」。天理圖書館藏本與臺灣故宮博物院藏本在圖像、字形等方面存在細微差別，兩者不同版。[2]

熊雲濱出身建陽刻書世家，名體忠，字爾報，號雲濱。他的刻書現存或可考的有十多種，其中刊刻時間最早的是萬曆五年（1577）刻印的明諸大圭撰《新刊精備講意易經鯨音本義》二卷，附刻宋朱熹撰《周易本義》四卷，現存上海圖書館。標明刊刻時間最遲的一部是萬曆三十年（1602）刻印的明葉向高撰《鼎鍥葉太史匯纂玉堂鑒綱》七十二卷。他在萬曆二十三年（1595）還刻印了另一部神魔性質的筆記體小說，明莊鏜實輯《新刊列仙降凡徵應全編》二卷。熊雲濱重刻或修補《西遊記》版刻大概也就在這個時期。

從現存刊本來看，後來的建陽書坊刊刻《西遊記》的方式是刪減文字和加上插圖，與《三國志演義》、《水滸傳》的刊刻情況相似。根據磯部彰先生著錄，現存《唐僧西遊記》日本藏三種本子：日本國會圖書館存殘卷《唐僧西遊記》、日本慈眼堂存足本《二刻官板唐三藏西遊記》（書林朱繼源梓行）、叡山文庫本《唐僧西遊記》（全像書林蔡敬吾刻）。《唐僧西遊記》與楊閩齋刊本、楊閩齋之子楊居謙刊刻的閩齋堂本，與世德堂本相比文字都有所刪減。另外還有兩種是更為大量刪節的本子，一種為楊致和本，七萬多字，大概只有世德堂本的十分之一；另一種是朱鼎臣本，大約十三萬字。這兩者比其他各本多出唐僧出身故事。以上七種刊本中，《唐僧西遊記》插圖版式非上圖下文，未能確定是否出於建陽，其他四種則為建陽刊本。參考磯部彰先生的著錄列舉如下：

1 日本國會圖書館存《唐僧西遊記》殘本

此為二十卷百回本，缺卷一及卷十二，因此封面、序目、卷首題

---

2 參看磯部彰撰寫「西遊記」詞條，石昌渝：《中國古代小說總目》（白話卷）（太原市：山西教育出版社，2004年），頁416。

署皆不詳。半葉十二行，行二十四字。二十卷末蓮牌木記題「全像唐三藏西遊記卷終」。

2 朱繼源刊本《唐三藏西遊記》

朱繼源刊本《唐三藏西遊記》二十卷一百回。內封題「二刻官板唐三藏西遊記」，署「書林朱繼源梓行」。書前有秣陵陳元之《刊西遊記序》。書末木記題「全像唐三藏西遊記卷終」。據日本學者長澤規矩也研究，該本每卷有圖像二葉，正文半葉十二行，行二十四字。書藏日本日光輪王寺慈眼堂。

3 蔡敬吾刻本《唐三藏西遊記》

蔡敬吾刻本《唐三藏西遊記》二十卷一百回。前有序、目錄、圖像兩葉四幅。卷首題「唐僧西遊記」，署「華陽洞天主人校」。卷十八第一幅圖有小字「全像書林蔡敬吾刻」。書末木記題「全像唐三藏西遊記卷終」。版心題「西遊記卷×」。據日本學者太辰田夫的調查，該本每卷卷首有圖兩葉、四幅。正文半葉十二行，行二十四字。此本藏日本叡山文庫。

4 楊閩齋刊本《鼎鐫京本全像西遊記》

萬曆三十一年（1603）書林楊閩齋刊刻華陽洞天主人校《西遊記》二十卷一百回。內封上圖下文。下欄分三行，兩側大字題「新鐫全像西遊記傳」，中間小字署「書林楊閩齋梓行」。書首有「秣陵陳元之撰」〈全像西遊記序〉，序末題「時癸卯夏念一日」，一般認為「癸卯」是萬曆三十一年。次〈新鐫京板全像西遊記目錄〉，目錄每五回回目上端，以宋代邵雍〈清夜吟〉「月到天心處，風來水面時。一般清意味，料得少人知」一詩為卷目，如「月字一卷」、「到字二卷」，以此類推。卷一題「鼎鐫京本全像西遊記」，署「華陽洞天主人校　閩書林楊閩齋梓」。其他各卷題署不一。版心題「全像西遊記」。版式上圖下文，下欄文字半葉十五行，行二十七字。最後半葉為全幅圖像，標題「四眾皈依正果」。藏日本內閣文庫，係海內外僅存的孤本。

5 閩齋堂刊本《新刻增補批評全像西遊記》

崇禎四年（1631）楊閩齋之子楊居謙閩齋堂刊刻《新刻增補批評全像西遊記》二十卷一百回。書前有〈批點西遊記序〉，末鈐方形陽文印章「禿老批評」和陰文印章「閩齋堂楊氏居謙校梓」各一枚。次〈新刻增補批評全像西遊記窺言標題目次〉，分「窺言」和「標題」兩部分。各卷卷端題「新刻增補批評全像西遊記」或「新刻批評原本全像西遊記」，署「仿李禿老批評　閩齋堂楊氏居謙校梓」或「仿李禿老批評　閩齋堂楊懋卿校梓」。第二十卷卷末蓮牌木記署「崇禎辛未歲閩齋堂楊居謙校梓」，可知此本刊於崇禎四年（1631）。版心題「全像西遊記」。版式為上圖下文式，下欄文字半葉十五行，行二十六字。開本較清白堂本略小。是較清白堂本省略得更多的刪節本。此本原由日本奧野信太郎收藏，現藏於日本慶應圖書館。[3]磯部彰曾影印。

6 朱蒼嶺刊本《新鍥唐三藏出身全傳》（楊致和本）

芝潭朱蒼嶺刊刻楊致和編《唐三藏出身全傳》四卷四十回，卷末有缺葉。無封面、序、目等。卷一題「新鍥三藏出身全傳卷之一」，署「齊雲陽至和（編）　天水趙毓真校　芝潭朱蒼嶺梓」。其他各卷卷端題「新鍥唐三藏出身全傳」。版心題「唐三藏」。第一葉上半葉圖像左側有「書林彭氏□圖像秋月刻」小字兩行。版式上圖下文，下欄文字半葉十行，行十九字。藏英國牛津大學博多廉圖書館。清代有嘉慶《四遊合傳》本和道光《四遊全傳》本。

3　參考磯部彰：〈關於閩齋堂刊西遊記的版本〉，載《中國古代小說研究》，第2輯。

7 劉蓮台刊本《鼎鍥全像唐三藏西遊釋厄傳》（朱鼎臣本）

萬曆間書林劉氏安正堂（劉蓮台）刻明朱鼎臣撰《鼎鍥全像唐三藏西遊釋厄傳》十卷六十七則。內封分上下兩欄。上欄圖像。下欄分三行，兩側大字題「全像唐僧出身西遊記傳」，中間小字署「書林劉蓮台梓」。卷一題「鼎鍥全相唐三藏西遊傳卷之一」，署「羊城沖懷朱鼎臣編輯　書林蓮台劉永茂繡梓」。卷尾牌記署「書林劉蓮台梓」。版式上圖下文，正文半葉十行，行十七字。有臺灣圖書館藏本和日本日光輪王寺慈眼堂藏本，臺灣藏本缺封面。

由於《西遊記》的盛行，激發了神魔小說的大量編刊。《西遊記》之外，明代建陽書坊刊刻的其他神魔小說版本如下：

一、萬曆三十年（1602）書林熊仰台刊刻《北方真武祖師玄天上帝出身志傳》四卷二十四回。內封上欄刻玄天上帝的圖像，下欄題「全像北遊記玄帝出身志傳」，「書林熊仰台梓」。正文卷端題署「刊北方真武祖師玄天上帝出身志傳」，「三台山人仰止余象斗編」，「建邑書林余氏雙峰堂梓」。版式上圖下文，下欄文字半葉十行，行十七字。卷末附錄「設供」、「忌食」、「聖養之要」「御諱」「聖降之辰」「玄帝聖號勸文」等。卷終有蓮牌木記：「壬寅歲季春月書林熊仰台梓。」從題署可見，此本非余氏雙峰堂原刊本，是「熊仰台」的重印本或重刊本。此本存於英國國家圖書館、北京大學圖書館、大連圖書館。清代多種刊本，與此本略有差異。

二、萬曆間書林余文台刊刻明吳元泰撰《新刊八仙出處東遊記》二卷五十六回，分上下兩欄。上欄八仙圖。下欄分三行，兩側大字題「全像東遊記上洞八仙傳」，中間小字署「書林余文台梓」。書前有《八仙傳引》，署「三台山人仰止余象斗言」，並鈐有一印。正文上卷題「新刊八仙出處東遊記卷之一」，署「蘭江吳元泰著　社友淩雲龍校」。下卷題「新刻八仙出處東遊記卷之下」，署「蘭江吳元泰著　書林余氏梓」。版心題「八仙傳」。版式上圖下文，半葉十行，行十七字。卷末有〈桂溪升仙樓閣序〉（署「時明萬曆癸未冬大唐真人純陽序」)、〈升仙樓閣跋〉（署「時明萬曆乙未秋……」)、〈重鍥感應篇序〉（署「時明萬曆丙申冬朔後一日大唐真人純陽呂書於升仙樓閣」)、〈蓬萊景記〉（署「時明萬曆丙申季秋朔越十日癸卯……」）等數篇文字，與全書內容無涉，版式、字體亦不同。此本藏日本內閣文庫。

英國博物館存□□氏刊本，上圖下文，正文半葉十一行，行二十字，疑為明刊。

《東遊記》又存道光十年（1830）致和堂《四遊全傳》本，覆明刊，上圖下文，正文半葉十行，行十七字。藏中國國家圖書館、大連圖書館、北京大學圖書館、中國社會科學院文學研究所。

三、萬曆三十一年（1603）余氏萃慶堂刊鄧志謨編撰《新鐫晉代許旌陽得道擒蛟鐵樹記》二卷十五回。封面題「許仙鐵樹記」，署「萃慶堂梓」。書前有〈豫章鐵樹記引〉，末署「時皇明萬曆癸卯春谷旦　竹溪散人題」。次〈鐵樹記目錄〉。上卷題「新鍥晉代許旌陽得道擒蛟鐵樹記卷之上」，署「雲錦竹溪散人鄧氏編　書林萃慶堂余泗泉梓」。半葉十一行，行二十四字。插圖為雙面合頁連式。此書藏日本內閣文庫。另有萬曆刊本，與日本內閣文庫藏萃慶堂刊本行款相同，唯封面及卷上所題書坊名號已剜去，〈豫章鐵樹記引〉中的「癸卯」改為「甲辰」，原藏於北平圖書館，現藏於臺灣「中央」圖書館。

四、萬曆三十一年（1603）余氏萃慶堂刊鄧志謨編撰《鍥唐代呂純陽得道飛劍記》二卷十三回。封面題「呂仙飛劍記」，署「萃慶堂梓」。書前有〈呂祖飛劍記引〉。次〈飛劍記目錄〉。上卷題「鍥唐代呂純陽得道飛劍記卷之上」，署「安邑竹溪散人鄧氏編　閩書林萃慶堂余氏梓」。半葉十一行，行二十四字。插圖為雙面合頁連式。此書藏日本內閣文庫。

五、萬曆三十一年（1603）余氏萃慶堂刊鄧志謨編撰《鍥五代薩真人得道咒棗記》二卷十四回。封面題「薩仙咒棗記」，署「萃慶堂梓」。書前有〈薩真人咒棗記引〉，末署「竹溪散人題　時萬曆癸卯季秋之吉」。次〈咒棗記目錄〉。次「薩真人像」一幅。上卷題「鍥五代薩真人得道咒棗記卷之上」，署「安邑竹溪散人鄧氏編　閩書林萃慶堂余氏梓」。半葉十一行，行二十四字。正文插圖為雙面合頁連式。此本版式雖然與萃慶堂刊《飛劍記》相同，但圖和文字皆不如《飛劍記》秀勁。此書藏日本內閣文庫。

六、萬曆三十二年（1604）楊氏清白堂刊刻朱星祚撰《新刻全相二十四尊得道羅漢傳》六卷二十三則。現存萬曆乙巳（三十三年）聚奎齋挖改題署的版本。內封分三欄。上欄橫書「全像十八尊」；中欄署十八尊羅漢名稱；下欄約占三分之二，中間大字題「羅漢傳」，兩側署「萬曆乙巳年夏　書林聚奎齋梓」。無序、目。卷一題「新刻全像廿四尊得道羅漢傳卷之一」，卷三題「新刻全像廿四尊羅漢傳卷之三」，其他各卷則題「新刻全像羅漢傳」。卷一署「書林清白堂梓」；卷二、卷五、卷六署「書林梓」，「清白堂」三字被剜去；卷三署「撫臨朱星祚編　書林梓」，「清白堂」三字同樣被剜。由此可知此本是聚奎齋用清白堂舊版挖改重刊的。書末蓮臺牌記署「萬曆甲辰冬書林楊氏梓」。版式上圖下文，下欄半葉十行，行十七字。此本藏日本內閣文庫。

七、萬曆間楊氏清白堂（楊麗泉）刊刻明朱開泰撰《新刻達摩出身傳燈傳》四卷七十則。卷一題「新刻全像達摩出身傳燈傳」，署「書林麗泉楊氏梓行」，卷三署「逸士朱開泰修選　書林清白堂楊麗泉梓行」。版式上圖下文，下欄半葉十行，行十七字。此書原為盛宣懷舊藏，現藏於日本天理圖書館。

八、楊春榮刊刻《南海觀世音菩薩出身修行傳》四卷二十五則。各卷卷端題署不一。卷一題「新鍥全相南海觀世音菩薩出身修行傳」，署「南州西大午辰走人訂著　羊城沖懷朱鼎臣編輯　潭城泰齋楊春榮繡梓」；卷二題「新鍥南海觀音菩薩出身修行全傳」；卷三題「新鍥觀音菩薩南海出身全相」；卷四題「新刊南海觀音菩薩出身修行全傳」。上圖下文，下欄半葉十行，行十七字。此本藏英國博物館。

本書編輯朱鼎臣為服務於建陽書坊的文人，為建陽書坊編撰了多種小說戲曲通俗讀物。結合此本版式行款與字體等，此書應該出於建陽書坊。卷首題署之書坊，一般判斷為「渾城泰齋楊春榮」，但原書中「渾」字刻得不甚清楚，可能原為「潭」字。潭城，則正是建陽別稱。如熊氏、劉氏等各家刻書，多署「潭城」、「潭邑」、「潭陽」。這是因為崇陽溪和麻陽溪二水交匯，於建陽城南形成大潭，漢代閩越王余善曾在此築大潭城。

九、書林余成章永慶堂刊刻明朱名世撰《新刻全像牛郎織女傳》四卷五十五則。卷端題「新刻全像牛郎織女傳」。卷一署「儒林太儀朱名世編」，卷二、四署「儒林太儀朱名世編　書林仙源余成章梓」，卷三署「書林仙源余成章梓」。上圖下文，下欄半葉十行，行十七字。此本原藏於日本文求堂田中慶太郎處，一九三二年由周越然重價購回。現藏中國國家圖書館。

十、萬曆間書林熊氏忠正堂熊龍峰刻印明吳還初撰《新刻出像天妃濟世出身傳》二卷三十二回。封面分上下兩欄。上欄圖像。下欄大字題「鍥天妃娘媽傳」。目錄題「新刻宣封護國天妃林娘娘出身濟世正傳」。卷一題「新刊出像天妃濟世出身傳」，署「南州散人吳還初編　昌江逸士凃德孚校　潭邑書林熊龍峰梓」。版心題「出像天妃出身傳」或「全像天妃出身傳」。下卷卷尾有雙行牌記：「萬曆新春之歲忠正堂熊氏龍峰行」。版式上圖下文，下欄半葉十行，行十六字。原本藏日本東京大學東洋文化研究所雙紅堂文庫。

十一、海北遊人無根子集《顯法降蛇海遊記傳》[4]，近年由葉明

4　現存清乾隆十八年文元堂重刊本，二〇〇〇年臺灣施合鄭民俗文化基金會出版《民俗曲藝叢書》，收錄葉明生發現整理的《海遊記校注》。

生先生發現，為清乾隆十八年文元堂據建邑書林忠正堂刻本重刊，未知建邑書林忠正堂刊刻此書之時間，但從忠正堂刻書活動時間以及此書題材來看，估計與《新刊出像天妃濟世出身傳》時間相近。《新刊出像天妃濟世出身傳》演述天妃媽祖的故事，《顯法降蛇海遊記傳》主要演述臨水夫人陳靖姑的故事，媽祖和臨水夫人是福建民間信仰中影響最大的二位本土女神，此二書實為閩地民間信仰故事的姐妹篇。

十二、文萃堂刊刻《新刻全像五鼠鬧東京》，殘存卷一、卷二，第一卷卷端題「新刻全像五鼠鬧東京一卷」、「豫章還初吳遷編」、「昌江崙樵徐萬里校」、「書林文萃堂梓」。[5]潘建國先生虞虞齋收藏。

另外，現藏於英國倫敦博物館書林刊《新刻五鼠鬧東京》二卷一百二十七目，李夢生認為此書可能也是明代閩刊[6]。

十三、萬曆間書林劉氏安正堂（劉雙松）刊刻《唐鍾馗全傳》四卷三十四回。第一卷卷端題「鼎鍥全像按鑑唐鍾馗全傳」，署「書林安正堂補正　後街劉雙松梓行」；卷末則題「鼎鍥全像按鑑唐書鍾馗斬妖傳」。卷二、三、四題「鼎鍥全像按鑑唐書鍾馗降妖傳」，卷二末題「鼎鍥唐鍾馗斬妖傳卷之二終」，卷三末題「鍾馗傳三卷終」。版式上圖下文，下欄半葉十行，行十七字。此本藏於日本內閣文庫淺草文庫。

十四、穆氏編輯《關帝歷代顯聖志傳》四卷三十二則。刊刻信息不詳，從其版式判斷，可能為萬曆至崇禎建陽刊本。書前附《商狀元廟碑辭》、《焦狀元廟碑銘》、《匾聯》、《正陽門帝像》、《帝燕居中幘像》、《胡琦編帝像》、《都城敕建廟圖》，今僅存《商狀元廟碑辭》殘

5 「昌江崙樵徐萬里」，據潘建國考證和分析，很可能「徐」乃「涂」字之誤刊，此「昌江崙樵徐萬里」很可能與《新刻出像天妃濟世出身傳》作者為同一人，即「昌江逸士涂德孚」。參看潘建國：〈海內孤本明刊《新刻全像五鼠鬧東京》小說考〉，《文學遺產》2008年第5期。

6 參看李夢生為《五鼠鬧東京傳》（上海市：上海古籍出版社，1992年，《古本小說集成》影印本）所撰〈前言〉。

篇、《焦狀元廟碑銘》、《匾聯》，其他缺。目錄葉題「關帝神武志傳」。卷一題「關帝歷代顯聖志傳」，署「穆氏編輯」。版心題「關帝志傳」或「關帝神武志傳」。版式上圖下文，下欄半葉十行，行十七字。存本藏中國國家圖書館。

十五、《潛龍馬再興七姑傳》二卷三十九則。刊刻信息不詳，從其版式判斷，可能為萬曆至崇禎建陽刊本。內封分上下兩欄，已有部分漫漶。上欄圖像。下欄分三行，兩側大字題「潛□□□興七姑傳」，中間小字署「□□□行」應是刊刻書坊信息。卷一題「新鍥圖像潛龍馬再興七姑傳」。版式上圖下文，下欄文字半葉十行，行十九字。但下卷自第三十葉至第四十葉上半葉無圖，半葉十行，行二十六字。原為鄭振鐸舊藏，今存於中國國家圖書館。

十六、崇禎四年（1631）書林李仕弘昌遠堂刻印余象斗撰《全像五顯靈官大帝華光天王傳》四卷十八則。卷一題「刻全像五顯靈官大帝華光天王傳卷之一」，署「三台館山人仰止余象斗編　書林昌遠堂仕弘李氏梓」。版心題「華光天王傳」。書末牌記署「辛未歲孟冬月書林昌遠堂梓」。末葉圖像有「劉次泉刻像」小字提示刻工姓名。版式上圖下文，下欄半葉十行，行十七字。此本現藏英國博物館。此書應有余象斗原刊本，不存。

十七、崇禎間周之標序刊本《封神演義》十卷一百回，首有〈封神演義序〉，末署「長洲周之標君建甫題於一線天小蘭若」，鈐有「周之標印」陰文印。目錄葉題「新刻鍾伯敬先生批評封神演義」。版心題「全像封神傳」。正文無評語。上圖下文。正文半葉十三行，行二十四字。係福建建陽刻本，藏日本無窮會織田文庫。此本的翻刻本有金陵聚德堂刊本，藏北京大學圖書館、中國社會科學院文學研究所。此據石昌渝先生著錄。[7]又據路工《訪書見聞錄》著錄《封神演義》

7　石昌渝撰寫「封神演義」詞條，石昌渝：《中國古代小說總目》（白話卷）（太原市：山西教育出版社，2004年），頁78。

殘本一種：「一九五七年初春，我到安徽訪書，在歙縣新華書店古舊書門市部，看到明崇禎年間刊明殘本《出像封神演義》一冊，是第八卷，八十一回至九十回，上圖下文，福建建陽書林余氏刻本，半葉十三行，每行二十四字。此書有清代乾嘉時翻刻本。」[8]卷數有出入，但版式行款相同，似為同一書。

以上為明代白話章回的神魔小說。這些小說刊本中有的不明刊刻者，因其上圖下文的版式，半葉十行、行十七字的行款而推斷為建陽刊本，因為萬曆至崇禎時期建陽刊刻了一批這種版式行款的小說。

在此特別要說到《孔聖宗師出身全傳》一書。現存刊本刊刻信息不詳，從其版式判斷，可能為建陽刊本，版本情況已見本書第二章介紹。此書版式亦為上圖下文，行款為半葉十行，行十七字，與明代建陽書坊刊刻的諸多神魔小說版式行款相同，現存版本顯然是同一時期的出版物。此書演繹孔子事蹟，大概按照孔子年譜，雜取《孔子家語》、相關史傳編撰而成，顯然不同於演述魔幻的神魔小說，就連小說的性質都很弱，所以，《西諦書目》和《北京圖書館善本書目》都把它列入史部傳記類。我們把它歸於講史小說。但元代《新編連相搜神廣記》首列孔子儒教，把孔子列入神仙譜系，而《孔聖宗師出身全傳》的編刊顯然與三教合一的神魔小說編撰氛圍密切相關，是在神魔小說的影響下產生的，此暫提一筆，留待後日討論。

建陽書坊還刊刻了文言筆記體神怪小說，如明代萬曆以後的刊本有萬曆二十三年（1595）書林熊體忠宏遠堂刻印的明莊鐙實輯《新刊列仙降凡徵應全編》二卷，插圖精美，現藏於上海博物館。又有書林松溪陳應翔刻印的唐牛僧孺撰《幽怪錄》四卷、附李復言撰《續幽怪錄》一卷。繆荃孫《藝風藏書記》卷八謂之「似元時刻」，傅增湘《藏園群書題記》續集卷三謂「似元明坊本」，今藏中國國家圖書

8　路工：《訪書見聞錄》（上海市：上海古籍出版社，1985年），頁155。

館，《北京圖書館善本書目》卷五定為明刊本。[9]

另外，歐陽健先生把天啟、崇禎年間余季岳刊刻的《按鑑演義帝王御世盤古至唐虞傳》二卷七則、《按鑑演義帝王御世有夏志傳》四卷十九則、以及現存嘉慶十九年稽古堂本的《有商志傳》也歸之於神怪小說。這些小說是按照通鑑類續書編寫的，但上古之史，本來就多神話傳說，是歷史神話化的源頭，內容自然多神奇色彩。小說分類往往意見紛紜。孫楷第先生在《中國通俗小說書目・分類說明》中說到講史小說的分類：「通俗小說中講史一派，流品至雜，自宋元以至明清，作者如林。以體例言之，有演一代史事而近於斷代為史者；有以一人一家事為主而近於外傳、別傳及家人傳者；有以一事為主而近於紀事本末者，亦有通演古今事與通史同者。其作者有文人、有閭里塾師、瓦舍伎藝。大抵虛實各半，不以記誦見長。亦有過實而直同史抄，憑虛而全無根據者，而亦自托於講史。如斯紛紛，欲以一定標準絜其短長，殆非易事。」小說分類是研究者人為設定的標準，而小說編撰是自由的，它不必適應於任何文學理論或文學研究的標準。這就是為什麼很多小說很難歸類的原因。任何分類都有其理論與標準，因而有其合理性，但對於小說作品來說，都會有或多或少的不合適。歐陽健先生把《盤古至唐虞傳》這三種作品歸於神魔小說有其道理。而我們為了論述的方便，把它們歸在了講史小說部分。

第二節　建陽刊刻神魔小說的意義

建陽刻書之於神魔小說發展的意義，首先在於大量刊行神魔小說典範作品《西遊記》。從現存刊本來看，建陽書坊刊刻的《西遊記》

9　參看程毅中撰寫的《玄怪錄》、《續玄怪錄》出版前言。牛僧孺《玄怪錄》、李復言《續玄怪錄》（北京市：中華書局出版社，2006年）。

以刪減文字和增加插圖為主要特徵，這樣的刊刻形式對於《西遊記》傳播的意義無疑是巨大的。它們用大量插圖的形式把《西遊記》普及到千家萬戶，普及到識字很少的普通民眾中，最大程度的擴大了《西遊記》的影響，其作用相當於現代電視媒體用連續劇的方式把《西遊記》普及到最基層。以建陽刻書的價廉量大，銷售面廣，這些《西遊記》版本推進了神魔小說的傳播，打開了神魔小說繁榮的局面。同時，從編撰的角度來說，《西遊記》的大量刊行，強化了神魔小說的文體範式，新的神魔小說的編創正醞釀於《西遊記》的喜聞樂道和婦孺皆知之中。正因為這樣，才有後來大量神魔小說的問世。

建陽刻書之於神魔小說發展的意義，其次在於萬曆年間大量刊刻的新編神魔小說。建陽刊刻神魔小說多集中於萬曆年間，而且多具有原創性質。其實就是對《西遊記》的刊刻，建陽書坊也不是簡單的翻刻，甚至不僅於單純的刪減，而具有重創的意義，比如朱鼎臣本，之所以備受關注就是因為其中的唐僧出身故事為其他明刊本所無。而在《西遊記》啟發下書坊自行編刊的神魔小說全都屬於首創。建陽書坊由此而出現了一個職業的小說作家群，他們中有書坊主身分的余象斗，也有服務於書坊的下層文人，如鄧志謨、吳還初、朱鼎臣等，在小說發展史上很值得關注。

尤為值得重視的是，建陽書坊所首創的這批神魔小說其實質應該是民間文學，如八仙、華光、玄天上帝、觀音、天妃等等，都因其信仰盛行，神奇的故事久已流傳民間。其實，就是《西遊記》，在建陽也已經具有民間文學的性質，建陽書坊刪改刊行的《西遊記》有其民間文學的基礎。齊裕焜《中國古代小說演變史》已經注意到神魔小說這一民間性質，把神魔小說分成歷史幻想化的神魔小說和民間故事演化的神魔小說。

由建陽書坊編刊的全都是民間故事演化的神魔小說。明代中葉興起一股重視民間文學的文化思潮，這一思潮一直持續到明末，從前後七子到李贄、馮夢龍、公安三袁都重視向民間學習。嘉靖間李開先搜集時調「山坡羊」等一百餘首，編為《市井豔詞》，作序說：「故風出謠口，真詩只在民間。」余象斗、鄧志謨這批文人在《西遊記》的啟發下，吸取民間故事編撰小說，應該也潛在地受到明代中葉這股時代思潮的影響，雖然他們的編撰有著商業的目的，書坊顯然是看準了在民間廣為流傳的這些故事大有市場。

若從民間文學的角度來看這批神魔小說，則應該更為客觀地看待小說藝術形式上的一些特點。這些小說往往被指責為情節雷同、互相抄襲，但重複的手法，包括人物重複、情節重複、結構重複，這是民間文學典型的特徵，在民間廣為接受，因為人類早期的經驗與兒童認知能力相似，他們在文化接受中尋找的是自己熟悉的東西。

另外，這些由民間故事演化的神魔小說，其中世俗生活的內容、對現實生活的反映，要比歷史幻想化的神魔小說來得更多一些，它們與現實生活的聯繫要大於與歷史的聯繫，它們對歷史敘事的依賴比歷史幻想化的神魔小說少。在小說藝術發展的進程中，在明代中葉這個特定時期，遠離歷史敘事充分馳騁想像，顯然具有創造的意義，必須充分肯定。

建陽書坊在萬曆年間推出一大批神魔小說，其意義指向在於小說藝術發展從「真」到「幻」的質變性飛躍。

在《西遊記》出現之前，小說市場是講史小說的天下。神魔小說的大量出現，打破了講史小說一統天下的局面，改變了小說創作和小說市場品種單一的格局。根據紀德君《明清歷史演義藝術論》統計，刊刻於萬曆二十年之前的歷史演義至少有十部，歷史演義成為通俗小說創作的前驅，獨領風騷。而自萬曆二十年世德堂刊行《西遊記》之後，明代神魔小說出現了二十幾種之多，幾乎可與歷史演義分庭抗禮。

對於神魔小說文體繁榮，建陽書坊起了不可忽視的作用。文體的形成需要典範形式的不斷強化，建陽書坊眾多的《西遊記》刊本的意義也正在於此。不僅如此，文體的形成需要一定數量的作品共同打造文體特徵，需要不少作者、作品探索文體的表達方式、小說的敘述形式，建陽刊刻的大量神魔小說正起到這樣的作用。《西遊記》之後明代的神魔小說絕大部分出自建陽。可以說，明代神魔小說文體興盛的實質正在於建陽書坊的大量編撰與刊刻。從神魔小說的文體興盛來說，一本《西遊記》，即使加上《平妖傳》、《封神演義》、《濟顛語錄》，也不足以形成閱讀時尚，只有大量同類型的作品產生，刺激文化市場，才能使這一類型的小說成為流行風尚，形成從書坊生產、市場發行、讀者閱讀、再促進作家編撰這樣良性的流通循環。

神魔小說在小說藝術發展史上的地位很重要的在於創造了講史藝術之外的「別趣」，樹立了新的小說典範：小說可以不必像史書那樣寫，可以不必像《三國志演義》那樣編。神魔小說的書寫表明：小說別有真趣在民間，別有真趣在「域外之境」與「意外之象」。它確定和強化了「虛幻」和「虛構」對於小說藝術的意義。

在神魔小說文體興盛之前，講史小說的創作方法主要是「按鑑」，評價講史小說的標準主要是是否遵從史實。「真」是講史小說的核心。

而神魔小說則以「幻」為「真」。神魔小說的文體特徵是「幻神」。正如幔亭過客的《西遊記》題辭所言：「文不幻不文，幻不極不幻。是知天下極幻之事，乃極真之事；極幻之理，乃極真之理。」這裡的「幻」不僅僅是虛幻，而且更有奇異、變幻之意，而「幻文」包含有文筆的奇趣瑰幻與所敘之事的奇異變幻。以極幻之文造極幻之事，言極幻之理，這也是神魔小說「幻神」所追求的極真的藝術效果。在幻神的文體特徵構成上，幻文成為神魔小說特色的根源之一，追求奇幻神異變換的敘事與文字，使神魔小說在幻文過程中形成了以幻生幻、以虛養幻和借事造幻模式，而作者在敘事中的權威和敘述的超越，則突出了幻文的用意。[10]

神魔小說打破了小說對於歷史的依賴，它「談天說地，莫可端倪」，精靈幻化、神魔鬥法，表現的是人們耳目之外的奇異世界。但這種編撰小說的方式並不是一開始就被人們所接受的。謝肇淛的《文海披沙》中就說：「俗傳有《西遊記演義》，載玄奘取經西域，道遇魔祟甚多，讀者皆嗤其俚妄。」[11]但是隨著《西遊記》版刻之多，範式不斷強化，加之建陽書坊刊刻的一批民眾熟知的神魔故事的影響，神魔小說的文體形式逐漸深入人心，為士大夫階層和下層民眾廣為接受。謝肇淛《五雜俎》卷十五有一段評論很有意思：

> 小說野俚諸書，稗官所不載者，雖極幻妄無當，然亦有至理存焉。如《水滸傳》無論已。《西遊記》曼衍虛誕，而其縱橫變化，以猿為心之神，以豬為意之馳，其始之放縱，上天下地，莫能禁制，而歸於緊箍一咒，能使心猿馴伏，至死靡他，蓋亦求放心之喻，非浪作也。《華光》小說則皆五行生克之理，火之熾也，亦上天下地，莫之撲滅，而真武以水制之，始歸正道。其他諸傳記之寓言者，亦皆有可采。惟《三國演義》與《錢唐記》、《宣和遺事》、《楊六郎》等書，俚而無味矣。何者？事太實則近腐，可以悅里巷小兒，而不足為士君子道也。[12]

謝肇淛還提出了著名的「虛實相半」的理論。他說：「凡為小說及雜劇戲文，須是虛實相半，方為遊戲三昧之筆，亦要情景造極而

10 馮汝常：〈幻文：神魔小說特色的根源之一〉，《福建師範大學學報》2004年第2期。

11 轉引自朱一玄、劉毓忱：《西遊記資料彙編》（天津市：南開大學出版社，2002年），頁117。

12 轉引自朱一玄、劉毓忱：《西遊記資料彙編》（天津市：南開大學出版社，2002年），頁315。

止，不必問其有無也……近來作小說稍涉怪誕，人便笑其不經，而新出雜劇若《浣紗》、《青衫》、《義乳》、《孤兒》等作，必事事考之正史，年月不合，姓字不合，不敢作也。如此，則看史傳足矣。何名為戲？」(《五雜俎》卷十五)

由謝肇淛的評論我們不禁回想嘉靖年間熊大木作《大宋中興通俗演義》和《唐書志傳》的情形。嘉靖三十一年清白堂清江堂本《新刊大宋中興通俗演義》首有熊大木序，因為「或謂小說不可紊之以正史」，所以熊大木擔心讀者認為他的小說是「邪說」。嘉靖三十二年清江堂本《唐書志傳通俗演義》首有李大年序，認為此小說「似有紊亂《通鑑綱目》之非」，「全文有欠，歷年實跡，未克顯明其事實」，因此評價不高。

謝肇淛的評論雖有其特別的知識修養與閱讀準備而帶來的獨特視角，但是從熊大木擔心自己的作品因為與史實有所不同而被認為「邪說」，到謝肇淛謂「事太實則近腐」、「須是虛實相半」，其間觀念的變化確實是很大。在這樣觀念變化的過程中，建陽書坊和為之供稿的文人所起的作用是顯而易見的。

大量的神魔小說問世，讓讀者經歷了不同文體的差異，人們積累了閱讀經驗、培養了閱讀能力之後，對不同文體有了自己的判斷。接受小說虛幻與虛構的方式，肯定小說遊戲、娛樂的功能，是章回小說觀念的進步，因為章回小說終於在政教功能之外有了一些獨立的品格，是章回小說文體獨立的體現。

放眼於小說史前進的方向，神魔小說打破歷史小說對於歷史的依賴，是人情小說完全擺脫歷史束縛的有力支持，神魔小說培養了讀者接受虛構的能力。神魔小說把小說文體從歷史、從實錄中解放出來，為之注入世俗、娛樂、娛情的成分。就此，高度評價神魔小說創作群體，評價他們在小說史上的地位，怎麼也不過分。

第三節　神魔小說刊刻的小說史背景

在小說發展史上，神魔小說的大量編刊有其深遠的傳統淵源與深厚的藝術積澱。

首先是明以前「志怪」、「靈怪」、「煙粉」、「神仙」、「妖術」等題材類型的藝術發展所積澱的文學傳統。齊裕焜《中國古代小說演變史》說：神魔小說的發展有著源遠流長的歷史。來源之一是神話與原始宗教，來源之二是仙話與道教思維，來源之三是志怪與宋元說話。「至於神魔小說的題材類型，則是近承宋元說話而來。特別受『說經』、『小說』中的靈怪類、以及『講史』的影響。」[13]對此發展脈絡，歐陽健先生和林辰先生的著作作了較為詳盡的勾勒。

從福建刻書來說，有著長久而豐富的傳統積累。建安郡（建寧府）所刻涉及神怪的小說類圖書自宋以來就有數種，如宋代麻沙鎮虞叔異宅刻印《括異志》十卷，多次在建陽刊刻的《夷堅志》，《大唐三藏取經詩話》的另一版本《新雕大唐三藏法師取經記》——此本磯部彰先生認為當是福建刻本；元代的《新編連相搜神廣記》、《紅白蜘蛛》；明代的《剪燈新話》、《剪燈餘話》等文言小說集多涉神怪之事。正是在這些小說刊刻的傳統上，在明代神魔小說《平妖傳》、《西遊記》等之後，建陽書坊以最快速度編撰和刊刻了一批神魔小說，以適應市場需要。其中特別要說到《新編連相搜神廣記》，此書以孔子、老子、釋迦牟尼列為三尊，開闢三教，將宗教傳說、民間信仰中的大小俗神糅合其間，組成三教合一的神仙譜系，實為中國古代神仙傳說綜合類書，對明代神魔小說產生了深遠的影響，建陽書坊編刊神魔小說在此譜系基礎上，結合民間傳說，演繹神魔故事。

其次是講史小說的影響。講史小說對於神魔小說的影響，不僅在

---

13 齊裕焜：《中國古代小說演變史》（蘭州市：敦煌文藝出版社，2002年），頁296。

於「說三分」等講史藝術把長篇、章回的體式擴展到了講經與神怪故事之中，從而推動了章回體神魔小說的產生，使得神魔小說與講史小說一起，成為明代小說的兩大主流；講史小說對於神魔小說的影響更在於《水滸傳》一類小說的範式意義，這類小說啟發了儒道釋各界代表人物傳記小說的產生。

在講史小說中，《水滸傳》區別於《三國志演義》，而有自己的特點。《中國古代小說演變史》說：「我們把敷演史傳、偏重敘述朝代興廢爭戰之事，而又故事性強，通俗易懂的小說稱為歷史演義小說。」「雖然取材於歷史，但主要是寫神仙妖魔、靈怪變幻故事的，如《封神演義》、《女仙外史》等則歸入神魔小說一章；雖然有些歷史的影子，但主要採自民間傳說，以敘述英雄人物故事為主體的，則歸入英雄傳奇一章，如《水滸傳》、《楊家將》等。」[14]

英雄傳奇與歷史演義的區別主要在於：一、歷史演義是以描寫歷史事件的演變，記述一代興廢為主體，而英雄傳奇則以塑造傳奇式的英雄人物為重點。二、歷史演義多從史書上擷取素材，它的主要事件和人物基本上依據史實，最多也只能「七實三虛」。英雄傳奇則多吸收民間傳說故事，虛多實少，主要人物和事件多為虛構。三、歷史演義是從「說話」中的「講史」發展而來的，英雄傳奇的源頭卻是「說話」中的「小說」。四、歷史演義多從史書上擷取素材，因而人物性格缺少發展變化，反映政治軍事鬥爭多，反映人民日常生活少，反映帝王將相多，反映市井小民少，書面語言多，生活語言少；英雄傳奇主要吸收民間故事，多寫草莽英雄，就是寫帝王將相，也著重表現他們發跡變泰的故事，著重寫英雄人物小傳，因而較多表現人物性格的發展變化，除反映重大政治軍事鬥爭外，也較多涉及市井小民的生活；語言的生活氣息濃。[15]

---

14 齊裕焜：《中國古代小說演變史》（蘭州市：敦煌文藝出版社，2002年），頁167。

15 齊裕焜：《中國古代小說演變史》（蘭州市：敦煌文藝出版社，2002年），頁230。

翻檢明代建陽刻書，我們發現，在明代萬曆年間，出現了一大批人物傳記小說，這些小說就其淵源來說，似乎跟《水滸傳》一類的英雄傳奇小說關係較為密切。我們認為，這些人物傳記小說是在當時書坊大量編撰和刊刻英雄傳奇小說的基礎上發展而來的。

《水滸傳》在民間廣受歡迎，在刊刻之前可能以抄本形式廣為流傳。建陽書坊可能在嘉靖時期、最遲在明代萬曆前期就刊刻了多種版本的《水滸傳》，萬曆二十二年余象斗刊刻的《水滸志傳評林》有〈水滸辨〉：「《水滸》一書，坊間梓者紛紛。偏像者十餘副，全像者止一家。」從中可看到《水滸傳》版本之盛。

而在嘉靖年間，熊大木就已編撰《大宋中興通俗演義》、《唐書志傳通俗演義》、《南北宋志傳》等小說。這些小說從標題來看都是演述一代興廢之事，但實際上在歷史故事的敘述中凸現的是英雄個體的形象，如《大宋中興通俗演義》之岳飛，《唐書志傳》之李世民、尉遲恭等，《北宋志傳》之楊家將、呼延贊等。同時，這些小說雖然多標明「按鑑」，取材於史書，大的敘事框架基本同於史書，但是，其人物形象與故事情節大量吸收了說唱、戲曲藝術和民間傳說，接近「七虛三實」的英雄傳奇。

正是在水滸英雄、岳飛、楊家將等英雄故事的影響下，書坊編撰了一批以人物個體為主的傳奇故事。故事敘述的中心人物從軍國大事中的英雄人物轉變而為儒道釋各界的代表人物，如《南海觀世音菩薩出身修行傳》、《達摩出身傳燈傳》、《新刻全相二十四尊得道羅漢傳》、《北方真武祖師玄天上帝出身志傳》、《五顯靈官大帝華光天王傳》、《咒棗記》、《飛劍記》、《鐵樹記》、《唐鍾馗傳》、《天妃濟世出身傳》、《關帝歷代顯聖志傳》等。這些儒、道、釋代表人物傳記小說都刊行於萬曆時期，大體都由建陽書坊刊刻，版式為上圖下文，而且，行款多為半葉十行，行十七字（《天妃濟世出身傳》除外）。這些小說一般被稱為神魔小說。

在這批傳記小說中包括了《孔聖宗師出身全傳》，版式與《南海觀世音菩薩出身修行傳》等完全相同，應當也是萬曆時期的閩刻本。此書現存本首有民國二十年（1931）胡適識語，稱：「編者意在通俗，故每頁附圖，又每章附加詩詞。但編者是一位學究先生，文字不高明，僅僅能鈔書，卻不能做通俗文字，所以這部書實在不能算作一部平話小說。」正因為小說的性質很弱，所以，《西諦書目》和《北京善本圖書目錄》都把它錄於史部傳記類。《孔聖宗師出身全傳》不屬於神魔小說，但與上述神魔小說同屬於儒、道、釋代表人物傳記，是同一時代同一文化熱潮中產生的作品。

這批傳記小說每一部都有自己的題材淵源，如在《南海觀世音菩薩出身修行傳》之前，宋代僧人普明禪師編寫了《觀世音菩薩本行經簡集》；《達摩出身傳燈傳》之前有《景德傳燈錄》和《續傳燈錄》等。但它們在萬曆時期成批量出現，則正體現了民眾話題從政治軍事向市井文化轉變的歷史情形，是社會穩定、經濟繁榮、城市發達、市民生活和市民觀念受到關注和重視的反映。這樣的變化在小說領域由英雄傳奇發端，經由神魔小說、公案小說的發展，促成了人情小說的成熟和繁盛，實現了人對自身的正視，是真正的「人的自覺」。小說藝術的發展線索是多線索縱橫交錯的。小說發展的歷史真實往往很難以文體或類型劃分。從人物個體為中心的小說藝術發展角度來看明代萬曆時期神魔小說的興盛，應該有助於我們全方位、多側面認識小說藝術發展之軌跡。

與此同時，是《西遊記》等神魔小說的直接影響。

當然，萬曆時期出現的這批神魔小說有其文體自身的準備。遠的志怪、靈怪暫且不論，就明代來說，萬曆之前已經產生了多部神魔小說。如《平妖傳》、《錢塘湖隱濟顛禪師語錄》等。

《平妖傳》，明嘉靖晁瑮《晁氏寶文堂書目》著錄「三遂平妖傳上下卷」，「南京刻」。現存錢塘王慎脩刊本題「東原羅貫中編次」。關於作者問題，學術界至今爭論，尚待進一步研究，但可見此小說成書較早，在嘉靖時期已有刊本。這部小說的取材與《水滸傳》有相似之處，敘述北宋貝州王則、胡永兒起義之事。但與《水滸傳》相比，《平妖傳》歷史事實和現實生活的性質很弱。不僅作為「致語」的「燈花婆婆」極其「蒜酪」，全篇小說都是與致語性質相似的神魔故事。早期的四卷二十回本後來為馮夢龍改編為四十回本，神魔性質更為完善。四十回本前十五回主要寫彈子和尚盜得九天秘笈「如意冊」，在聖姑姑的主持下，和左黜兒一道，煉成七十二般道術。十六回起和二十回本的第一回銜接起來，寫胡媚兒托生到胡員外家，改名永兒，在其前世生母聖姑姑的秘密傳授下，練就一套殺伐變幻的本領，並在聖姑姑的周密安排下，超度了卜吉、任遷等，收之為黨羽。聖姑姑又安排永兒嫁給王則為其內助，同時囑託眾妖一齊做王則的輔佐。然後趁貝州軍士譁變之機，以妖術挪運官庫中錢米，買軍倡亂，殺死州官，據城為王。朝廷派文彥博率師剿殺，因得諸葛遂智、馬遂、李遂「三遂」之助，最後討平眾妖。正如泰昌元年張無咎為《天許齋批點北宋三遂平妖傳》所作敘言：「始終結構，備人鬼之態，兼真幻之長。」由此亦可見小說藝術從英雄傳奇向神魔小說發展的類型轉化。《三遂平妖傳》是這一類型轉化中較為典型的作品。

《錢塘湖隱濟顛禪師語錄》，一卷不分回。題「仁和沈孟柈述」，仁和即今浙江杭州。明英宗正統六年（1441）楊士奇等編《文淵閣書目》，卷十七佛書類有《濟顛語錄》一部一冊，可惜不存。現存明隆慶三年（1569）四香高齋平石子監刻、王龍刊本。今藏日本東京內閣文庫。另外，路工藏有寫刻本一部，稱明崇禎間刻本。濟公故事早已流傳，《寶文堂書目》已著錄《紅倩難濟顛》，《西湖遊覽志》卷十四亦載道濟故事。《濟顛禪師語錄》將民間流傳故事連綴成篇，對此後的《濟公全傳》、《醉菩提全傳》等有直接影響。《濟顛禪師語錄》是從民間文學發展而來的宗教奇人的一生行狀，對於建陽萬曆年間刊刻的一批神魔小說應該起過啟發和示範作用。

而對萬曆時期神魔小說的興盛影響最大的是《西遊記》。

在神魔小說中，《西遊記》無疑是藝術成就最高的一部，因而也是神魔小說中版本最多的一種。現存最早的《西遊記》版本是萬曆二十年序刊之世德堂刊本，二十卷一百回。金陵世德堂刊印之後，熊雲濱獲得其版片補修重印。而建陽書坊流傳下來更多的版本是文字刪減的本子。其中朱鼎臣本《西遊釋厄傳》和楊致和本《西遊記傳》特別為學界所關注。

關於朱本、楊本和世德堂本的繁簡先後關係學術界多有爭論。無論繁簡關係如何，有一點是可以肯定的，那就是福建地區很早就流傳唐三藏與猴行者西天取經的故事。宋代，福建永福縣張聖者講述唐三藏同猴行者與白馬赴西天取經的故事，泉州開元寺西塔有猴行者浮雕，劉克莊的詩中有對猴行者的吟詠。這些已為研究者所常道。磯部彰先生認為收藏於日本高山寺的《新雕大唐三藏法師取經記》很可能為閩版，福建民間廣泛流傳的猿猴崇拜和傳說可作為推測依據之一：「《大唐三藏取經詩話》出版後，在江南地區扎下根來，成為人們喜聞樂見的故事。於是該書在吸取了本與唐三藏傳說無關的江南、特別是福建地區流傳的白猿傳（《補江總白猿傳》）、猴王神（《福州猴王神記》）等民間傳說的基礎上進行加工改寫，至元朝發展成為『元本西遊記』。」[16]現在從《樸通事諺解》可見元代唐三藏西遊記的故事形態。此時期的《西遊記平話》很可能是由建陽書坊刊刻、經由福建與高麗國的海上貿易而流傳到朝鮮的。[17]近年來，順昌發現的「通天大聖」、「齊天大聖」碑以及福建地區的猴王崇拜受到學者的關注。所有

---

16 磯部彰撰寫詞條「西遊記」，石昌渝《中國古代小說總目》（白話卷）（太原市：山西教育出版社，2004年），頁413。

17 參看徐曉望：〈論《西遊記》傳播源流的南北系統〉，《東南學術》2007年第5期。

這些都說明，唐僧取經故事或者猴王齊天大聖的故事宋代以來在福建地區廣為流傳。

雖然未必能說《西遊記》小說最早刊刻於福建，但是，《西遊記》故事一旦在福建流傳，尤其以刊本形式在福建廣泛流傳，由於取經故事和猴王崇拜的積澱，它所產生的影響勢必比其他地區更大，這從萬曆時期建陽書坊組織編撰與刊刻的一批神魔小說就可看出，它們都不同程度地模仿《西遊記》，或與《西遊記》攀親。這些小說都選擇離奇怪誕的題材，並且往往與《西遊記》一樣借幻寫真，除此之外，還在很多細節描寫、情節設置、甚至人物形象上與《西遊記》相同相似。如余象斗等人所編的《四遊記》，就是直接受「西遊記」影響而編撰出「東遊記」、「南遊記」、「北遊記」。《南遊記》，很多故事都是在《西遊記》基礎上編造的，也有孫悟空，也有鐵扇公主，也有大鬧天宮等等。又如《天妃娘媽傳》之猴精自稱「殿前捲簾大將軍」，並且對剿滅逃至西方的猴精使用了過多的筆墨，一般認為是受到《西遊記》的影響。

第四節　建陽刊刻神魔小說的地域文化背景

為什麼明代大量的神魔小說出於建陽書坊之編刊？我們不妨讀讀萬曆時期的地方志，以感受當時的文學與文化語境。

《(萬曆) 建陽縣志》卷一：

> 龍潭，在縣東北洛田里，相傳昔有二龍潛其中，忽一夕見夢於里人丘姓者，曰此處人眾，當辭去。翌日陰雲四合，有二龍飛升而去。
>
> 開福寺井在開福寺內，地勢最高，大旱不竭。舊志云：宋建炎井水湧溢，民遭范汝為之亂。乾道丁亥又溢，而歲荒。永樂丙

> 申又溢，而閩縣大水。故老以為驗。
> 鐵欄井在縣治北街御史坊。舊傳薩真人投鐵符于井中，病者五更時汲飲即癒。鄉人鑄鐵為欄護之。因名。

《(萬曆）建陽縣志》卷之八「叢談志」，分「祥異」、「古跡」、「仙釋」、「方伎」、「佚事」。幾乎都是神異之事。篇幅所限，只能略舉一二。

「祥異」之一：

> 唐代崇泰里孝子熊袞父喪不能葬，天忽雨錢三日。

這就是建陽書坊「雨錢世家」的來歷，這個地方也稱為「錢塘」。

「仙釋」之一：

> 錢郁霄劉永志李氏三女同在白塔山修煉成仙。貞觀辛丑，獵者呂師逐獸入山中，遇三女于石上圍棋，因坐而觀之。女授桃半顆與食，俄頃獵具朽爛，歸家幾十年。鄉人因挽師引至原處，忽睹圓光百丈，三女升天。遂號三皇元君，立龍濟道院以奉之。雨暘祈禱即應。

「方伎」之一：

> 程伯昌三桂里人，授雷霆秘訣，祈禱驅除，大著靈驗。尤妙催生符法。好象戲對局，終日不釋。間有急叩之者，則隨以一棋子與之，持去其胎即下。一日於郡城遇一乞者，貌甚惡。昌教市童呼之曰千年不死鬼。乞者指昌罵曰：饒舌哉，雷部判官精。蓋昌其降世雲。

最有意思的是「附錄拾遺」，此部分按目錄所列應為卷末附錄，但在此本中附於「縣紀」之後，以其內容來看似乎附於「縣紀」也有其道理。其所記多本地世家大族之事，其中不乏神異傳說，如：

> 范丞相致□家居東田朝山，有石尖甚聳，夜每發光，名曰照天燭。時范族仕達滿朝。後為堪輿所責，鑿去其頂，曾不逾時，悉褫職以歸。
>
> 朱文公與呂東萊同讀書雲谷，日夜銳志著述。文公精神百倍，無少怠倦。東萊竭力從事，每至夜分輒覺疲困，必息而後興。嘗自愧力之不及，爰詢文公。夜坐時書几下若有物抵其足，據踏良久，精神倍增。數歲後，一夕，文公忽見神人，頭有目光百餘，云多目星現已。嗣是後，几下之物不至，而文公夜分亦必就寢焉。（見筆談）
>
> 妙高峰下有橫山王廟，甚靈驗。遞歲鄉人祭賽必用童男女，否則疫癘隨起。宋紹興間薩守堅入閩至建陽。是夜橫山王托夢朱文公曰：廟久為蟒蛇所踞，遞年祭祀渠實享之。今薩法官欲罪我而重譴之。徼惠先生一言為救。文公夢間問之曰：法官安在？曰：寓同由關王廟施藥。次日往廟中，果有一道士，詰其姓名，曰：薩某也。文公具白其事。薩曰：先生說關節耶？姑免究。比歸，則廟已燼矣。惟有一大圓石鎮其中，今人呼為飛來石。是夜，文公又夢曰：業蒙救矣，亡以為謝。此去護國寺風氣甚聚，可為宅兆，君其世世獲福耶。宜急圖之。後文公議建學其間，即今學基是已。
>
> 紹興辛巳蔡元定在顯慶堂推演後世子孫休咎，賦云：顯慶堂將後世推，子孫紹復承吾書。四傳學業家還在，五世因貪人產除。纘續流風六七代，繼興遺跡八九渠。數終輪奐猶有代，御史尹仁為吹噓。厥後子沈集書經傳注盛行於世，而孫模杭輩□

> 繼表揚，曾孫希仁以貪酷藉沒。成化丙申巡按御史尹仁入關，夜夢一老人囑求棲身之地，叩其姓名，曰蔡某也。及至建陽訪蔡氏子孫，得其所傳家譜，閱之見西山推演後世之詩中預有姓名，不覺悚然。即捐俸為建傳心堂。蓋其賦毫不爽云。

筆者閱讀《(萬曆）建陽縣志》時，非常驚訝於它濃厚的神異色彩。此為官修史志，主修者署：福建等處承宣佈政使司左參政楊德政，整飭兵備分巡建南道按察司僉事鄧美政，建寧府知府朱汝器，同知梅守極，通判張日升，推官許時謙。掌修署：建陽縣知縣魏時應。協修者是儒學主簿、教諭、訓導等人。分纂者還有各地著名文人，如「三山徐𤊹」等。此「修志姓氏」陣容可觀。如此而不避神怪之談，可見神怪之談乃當時主流意識，實「見怪不怪」。

閩北建陽宗教信仰和迷信思想非常盛行。《(萬曆）建陽縣志》卷二記載寺觀六十七處，其中如福山寺規模很大，元至正時分為十八寺，萬曆時十三寺廢只存五寺。神廟十六座，神廟所祀多為英雄，有的就是護佑本地的英雄，幾乎每座神廟都有其神異的傳說。本書凡例已經說明重修縣志刪除了舊志中的很多「淫寺淫觀」，但所存者仍有這麼多，這對於一個縣來說不能不令人矚目。此《寺觀》按語很有意思：「夫使如來有室，穀神有門，奚以延袤而宇為。潭故儒域，而白馬青牛列剎焉。今存者十之三，籍租稅其中耳。豈能與宮牆爭丹□哉。太史公曰：學者多言無鬼神，然言有物。」

縣志中的這些內容，實與神魔小說出於同一思維方式。事實上，在今天的福建山區農村，家長里短的街談巷語中仍然充滿了神奇怪誕的傳說。從萬曆縣志的記載，可以復原萬曆年間建陽書坊大量編撰與刊刻神魔小說的文化氛圍。《西遊記》等小說的成功，啟發了力求尋找新稿源的書坊主和服務於書坊的編撰者。像《西遊記》中這樣怪誕神奇的事情不是每一天都在經聞嗎？於是，他們就把自己所熟知的神奇傳說編寫成故事。神魔小說演繹的故事，如玄天上帝、華光天王、八仙、鍾馗、天妃、達摩、羅漢，等等，無不是當地和周邊地區人們熟知的故事，有的故事已在民間流傳幾百年。

事實上，語怪力亂神，不僅是萬曆《建陽縣志》的特點，也是全國各地絕大多數地方志共同的特點。神魔小說所演繹的神魔故事，有的直接來自福建本地民間信仰，但大多數為流傳於南方地區、乃至全國的信仰和神魔故事。不過，明代神魔小說如此集中地出自建陽書坊之編刊，確實由於福建和緊鄰福建的地區民間信仰特別興盛，神魔小說的素材最為豐富。

就已知信息來看，明代神魔小說的作者基本為長江以南人氏，也就是自古以來巫風盛行、篤信神鬼的楚越地區，特別集中於福建和比鄰福建的江西、浙江。這除了經濟文化中心南移、東南地區經濟文化發展迅速的時代大環境，以及福建書坊興盛的刻書背景，非常重要的在於特定的地域文化氛圍。

福建與江西、浙江共處於武夷山脈連綿的群山之中，亦共生出獨特的地理文化。因為武夷山的天然屏障和歷代行政區域的穩定劃分，福建又在其中獨立發展出具有「閩」地特色的亞文化。

福建三面環山，一面是海，境內多大山，河流大多自成體系。彼此交流困難、相對封閉的山地文化加上潮濕多瘴的山地氣候，滋生了「信巫鬼，重淫祀」[18]的閩地文化。唐宋以來發展起來的海外貿易，由於海上交通和貿易的不安全、不確定因素，更促使民眾求助神明的保佑。因此，在福建，每一條河、每一座山，甚至一棵樹、一塊大石頭，都被認為是神靈所在，閩人生活中遇到的大小事情都求助或問卜於這些神靈，所有災難都歸之於得罪了神靈。

文獻中有很多關於閩地鬼神崇拜的記載。在《史記》〈封禪書〉

18 班固：《漢書》（北京市：中華書局，1962年），卷28，地理志下，頁1666。

中，我們看到「武夷君用乾魚」的記載，對武夷君的信仰應該是由閩越人帶入漢宮中的。閩越人有好巫尚鬼的文化傳統。根據《三山志》〈祠廟〉記載，在唐中葉以前，福州城內有四種神廟得到通城民眾的祭祀，除城隍廟之外，其他三種都與閩越國有關：南臺廟（閩越王無諸之廟）、閩越王郢之廟、善溪廟（閩越王郢第三子白馬三郎之廟）。在六朝時代的《搜神記》、《搜神後記》、《述異記》中我們看到不少閩地的神奇傳說，如李寄斬蛇的故事發生在閩中，李寄是將樂縣的一名女童；白水素女出於侯官，田螺姑娘的故事至今婦孺皆知。唐朝的《牛肅紀聞》記載了汀州的山都，它給人帶來瘟疫。宋朝的洪邁《夷堅志》記載了唐末福州永福縣流行疾疫，相傳是因為猴王作祟。

唐五代，隨著人口的增長，福建的巫覡文化也空前發展。正如《福建通史》所說：「閩人對宗教的熱忱是空前的，他們似乎時時注目著大自然和人的社會，只要有任何異跡出現，便把它渲染為新的神，而一個新神靈的創造，很快會被大家認可，迅速傳遍各地。」[19] 這些隨時創造出的神因為是不入官府典制的民間信仰，被稱為「淫祀」。《福建通史》概述五代時期福建的民間信仰有：祖先崇拜、英雄崇拜、鄉賢崇拜、清官崇拜、仙靈崇拜、法師崇拜、醫神崇拜、母親崇拜、行業神崇拜，以及龍、蛇、青蛙等動物神崇拜，榕樹、樟樹等植物神崇拜，等等。還有一些移民帶來的北方民間信仰，如東嶽神等。

> 百姓雖然對全國性有影響的大神很崇拜，但他們似乎更需要貼近生活的小神。當時福建人口大增，原有的民間信仰早已不能滿足新移民的需要，於是，民間掀起了造神運動，創造了多種神明，幾乎每一個村莊都有自己的神明，有的是降雨神，有的是醫病之神，還有的是抵抗敵人的保護神等等，這造成福建民

---

19 徐曉望：《福建通史》隋唐五代卷（福州市：福建人民出版社，2006年），頁297。

> 間神靈世界的空前膨脹，並形成福建造神運動的高潮。在福建民間很有影響的許多神靈，都是在這一時期問世的，例如媽祖、臨水夫人、郭聖王等。[20]

隨著移民遷入，北方的一些信仰與習俗如選擇宜忌也傳入福建，與福建本地的山地神奇傳說、野神崇拜相結合，把迷信思想更推向極致。福建現存最早的銅活字印本，是明代嘉靖三十年（1551）建邑王以寧印刷的《通書類聚克擇大全》，原書卷數缺考，中國國家圖書館現存殘帙四卷。書題「芝城近軒姚奎纂輯，建邑浦澗王以寧校刊」。卷十六末有「嘉靖龍飛辛亥春正月穀旦芝城銅版活字印行」一行。這是一部講究陰陽五行之術以擇吉避凶的迷信書，書中記載凡婚喪嫁娶、入學、求師、上官、赴任、洗頭沐浴，甚至婦女穿耳，都要挑選日子。如此迷信，所以本書是日用不可或缺的手冊。

由於信巫好鬼的文化傳統，任何宗教和信仰進入福建都被熱情接受，在產生高層次的高僧和文人的同時，在民間更以萬分的迷信熱情通俗傳播，往往因此在福建得以保持和發展，甚至形成新的繁榮面貌。產生於東漢末年的道教，與閩中原有的原始崇拜匯合，產生了徐登（見於《後漢書》）、董奉（見於葛洪的《神仙傳》）等著名道士，形成了被稱為「越方」的巫術，《抱朴子》還記載了三國時期閩越人以巫術對抗吳國軍隊的故事。在早期道教文獻中，不少道教聖地位於福建，如三十六小洞天之首的霍童山，第十六洞天武夷山；在七十二福地中，第十三福地焦源山，第二十七福地洞宮扇，第三十一福地勒溪，第七十一福地盧山，都名列道教洞天福地之列。這些洞天福地吸引了不少外地道士前來修行，如梅福、葛玄、鄭思遠等等。佛教傳入福建之初，勢頭相當猛。六朝梁、陳時期佛教在福建有更大的發展。

---

20 徐曉望：《福建通史》隋唐五代卷（福州市：福建人民出版社，2006年），頁303。

至於唐五代，佛教和道教也得到了空前的發展。唐代在閩中各地建立了十七座道觀，五代時期又建了五座。道教為王潮兄弟創立和鞏固政權立下了汗馬功勞，王氏統治集團基本上為道士和巫覡所左右。而佛教更盛，唐五代以來，福建境內大蓋寺院，超度僧人，掀起了一個國內罕見的崇佛熱潮。從梁克家《三山志》等文獻可見，閩國前後，福州的寺院有七百八十一所，建州有九百六十四所，莆田一縣即有五百餘所，再加上泉州、漳州、汀州、劍州諸州縣，估計福建寺廟總數會有三四千所。[21]所以，楊億說：「杜牧江南絕句云『南朝四百八十寺』，六朝帝州之地，何足為多也！」[22]五代宋初福建僧人之多據說天下為最。閩國幾代統治者競相剃度僧人。光化元年（898）王審知於福州乾元寺開戒壇，度僧兩千人。天復二年（902）他又於開元寺度僧三千人。天成三年（928）王延鈞于太平寺度民兩萬為僧。永隆二年（940）王延羲度僧萬一千人。閩國的幾個統治者還很注意繕寫經典，使得福建佛教文獻大備。五代以後，福建一直以佛經收藏著稱於世。同時，唐五代時期僧人的著作層出不窮。福建佛教的發展在國內是罕見的。[23]所以，宋代福州刊刻佛道三大藏絕不是偶然的，它以五代閩國的藏經為基礎，而有其深厚的文化積澱。並且福建宗教文化的影響從唐五代至於明清，從來沒有中斷過，福建刻書中歷代都有佛教與道教的典籍，宋代三大藏之外，佛道典籍的刊刻不勝枚舉，比如《毗盧大藏》，元延祐二年建陽后山報恩萬壽堂刻本；宋葛長庚撰《瓊琯白玉蟾上清集》八卷，元建安余氏靜庵刻本；明釋智旭撰《大佛頂如來密因修證了義諸菩薩萬行首楞嚴經玄義》二卷，明崇禎十二年泉州開元寺釋道昉刻本；《十齋素念佛式》一卷，明洪武二十九年

---

21 徐曉望：《福建通史》隋唐五代卷（福州市：福建人民出版社，2006年），頁322。

22 江少虞輯：《宋朝事實類苑》卷61，《建州多佛剎》（上海市：上海古籍出版社，1981年），頁816。

23 徐曉望：《福建通史》隋唐五代卷（福州市：福建人民出版社，2006年），頁324。

建陽縣刻本；明陸西星撰《南華真經副墨》八卷、《讀南華真經雜說》一卷，明書林詹氏刻本；明陳懿典撰《鍥南華真經三注大全》二十一卷，明萬曆二十一年閩書林余氏自新齋刻本；宋陳顯微撰《文始真經言外經旨》三卷，明萬曆二十一年蔣時馨刻本；宋俞琰撰《周易參同契發揮》三卷、《釋疑》一卷，明劉氏安正堂刻本；宋張伯端撰，宋薛道光、陸墅、元陳致虛注《悟真篇三注》三卷，明陳長卿刻本；明水晶子撰《淨明歸一內經》一卷，明萬曆三十二年書林詹氏西清堂刻本；明韓敬撰《新刻韓會狀注釋莊子南華真經狐白》四卷，明萬曆四十二年書林余氏自新齋刻本；明郭良翰撰《南華經薈解》三十三卷，明萬曆四十六年南郭萬卷樓刻本；明陳繼儒輯《鐫眉公陳先生評選莊子南華經雋》四卷，明蕭少衢師儉堂刻本。由於三一教興起於莆仙地區，《林子三教正宗統論》、《三一教主夏午尼林子本行實錄》等三一教的相關著作從明代嘉靖萬曆到清代晚期，在福建莆田等地多次刊行。此外，道教經典老莊著作的刊刻數量也很大。從這些書籍的刊刻，可見神魔小說編刊的宗教文化和刻書文化背景。

原始宗教與民間信仰、道教、佛教，一同在福建這塊高山阻隔、河道分離、潮濕瘴癘的濱海山地和諧共存，道教與民間信仰、佛教與民間信仰、道教與佛教之間都互相滲透，互相把「異教」的信仰納入自己的神靈體系，從而得到發展。在福建，不僅佛教和道教互相融合，儒家學者也多出入於佛道之間。特別值得注意的是，佛教和道教與民間信仰相融合，產生了如觀音、泗州佛、城隍、財神等俗神信仰，達摩、羅漢的故事也與俗神信仰、巫術乃至儒家教義相結合，衍生出熱鬧奇異的佛教故事，而且佛道神魔往往還兼具孝悌信勇的美德。而土生土長的本地民間信仰如媽祖信仰、陳靖姑信仰等，也融合了儒釋道的精神。正是在這樣的文化背景下，莆田人林兆恩在明代嘉靖年間創立了「三一教」，主張儒道釋三教合一，融匯儒、道、釋三教之思想。事實上，在老百姓的觀念世界裡，並不重視各種信仰之間的差異，他們對於祖先、靈異的崇拜和對於道教神仙的崇拜、對於佛教菩薩的崇拜是一樣的，他們不關心宗教思想或哲學理論，他們感興趣的只是神靈能保佑自己，能保佑他們平安幸福的神靈越多越好，不管它們是外來的，還是本土的。所以，有人說中國老百姓沒有宗教精神，他們有的只是實用主義，這是事實。

原始宗教與道教、佛教相依共存的情況不僅存在於文化修養較低的民眾思想觀念中，其實也深深烙印在文人的觀念意識中，不僅像服務於書坊的那些下層文人，而且很多文化修養很高、身分地位很高的士人階層也都如此。事實上，源自中原的儒家思想，也和這些原始宗教、道教、佛教相依共存。這是《西遊記》等小說中思想成分複雜的根本原因。

第四章
建陽書坊編刊公案小說的文化背景

對於公案小說的概念學界有多種說法。如黃岩柏先生認為公案小說是中國古代小說的一種題材分類，「它是並列描寫或側重描寫作案、斷案的小說。」「並列描寫作案與斷案；側重描寫作案而斷案只是一個結尾的；側重描寫斷案，作案的案情自然夾帶於其中的；這三種大類型，全是公案小說。」其中的作案，包括犯罪和正義作案；斷案包括破案和判案。[1]齊裕焜先生《中國古代小說演變史》則從類型的角度對小說進行分類，認為：公案小說是以清官斷案折獄為主，歌頌剛正不阿、清明廉潔、執法如山、為民伸冤的清官。[2]

公案小說淵源久遠。《史記》的循吏與酷吏列傳就孕育著公案小說的種子。歷代文言、白話小說中多記冤案、疑案、名公斷案等事。宋元以來的說話、戲曲、說唱中多公案故事。明代萬曆年間，公案小說以集纂方式大量出現，並呈現出類型化的特徵。

從萬曆到崇禎出現了十多種公案小說，現存如：《包龍圖判百家公案》、《皇明諸司廉明奇判公案》、《皇明諸司公案》、《新民公案》、《海剛峰先生居官公案》、《詳刑公案》、《律條公案》、《法林灼見》、《明鏡公案》、《詳情公案》、《杜騙新書》、《龍圖公案》等。

《中國古代小說演變史》概括明代這十幾種公案小說的共同特點：

一、有的以章回小說形式出現，有的以短篇小說集形式出現，實際上都是短篇小說集，各篇或各回之間並無聯繫，都是單獨成篇。

1　黃岩柏：《中國公案小說史》（瀋陽市：遼寧人民出版社，1991年），頁1。

2　齊裕焜：《中國古代小說演變史》（蘭州市：敦煌文藝出版社，2002年），頁543。

二、編輯方法大都與《名公書判清明集》相似，按案件性質分類編排。《百家公案》、《龍圖公案》、《海剛峰先生居官公案》等雖有中心人物，採取章回小說形式，顯示了從短篇小說向長篇小說過渡的跡象，但細考其內容，也是按類編排，把同類案件集中在一起，仍未完全擺脫短篇小說故事按類編排的形式。

三、形式上一般是兩個部分。先敘案情，然後是告狀人的狀詞、被告的訴狀，最後是官吏的判詞。

四、案件內容多是民間刑事案件，如姦情、盜竊之類。其中一部分靠清官智慧斷案，一部分靠鬼神啟示斷案。這些故事大同小異，互相抄襲，雷同的案例很多。

五、藝術水平不高，文字多半文半白，比較粗糙。

六、這些書都是明萬曆二十年以後到明末出現的。在前後五十年的時間裡，出現了十來部同類性質的作品，應該說是明代後期的一個比較重要的文學現象。[3]

近年來，學界對公案小說文體或類型特點作了深入研究，程毅中先生、石昌渝先生、苗懷明先生、楊緒容先生等時賢前輩的論文論著給予本文諸多啟發，本文在此基礎上主要談談司法類書籍的編刊和建陽地域文化對明代公案小說的影響。

第一節　司法類書籍的傳播氛圍

公案小說顯然具有公案書和故事書雙重品質。公案小說的編撰也就具備雙重的文學文化背景。一方面是小說史發展背景，宋元說話藝術中的說公案發展而為公案小說，有其文學發展的自身規律。萬曆時期小說文體的發展、小說編撰和刊刻的繁榮，是公案小說發展的催化

3　齊裕焜：《中國古代小說演變史》（蘭州市：敦煌文藝出版社，2002年），頁550。

醢，也為公案小說準備了期待閱讀故事的讀者群。另一方面是法律傳播的氛圍和司法環境。在此我們著重說說法律傳播的氛圍。

中國法律在唐代已經形成比較成熟的法律概念和法律原則，法律體系頗為完備。中國各級官吏的日常工作中大量涉及司法內容，因此，法律知識是士人必備的修養。宋代蘇軾言：「讀書萬卷不讀律，致君堯舜也無術。」但是，元朝近百年禮法縱弛，「天下風移俗變」。[4]明朝朱元璋立志高遠，重建社會秩序，早在洪武登基之前，他就詔令李善長等制定律令。《明史刑法志》記載：

> 明太祖平武昌，即議律令。吳元年冬十月，命左丞相李善長為律令總裁官，參知政事楊憲、傅瓛，御史中丞劉基，翰林學士陶安等二十人為議律官，諭之曰：「法貴簡當，使人易曉。若條緒繁多，或一事兩端，可輕可重，吏得因緣為奸，非法意也。」每御西樓，召諸臣賜坐，從容講論律意。十二月，書成，凡為令一百四十五條，律二百八十五條。[5]

洪武年間制定了很多法律典章。明人記載：

> 仰惟我太祖高皇帝，以武功定海內，以文德開太平。其所以貽謀垂憲者，有《皇明祖訓》以著一代家法，有《諸司執掌》以昭一代治典，有《大明集禮》以備一代儀文，有《大明律》以定一代刑制。育才，則有「臥碑」之條；教民，則有「榜文」之布；恤軍事，則有「條例」之頒；嚴釋老，則有「清教」之

4　朱元璋：《御制大誥》，「胡元制治第三」，《續修四庫全書》（上海市：上海古籍出版社，1995年），史部政書類。

5　《明史刑法志》，清·薛允升撰，懷效鋒、李鳴點校：《唐明律合編》（北京市：法律出版社，1999年），卷首。

> 錄。其慮周，其說詳，蓋自身而家、而國、而天下，實與古聖王相傳心學之大要，不約而同也。[6]

為了推行法律，《大明律》明確規定百司官吏必須熟讀律令，嚴格執行，並鼓勵普通民眾講讀律令。《大明律》卷三：

> 凡國家律令，參酌事情輕重，定立罪名，頒行天下，永為遵守。百司官吏務要熟讀，講明律意，剖決事務。每遇年終，在內從察院，在外從分訓御史、提刑按察司官，按治去處考校。若有不能講解、不曉律意者，初犯罰俸錢一月，再犯笞四十附過，三犯於本衙門遞降敘用。
>
> 其百工技藝、諸色人等，有能熟讀講解、通曉律意者，若犯過失及因人連累致罪，不問輕重，並免一次。其事干謀反、逆叛者，不用此律。
>
> 若官吏人等，挾詐欺公，妄生異議，擅為更改，變亂成法者，斬。[7]

正因為如此，明代官箴書多強調「講讀律令」。如汪天錫《官箴集要》卷下「公規篇」「講讀律令」：

> 凡居官為政者，公事之餘，常須看讀《唐律》、《刑統賦》，以知立法之意。將頒降《大明律》熟讀玩味，務要講明通曉律意，遇有公事依律施行。吏典亦合熟讀，不特案引條款，更須

6 〈應天府鄉試策問〉，程敏政：《篁墩文集》，卷10，《景印文淵閣四庫全書》（臺北市：臺灣商務印務館，2008年）。

7 劉惟謙等撰：《大明律》卷3，吏律二，公式「講讀律令」，《續修四庫全書》（上海市：上海古籍出版社，1995年），史部政書類。

> 看《牧民忠告》、《吏學指南》、《為政模範》、《疑獄說》、《憲綱》、《洗冤錄》等書，求其意則見識必明矣。不特此也，凡國家典章文物，皆當備考詳觀。[8]

不著撰人之《初仕要覽》「明律令」、吳遵《初仕錄》「讀律令」，也都有與此相似的表達。正因為居官為政者必須學習法律知識，所以，不僅法典、法學著作如《唐律》、《大明律》、《洗冤錄》等普遍刊行，而且官箴書中司法內容占的比重很大。汪天錫《官箴集要》「講讀律令」言及必須讀《牧民忠告》、《吏學指南》、《為政模範》，這三者就屬於官箴書，但涉及很多司法問題。

值得重視的是，官箴書中司法內容比重最大，是宋代以來官箴書的普遍狀況。比如宋代官箴書《州縣提綱》四卷（此書文淵閣書目題為「陳古靈撰」，陳古靈即陳襄，閩學先驅。但《四庫全書總目》認為此撰者題署不足據），一半以上的篇幅都在介紹執法聽訟判案的方法和注意事項，包括如何擬寫判詞，頗為細緻。李元弼撰於政和年間的《作邑自箴》更是詳細的列舉一邑之長的日常工作，卷五「規矩」列舉「知縣專行戒約」七十多條，司法工作占了最大比重。卷六「勸諭民庶牓」涉及民眾規則方方面面，包括民眾打官司寫狀紙的要求，乃至寫狀紙的格式字體，列舉了「狀式」；卷八「寫狀鈔書鋪戶約束」明確規定書鋪應遵守的規則，亦列舉「狀式」，並錄「知縣事牓」。

明代官箴書數量比之宋元又大為增加，而且更多更詳細地涉及司法工作。比如汪天錫輯《官箴集要》二卷，其卷上「慎獄」篇，卷下「聽訟」篇，都涉及司法工作，卷下有一則「文案」，專門說明各類刑名文案的要點。呂坤《新吾呂先生實政錄》之「風憲約」，為「呂

8　汪天錫：《官箴集要》，劉俊文主編：《官箴書集成》（合肥市：黃山書社，1997年，據明嘉靖十四年刊本影印），冊1，頁301。

公觀察三晉時，所與郡國大夫約也」。其卷一「提刑事宜」五十二款，分為「人命」、「盜情」、「姦情」、「監禁」、「聽訟」、「用刑」，並附二十七條「狀式」，包括：人命告辜式、人命告檢式，以及告盜情、辯盜、姦情、打詐、地土、婚姻、賭博、淩奪、保盜、貪汙、故勘、科斂、侵欺、賣軍、飛軍、包攬、窩訪、土豪、財產、錢債、欺害、唆誣、詭隱、抗糧、重收狀式。其卷二為按察事宜二十款，以及憲綱十要等。甚至如余自強《治譜》十卷以訟獄內容為主。其他如劉時俊《居官水鏡》，蔣廷璧《璞山蔣公政訓》，吳遵《初仕錄》，不著撰人《新官到任儀注》、《新官軌範》、《牧民政要》、《初仕要覽》、《居官格言》等[9]，都大量涉及訟獄內容，並且多錄狀式。

明代官箴書的編刊數量比之宋元大為增長，並且，官箴書中司法工作所占比例也更大增長，則與明代對官員講讀律令的要求相關，與明代司法環境相關。由於人口增長，社會經濟發展，司法工作比之宋代更為複雜繁重。對此，法學研究者認為，因為初仕官員為官之前沒有受過行政與司法的專業訓練，而「明清時期律例條文愈發繁瑣複雜」，「人口的急劇增長、土地資源的相對緊缺與商品經濟的持續活躍，所有這些都導致了田土糾紛和命盜案件的絕對數量的攀升，也造成了衙門事務日趨繁重和複雜；再加上科舉落第而又沒有其他謀生技能可資『治生』的讀書人的增長，他們中的一些人就轉而從事訟師業務」。[10]

其中訟師的存在尤其增長了司法工作的複雜性。

訟師是一種專門幫訴訟兩造打官司的職業，必須熟知法律條文和

9　這些官箴書可參考劉俊文主編：《官箴書集成》（合肥市：黃山書社，1997年影印）。但《官箴書集成》目錄題署作者姓名有些與影印書所錄不符，如《治譜》編撰者「余自強」，目錄寫作「佘自強」，《居官水鏡》編撰者「劉時俊」，目錄寫作「劉明俊」，不知何據。

10　杜金：〈明清民間商業運作下的「官箴書」傳播〉，徐忠明、杜金：《傳播與閱讀：明清法律知識史》（北京市：北京大學出版社，2012年），頁42。

打官司的程序、技巧，因此自然產生了所謂訟師秘本，比如宋代的訟師秘本《鄧思賢》特別有名，在民間廣泛流傳。明代，隨著經濟繁榮、司法事務日增、同時刻書業的鼎盛發展，訟師秘本大量編刊。現存如：

葉氏撰《鼎刊葉先生精選蕭曹遺筆正律刀筆詞鋒》，嘉靖（1522-1566）刻本，藏於中國國家圖書館，僅存卷三、卷四。

徐昌祚輯《新鐫訂補釋注蕭曹遺筆》四卷，明癸未序刊本，藏於日本尊經閣文庫。徐昌祚萬曆年間人，癸未或為萬曆癸未（十一年，1583）。

佚名《新鍥法林金鑒錄》三卷，萬曆二十二年（1594）金陵書室刊本，藏美國國會圖書館。

錦水竹林浪叟輯《新鍥蕭曹遺筆》四卷，萬曆二十三年（1595）吳東白雪精舍刊本，藏於中國國家圖書館、日本東京大學東洋文化研究所、蓬左文庫。

西吳空洞主人輯《勝蕭曹遺筆》四卷，萬曆二十七年（1599）漱玉軒刊本，藏於浙江省圖書館。

清波逸叟編《新刻摘選增補注釋法家要覽折獄明珠》四卷，萬曆壬寅（三十年，1602）序、辛丑年刊本，上下欄版式，藏於日本內閣文庫。此書題「辛丑仲秋刊行」，則應為清代重刊。山東煙臺圖書館藏清刻本，陝西省圖書館存宣統元年石印本。

閑閑子訂注《新刻校正音釋詞家便覽蕭曹遺筆》四卷，萬曆四十二年（1614）瑞雲館重刊本，首有瑞雲館主人序，藏於中國社科院歷史研究所、臺灣「中研院」傅斯年圖書館。

湘間補相子著《新鐫法家透膽寒》十六卷，明代戊午年大觀堂刊本，藏於中國國家圖書館、北京大學圖書館、東京大學東洋文化研究所、美國國會圖書館。此戊午或為萬曆四十六年（1618）。

佚名《新刻法家須知》六卷，附一卷《奇狀集》，崇禎六年

（1633）序刊本，藏於日本內閣文庫。《奇狀集》為小說，亦以上下欄的版式刻於《驚天雷》上欄。

覺非山人撰《珥筆肯綮》，崇禎年間（1628-1644）鈔本，藏於江西省婺源縣圖書館。

佚名《蕭曹遺筆》四卷，明刊本，藏於上海圖書館。

臥龍子匯編《新刻平治舘評釋蕭曹致君術》六卷首一卷，明刊本，藏於日本東京大學東洋文化研究所。

雲水樂天子編《鼎鍥金陵原板按律便民折獄奇編》四卷，明末翠雲館刊行，藏於美國國會圖書館。

江湖逸人編《新鐫音釋四民要覽蕭曹明鏡》五卷，明刊本，藏於中國國家圖書館。

佚名《鼎錽法叢勝覽》四卷，明代金陵世德堂刊本，藏於中國國家圖書館。

江湖醉中浪叟輯《法林燭照天》五卷，明刊本，藏於日本尊經閣文庫。

佚名《新鐫訂補釋注霹靂手筆》四卷，明刊本，藏於美國國會圖書館。

讀律齋主人輯《法家秘授智囊書》，明刊本，藏於日本尊經閣文庫。

從數量相當可觀的所謂訟師秘本，我們似乎可以在想像中還原明代公案小說產生的背景，那是訟事相當頻繁，訟師極為活躍，各地民眾爭訟好鬥的社會環境。

訟師的工作，很重要就是在法律條文上「做文章」，研究法律條文和司法技巧，尋求訴訟策略，為訴訟方撰寫訴狀。

中國傳統一向重視各類文案的格式，對於司法文書的格式、術語尤其有著嚴格的要求。因此，無論官箴書，還是訟師秘本，包括民間日用類書中，都很重視訴狀格式，都列舉大量「狀式」，甚至明確規定字體和字數。以此觀察明代公案小說中必不可少的「三詞」，可直接對應現實生活中的司法情形，公案小說中載錄「三詞」，顯然有其實用的價值。

法典、法學著作、以及官箴書、訟師秘本等各類廣義法家書的大量刊刻，顯示了明代法律傳播風起雲湧的社會氛圍，也一定程度透露了當時的司法環境。這些著作既是公案小說編撰的素材來源，也與明代小說的繁榮背景一起，成為公案小說產生的催化酶。明代公案小說既反映了當時的社會生活和社會風氣，同時又為司法訴訟提供了諸多判案實例和「三詞」範本。

事實上，從內容上看，這些法家書跟公案小說的區別並不明顯。很典型的比如明末清初刻本《新刻法筆驚天雷》，上欄附集中有《奇狀集》[11]，收錄白話短篇小說，這些白話短篇小說情節敘述略為簡單，但卻完整地收錄了數篇狀詞、訴詞與判詞。其下欄列舉呈狀，但也簡單說明案情。因此，就上下欄的敘述性文體來說，附集公案小說和下欄「法筆」並無明顯區別，頗為相似。

而在各類法家書的編刊之外，尚有公案小說的產生，很顯然，是因為對於普通民眾，公案小說具有普及法律知識的特別意義。這又與明代普及法律教育的歷史密切相關。

朱元璋〈御製大明律序〉:「朕有天下，倣古為治，明禮以道民，定律以繩頑，刊著為令。」[12]朱元璋認為制定法律的目的就是造福於

---

11 二〇〇七年，官桂銓先生在《明清小說研究》發表文章，介紹《驚天雷》上欄「奇快集」，因所得殘卷上欄殘損，「奇快集」之名有誤。今見孔夫子舊書網拍賣《新刻法筆驚天雷》書影清晰，上欄附集題名書「奇狀集」。讀官桂銓先生所錄四篇小說可知，此所謂「奇狀」，乃言四篇公案小說共同的特點是收錄了特別的狀詞。又因佚名《新刻法家須知》六卷附一卷《奇狀集》，可以確定，《驚天雷》上欄附集實為「奇狀集」。

12 劉惟謙等撰：《大明律》，卷首，《續修四庫全書》(上海市：上海古籍出版社，1995年)，史部政書類。

民，他在〈御製大誥序〉中說：「朕聞曩古歷代君臣當天下之大任，閔生民之塗炭，立綱陳紀，昭示天下，為民造福。」[13]因此，他特別重視對民間百姓普及法律。早在吳元年（1367）就命令頒佈《律令直解》，就是為了讓田野之民都能知曉律令。《明史刑法志》言：吳元年冬十二月，左丞相李善長為總裁官，與參知政事楊憲等二十人制定律令，凡為令一百四十五條，律二百八十五條。「又恐小民不能周知，命大理卿周楨等取所定律令，自禮樂制度、錢糧選法之外，凡民間所行事宜，類聚成編，訓釋其義，頒之郡縣，名曰《律令直解》。太祖覽其書而喜曰：『吾民可以寡過矣。』」朱元璋親自撰寫的《大誥》、《大誥續編》、《大誥三編》、《大誥武臣》多錄具體案件，多有較為完整的事件敘述，是較為簡潔的敘事文體。但他還是擔心「民不周知，故命刑官取《大誥》條目，撮其要略，附載於律……編次成書，刊佈中外，令天下人知所遵守」。他還頒佈了不少《教民榜文》，教育百姓遵紀守法。他詔令「官民諸色人等，戶戶有此一本（《大誥》）」，命令民間在舉行鄉飲酒禮時，在教訓子弟時，在秀才赴京考試時，都要講讀《大誥》。而在鄉間張掛曉諭、聚眾講讀《教民榜文》的方式延續至明代後期，請殘疾老人持木鐸巡行鄉里沿途宣講的方式也曾持續較長時間。[14]

朱元璋之後，民間宣講和傳播的力度雖然有所懈怠，但是，常常有大臣進言繼續執行洪武舊法。普及法律，向民眾宣講法律知識，是明朝慣例。

在法律執行和傳播的過程中，由於大部分律令都只有條文，「人不知律，妄意律舉大綱，不足以盡情偽之變，於是因律起例，因例生

13 朱元璋：《御製大誥》，《續修四庫全書》（上海市：上海古籍出版社，1995年），史部政書類。

14 參看徐忠明：〈明清中國的法律宣傳：路徑與意圖〉，徐忠明、杜金：《傳播與閱讀：明清法律知識史》（北京市：北京大學出版社，2012年），頁169。

例」，雖然時人病其「例愈紛而弊愈無窮」[15]，但是，顯然，法律條文必然也必須跟實際案例相結合。從各級官吏及其幕僚、到訟師、普通民眾，在講讀律令時都需要參考或列舉適當的案例，這既是公案小說產生的社會文化背景，又是公案小說的需求所在。

總之，法律傳播的氛圍和司法環境，與萬曆前後的小說繁榮相結合，而促成了公案小說的繁盛，以小說形式傳播法律，反映司法現象，以寓教於樂的方式教化民眾。

第二節　明代公案小說多出於建陽書坊

明代公案小說不僅出現的時間比較集中，刊刻的地點也比較集中，大多出自建陽書坊。

此時正當通俗小說刊刻的高峰期，書坊競爭很激烈，一種小說刊刻暢銷，其他書坊馬上翻刻。因此，建陽書坊刊刻的公案小說版本當很多，茲列舉所知見現存版本情況如下：

一、萬曆二十二年（1594），書林朱仁齋與畊堂刻印明錢塘散人安遇時編集《新刊京本通俗演義全像百家公案全傳》十卷一百回。封面上圖下文。上欄為包公判案圖，兩側題「日斷其陽生民無不沾恩澤　夜判其陰死魂盡得雪冤愆」；下欄題「全補包龍圖判百家公案」「書林與耕堂朱仁齋繡梓」。書前有〈新刊京本通俗演義增像包龍圖判百家公案目錄〉。卷一題「新刊京本通俗演義全像百家公案全傳卷之一」，署「錢塘散人安遇時編集　書林朱氏與畊堂刊行」。首為〈國史本傳〉〈包待制出身源流〉，次後「增補第一回公案　判焚永州之野廟」開始，方為「百家公案」故事。卷十末葉雙行蓮牌木記署「萬曆甲午歲

15 《明史刑法志》，清・薛允升撰，懷效鋒、李鳴點校：《唐明律合編》，卷首（北京市：法律出版社，1999年）。

朱氏與耕堂梓行」。版心題「包公傳」。正文版式上圖下文。藏日本蓬左文庫。此本正文從第一回至第三十回都在回前注明「增補」，則此書有前本，此據舊本增補。

此書又存另一版本，為書林景生楊文高刊刻《新刊京本通俗演義全像百家公案全傳》十卷一百回，殘存卷一至卷五，包括〈國史本傳〉〈包待制出身源流〉和第一回至第四十九回。殘本內容包括圖像、版式行款等都與與畊堂刊本相同，但刊刻更為粗陋。此本藏於中國社會科學院文學研究所。

二、余象斗輯《新刊皇明諸司廉明奇判公案》四卷一百〇五則，現存余氏建泉堂刊本首有萬曆二十六年（1598）余象斗自序，此書當成於此時，余象斗的原刊本也當於此時刊刻。余氏建泉堂刊本四卷，題「新刻皇明諸司廉明公案」，署「三台山人仰止余象斗集」，上圖下文版式，現藏中國國家圖書館、日本內閣文庫。此外，此書還存多種版本：萬曆三十三年（1605）余氏雙峰堂刊本，卷末有「萬曆乙巳年孟冬月余氏雙峰堂梓」蓮牌木記，日本富岡鐵齋舊藏。三台館余氏雙峰堂刊本，藏日本蓬左文庫。萃英堂、宗文堂刊本，藏日本內閣文庫。[16]

萃英堂、宗文堂刊本現有《古本小說集成》、《古本小說叢刊》影印本，據此介紹如下：

書前有〈新刊諸司廉明奇判公案目錄〉。卷首題「皇明諸司廉明奇判公案傳」。版心題「全像公案傳」。上卷署「建邑書林□氏萃英堂刊」（□原係空白，後人墨筆補填「鄭」字），下卷署「建邑書林鄭氏宗文堂梓」。大概此書原為鄭氏宗文堂刊本，後由萃英堂剜改重印。上圖下文版式。藏日本內閣文庫。

16 參考石昌渝撰寫詞條「皇明諸司廉明奇判公案傳」，石昌渝：《中國古代小說總目》（白話卷）（太原市：山西教育出版社，2004年），頁147。

此書分門別類的編撰方式來自司法書的影響，此後的公案小說多以此分類方式編排。故略為介紹此書的分類編排方式。此書上下卷內容分為十六類，類下分則，每類下二至二十則不等，每則故事敘述一件案情，共一〇五則。上卷：人命類（二十則），姦情類（八則），盜賊類（九則）。下卷：爭占類（十六則），騙害類（十則），威逼類（四則），拐帶類（三則），墳山類（二則），婚姻類（五則），債負類（五則），戶役類（五則），鬥毆類（三則），繼立類（四則），脫罪類（三則），執照類（五則），旌表類（三則）。

三、余象斗三台館刊刻余象斗編述《皇明諸司公案》六卷五十八則。內封上圖下文，上欄為斷案圖，下欄題「全像續廉明公案」，署「三台館梓行」。書前有〈全像類編皇明諸司公案目錄〉。正文卷端題「新刻皇明諸司公案傳」，署「山人仰止余象斗編述書林文台余氏梓行」。正文上圖下文版式。此書題「續廉明公案」，編刊當晚於萬曆二十六年余象斗自序的《皇明諸司廉明奇判公案傳》，從中也可見前書《皇明諸司廉明奇判公案傳》受到歡迎，余象斗因此再編此書。藏中國藝術研究院戲曲研究所、日本國會圖書館。

此書亦分類編排：一卷人命類（九則），二卷姦情類（八則），三卷盜賊類（十一則），四卷詐偽類（十一則），五卷爭占類（十則），六卷雪冤類（九則）。

四、萬曆乙巳（三十三年，1605）吳還初作序之《郭青螺六省聽訟錄新民公案》四卷四十三則，現存日本延享元年（1744）抄本，藏於臺灣大學。卷首有《新民錄引》，署「大明萬曆乙巳孟秋中浣之吉南州延陵還初吳遷拜題」。次為「新民公案目錄」。正文卷端題「新刻郭青螺六省聽訟錄新民公案」，署「建州震晦楊百明發刊書林仙源金成章繡梓」。「金成章」疑為「余成章」之誤。余成章為余象斗堂侄，字仙源，生於嘉靖三十九年（1561），卒於崇禎四年（1631）。萬曆二十四年（1596），余成章曾刻過一部《鼎鍥青螺郭先生注釋小試論彀評林》。

《新民公案》正文首附〈郭公出身小傳〉。全書內容分為八類：欺昧（六則），人命（六則），哄害（五則），劫盜（六則），賴騙（五則），伸冤（四則），奸淫（五則），霸占（六則）。抄本僅存四十一則，闕卷三的第一、第二則。

五、萬曆年間（1573-1619），明德堂劉太華刊「京南歸正寧靜子輯」《新鐫國朝名公神斷詳刑公案》八卷四十則。封面上圖下文，上欄繪斷案圖像，下欄題「新鐫詳刑公案」「明德堂梓」。卷一題「新鐫國朝名公神斷詳刑公案卷之一」，署「京南歸正寧靜子輯　吳中匡直淡薄子訂　潭陽書林劉太華梓」。書末雙行蓮牌木記署「南閩潭邑藝林劉氏太華刊行」。正文上圖下文版式。藏日本日光輪王寺慈眼堂、大連圖書館。大連圖書館藏本係後印本，卷首殘缺，卷二末頁缺半，書末牌記署「劉太氏華刊行」。

全書八卷分為十六類四十則，分別為謀害類、姦情類、婚姻類、奸拐類、威逼類、除精類、除害類、竊盜類、搶劫類、強盜類、妒殺類、謀占類、節婦類、烈女類、雙孝類、孝子類。

六、天啟崇禎間，王崑源三槐堂刻印明葛天民吳沛泉匯編《新刻名公匯集神斷明鏡公案》七卷，存殘本，缺卷五、卷六、卷七。今存四卷六類二十五則。內封題「精採百家諸名公明鏡公案」「三槐堂梓行」。目錄葉題「新刻名公匯集神斷明鏡公案目次」。正文第一卷卷端題「新刻名公神斷明鏡公案卷之一」，署「葛天民吳沛泉匯編」「三槐堂王崑源梓行」，卷尾題「新刻諸名公奇判公案一卷終」。現存四卷卷端題名比較統一，但卷尾題名各卷不同，卷二末題「新刻續皇明公案傳」，卷三末題「精新刻皇明諸司廉明公案」，卷四末題「新刻諸名公廉明奇判公案傳」。版式上圖下文，半葉十行，行十六字或十七字。藏日本內閣文庫。

此書有上海古籍出版社《古本小說集成》影印本。袁世碩先生為影印本所作〈前言〉指出，此書多採自已有之公案書。現存二十五則中，採自《廉明公案》五篇，即「盜賊類」〈董巡城捉盜御寶〉、〈汪太守捕捉剪鐐賊〉、〈蔣兵馬捉盜騾賊〉、〈金府尊批告強盜〉、〈鄧侯審決強盜〉；採自《皇明諸司公案》一篇，即「人命類」〈朱太尊察非火死〉；採自《詳刑公案》一篇，即「姦情類」〈陳大巡斷強姦殺命〉。文字稍有不同。此外，「索騙類」〈崔按院搜僧積財〉、〈李府君遣覘姦婦〉，係據《疑獄集》卷五〈崔黯搜帑〉、卷一〈李傑覘姦婦〉事寫成。「婚姻類」〈王御史判奸成婚〉，係據《醉翁談錄》乙集〈憲臺王剛中花判〉敷衍而成。還有與《龍圖公案》事件相近似而人物、地點不同者。此書既係掇拾舊書而成，故各則寫法多樣，然又有其特點。即此二十五則之半數以上以詩收束，總括題旨，在「婚姻類」則為判決詩，如《醉翁談錄》乙集所謂「花判公案」。

七、書林師儉堂刊刻《新刻海若湯先生滙集古今律條公案》七卷首一卷。書前有目錄，題「新刻海若湯先生滙集古今律條公案目錄」。首卷題「新刻海若湯先生滙集古今律條公案首卷」，輯錄〈六律總括〉、〈五刑定律〉、〈擬罪問答〉、〈金科一誠賦〉以及〈執照類〉、〈保狀類〉文書七件。正文卷一卷端題「新刻海若湯先生滙集古今律條公案一卷」，署「金陵陳玉秀選校　書林師儉堂梓行」。第七卷卷末有木記署「書林蕭少衢梓行」。正文分十四類，類下分則，共四十六則。上圖下文版式。藏日本內閣文庫。

本書內容多抄自《詳刑公案》、《廉明公案》、《諸司公案》。

建陽書林蕭氏出現在明後期，書坊和刻本數量相對不那麼多，但是蕭氏刊刻的戲曲數量不少。蕭氏師儉堂是萬曆間名肆。此為目前所知蕭氏師儉堂現存唯一一部小說刻本。

八、書林陳懷軒存仁堂刊行明浙江夔衷張應俞撰《新刻江湖歷覽杜騙新書》四卷，目錄八十三則，實為八十九則。內封左行大字題「杜騙新書」，右側小字列舉二十三種騙術名目，也就是本書按卷分類的目錄。本書目錄列舉二十四卷二十四類騙術，封面因行界右下角署「存仁堂陳懷軒梓」占了位置，故只列二十三類。書前即〈新刻江湖歷覽杜騙新書目錄〉。卷一、二題「鼎刻江湖歷覽杜騙新書」，署「浙江夔衷張應俞著」、「書林梓」。卷三、四題「新刻江湖歷覽杜騙新書」。每卷前有一半葉全幅插圖，中有橫額，旁有對句。卷一為「燃犀照怪」，「水族多妖，一點犀光照破；心靈有覺，百般騙局難侵」。卷二為「明鑒照心」，「心隱深奸，妄作端詭道；手持玄鑒，灼見五蘊奸萌」。卷三為「燭照綺筵」，「我願君王心，化作光明燭；不照綺羅筵，偏照逃亡屋」。卷四為「心如明鑒」，「身似菩提樹，心如明鏡臺；時時勤拂拭，勿使惹塵埃」。此書藏於美國哈佛大學漢和圖書館。存仁堂刊本又有後修本藏於大連圖書館等處。

九、天啟崇禎間，書林陳懷軒存仁堂刻印《新鐫國朝名公神斷詳情公案》，現存日本蓬左文庫藏本介紹如下：

六卷首一卷三十九則，內封題「眉公陳先生選」、「詳情公案」、「存仁堂陳懷軒刊」。首卷題「新鐫國朝名公神斷陳眉公詳情公案卷之首」，署「臨川毛伯丘兆麟訂」，「建邑懷軒陳梓」，卷末題「公案首卷終」（「公案」字前空白，似有幾個字被挖空），版心題「公案」、「首卷」。接著是卷一，題「新鐫國朝名公神斷□□□（此三字挖空）詳情公案卷之一」，署「臨川毛伯丘兆麟訂」「建邑懷軒陳君敬梓」，卷末題「卷之一終」，版心題「公案」、「一卷」。卷二題「新鐫國朝名公神斷□□□（此三字挖空）詳情公案卷之二」，卷末題「李卓吾公案二卷終」，版心題「公案」、「二卷」。卷三題「新鐫國朝名公神斷□□□（此三字挖空）詳情公案卷之三」，卷末題「公案三卷終」（「公案」字前空白，被挖空），版心題「公案」、「三卷」。卷四題「新鐫國朝名公神斷□□□□□（此五字挖空）公案卷之四」，卷末題「公案四卷終」（「公案」字前空白，被挖空），版心題「公案」、「四卷」。卷五題「新鐫國朝名公神斷□□□（此三字挖空）詳情公案卷之五」，卷末題「公案五卷終」（「公案」字前空白，被挖空），版心題「公案」、「五卷」。卷六題「新鐫國朝名公神斷李卓吾詳情公案卷之六」，卷末題「李卓吾公案六卷終」，版心題「李卓吾公案」「六卷」。卷二至卷六不署「訂」「梓」者。

正文分十五門，凡三十九則。

從以上版本情況介紹可見，此非《詳情公案》原刊本，可能是由不同的本子湊成一部。但又可能作了補刻，因為各卷大部分故事結尾都有雙行小字評語「無懷子曰」。

此書日本另存二種。一為日本內閣文庫藏本，殘存三卷（卷之二至卷之四），內題「新鐫國朝名公神斷□□□詳情公案」。此與蓬左文庫藏本同版。一為日本東京大學東洋文化研究所藏本，六卷，內封刻「詳情公案」、「眉公先生選」、「存仁堂陳懷軒刊」，內題「新鐫國朝名公神斷李卓吾詳情公案」，正文分十一門，凡二十九則。

三種藏本都是上圖下文，版式、行款完全一致。三本相加，除去重複者，共四十七則，全部採自晚明其他公案書。採自題名相近的《詳刑公案》者最多，三十一則，採自《諸司公案》十篇，採自《明鏡公案》六篇。

十、閩建書林高陽生天啟元年（1621）刻印題「湖海山人清虛子編輯」《合刻名公案斷法林灼見》四卷首一卷。版式上下兩欄。上欄滙輯法律文案，如狀詞、判語之類，下欄為公案小說，上下欄內容沒有直接關係。正文卷一題「合刻名公案斷法林灼見卷之一」，上欄為〈金科一誠賦〉，下欄署「湖海山人清虛子編輯」、「閩建書林高陽生繡梓」。下欄之公案小說為《廉明公案》和《詳刑公案》之選編。藏於日本蓬左文庫。中國國家圖書館存殘本首一卷正文二卷。學術界多把此書歸於司法類書籍，但從編撰者、刊刻者題署在下欄可見，此書所謂「名公案斷法林灼見」主要指稱的是下欄的公案小說。

另外，明李春芳撰《全像海剛峰居官公案傳》四卷，明萬曆丙午（三十四年，1606）金陵萬卷樓刊、煥文堂重校印本藏臺灣中央圖書館。[17]原本未見。《明清善本小說叢刊》影印本首為〈新刻海剛峰先生居官公案傳序〉，署「萬曆丙午歲夏月之吉晉人羲齋李春芳書于萬卷樓中」。李春芳序言：「……然而決獄惟明，口碑載道，人莫不喜譚之。時有好事者以耳目所覩記，即其歷官所案，為之傳其顛末。余偶過金陵，虛舟生為予道其事若此，欲付諸梓，而乞言於予。余亦建言得罪者，忽有感於中，因喜而為之序。」似此，則李春芳只是作序者，並非編撰者。萬曆丙午亦為作序時間，並非刊刻時間。但金陵萬卷樓刊刻應即此時。而煥文堂重校印則在此之後。目錄葉題「新鍥全像海忠介公居官公案目錄」。第一卷卷端題署：「新刻全像海剛峰先生居官公案」、「晉人羲齋李春芳編次」、「金陵萬卷樓虛舟生鐫」。署李春芳編次，不知是否煥文堂而為。煥文堂重新校印不知在何時，此煥文堂不知是否為建陽書坊。暫錄於此。

又有《龍圖公案》，即《包龍圖神斷公案》，也需要在此提及。此書出於《百家公案》、《廉明公案》、《詳刑公案》、《律條公案》之後，現存多種版本，有一百則本，又有六十二則本，多為江南刊本，但與建陽書坊刊刻之公案小說關係密切。十卷一百則本，四十八則出自《百家公案》，二十則出自《廉明公案》，十三則出自《詳刑公案》和《律條公案》，其餘十九則來源不詳。

當時書坊刊刻的公案小說當不止這些，已經佚失的版本且不說，此外，民間普及法律的通俗讀物中可能多附有公案小說。如萃慶堂刊本《宋提刑洗冤錄》，上欄為公案小說，下欄為司法檢驗之書。又如上文所說公案小說《奇狀集》，附於司法普及讀物《驚天雷》之上欄。

特別要說說這一《驚天雷》，很可能出於建陽書坊編刊。其上欄附集《奇狀集》四篇公案小說中有二篇主要人物為福建人，《供狀得遂》私情男女主人公為建寧府浦城縣人，《作狀被訪》京山縣主周爺

17 王會均編著：《海南文獻資料簡介》（臺北市：文史哲出版社，1983年），頁179。

福建汀州府人，新按院蔡正福建人。《引子詐奸》則為陳繼儒的故事，陳繼儒，晚明著名文人，書坊最負盛名的「陳眉公」，書坊刻書多託名於之，建陽書坊刊刻《詳情公案》就託名「陳眉公選」。此書故事多有模仿舊篇之跡，而人物命名則多望文生義隨意生發，其中如「戚光」、「蔡正」似乎有借光戚繼光、蔡君謨的意思。揣其編撰心理，或出於建陽書坊文人之手。

在萬曆時期，全國刊刻小說的書坊很多，為何公案小說會如此集中地出現於建陽呢？顯然，公案小說的大量編刊在小說發展自身規律、全國普遍存在的司法現象這些社會背景之中，還隱藏著它特定的生發緣由，我們不妨在建陽地域文化和建陽刻書傳統之中找尋和思考。

第三節　「家有法律」與公案小說的類型特徵

景泰年間的《建陽縣志》中說建陽「家有法律，戶有詩書」。[18]

之所以能如此，一方面在於閩北遵禮守法的社會風氣。因為閩北承載中原精英文化，名儒輩出，世家大族以衣冠相守，自古為儒家禮義之鄉。中國古代禮法相依，守禮與守法往往是一回事。今從閩北地區現存宗祠、族譜、家訓，可見閩北家族皆以尊崇禮法、勸忠勸孝、光耀門楣為家族延續、從善勸後的宗旨。《建陽縣志》卷六人物誌「儒林」列舉四世家十四列傳，「賢良」、「宦達」列舉大量官吏，都是遵禮守法的楷模。

另一方面，「家有法律，戶有詩書」也得之於建陽得天獨厚的刻書傳統。崇儒重教的建陽，宋代以來的刻書都以經史圖書為主。《(萬曆）建陽縣志》卷二記載「儒學舊尊經閣書目」，主要就是經史類圖書，這些圖書除「文字型大小廚」為「頒降書」，其他都是「書坊

18 《(萬曆）建陽縣志》，卷一風俗篇引景泰舊志，《日本藏中國罕見地方志叢刊》（北京市：書目文獻出版社，1991年）。

板」。尤其值得注意的是「行字型大小廚」中有《大明律》、《大誥》、《皇明祖訓》、《資世通訓》、《教民榜文》、《聖學心法》、《孝順事實》、《為善陰騭》等，都是教民以禮法的書籍。

建陽素有編撰和刊刻法家書的傳統。

宋慈是建陽人引以為豪的鄉賢名臣。《(萬曆）建陽縣志》卷六列入「賢良」:「宋慈字惠父，嘉定丁丑進士。歷湖南提刑。以朝請大夫直煥章閣。慈通經史，能文章。謂刑獄民命所關，一有不決之疑，遂失不經。作《洗冤錄》，以期得情。及卒，理宗以慈分憂中外，有密贊闓畫之寄，特贈朝議大夫，御書墓門以旌之。」其《洗冤集錄》序中稱：「……獨於獄案審之又審，不敢萌一毫慢易心……博采近世所傳諸書，自《內恕錄》以下凡數家，會而粹之，釐而正之，增以己見，總為一編，名曰《洗冤集錄》。」可見，宋慈也是一位愛民惜民的好官員。《洗冤集錄》見於各官私書目著錄。以宋慈之地位、《洗冤集錄》之影響，應該在宋代就有建陽刻本。

現在可知的建陽刊本司法類書籍還很不少。如：

元至治二年（1322），建陽官刻《元典章》。此刻本原藏故宮博物館，今在臺灣。

元至順三年（1332）余志安勤有堂刊刻唐長孫無忌編撰《故唐律疏義》三十卷及元王元亮《纂例》十二卷。原書刻印於至順三年，到至正十一年（1351）重印時又經重校修補。藏中國國家圖書館。

元代余氏勤有堂刊刻宋慈撰《宋提刑洗冤集錄》五卷。參見謝水順等《福建古代刻書》與方彥壽《建陽刻書史》著錄。

明萬曆三年（1575）陳氏積善堂刊刻王與編《新刊無冤錄》上中下三卷。兩節板（上下雙欄），後有「萬曆乙亥陳氏積善堂重刊」牌記。公安部群眾出版社存中、下二卷。[19]

---

19 方彥壽：《建陽刻書史》（北京市：中國社會出版社，2003年），頁352。

萬曆三十四（1606）年余文台刊刻《新刊聖朝頒降新例宋提刑無冤錄》十三卷。殘本現存上海圖書館。

萬曆三十六年（1608）余昌祚刊刻《仁獄類編》三十卷，藏北京圖書館。

萬曆三十八年（1610）雙峰堂刊刻《新刻御頒新例三台明律招判正宗》□卷，卷首一卷。殘本現存上海圖書館、重慶圖書館。

明代鰲峰堂刊刻《重增釋義大明律》七卷。[20]

明代蕭少衢師儉堂刊刻熊鳴岐編《鼎鐫欽頒辨疑律例昭代王章》五卷。此為明代法律匯編。兩節板。中國國家圖書館藏。

明代熊氏種德堂刊刻明代蕭近高注釋《鼎鐫六科奏准御製新頒分類注釋刑臺法律》十八卷附錄一卷副卷一卷首一卷。

還有很多圖書存於國外各圖書館，如：《鐫大明龍頭便讀傍訓律法全書》十一卷首一卷，萬曆中劉氏安正堂刊本；《新刻御頒新例三台明律招判正宗名律例》十三卷首一卷，萬曆四十六年建邑余氏雙峯堂刊本；《刻精註大明律例致君奇術》十一卷首一卷，萬曆中閩潭城余氏萃慶堂刊本等。

此外，現存還有不少刻本未署書坊名、但從版式字體看應為建陽刻本的司法類圖書，如宋桂萬榮撰《棠陰比事》一卷，元刻本，現存北京大學圖書館；宋傅霖撰《刑統賦一卷》，元刻本，現存首都圖書館。

國內外藏書總數有多少難以統計。但顯然，建陽書坊大量刊刻的司法類圖書為公案小說提供了取材之便。

從這些司法類圖書的刊刻，我們可以看到，這些圖書的刊刻一方面是為官府執法提供依據，更重要的作用當是向民眾普及法律知識。普及是建陽刻書的第一要義。司法圖書的普及有多種方式，有的是為

20 方彥壽：《建陽刻書史》（北京市：中國社會出版社，2003年），頁313。

法律加上注釋，如鰲峰堂刊本為《大明律》加上釋義；有的是把司法知識編成歌謠，如安正堂刊《鐫大明龍頭便讀傍訓律法全書》；有的是用講故事的方法來普及法律知識。明代刊本多採用上下雙欄或上中下三欄的版式。如萬曆中劉氏安正堂刊本《鐫大明龍頭便讀傍訓律法全書》為三欄版式，上欄「為政規模節要總論」：讀書萬卷不讀律，致君堯舜終無術。中欄「六律總括」為歌訣。下欄為「名律例」等律法。萬曆四十六年建邑余氏雙峯堂刊本《新刻御頒新例三台明律招判正宗名律例》也是三欄版式，上欄〈六律總括〉等，也是歌訣；中欄音釋；下欄為「名律例」等律法。萬曆中閩潭城余氏萃慶堂刊本《刻精註大明律例致君奇術》為上下欄版式，上欄為歌訣如「五服歌」，下欄為律例。從這些版式可見，這些版刻都有意於面向文化修養不高的底層民眾普及，也可見民間具有普及法律知識的需求。

這些法學類圖書在普及法律的實用性同時，又因其豐富的案例包含了故事的因素，因而對於讀者還有娛悅的可讀性吸引。

萃慶堂刊本《刻精注大明律例致君奇術》附錄〈洗冤錄〉，上欄明確稱「附包龍圖斷案」，說明這部書主要是作為一部司法圖書刊刻的，而包公斷案故事是被附上的，之所以附上，也有其充分理由，包公斷案跟司法關係密切，也有司法案例的意味，但很顯然更重要的是為了以包公故事吸引買者，為司法圖書增加一個賣點。

從明代刊本司法書與公案小說常見的上下雙欄版式，我們想，建陽「家有法律」之法律書，很可能多為這種適合於普通民眾閱讀、有著寓教於樂意義的刻書。

無疑，正是建陽「家有法律」的文化氛圍，促使建陽書坊面向大眾刊刻法律讀物、普及司法知識，從而啟發了諸多的刊刻創意。正是建陽刊刻的司法普及讀物啟發和影響了公案小說的刊刻，這樣的刻書背景決定了公案小說的類型特徵。

明代公案小說的重要特徵是對前代公案書的承襲。

宋代《名公書判清明集》，為宋人編刊的書判集之僅存者。此書宋刻殘本，只存戶婚門部分，約六萬五千字。明隆慶三年盛時選的翻刻本是完整的。全書共十四卷，分為官吏、賦役、文事、戶婚、人倫、人品、懲惡七門，約有二十二萬字。主要收錄一些著名官吏明敏斷案、平反冤獄之事及其判詞，《四庫全書總目》謂之：「輯宋、元人案牘判語，分類編次，皆署其人之別號。蓋用《文選》稱字之例，然名不甚顯者，其人遂不可知矣。其詞率以文采儷偶為工，蓋當時之體如是也。」[21]《名公書判清明集》這種編排體例來源於前代法律文書「以罪統刑」的編撰方式。「以罪統刑」適宜告誡民眾，何為犯罪，何種犯罪將承擔何種刑罰。這樣的法典編撰方式一直沿襲到清代。

《名公書判清明集》分門別類編纂的方法，以及著重記載官吏判詞的體制，對宋元說話藝術中的「說公案」有很大影響，今天我們可在《醉翁談錄》中看到「私情公案」和「花判公案」的大概。「私情公案」和「花判公案」承襲了「名公書判」的形式，重點記述官吏的明敏斷案，所錄判詞則巧妙詼諧。明代公案小說中不少是以判決詩作結的。如《明鏡公案》半數以上的故事以詩收束，總括題旨，在「婚姻類」則為判決詩，顯然是《醉翁談錄》乙集所謂「花判公案」的模式。

明代公案小說承襲公案書按類編排的方式，多按照犯罪性質分門別類。如余象斗編纂的《皇明諸司廉明奇判公案》，上卷分為人命、姦情、盜賊三類，計三十七篇，下卷分爭占、罪害、威逼、拐帶、墳山、婚姻、債負、戶役、鬥毆、繼立、脫罪、執照、旌表等十三類。《皇明諸司公案》分為人命、姦情、盜賊、詐偽、爭占、雪冤六類。《新民公案》分為欺昧、人命、謀害、劫盜、賴騙、伸冤、姦淫、霸

21 《四庫全書總目》（北京市：中華書局，1960年），卷110，子部十一法家類存目04415。

公八類。大多數公案小說都採用這種來源於法律文書「以罪統刑」的編撰方式，因此，它們在整體上給人以法家書的感覺。

明代公案小說都是短篇形式，其結構和內容也多承襲公案書而來。這些短篇故事的敘事結構一般比較固定：先敘案情，然後是告狀人的狀詞、被告的訴狀，最後是官吏的判詞。有的甚至只有狀詞、訴詞、判詞，而無故事，如《皇明諸司廉明奇判公案》一百〇五篇中竟有六十四篇是只錄三詞而沒有故事的，它們都抄自《蕭曹遺筆》。《蕭曹遺筆》屬於「餌筆書」，也就是訴訟文書模本。

公案小說對三詞的完整引述，就與它的「以罪統刑」的體例一樣，加重了法家書色彩，使公案小說具有某種司法訴訟的實用功能。[22]

根據日本學者阿部泰記考察，除《廉明公案》六十四條判詞直接採錄自《蕭曹遺筆》之外，《諸司公案》五十九則故事中有三十三則採自明張景增補的《疑獄集》，《海公案》有十八則故事來自《折獄明珠》，《龍圖公案》中一些篇目則依據判詞所提供的線索，再構成故事。[23]

明代公案小說還往往在書前附上法律常識，如《律條公案》，首卷輯文書七件：〈六律總括〉、〈五刑定律〉、〈擬罪問答〉、〈金科一誠賦〉，以及〈執照類〉、〈保狀類〉。《法林灼見》則以上下兩欄的版式編排，上欄匯輯法律文案，如狀詞、判語之類，內容與下欄公案故事沒有直接關係。這樣的附錄更明顯有著普及司法知識的實用性。

據各書編者或作序者交代，這類書主要為審案理刑的官員們所編，供他們判案參考。如余象斗在〈皇明諸司廉明奇判公案序〉中稱：「使執法者鑒往轍之成敗，而因此以使彼識細民之情偽，而推類以盡餘。」吳遷在〈新民錄引〉中說：「欲俾公今日新民之公案，為

---

22 參看石昌渝：〈明代公案小說：類型與源流〉，《文學遺產》2006年第3期。

23 〔日〕阿部泰記著，陳鐵鑌譯：〈明代公案小說的編纂〉，《綏化師專學報》1989年第4期。

萬世牧林總者法林也。」陶烺元在〈龍圖公案序〉中說：「願為民父母者請焚香讀《龍圖公案》一過。」學者認為這不過是為抬高書籍價值的堂皇之言，以其印刷及文字的粗陋，可以想見，當時那些官僚士大夫對這類小說根本不屑一顧，更不用說作審案參考了，認為公案小說是專供文化程度較低的下層民眾消遣娛樂的精神文化產品。[24]但事實上，官箴刑名一類實用書籍在明清時期大量刊刻，黃山書社一九九七年影印出版了《官箴書集成》，收錄官箴書一百〇一種，其中九十種出於明清時代。這些官箴書多書坊所出，大多語直意淺，不少也刊刻粗糙。[25]其實，司法知識的普及讀物對初入仕途的官員來說或許相當實用，因為這些普及讀物往往是司法文書與律令歌訣、公案小說並刊，律令歌訣教他們迅速掌握一些司法知識和工作技巧，公案小說則相當於案件實例。另外，明清時期官員收入很低，很難承受價格高昂的書籍。即使到了晚清，由於印刷業更為普及，書價已大為降低，一名知縣想要買一部法家書還是很不容易，經濟壓力不小。比如晚清廣東知縣杜鳳治，在他的《望凫行館宦粵日記》中曾記載：「《大清律例》已買一冊，計錢十八千；《六部則例》書多而價昂，未買。」十八千，相當於一個知縣一年標準薪水的三分之一。[26]

當然，書坊刊刻公案小說的主觀意圖，一方面是借公案小說的故事性為司法普及讀物找到新的賣點，另一方面也是借司法普及讀物之名為公案小說找到堂皇存在的教化理由。而從普通的讀者接受來說，既是從公案小說的故事性中獲得娛悅，也從公案小說的教化意義中獲得教育，還從法律常識的附錄中獲得知識，從而公案小說的閱讀脫離

24 苗懷明：〈明代短篇公案小說集的商業特性與文學品格〉，《社會科學》2001年第3期。

25 參看魏丕信撰，李伯重譯：〈明清時期的官箴書與中國行政文化〉，《清史研究》1999年第1期。

26 參看徐忠明、杜金：《傳播與閱讀：明清法律知識史》（北京市：北京大學出版社，2012年），頁45。

了完全閒書的意義，而有了實用的價值，增進了讀者閱讀的興趣。事實上，中國小說很長時間內並沒有擺脫實用的知識與教化作用，這是中國小說發展的實際情形，從當時來看，小說有著實用的知識或教化性質更能廣為接受與傳播，從長遠看，小說廣為接受與傳播有利於小說在文學史上地位的提高、有利於小說擴大其社會影響，從而有利於小說藝術的發展。從萬曆時期公案小說連篇累牘出現，不斷翻版、盜版、抄襲的情況可見當時之暢銷。

第四節　清官理想與福建地域文化

公案小說之所以成為小說史上的一種類型，是因為它們有自己鮮明的文學特徵。正如石昌渝先生所說，公案小說第一個特徵就是描寫決獄判案，讚賞斷案官員的精察幹練。

此前宋元話本中有一類民間說書藝人創作的斷案故事，如《簡貼和尚》、《錯斬崔寧》、《合同文字記》等，主要敘述冤案的發生和經過，對含冤受屈者寄予很大的同情，最後，依靠受害者的鬥爭，冤案得以昭雪，即使有清官判案，也只是在案情大白之後，履行一下判案的司法程序而已，重點並不在歌頌清官的明斷。

而明代萬曆以後出現的這批公案小說都以某「公」命名，如《百家公案》與《龍圖公案》都標明是「包龍圖」所判，《新民公案》則標明「郭青螺六省聽訟」，《海剛峰先生居官公案》突出海瑞之名，其中大部分故事中斷案官所起的作用都很大，他們運用自己的敏感與智慧在山窮水盡之中尋找破案線索，每部小說以其幾十個、上百個故事共同冠以斷案官員之名，強化清官的形象。其他各小說也多題「名公神斷」，或「名公案斷」，讚賞這些名公斷案之清明，突出表現清官形象。

清官形象的塑造，有其長久的文學與文化的積澱。歷代正史、野史中多清官的記載。元雜劇中就已出現大量的清官戲，其中表現包公判案的有十一種之多，二十世紀中葉在上海出土的成化刊說唱詞話中有八種是包公故事，所以公案小說首先以《包龍圖斷百家公案》閃亮登場，並且後來以《龍圖公案》影響最大，是有其藝術積澱的。但是，集中編刊於建陽書坊的公案小說突出表現清官形象的文學特徵，應該與福建地域文化有很大關係。

福建由於中原文化的保存、積澱和發展，又由於閩學的深刻浸潤，形成了以剛健正直為主的地域文化。明代官箴書《牧鑑》乃汀郡楊昱所輯，「集經史百家之格言懿跡有關於政者，為牧人者之鑒也」，多記載歷史上清廉正直官員之言行。時奉政大夫福建汀州府同知桂林李仲僎為之撰序曰：

> ……余牧楚有感於是，嘗匯循良之編而證以聖賢格言，亦謂其相因耳。有難之者謂，世降俗澆，古道不復，猶湍水不返也，何以是為。余於是不能不重有感而疑矣。久之，遷貳閩汀。因喜閩為文獻舊邦，必有直諒多聞之士，可以講究政學之旨而釋所疑。爰擕所梓，質之庠校。偶得《牧鑒》一書，閱之，則郡彥楊東溪先生所輯錄者也，統以治本、治體、應事、接人四類，類各有目，凡三十有五。要皆意仿西山真氏政經體，效文公小學原始要終，引經據傳，鑿鑿乎經政之規也。乃欣然曰：「天下固有不謀而同之若是者，真不啻十朋之獲也。」

在福建，直諒多聞之士遍及八邑，朱子閩學精神源遠流長。

特別是閩北建陽，崇尚清官，多出清官。

建州是福建開發最早的地區之一，在魏晉南北朝時期就由朝廷委派的官員帶來中原儒教的影響，後來歷次北人南遷，很多世家大族聚居於建陽，所以，建陽文化中儒家禮義思想根深蒂固。《（萬曆）建陽縣志》卷一風俗篇引景泰舊志曰：「建陽為邑，土廣民眾，自漢以前為閩越之地，漢武帝以其遐阻難制，盡徙其民於江淮間而虛其地。爰立郡縣之後，漸以中土之民實之。晉永嘉已巳，光州固始危京者，率其鄉避兵之民來刺建州，在官十有六年，而卒葬武夷山之石鼓村。民不忍去，皆占籍焉。（又云王審知率其鄉眾入閩，未知孰是。）故建之士人知尚文學，猶有伊洛之遺風者，實由京始。自是而降，中原離亂，則士大夫莫不扶老攜幼避諸閩中，而建又為閩之都會，以故風俗日漸移易。至唐常袞為七閩觀察使，始以文學為訓。時有若歐陽詹之徒，相繼興起。逮及南宋朱、蔡、游、陳諸君子倡明道學，彬彬然為道義之鄉。」

筆者閱讀宋代判牘匯編《名公書判清明集》時注意到，這部顯然代表當時全國「名公」、「清明」的書判集，作者大部分是福建名臣。

《名公書判清明集》卷前有「清明集名氏」，抄錄如下（細圓字體為福建人）：

晦菴先生朱氏，字仲晦，新安人
西山先生真氏，德秀，字希元，建安人
履齋先生吳氏，潛，字毅夫，宣城人
抑齋先生陳氏，韡，字子華，三山人
意一先生徐氏，清叟，字直翁，建安人
留畊先生王氏，伯大，字幼學，三山人
久軒先生蔡氏，抗，字仲節，建安人
庸齋先生趙氏，汝騰，字茂實，三山人
昌谷先生曹氏，彥約，字簡夫，南康人
滄州先生史氏，彌堅，字固叔，四明人
西堂先生范氏，應鈴，字旂叟，南昌人
茗溪先生章氏，良肱，字翼之，霅川人
裕齋先生馬氏，光祖，字華父，婺女人

鋏菴先生方氏，大琮，字德潤，莆陽人
後村先生劉氏，克莊，字潛夫，莆陽人
自牧先生宋氏，慈，字惠父，建安人
雨巖先生吳氏，勢卿，字安道，建安人
丹山先生翁氏，合，字與可，建安人
秋崖先生方氏，岳，字巨山，三衢人
實齋先生王氏，遂，字去非，鎮江人
石壁先生胡氏，穎，字叔獻，潭州人
文溪先生李氏，昴英，字俊明，番禺人
浩堂先生翁氏，甫，字景山，建安人
廬山先生陳氏，塤，字和仲，南康人
桃巷先生劉氏，希仁，字居厚，莆陽人
立齋先生姚氏，瑤，字貴叔，延平人
息菴先生葉氏，武子，字誠之，邵武人
臞軒先生王氏，邁，字實之，莆陽人

一共二十八人，包括朱熹在內十七位為福建人，其他則主要是臨近福建的江西、浙江、廣東人。當然，二十八位名臣都是長江以南人，有著南宋偏安半壁的客觀原因。但是，南宋偏安，本來就是福建文化以及建陽刻書繁榮的天時地利。可以想見，這些名公大臣的清明判案事跡，承載了福建及周邊地區民眾的清官理想，並成為建陽書坊刻書的清官文化背景。

建陽號稱「海濱鄒魯」，讀書出仕的人數很多，《(萬曆）建陽縣志》卷五「選舉志」列舉甲科、鄉舉、薦辟、貢例、封蔭五類，可稱人才濟濟代出。卷六「人物志」列舉儒林、忠侃、賢良、孝義、宦達、文苑、武功、隱逸、僑寓、貞烈十類。其中「忠侃」、「賢良」多忠直敢諫、方正賢良的清標之官。

「賢良」類云：潭士尊經術，大較清標，有偉望。余取其治行懿爍、所至以廉恕稱者錄於篇。此抄錄一二以見：

宋代

楊澈字晏如。建隆辛酉進士，授青州司戶知州。時張全操多不法，澈一無所阿。太祖廉其名，召試禁中。

陳儼字仲莊，大中祥符初第進士，為吉州安福簿。歲饑，民艱食，請郡發常平米以賑。守不聽，輒自開廩。守怒，遣吏詰之，答曰：「安有民饑將死，為父母者坐視而不恤乎？」乃出詰敕付吏自劾，守慚而止。

陳郛字彥聖，登嘉祐丁酉進士，授廬州司法參軍，再授欽州推官，徙知昆山縣。值歲饑，屬邑希部使者旨，不敢蠲賦。郛曰：歲饑而賦不蠲，何以字民？卒蠲之。……郛亮直清鯁，歷官五十年，幣無贏貲，退無居廬。舊吏以郛貧，饋金數百兩，竟不受。士大夫以是高之。

吳櫪字行遠，一字子全，建炎戊申進士，知長汀縣。嘗語人曰：逆虜犯順，奄有中原。國家所恃，惟東南為根本耳。民其可不安乎！每與耕斂之際，聽囚歸業。業畢復來，無後期。剖決曲直，多所原貸。百姓化之，幾於無訟。又請於郡乞運下州鹽綱，就官貸本，且俾胥吏掌之，而收其贏。縣計益饒，遂免配民請買之擾。秩滿，老稚感泣遮道丐留，有及境外者。後任朝奉即通判建昌卒。

吳居仁，字溫父。父□知侯官縣，有廉聲。居仁以特科歷官古田尉攸縣丞、融州節度推官。所至以儒飾吏，聽訟必以人倫大義斷曲直，部使者下其所斷為諸縣式。居官奉法不妄取。比歿，無以為殮，藉同官之賻始克歸喪。朱熹嘗曰：溫父可謂真廉吏矣。

丘之立字斯行。紹興初為順昌令。時寇亂之餘，民困疲甚。之立極意撫摩。凡農田荒蕪者，借之牛種，寬其租限。為政一以仁明廉惠為本。未幾訟簡刑清，邑民阜庶。

明代

> 劉童字良能。好學力行，登永樂戊戌進士，除湖廣寧遠縣知縣。以廉能著聲。觀風使者薦其才略出群。以嘗忤時相，事竟寢。升江右布政司經歷，尋升雲南蒙化州。致仕卒。童所至稱循吏，以鯁直不屈遂坎坷終身。士論惜之。
>
> 朱淩字原沖，文公十一世孫，嘉靖辛丑進士。授戶部主事，督九江鈔稅，見所徵嘗溢額，遂議減稅。積一歲去五之一。時楚地饑，男女流離，人因之為利者載至九江，關嚴不得出，輒溺死。乃稍寬其禁，檄令所司修荒政，禁略販。全活者甚眾。報命之日，民勒石紀德。

「賢良」篇所載多為清正廉潔官吏，宋代之事多引朱熹之論，令人深切感受到建陽此地濃厚的尚賢風氣，這種風氣得之於建陽尊儒教、尚經術的傳統，又得之朱熹發揚而影響至深至遠。宋淳熙七年（1180），朱熹在廬山白鹿洞書院刊刻《包孝肅詩》，對包公非常推崇，從《五朝名臣言行錄》亦可見之。朱熹自己為官也是個清正廉潔之官。他曾六上奏章，彈劾唐仲友，就是因為唐仲友用公款刻書為自己牟利。朱熹著名的「存天理，滅人欲」的主張很長時間以來被認為是理學殺人的教條，但實際上朱熹所論主要是針對統治階層包括各級官吏，倡導統治階層遏制自己的私欲而以天下為己任。朱熹一生除短時間出外為官講學，絕大部分時間都在閩北度過，晚年定居建陽，他的思想對建陽影響深遠。

建陽的地方輿論特別讚賞清官，建陽書坊中楊氏書坊命名為「清白堂」與「四知堂」，就是因為楊氏先祖楊震為政清廉，後人引以為豪因以為書堂之名。明前期著名館閣之臣建安楊榮也以「清白堂」名室。楊震是東漢弘農華陽（今屬陝西）人，赴荊州任刺史途中經過昌邑。時任昌邑令的王密乃楊震舉薦，王密深夜「懷金十斤以遺震，震曰：『故人知君，君不知故人，何也？』密曰：『暮夜無知者。』震曰：『天知，神知，我知，子知。何謂無知？』密愧而出」。楊震因此而有清白吏之譽。今存《建甌新村楊氏族譜》記載此事，有「饋金卻不受，家傳有四知。清白遺子孫，頑夫廉化之」的傳家詩。

「賢良」篇所載往往令人想到包公的故事，事實上，明代萬曆建陽刊刻的一批公案小說與以包公為代表的古代清官、特別是福建及周邊地區的清官關係密切，正是福建及周邊地區的清官，啟發了公案小說清官理想的表達。

因為獨特的天時地利，建陽刊刻公案小說中，福建、特別是閩北本地故事占了相當大的比例，比如《新民公案》一書絕大部分為本地故事，這與郭青螺（郭子章）擔任建寧府推官而為當地百姓推崇有很大關係。

明代公案小說突出表現清官形象、表達民眾的清官理想，有著重要的文化意義。正如竺洪波先生所說：「在清官剛直不阿、為民作主的斷案活動中，體現著一種為過去的作品所沒有的法制意識，法從此正式成為小說藝術表現的對象，並通過小說藝術的獨特載體得到有效的傳播。因此，從某種意義上講，公案小說形象地記述了人民群眾法制意識的覺醒，適應社會變化的需要，體現了人民群眾對法制問題的認識，從而代表了我國法文化發展的一個獨特的階段，具有很高的文化價值。」[27]

第五節　世情：公案小說的內核

齊裕焜先生《中國古代小說演變史》曾經論述古代小說的類型，認為「大體可以歸為歷史演義、英雄傳奇、公案俠義、人情世態、諷

27 竺洪波：〈公案小說與法制意識——對公案小說的文化思考〉，《明清小說研究》1996年第3期。

刺譴責、靈怪神魔這六類。如果再概括一些，可以歸納為講史（包括英雄傳奇、公案俠義）、世情（包括人情和諷刺）、神魔（包括志怪和神魔）三種」。[28]

把公案（俠義）小說籠統歸於講史，是有其道理的。就單單以明代公案小說的刊刻來說，現存最早的一種是《百家公案》。此書目錄頁題名為「新刊京本通俗演義增像包龍圖判百家公案」，首卷題「新刊京本通俗演義全像百家公案全傳」。這樣的題名與講史小說非常相似，具有「通俗演義」、「增像（全像）」、「全傳」等關鍵字，至於「新刊」與「京本」，或許確實原來有所本，或許就是模仿講史小說題目的套用。目錄整齊列為一百回的形式也與講史小說相似。版心題「包公傳」。開卷首引「國史本傳」約一千兩百五十字，次「包待制出身源流」，改編自說唱詞話《包待制出身傳》。其後一百回故事形成一個共同的敘事指向──表現包公的神力，是以人物為中心的敘事。其編纂目的與承繼《百家公案》而來的《龍圖公案》相比尤為明顯，《龍圖公案》較明顯地想通過包公斷案故事進行道德勸誡與法的教育。《百家公案》的編撰體現出附庸史傳的意圖，顯然是受到講史小說刊刻的影響，因此，在司法普及讀物刊刻的同時，建陽大量刊行的講史小說也是《百家公案》編撰與刊刻的背景。但《百家公案》不表現朝代興衰之歷史，而以歷史上特立獨行的人物為表現對象，在講史小說中接近於英雄傳奇一類。

此後受包公故事影響而編撰的公案故事，有的仍然突出一位清官，如《新民公案》，是郭青螺的判案故事專輯。但更多則突出諸司、諸名公，如《廉明公案》、《諸司公案》、《詳刑公案》等，每一篇都以清官作為則目的主語，「曹大巡判雪二冤」、「劉刑部判殺繼母」等。諸司公案、諸位名公神斷，這樣所構成的連軸畫卷涉及的官員、

---

28 齊裕焜：《中國古代小說演變史》（蘭州市：敦煌文藝出版社，2002年），頁8。此書二〇一五年最新修訂版對「人情小說」和「諷刺小說」二類名稱作了修改。

地域、案件種類都更為豐富複雜，因而客觀上形成了一幅「清明上河圖」一般的世俗風情長卷。

事實上，明代公案小說更為直接承襲的是宋元說話小說一家中「說公案」的傳統，其故事性質更以人情為主。細究《百家公案》每一篇故事的情節構成，除了少數為神怪妖魔之事，包公所斷多為世俗生活中的糾葛與爭端。從〈包待制出身源流〉開始，就是融合了宋元小說之「發跡變泰」故事的情節結構模式，刻畫包十萬家庭中父子兄弟之情具有喜劇色彩，但也是市井生活與人情的真實寫照。其後的一百回故事，表現的都是人之欲望，主要是「色」與「利」之欲。市井中的人們為色所迷、為利所牽，不能抑制心中的惡念，由此而犯罪。有的故事雖事涉荒唐，但實寫人性道德與欲望的衝突，如〈判革停猴節婦坊牌〉。就是一些靈怪故事，實也為人世間愛情、婚戀故事的曲折反映，如〈訪察除妖狐之怪〉等；或為商賈貨利的曲折反映，如一百回〈勸誡賣紙錢客〉。實際上，《百家公案》中很多故事的敘述興奮點不在於公案，而在於市井人情。如九十三回〈潘秀誤了花羞女〉、九十四回〈花羞還魂累李辛〉連續敘述花羞女的故事。花羞女與潘秀相愛，但因花羞女父親要求招婿上門，未能諧成婚事，潘秀另娶，花羞女因此「氣悶而死」。由於家僕李辛掘墓，花羞女還魂，與李辛回家成為夫婦，半年後因火燒房子與李辛失散，回家敲門，家中以為鬼魂不肯開門，敲潘秀家門，潘秀以為鬼魂而誤殺之。故事敘述雖然稚拙，但也頗為曲折，後來馮夢龍編撰的「三言」中有〈鬧樊樓多情周勝仙〉，雖為宋元故事改編，但可能與此篇頗有淵源。這個故事終篇而由包公判斷，但斷案過程寫得很簡單，故事敘述的重心不在於斷案，而在於案情本身的市井世情。

宋代以來包公的傳說附會了很多民間市井生活的故事，這些故事以題材類型而言屬於世情一類。因此，在宋元說話中「說公案」屬於「小說」一家，與講史不同家數。雖然學界認為宋元「小說」中的

「說公案」就《醉翁談錄》所列篇目來看多不具公案性質，但是，以宋元「說公案」為源頭之一的明代公案小說，其故事性質更偏向於敘說市井世情的宋元「小說」一類是無疑的。

建陽刻書中很少人情小說，在現存一百多種小說刊本中，人情小說屈指可數。若是我們不囿於「世情小說」「人情小說」專稱長篇的概念，把中篇傳奇和短篇話本也比較寬泛地歸入人情小說的話，建陽刊刻者僅熊龍峰刊行小說四種，萃慶堂刊《燕居筆記》、《一見賞心編》，余象斗編刊之《萬錦情林》等為數不多的幾種。這些小說大體都發乎情止乎禮義，在萬曆以後人欲橫流的世情小說潮流中算相當斯文的了。萬曆以後大量出現的「豔情小說」，現在所知道可能為建陽書坊刊刻的只有一種：種德堂刊刻的《繡榻野史》。另外，在鄧志謨編撰的《灑灑篇》等雜書中有一些篇幅略似於豔情小說。

人情小說屈指可數，這在通俗小說刊刻數量如此之多的建陽書坊是個引人注目的現象。

但是，很有意思的是，在建陽書坊刊刻的神魔小說與公案小說中都體現了世情的傾向，公案小說尤為明顯。這兩類小說都由講史發展而來，似乎是作為向世情小說的過渡，但其實在萬曆以後與世情小說共存，在小說發展史上頗值關注。

此選錄余象斗編集《廉明公案》「人命類」〈張縣尹計嚇凶僧〉一則片段：

> 湖廣鄖陽府孝感縣，有秀才許獻忠，年方十八，眉目清俊，豐神秀雅。對門一屠戶蕭輔漢有一女名淑玉，年十七歲，針指工夫無不通曉，美貌嬌姿賽比西施之麗，輕盈體態，色如春月之花。每在樓上繡花。其樓近路，時見許生行過，兩下相看，各有相愛之意。時日積久亦通言失笑。生以言挑之，女郎首肯。其夜許生以樓梯上去，與女攜手蘭房，情交意美。雞鳴，生欲

下樓歸，約次夜又來。女曰：「倚梯在樓，恐夜有人過看見不便。我已備圓木在樓旁，將白布一匹，半掛圓木，半垂樓下。汝次夜只手緊攬白布，我在上吊扯上來，豈不甚便？」許生喜悅不勝。如此往來半年，鄰居頗覺，只蕭屠戶不知。

有一夜，許生為朋友請飲酒，夜深未來。一和尚僧明修，夜間叫街，見樓垂白布到地，彼意其家曬布未收，思偷其布。停住木魚，寂然過去，手攬白布。只見樓上有人手扯上去。此僧心下明白，諒必是養漢婆娘垂此接姦夫者。任他吊上去，果見一女子。僧人心中大喜，曰：「小僧與娘子有緣，今日肯舍我宿一宵，福田似海，恩德如天，九泉不忘矣。」淑玉見是和尚，心中慚悔無邊，曰：「我是鸞鳳好配，怎肯失身于你禿子。我寧將簪一根舍你，你快下樓去。」僧曰：「是你吊我來，今夜來得去不得。」即強去摟抱求歡。女怒甚，高聲叫曰：「有賊！」那時父母睡去不聞，僧恐人覺，即拔刀將女子殺死，取其簪珥、戒指下樓去。

次日早飯後，女子未起。母去看見，已殺死在樓。正不知何人所謀，鄰居有不平許生事者，與蕭輔漢言曰：「你女平素與許獻忠來往有半年餘。昨夜獻忠在友家飲酒，必乘醉誤殺，是他無疑。」

蕭輔漢即赴縣告曰：

告狀人蕭輔漢為強姦致死事：學惡許獻忠，漂蕩風流，姦淫無比。見漢女淑玉青年貌美，百計營謀，思行污辱。昨夜帶酒佩刀，潛入漢女臥房，摟抱強姦，女貞不從，抽刀刺死，謀去簪珥，鄰佑可證。惡逆彌天，冤情深海。乞天法斷償命，以正綱常。泣血康告。

此時縣主張淳，清如水蘗，明比月鑒，精勤任事，剖斷如流。凡訟皆有神機妙斷，人號曰「張一包」。言告狀者只消帶一包飯，食訖即訟完可歸矣。

接著敘述張淳設計，請一位妓女裝扮女鬼嚇唬僧人，巧妙地破了案，僧人認承死罪。

本來故事至此就可以結束了，但是，小說還有一半的篇幅敘述破案之後的事情：

> 張公乃問許獻忠曰：「殺死淑玉是此賊禿，該償命矣。你作秀才，奸人室女，亦該去前程。但更有一件：你未娶，淑玉未嫁，雖則私下偷情，亦是結愛夫婦一般。況此女為你垂布，誤引此僧，又守節致死，亦無虧名節，何愧於汝婦？今汝若願再娶，須去前程。若欲留前程，便將淑玉為你正妻。你收埋供養，不許再娶。此二路何從？」獻忠曰：「我知淑玉素性貞良，只為我牽引，故有私情，我亦外無別交。昔相通時，曾囑我娶他，我亦許他發科時定謀完娶。不意遇此賊僧，彼又死節明白，我心為他且悲且幸，豈忍再娶？況此獄不遇父母，誰能雪我冤枉？我亦定死獄中，求生且不得，何暇及娶乎！今日只願收埋淑玉，認為正妻，以不負他死節之意，於願足矣，決不圖再娶也。其前程留否，惟憑天臺所賜，本意亦不敢期必。」張公喜曰：「汝心合乎天理，我當為你力保前程矣。」即作文書申詳提學道。
>
> 張知縣申詳語：……
>
> 韓學道批曰：……

後來許獻忠中了鄉試，張公勸他娶妾，他堅決不肯，張公主張為之娶妾霍氏。「許獻忠乃以納妾禮成親。其同年錄只填蕭氏，不以霍氏參入，可謂婦節夫義兩盡其道」。

全篇對男女私情並無譴責，而是充滿同情。並借此秀出知縣、學道文筆。此傳統花判公案之技。然而與《醉翁談錄》之花判不同而體現明代公案小說特點的更在於，明明是個男女私情的公案，偏偏要扳為節婦義夫的傳奇。敘事者主觀介入改變故事意蘊的意圖相當明顯，主題轉化相當生硬，下半篇的敘述了無趣味，確實是冬烘先生的酸腐表現。但是，酸腐之中卻又隱藏著新的時代精神：對女子行為的寬容，對男子情義的要求，顯示了些許男女平權的曙光。

但這一則故事非常典型地表現了明代公案小說意欲實現的三種編撰目的：一是以趣事吸引讀者，寓教於樂；二是通過故事普及司法吏治知識，比如怎麼寫狀詞，告狀和審問、判案的程序，判詞、批語等公文怎麼寫；三是宣揚忠孝節義的精神規範。

公案小說以司法故事為外衣，掩蓋著世情小說的內核，但是又區別於一些世情小說勸百諷一的特點，以道德禮法諄諄教誨。這樣特別的小說形態應該與建陽刻書的文化背景有關。建陽素為理學淵藪、禮法之鄉，但是，至於萬曆年間，經濟文化的發展也導致建陽風氣為之漸變。

建陽為理學之淵藪，所謂「道所從出」。至於明代，雖然建陽文化呈衰落之勢，但是深厚的理學傳統已成為此地的文化積澱。萬曆辛丑福建等處承宣布政使司左參政楊德政為《建陽縣志》作敘曰：「夫潭之為邑，廣袤四錯不越百里，語風則無季札之觀，語勝則無司馬之遊。顧獨以紫陽諸大儒彬彬蔚起，風徽所被，山川生色。遂使人望其故鄉等於鄒魯。今去紫陽且五百年，而詩書禮樂流花彌遠。憑軾而歷，都鄙之間，見比屋繁完，男女葆力疾作而不窳，敦願親遜，美價靄然。縱不敢比於洙泗之齗齗，而漸漬被服，視它國邑尚為由舊。」

由於朱熹的影響，歷任任職建陽的官員往往以崇尚理學、獎掖賢良為己任。而政府一向重視文化傳播的影響，因此，宋代刻書興盛以來，歷代都很重視對刻書業的管理。建陽刻書得風氣之先，在明代是最早刊刻通俗小說的地區之一，從現在的存本看來，明代宣德年間建陽知縣張光啟主持刊刻的《剪燈新話》、《剪燈餘話》是明代較早刊刻的通俗小說。張光啟以此為風雅，沒想到卻招來小說的禁毀，明英宗正統七年，國子監祭酒李時勉上言，請求禁止《剪燈新話》之類的「假託怪異之事」、「惑亂人心」的小說，有「印賣及藏習者，問罪如律」。此後，明弘治、嘉靖間，時有官員上書要求整治書坊，朝廷也在建陽設專員管理書坊刊刻。

由於建陽深厚的禮法傳統，管理很嚴，任職於建陽的官員自覺以朱子故里自命，戰戰兢兢，雖有官員追逐時尚，但終不敢放肆。書坊雖以營利為主要目的，但多印教育書籍，及於百姓日用，也只是以日用百科、曆書等為主，刊刻小說首倡講史，終不敢跨越雷池。這有著當地輿論的作用，建陽深厚的禮法傳統已成為民眾的一種自覺，民眾多讀書之輩，自覺以輿論監督禮法，傳承禮法。

建陽素為禮法之鄉。但是景泰《建陽縣志》中就已有「時異世殊」之歎：「市井者尚侈好浮，在田里者勤身樂業，民之秀者狎于文。家有法律，戶有詩書。尚氣而有節，易鬥而輕生，君子勇於為善，小人敢於為惡，貧富不相資，貴賤不相等。」雖然「家有法律，戶有詩書」，但是尚氣好鬥的社會風氣中必然產生很多矛盾。從中我們可以感受到時代氣息之漸變。

至於萬曆《建陽縣志》記風俗曰：「往時民俗質厚，宗族比閭之間，由由於於，患難相維持，緩急相倚賴。居然古樸之風，邇來騖於澆漓，漸於侈靡。負權力者輒以勢漁獵其小民，挾機械者動以術籠絡其宗戚。告訐之風日禁而日蕃，甘為破產而不顧。樗蒲之俗愈遏而愈熾。或至殞身而不知。堪輿信矣，乃有停棺拾載忍其暴露而莫之憂。使女妝矣，乃有絕配終身聽其幽閟而莫恤之。婚姻以資財為輕重，要責無厭，至使下戶甘心溺女而傷骨肉之恩。盤飧以水陸為華美，暴殄不休，至使一食殘殺多命而侈飽飣之巧。」這裡所記實際上都是違禮之事。這一方面可視為萬曆間社會風氣的變化，另一方面仍可見建陽的輿論環境。此為縣志編撰者憂心忡忡所記。

民風的變化其實在當時相當普遍。比如萬曆年間的順天與建陽頗為相似：「薄骨肉而重交遊，厭老成而尚輕銳，以燕遊為佳致，以飲博為本業。家無擔石而飲食服御擬於巨室，囊若垂磬而典妻鬻子以佞佛進香，甚則遺骸未收，樹幡疊鼓，飯僧動費百千，貧家亦強為之。風會之趨，人情之化，始未嘗不樸茂，而後漸以漓，其變猶江河，其流殆益甚焉。（萬曆沈志）」[29]

這種普遍的社會現象，是由明代中期經濟發展而帶來的社會生活與文化觀念的變化。人們的生活方式與思想觀念發生了很大的變化。舊的觀念被懷疑與推翻，新的理論還沒有建立起來，社會經濟與文化以前所未有的繁榮演繹著社會秩序的混亂。迅速發展的工商業與城市生活不斷誘發著人們的物欲與私心，於是，整個社會充斥著縱情聲色、及時行樂的氣氛，在人們膨脹的欲望中也不斷製造著謀財害命、姦淫拐騙等等形形色色違法亂紀的故事。文學是生活的表現，文學出現了前所未有的大眾化、世俗化的繁榮局面，文學創作表現出對人欲和個性的張揚趨勢，人欲橫流的明代社會生活至為鮮活地被表現出來。

這種不可遏制的時代浪潮跟建陽素有的法律意識、理學傳統相結合，又因通俗小說的發展，書坊刻書的興盛，風雲際會，便出現了公案小說的氾濫，以及公案小說獨特的形式和內涵。

---

29 （光緒）《順天府志》，卷18〈風俗〉，《續修四庫全書》（上海市：上海古籍出版社，2002年據光緒十二年刻十五年重印本影印），史部地理類。

第五章
經典小說刊刻：《三國志演義》

三國故事的傳播，從講史平話到通俗演義，乃至通俗演義不同的傳播階段，五百年間，建陽書坊幾乎是全程參與，見證了三國故事文本刊刻的發展過程。這個過程，也幾乎是建陽書坊刊刻通俗小說的發展歷程。

第一節　建陽書坊刊刻之「三國」小說

三國故事發展至於唐代，如「張飛胡」、「鄧艾吃」、「死諸葛走生仲達」等傳說已在民間廣泛流傳。宋朝崇寧、大觀以後，講史藝術中更出現了「說三分」的專家霍四究。[1]

現存《三國志平話》是元代至治年間（1321-1323）建安虞氏刊本，全稱《至治新刊全相平話三國志》，與《新刊全相平話武王伐紂書》、《新刊全相平話樂毅圖齊七國春秋後集》、《新刊全相秦並六國平話》、《新刊全相平話前漢書續集》一同藏於日本東京內閣文庫，學界稱之為「元刊平話五種」。《三國志平話》封面上書「建安虞氏新刊」，中為三顧茅廬圖，下分三列，中為「至治新刊」，左右題「新全

1　高承：《事物紀原》（上海市：商務印書館，1937年，據王雲五主編《叢書集成初編》本），卷9〈博弈嬉戲部〉〈影戲〉記載：「宋朝仁宗時，市人有能談三國事者，或采其說加緣飾作影人，始為魏、吳、蜀三分戰爭之像。」宋朝崇寧、大觀以後，東京瓦肆伎藝盛行講史，出現了「說三分」的專家霍四究。參看孟元老撰、鄧之誠注：《東京夢華錄》（北京市：中華書局，1982年），卷5，〈京瓦伎藝〉，頁133。

相三國志平話」。分上中下三卷，各卷卷端、卷末題名較為統一，多為「至治新刊全相平話三國志」。

另有一種《三分事略》，存於日本天理圖書館。封面版式與虞氏刊本同，題「建安書堂」「甲午新刊」「新全相三國志□□（故事）」[2]，上卷卷端題「至元新刊全相三分事略上」，卷末題「照元新刊全相三分事略上」，中卷卷端題「至元新刊全相三分事略中」，卷末題「照元新刊全相三分事略中」，下卷卷端題「照元新刊全相三分事略下」，卷末題「新全相三分事略下」。所題「至元」「甲午」，應指至元三十一年（1294），如此則建安書堂刊本《三分事略》早於虞氏刊本《三國志平話》。

此二者是同一部書的兩家刻本，其情節、文字、版式、圖像都基本相同，只是建安書堂刻本《三分事略》少了八頁，這八頁都在各卷卷末之前一兩頁，而版心序號連貫。《三分事略》圖像更為拙樸，從其漏刻情況、各卷題名、以及圖像文字的粗陋看來，所謂「新刊」不是初刻本，而是重新翻刻，而且還可能是原本暢銷後的迅速仿刻。《三國志平話》與《三分事略》刊刻細節相似，學界一般以為《三分事略》是對《三國志平話》的仿刻。小說版本形態是生動歷史的再現，我們由此可以想像當年「三國」平話之傳播盛況。

三國故事在唐宋能成為孩童的笑謔之資，使頑薄小兒愛善而憎惡，並獨立為講史之專門一家，可想而知當時的說話藝人妙舌如簧，具有強烈的藝術感染力。但現存平話的事件敘述多僅存梗概，較為粗略，從這個角度來說，「三分事略」的命名似乎要比「三國志平話」更為確切。這可能是藝人的說話底本，或用於備忘，且說話之演述在於臨場發揮，故只大概保留了當時說書的基本綱目。但其超越史實所作的藝術性創造仍使它在小說發展史上具有重要意義。

2 題目最後一字缺，倒數頁二字可見「故」字的一半，因而學界推斷此缺字為「故事」兩字。

這兩個建陽刻本內封均題「新全相三國志（平話）」，則可見此前已有過同題故事刊本。宋元「說三分」盛行，完全可能早有刊本，目前留存的二本並非最早刊本，更不是當時僅有的刊本，但它們很寶貴地保留了「說三分」元代刊本的面貌，從而讓我們看到，元刊平話對於建陽此後大量刊行的《三國志演義》版本面貌有著直接影響。

《三國志平話》對後世《三國志演義》小說的影響已為學界所常言。而從《三國志平話》上圖下文的版式特徵、文本中涉及「關索」故事，則可見此後建陽刊《三國志演義》諸版本與《三國志平話》、與宋元話本刊刻傳統一脈相承的關係。

現存《三國志演義》的明刻本，也即小說早期的一些刻本，目前可知二三十種。其中只有嘉靖壬午序本和周曰校本、夷白堂本等不多的幾種不是福建建陽書坊刊刻，其他大多出於建陽書坊。

以下參考當前文獻整理和版本研究的成果，略述現存建陽刊刻《三國志演義》版本情況如下：

一、嘉靖二十七年（1548），葉逢春刊刻《新刊通俗演義三國志史傳》十卷。此本現存八卷，缺卷三、卷十。上圖下文，半葉十六行，行二十字。西班牙愛思哥利亞修道院圖書館存，為海內外孤本。中國國家圖書館縮微中心影印《三國志演義古版叢刊續輯》收入。此本為建陽書坊之《三國志演義》現存最早刊本，此後建陽書坊刊本在版本體例上多與之相似，因此以下略為詳細介紹此本情況。

此本卷首為〈三國志傳加像序〉，末署「嘉靖二十七年歲次戊申春正月下浣之吉鍾陵元峰子書」。

次為〈新刊按鑑漢譜三國志傳繪象足本大全目錄〉，所列目錄十卷，每卷二十四則，「首尾共計二百四十段」。則目與嘉靖元年本大體相同，但分卷不同。

次為〈三國君臣姓氏附錄〉：「魏國帝紀、后妃紀、臣紀、皇族紀、別傳，蜀國帝紀、后妃紀、臣紀、皇族紀、別傳、附傳，吳國帝紀、后妃紀、臣紀、皇族紀、附傳」。只有此目，而無具體姓氏，與嘉靖元年本〈三國志宗僚〉詳列姓氏不同，魏蜀吳的順序也不同，嘉靖元年本〈三國志宗僚〉首列蜀，次為魏、吳。嘉靖元年本的排列顯然受朱子《資治通鑑綱目》影響，由此似乎可見葉逢春本不出於嘉靖元年本。但葉逢春本卷七以後每卷首標明的起止年限是按照蜀、魏、吳的順序排列的，從中可見受朱子《綱目》的影響。

接著是「靜軒先生歎曰」詩一首，「又有歎曰」一首。詩後題「新刊目錄畢」。可見以上都算是目錄的內容。靜軒詩在葉逢春本中多次出現。其中有一些詩，嘉靖元年本中也有，但不題為「靜軒詩」。比葉逢春本遲的版本多有靜軒詩。對此，學術界多有研究。

此本各卷題名略有不同。卷一卷端題「新刊通俗演義三國志史傳卷之一」，「東原羅本貫中編次」，「書林蒼溪葉逢春綵像」，卷末題「通俗演義三國志史傳卷之一」。卷二首題「通俗演義三國志史傳卷之二」，「東原羅本貫中編次」，卷末題「通俗演義三國志史傳卷之二」。卷三闕。卷四首題「新刊通俗演義出像三國志卷之四」，「東原羅本貫中編次」，卷末題「通俗演義三國志史傳卷之四」。卷五首題「通俗演義三國志史傳卷之五」，「東原羅本貫中編次」。卷六首題「重刊三國志通俗演義卷之六」，「東原羅本貫中編次」，卷末題「新刊三國志通俗演義史傳卷之六終」。卷七首題「通俗演義三國志史傳卷之七」，「東原羅本貫中編次」，卷末題「新刊通俗演義三國志史傳卷之七」。卷八首題「新刊通俗演義三國志卷之八」，「東原羅本貫中編次」，卷末題「通俗演義三國志全像史傳卷之八終」。卷九首題「三國志通俗演義史傳卷之九」，「東原羅本貫中編次」，卷末題「三國志通俗演義史傳九卷終」。卷十闕。從各卷題名看來，此葉逢春本前有刊本，此為重刊。

每卷卷首標明本卷故事起止年限，然後錄本卷目錄。如卷一：

起（漢靈帝）中平元年甲子歲

止（漢獻帝）興平二年乙亥歲

首尾共一十二年事實　〇目錄二十四段

祭天地桃園結義　　劉玄德斬寇立功

安喜縣張飛鞭督郵　……

目錄後注明「按晉平陽侯陳壽史傳」。這一行「按鑑」說明各卷略有不同，有的為「按晉平侯陳壽史傳」，有的為「按晉平侯相陳壽史傳」，有的為「晉平陽侯相陳壽史傳」。

此本偶有雙行小字注，但很少。如卷五〈耒陽縣張飛薦鳳雛〉，「此去東北一百三十里有縣名耒陽縣」句下，雙行小字注：「今屬荊湖南道衡州」。

此本偶有批語，但也很少。如卷一〈曹操謀殺董卓〉，「操曰：『寧使我負天下人，休教天下人負我。』陳宮默然。」此句後接著評論：「〇後晉桓溫說這兩句言語教萬代人罵，道是雖不流芳百世亦可以遺臭萬年。〇曹操說出這二句也教萬代人罵。」

小說中有的整葉有句讀，但也不多。

二、萬曆二十年（1592）余象斗刊刻《音釋補遺按鑑演義全像批評三國志傳》二十卷。此本現分存日本、英國、德國等地，去其重複，合之可得十四卷，缺卷十三至十八。封面裝飾繁富。四周花草紋，花團錦簇中上欄橫題「桂雲館余文台新繡」，每個字嵌於一個菱形方塊中。中欄圖像，兩側題「謹依古板／校正無訛」。下欄分三列：左右兩欄大字豎題書名「按鑑批點演義／全像三國評林」；書名中間又分上下欄，相當於上圖下文，上端為一幅小圖，下端為書坊識語：「余按《三國》一書，坊間刊刻較多，差訛錯簡無數。本堂素知厥弊，更請名家校正、潤色、批點，以便海內一覽。買者須要認『獻帝即位』為記。余象斗識。」由此可知，中欄圖像及下欄小圖即為

「獻帝即位」圖。卷首為萬曆壬辰（二十年）余象烏撰〈題全像評林三國志敘〉，敘之上層版框內有一〈三國辯〉，末句為「下顧者可認雙峰堂為記」。卷一首題「音釋補遺按鑑演義全像批評三國志傳卷之一後漢」，署「東原貫中羅道本編次」、「書坊仰止余象烏批評」、「書林文台余象斗繡梓」，卷七、卷八稱「書坊仰止余世騰批評」。版式為上評、中圖、下文，正文半葉十六行，行二十七字。卷二十最後一葉圖左題「書林忠懷葉義刻」，後有蓮臺牌記「萬曆壬辰仲夏月／書林余氏雙峰堂」。此本收藏情況複雜：卷一至八、十九、二十藏於日本京都建仁寺兩足院，卷七、八藏於英國劍橋大學，卷九、十藏於德國斯圖加特市符騰堡州立圖書館，卷十一、十二則藏於英國牛津大學。《古本小說叢刊》收英國所藏四卷，《三國志演義古版叢刊五種》則收所有的現存本。

《三國志演義古版叢刊五種》所收余象斗此刊本，前六卷用日本建仁寺兩足院藏本，第七、八卷用英國劍橋大學圖書館藏本，第九、十卷用德國斯圖加特市符騰堡州立圖書館藏本，第十一、十二卷用英國牛津大學圖書館藏本，第十九、二十卷用大英圖書館藏本。此書卷十一首缺一葉半，卷尾有缺葉。卷十二第十七頁上半頁缺、卷尾亦有缺頁。第七、八、十九、二十卷個別書頁字跡模糊不清，以日本建仁寺兩足院藏本換補。[3]

三、萬曆年間余象斗刊刻《新刊京本校正演義全像三國志傳評林》二十卷。現存卷一至八、十三至十八。封面、總目均已佚失。有〈三國志宗寮〉。版心題「三國姓名」。正文卷端題「新刊京本校正演義全像三國志傳評林」，署「晉平陽陳壽史傳」「閩文台余象斗校梓」。但各卷題署略有不同，如卷八題「京本通俗演義按鑑三國志

---

3 劉燕遠：〈雙峰堂本批評三國志傳影印後記〉，《三國志演義古版叢刊五種》（北京市：中華全國圖書館文獻縮微複製中心，1995年）之一。

傳」。版心題「全像三國評林」。版式為上評、中圖、下文，半葉十五行，行二十二字。兩卷一冊，每冊前有半葉全幅繡像一幅。現存卷一、卷三、卷五、卷七、卷十三、卷十五之第一葉都有半葉圖一幅。正文中偶有雙行小字注釋。藏於日本早稻田大學圖書館。有臺灣天一出版社《明清善本小說叢刊》、中華書局《古本小說叢刊》（只收卷一至八）影印本。

四、萬曆二十四年（1596）書林熊清波誠德堂刊刻《新刻京本補遺通俗演義三國全傳》二十卷。本卷前無封面、總目錄及君臣姓氏表，有〈重刊杭州考訂三國志傳序〉，正文卷端題「新刻京本補遺通俗演義三國全傳」，署「東原羅本貫中編次」，「書林誠德堂熊清波鍥行」。書後有蓮臺牌記：「萬曆歲次丙申冬月誠德堂熊清波鍥行」。大約每隔四五葉有上圖下文的半葉，其他都是全葉文字無圖。有圖的半葉十四行，行十九字；無圖的半葉十四行，行二十八字。藏於臺灣故宮博物院（前藏「國立北平圖書館」）、日本東京御茶之水圖書館成簣堂文庫。中國國家圖書館縮微中心影印《三國志演義古版叢刊續輯》據臺灣故宮博物院藏本還原影印。

五、萬曆三十一年（1603），忠正堂熊佛貴刻《新鍥音釋評林演義合相三國志史傳》二十卷，現存卷一至五、卷十一至二十。現藏於日本叡山堂文庫。版式為上評、中圖、下文，半葉十四行，前葉後半葉的最後七行和次葉前半葉的前面七行上層為一圖（書題中的所謂「合像」當指此），以致每半葉有圖的七行為行二十字，無圖的七行則行三十字。中國國家圖書館縮微中心《三國志演義古版叢刊續輯》影印。

六、萬曆三十三年（1605），聯輝堂鄭少垣刊刻《新鍥京本校正通俗演義按鑑三國志傳》二十卷。封面題「刻三國志赤帝餘編」，「三垣館鄭氏少垣刻行」，「聯輝堂」之堂號橫刻置於書題上端。卷首有顧充〈新刻三國志赤帝子餘編序〉。目錄後有〈鐫全相演義按鑑三國志君臣姓氏附錄〉。第一卷卷端題「新鍥京本校正通俗演義按鑑三國志傳卷之一後漢」，署「東原貫中羅本編次」，「書林少垣聯輝堂梓行」。各卷題目略有不同，或為「新鍥京本校正通俗演義按鑑全像三國志傳」等。版心題「全像三國志傳」。上圖下文，半葉十五行，行二十七字。卷二十末有蓮臺牌記「萬曆乙巳歲孟秋月／閩建書林鄭少垣梓」。藏於日本內閣文庫、蓬左文庫、尊經閣、御茶之水圖書館成簣堂文庫。有《明清善本小說叢刊》和《古本小說叢刊》影印本，原缺卷十一第二十五頁和卷十二第七頁。

七、萬曆三十八年（1610），楊閩齋刊刻《重刊京本通俗演義按鑑三國志傳》二十卷。前有〈三國志傳目錄〉、〈三國志宗僚〉，正文卷端稱「晉平陽陳壽史傳」，「明閩齋楊春元校梓」，版心題「全像三國志傳」。上圖下文，行款每半葉十五行，行二十八字。卷二十最後題「次泉刻」，有蓮臺牌記「萬曆庚戌歲孟秋月閩建書林楊閩齋梓」。藏於日本內閣文庫、京都大學文學部。臺北天一出版社《明清善本小說叢刊初編》影印。

八、萬曆三十九年（1611），鄭世容刊刻《新鍥京本校正通俗演義按鑑三國志傳》二十卷。此本和鄭少垣本版式完全相同，只把「少垣聯輝堂」挖改成「雲林鄭世容」而已。書末木記為：「萬曆辛亥歲孟秋月，閩建書林鄭雲林梓」。略有殘缺。原藏日本京都大學，中華書局《古本小說叢刊》影印。

九、萬曆間（1573-1619）鄭以禎刊刻《新鐫校正京本大字音釋圈點三國志演義》十二卷。封面題「李卓吾先生評釋圈點三國志／金陵國學原板／寶善堂梓」，卷一首題「新鐫校正京本大字音釋圈點三國志演義」，署「晉平陽侯陳壽史傳」、「明卓吾李贄評注」、「閩瑞我鄭以禎繡梓」。每半葉十四行，行三十字，有寫刻眉批。原藏於商務印書館，目前下落不明。《小說月報》二十卷十號有首葉「桃園結義」圖及正文首半葉書影。鄭以禎為鄭世容之子。

十、萬曆四十八年（1620），費守齋與耕堂刊刻《新刻京本全像演義三國志傳》二十卷。現存十六卷，缺卷七至十。據金文京著錄：封面（藍印）題「新刻全像（橫刻）／李卓吾先生訂／三國志／古吳德聚・文樞堂仝梓」。前有〈三國志小引〉，為玉屏山人如見子題，次為〈鐫全像演義卓吾三國志君臣姓氏附錄〉及〈卓吾三國志目錄〉。卷一首題「新刻京本全像演義三國志傳卷之一　雲間木天館張瀛海閱　書林與耕堂費守齋梓」。上圖下文，除第一葉上欄全為圖外，第二葉以下皆為合像式，有圖的七行，行二十三字，無圖的七行，行三十三字。卷二十最後一幅插圖上題「次泉刻」，末葉有蓮臺木記「萬曆庚申歲仲秋月／與耕堂費守齋梓行」。現藏日本東京山本書店。[4]

十一、《新刻京本按鑑演義合像三國志傳》二十卷。此書因卷一第一葉及卷二十第二十二葉以下殘缺不存，無法知道刊行者。卷二首題「新刻京本按鑑演義合像三國志傳卷二」。版式與熊佛貴本一樣的上圖下文合像形式，每半葉十五行，有圖的八行，行二十二字，無圖的七行，行三十二字。此書現藏於日本天理圖書館。[5]

十二、萬曆年間，劉龍田刊刻《新鍥全像大字通俗演義三國志傳》二十卷。存卷一至六、卷十八至二十。封面雙行大字「鐫圖像／三國志」，中夾「劉龍田梓」四個小字，題上橫刻「喬山堂」三字。首為〈序三國志傳〉，署「歲在屠維冬季朔日清瀾居士李祥題於東壁」，次為〈新鐫全像三國志傳君臣姓氏附錄〉。卷一首題「新鍥全像大字通俗演義三國志傳」，署「書林喬山堂梓」。版式上圖下文，正文半葉十五行，嵌圖式，兩端各一行無圖，行三十五字，圖下十三行，行二十五字。卷末最後一幅插圖上題「三泉刻像」，三泉應與「次

4　參考金文京撰寫詞條「三國志演義」，石昌渝主編：《中國古代小說總目》（白話卷）（太原市：山西教育出版社，2004年），頁302。

5　參考金文京撰寫詞條「三國志演義」，石昌渝主編：《中國古代小說總目》（白話卷）（太原市：山西教育出版社，2004年），頁302。

泉」有關。卷末有木記：「閩書林劉龍田梓行」。李祥〈序三國志傳〉曰「余故重訂其傳」，此本經過李祥「重訂」，與其他明刻本略有小異。此本藏日本天理圖書館，《三國志演義古版叢刊五種》據此影印，所缺第七至十七卷用笈郵齋重印本補足。[6]

十三、笈郵齋重印《新鍥全像大字通俗演義三國志傳》二十卷。此書為劉龍田本的重印本，只是加了封面、挖改了卷末之書坊牌記。封面上半為桃園結義圖，下半題「全像英雄／三國志傳」，中間小字題「笈郵齋藏板」。正文卷端連「書林喬山堂梓」的題署都沒有改。此書現藏英國牛津大學，部分藏於英國博物館、德國國立圖書館。《古本小說叢刊》據牛津大學藏本影印。

十四、萬曆年間，建陽書坊刊刻《新刻音釋旁訓評林演義三國志史傳》二十卷，朱鼎臣輯。此書卷前殘缺，僅存〈三國志姓氏〉後半以下。〈三國志姓氏〉末葉有「鼎足三分」字樣，下有鼎圖。次為半葉全幅桃園結義圖。第一卷卷端題「新刻音釋旁訓評林演義三國志史傳卷之一」，第二行為「建邑梓」，中間堂名已被挖去，僅可知為福建建陽刊本。上圖下文，每半葉十四行，除首葉上欄全為圖以外，第二葉以下皆為嵌圖式，即兩端各一行無圖，行三十二字；圖下十二行，每行二十四字。圖上標小題六七字不等。正文中有「旁訓」，以小字刻在本文右邊，內容為人名、地名的注釋，音釋以及評語。全書末尾亦有半葉全幅晉朝一統圖，與首葉桃園結義圖前後照應。此本與喬山堂劉龍田所刊《新鍥全像大字通俗演義三國志傳》關係密切，兩書版式類似，內容文字基本相同。編者朱鼎臣曾編過《西遊釋厄傳》，此《西遊記》版本因有唐僧出身故事而備受關注。[7]此書現藏於美國哈

6　參考陳翔華：〈劉龍田及其喬山堂本三國志傳記略〉，劉燕遠：〈喬山堂本三國志傳影印後記〉，《三國志演義古版叢刊五種》（北京市：中華全國圖書館文獻縮微複製中心，1995年）之三。

7　參考金文京為《朱鼎臣輯本新刻音釋旁訓評林演義三國志史傳》影印本所作〈前

佛大學，《三國志演義古版叢刊五種》據此影印，與此本同版者還有藏於英國倫敦大英圖書館的本子。

十五、萬曆年間刊刻《新刻湯學士校正古本按鑑演義全像通俗三國志傳》二十卷。此書卷前殘缺，現僅殘存一葉序文之幾字。序後為〈湯先生校正三國志傳姓氏〉、〈新刻湯先生校正三國志傳目錄〉、〈全漢總歌〉。卷一首題「新刻湯學士校正古本按鑑演義全像通俗三國志傳」，署「平陽陳壽史傳」、「東原羅貫中編次」、「江夏湯賓尹校正」。版式為上圖下文，圖像兩旁有四字小題。正文半葉十五行，行二十五字。周兆新認為，從版式風格來看此本應該是明代建陽書坊刻本，出版時間當在西元一六一一年以後。[8]此本一些重要人物首次出現時，姓名下面往往附有雙行小字夾註，介紹其籍貫、家世、經歷、官職或相貌。這些內容多半錄自史書，前面冠以「參考」或「發明」二字。而在其餘明刊本《三國志演義》中，除《英雄譜》本之外，上述夾註絕大部分變成了單行大字，並且摻入正文之中。《英雄譜》本雖有一些雙行小字夾註與湯賓尹本相同，但數量要少得多。[9]此本藏中國國家圖書館，《三國志演義古版叢刊五種》據此影印。

十六、萬曆年間種德堂熊成冶（沖宇）刊刻《新鍥京本校正按鑑演義全像三國志傳》二十卷。中國國家圖書館存卷一卷二。中國社科院文學所藏卷三至卷六，卷十九，卷二十。封面前半葉為〈全漢總歌〉，後半葉兩行分題「刻卓吾李先生／訂正三國志」，中間小字「金陵萬卷樓藏版」。有李贄撰〈三國志敘〉〈卓吾先生三國志目錄〉〈鐫全相演義卓吾三國志君臣姓氏附錄〉。卷一首題「新鍥京本校正按鑑

言〉，《三國志演義古版叢刊五種》（北京市：中華全國圖書館文獻縮微複製中心，1995年）。

8 金文京認為湯賓尹本出版時間應是萬曆二十三年到三十八年之間。石昌渝：《中國古代小說總目》（白話卷）（太原市：山西教育出版社，2004年），頁300。

9 周兆新：〈三國志傳略說〉（代前言），《三國志演義古版叢刊五種》（北京市：中華全國圖書館文獻縮微複製中心，1995年）之二《湯賓尹校本三國志傳》。

演義全像三國志傳卷之一後漢」，署「東原貫中羅本編次」、「書林沖宇熊成冶梓行」。卷二首題「新鍥京本校正按鑑演義全像三國志傳卷之二後漢」，署「書林種德堂熊沖宇梓行」。版式上圖下文，嵌圖式，半葉十五行，兩端兩行各三十四字，圖下十三行，每行十六字。此本顯然出版於李卓吾本流行之後。

十七、閩書林楊美生刊刻《新刻按鑑演義全像三國英雄志傳》二十卷。此本封面題「新鐫全像三國演義／書林楊美生梓」，次有吳翼登〈敘三國志傳〉及〈全像三國志傳目錄〉。卷一首題「新刻按鑑演義全像三國英雄志傳卷之一」，署「晉平陽陳壽志傳」、「元東原羅貫中演義」、「閩書林楊美生梓行」。上圖下文，嵌圖式，半葉十六行，兩端各三行每行三十六字，圖下十行，每行二十九字。此書現藏於日本京都大谷大學。[10]

十八、大約天啟前後，建陽吳觀明刊刻《李卓吾先生批評三國志》一百二十回。前有圖像一百二十葉為一冊，其中第二葉版心下面題「書林劉素明全刻像」，「雲長策馬刺顏良」插圖中圖目下方署「次泉刻像」。第二冊有封面，題「三國志演義評」。卷一首題「李卓吾先生批評三國志」。正文半葉十行，行二十二字。行款、眉批、總評均與目前藏於臺北的劉君裕刻圖本《李卓吾先生批評三國志》同。金文京認為此書刊刻地未必在建陽，而可能是杭州或蘇州。此本現藏日本蓬左文庫、靜嘉堂文庫、米澤市立圖書館。北京大學圖書館存殘本。

十九、天啟年間，黃正甫刊刻《新刻考訂按鑑通俗演義全像三國志傳》二十卷。前有〈三國志敘〉，為「癸亥春正月山人博古生題」，癸亥為天啟三年（1623）。次為〈全像三國全編目錄〉〈鐫全像演義三國志君臣姓氏附錄〉。卷一首題「新刻考訂按鑑通俗演義全像三國志傳卷之一」，署「書林黃正甫梓行」。版式上圖下文，嵌圖式，半葉十

10 參考金文京撰寫詞條「三國志演義」，石昌渝主編：《中國古代小說總目》（白話卷）（太原市：山西教育出版社，2004年），頁303。

五行，兩端各兩行每行三十四字，圖下十一行行二十六字。卷二十末葉有蓮臺木記「閩芝城潭邑藝林黃正甫刊行」。此本藏於中國國家圖書館。[11]

二十、大約崇禎年間[12]，藜光堂劉榮吾刊刻《精鐫按鑑全像鼎峙三國志傳》二十卷。現存卷一至十一、十六至二十。前有〈全像三國志傳目次〉〈君臣姓氏附〉。〈君臣姓氏附〉末葉鈐有圓形陽文印章「藜光堂」（如圖），在現存刻本中堂號以鈐印形式出現的較少見。正文前有一幅桃園結義圖，半葉全幅。卷一首題「精鐫按鑑全像鼎峙三國志傳」，署「晉平陽陳壽志傳」「元東原羅貫中演義」「閩富沙劉榮吾梓行」。版心題「三國志傳」，下端偶題「藜光堂」或「藜光閣」。上圖下文，嵌圖式，每半葉十五行，兩端各三行每行三十四字，圖下九行，每行二十七字。此書現藏於英國國家圖書館，中華書局《古本小說叢刊》據以影印。

二十一、崇禎年間，熊飛雄飛館刊刻《英雄譜》，即《新鐫合刻三國水滸全傳》，為《三國志演義》與《水滸傳》合刻本，《三國》、《水滸》各二十卷，分為十集。首有〈英雄譜弁言〉，題署「熊飛赤玉甫書於雄飛館」，〈敘英雄譜〉，題署「晉江楊明琅穆生甫題」。次為〈按晉平陽侯陳壽史傳總歌〉、〈三國志目次〉、〈水滸傳目錄〉、〈三國英雄譜帝后臣僚姓氏〉、〈水滸傳英雄姓氏〉。

關於《英雄譜》的刊刻者熊飛雄飛館，馬蹄疾《水滸書錄》以及此後大量書目與著述都稱其廣東人。這是錯誤的。熊飛是建陽人。早在二十世紀八〇年代，方彥壽先生就已通過《潭陽熊氏宗譜》考察出熊飛出身於建陽刻書世家，是著名刻書家熊宗立的六世孫，熊成冶的

---

11 參考金文京撰寫詞條「三國志演義」，石昌渝主編：《中國古代小說總目》（白話卷）（太原市：山西教育出版社，2004年），頁303。

12 參考藜光堂刊刻《水滸傳》時間，藜光堂刊刻《三國志傳》大概在此前後。

兒子[13]，《潭陽熊氏宗譜》謂熊飛「成冶公長子，行寧一，字希夢，號在渭，文庠生，享壽七十六歲」。[14]

英雄譜本分為初刻本與二刻本，初刻本版心為「合刻英雄譜」或「英雄譜」，二刻本版心為「二刻英雄譜」。初刻和二刻文字基本相同，卷一首題「精鐫合刻三國水滸全傳卷之一甲集」。正文分上下兩欄，上欄為《水滸傳》，署「錢塘施耐庵編輯」，目錄為一百〇六回，實則一百一十回。下欄為三國故事，初刻本題「晉平陽陳壽史傳」、「元東原羅貫中演義」，二刻本則多了一行「明溫陵李載贄批點」，共二百四十回。初刻本和二刻本行款都不完全統一。初刻本上欄《水滸傳》部分有兩種行款，多為半葉十五行，行十三字，偶有半葉十六行，行十四字；下欄《三國志演義》部分半葉十三行，行二十二字。二刻本上欄行款多為半葉十六行，行十三字，也有些為半葉十七行，行十四字；下欄半葉十四行，行二十二字。上欄和下欄字體不同。

初刻本現藏於日本筑波大學，有所殘缺。二刻本藏於日本內閣文庫、京都大學、尊經閣。中國國家圖書館藏兩種殘本。上海古籍出版社《古本小說集成》第一輯據日本京都大學附屬圖書館藏本影印。臺北天一出版社《明清善本小說叢刊初編》據日本內閣文庫本影印。其中初刻本原有圖贊，今佚失，二刻本中京都大學藏本無圖贊，內閣文庫本有圖贊一百幅，前圖後贊，其中《三國》六十二幅、《水滸》三十八幅。

二十二、中國國家圖書館藏《新刻全像演義三國志傳》二十卷之殘本，存卷五、卷六、卷七。上圖下文，嵌圖式，半葉十五行，兩端各三行每行三十六字，圖下九行每行二十九字。卷五首題「新刻全像

---

13 方彥壽：〈明代刻書家熊宗立述考〉，《文獻》1987年第1期。

14 按：熊成冶，宋譜誤為「熊成治」。熊日新修：《潭陽熊氏重修宗譜》（不分卷）（福州市：福建省圖書館1994年據光緒元年（1875）活字本複印）。

演義三國志傳卷五」。金文京謂此書刪節情況跟楊美生本基本相同。[15]

二十三、書林魏某刊《二刻按鑑演義全像三國英雄志傳》二十卷。殘存卷一、卷二、卷三，現藏於中國國家圖書館。

二十四、德國魏瑪邦立吐靈森圖書館藏《二刻按鑑演義全像三國英雄志傳》二十卷之殘本，存卷六至十，魏安《三國演義版本考》著錄。此書版式上圖下文，每半葉十七行，左邊三行和右邊四行無圖，每行三十七字，中間十行有圖，每行三十字。卷六首題「二刻按鑑演義全像三國英雄志傳」，版心書名為「二刻三國志傳」。

二十五、《古本演義三國志》，此本與《二刻英雄譜》都由建陽刻工劉玉明鐫圖，因此，也有可能出於建陽書坊，刊刻時間在明末清初。現存殘本，為卷前三冊，小說正文已佚。第一冊包括序言、目錄和人物姓氏表。序言殘缺，但可見與清初遺香堂刻本《繪像三國志》序言相同。次為〈古本演義三國志目次〉，版心題「目次」，凡二十卷二百四十回，與《二刻英雄譜》書首的目錄完全相同，析通行本一百二十回為二百四十回。次為〈三國君臣姓氏〉，版心上端題「三國志姓氏」，疑有缺漏。第二、三冊為插圖，學苑出版社合為一冊影印出版。現存五十八葉，上文下圖，共一百一十六幅，插圖上方約五分之二版面為論贊。與《二刻英雄譜》一樣，論贊行間亦夾有朱色圈點及零星批註。每幅圖左右兩邊各鈐有朱印一枚，右上角橢圓朱印為「漫史」，左邊方形朱印為「禿翁」，可能偽託李卓吾。圖像採用月光式，構圖精巧，雕刻細緻精美。該本未見任何文獻著錄，在二〇〇七年第一期中國嘉德四季拍賣會古籍善本專場首次公開，二〇一四年一月學苑出版社原版影印出版。[16]

---

15 參考金文京撰寫詞條「三國志演義」，石昌渝主編：《中國古代小說總目》（白話卷）（太原市：山西教育出版社，2004年），頁303。

16 參考胡小梅：《明刊《三國志演義》插圖本圖文關係研究》（福州市：福建師範大學博士論文，2015年）。

另外，夏振宇刊本《新刊校正古本大字音釋三國志傳通俗演義》十二卷，有人認為可能也出於建陽。此本前有〈三國志通俗演義引〉（即嘉靖壬午本之修髯子引，時間作「壬子」歲），〈三國志通俗演義序〉（即嘉靖壬午本之庸愚子序），次為〈三國志傳宗寮姓氏總目〉。卷一首題「新刊校正古本大字音釋三國志傳通俗演義卷之一」，署「平陽侯陳壽史傳」、「後學羅貫中編輯」、「書林夏振宇繡梓」。卷三署「書林前溪堂繡梓」。正文每半葉十二行，行二十五字，每半葉上欄橫刻標題六字，概述本頁內容。正文中有雙行夾註，往往冠以「考證」「補注」等名，內容格式與周曰校本相似。但文字與周曰校本互有出入，金文京認為二者無直接承襲關係。上田望認為夏振宇本是保留著古老面貌的版本之一，認為李卓吾評本和毛宗崗本可能都是由夏振宇本這一系統版本發展而來。[17]

清初的一些刊本，有的是襲用明代的雕版所刻，但未能確定是否刊于建陽。如：

朱鼎臣輯《新刻音釋旁訓評林演義三國志史傳》二十卷，由「敬堂王泗源刊行」。本文行款、插圖基本上與朱鼎臣本（萬曆間刊）相同，只有部分補版，而補版部分刪去《旁訓》，可知此書為朱鼎臣本的補刻本，其時間大約為清初。[18]

雍正甲寅（十二年）書林繼志堂刊刻《鼎鐫按鑑演義古本全像三國英雄志傳》，藏於東京大學東洋文化研究所。[19]明代南京書坊有陳氏

---

17 參考金文京撰寫詞條「三國志演義」，石昌渝主編：《中國古代小說總目》（白話卷）（太原市：山西教育出版社，2004年），頁305；劉海燕：《明清《三國志演義》文本演變與評點研究》（福州市：福建人民出版社，2010年），第1章。

18 參考金文京撰寫詞條「三國志演義」，石昌渝主編：《中國古代小說總目》（白話卷）（太原市：山西教育出版社，2004年），頁303。

19 中川諭：〈關於繼志堂刊《三國英雄志傳》──兼論清代的《三國演義》出版情況〉，2003年9月23-24日第二屆三國演義版本暨第二屆中國古典小說數字化研討會（首都師範大學主辦）宣讀論文。

「繼志齋」，萬曆年間刻書甚多，所刻戲曲現存者就有二十幾種。未知此「繼志堂」與「繼志齋」是否有關聯。

《新刻按鑑演義京本三國英雄志傳》二十卷，清嘉慶七年（1802）刊，封面題「金聖歎先生批定」，有閩西桃溪人吳翼登序。楊美生刊本亦有吳翼登序。此本與楊美生本同屬於「英雄志傳」系統的二十卷本，但版式、行款不同。根據劉世德先生考證，此本應屬於建陽刊本。[20]此本現藏美國哈佛大學。

以上列舉肯定未能完備。隨著文獻的發掘和研究的深入，應該會有建陽刻本新發現。但從以上梳理可見，建陽刊刻三國故事的歷史很長，明代以來刊刻《三國志演義》的歷史就持續將近二百年，期間刊刻而流傳至今的《三國志演義》版本將近三十種，而佚失的版本可能比現存的還多，比如萬曆二十年（1592）余象斗刊刻《音釋補遺按鑑演義全像批評三國志傳》時有〈三國辯〉，謂「坊間所梓三國何止數十家矣」，而這數十家刻本，大概都已不存。

第二節　葉逢春本：現存最早的建陽刊本《三國志傳》

早期的《三國志演義》刊本可分為二大系統，一是嘉靖壬午序本系統，一是建陽刊本系統。嘉靖壬午序本的書名是《三國志通俗演義》。建陽刊本系統以現存最早的葉逢春刊本和余象斗刊本為代表，題名不一，書名中心詞主要是「三國志傳」。[21]

葉逢春本與嘉靖元年序本同為嘉靖刊本。陳翔華先生通過考察板

---

20 劉世德：〈《三國志演義》嘉慶七年刊本試論〉，哈爾濱師範大學人文學院中文系、中國社會科學院文學研究所中國古代小說研究中心：《第三屆中國古代小說國際研討會論文集》，頁597。

21 劉世德：〈關於《三國志演義》嘉靖刊本的幾點思考〉，《長江大學學報》2004年第2期。

片裂縫、字跡漫漶的情況，認為「西班牙藏本並非明嘉靖二十七年之原物，疑或乃是利用過一些原刻舊板片而後來又重加補刊的本子。但是，其補刻重印的時間不會遲於明萬曆元年（1573），因為此書在是年十一月二十六日西班牙駐葡萄牙大使致本國國王的信件中已經提及，併入藏於馬德里的修道院。」[22]但不可否認它仍然是現存最早的《三國志演義》建陽刊本，在建陽刊刻《三國志演義》諸版本中，乃至明代建陽編刊小說中，都有開先河的典範意義。

葉逢春本首有嘉靖二十七年（1548）元峰子〈三國志傳加像序〉：

> 三國志，志三國也。傳，傳其志，而像，像其傳也。三國者何，漢魏吳也。志者何，述其事以為勸戒也。傳者何，易其辭以期遍悟，而像者何，狀其跡以欲盡觀也。蓋自皇帝王之既遠，道德功之既微，為伯為夷之相接踵，尚力尚詐之相比肩，而所謂綱常倫理、民彝物則者，殆將蕩然於天下也。是故陳壽取秦鹿失之之後，漢鼎沸之之餘，劉備之仁勇、曹操之奸雄、孫權之僭亂，其間行事之或善或惡，或邪或正，或是或非，或得或失，將以為勸，將以為戒。而羅貫中氏則又慮史筆之艱深，難於庸常之通曉，而作為傳記。書林葉靜軒子又慮閱者之厭怠，鮮於首末之盡詳，而加以圖像。又得乃中郎翁葉蒼溪者，聰明巧思，鐫而成之。而天下之人，因像以詳傳，因傳以通志，而以勸以戒。是不必易之吉凶之明、書之政事之道、詩之性情之理、春秋褒貶之定、禮記節文之謹，而黎民之于變、四方之風動、萬國之咸寧、兆民之允殖、四海之永清，萬一其可致也，厥書之功顧不偉哉。時嘉靖二十七年歲次戊申春正月下浣之吉，鍾陵元峰子書序畢。

22 陳翔華：〈西班牙藏葉逢春刊本三國志史傳瑣談〉，《西班牙藏葉逢春刊本三國志史傳》影印前言，陳翔華主編：《三國志演義古版叢刊續輯》（北京市：中華全國圖書館文獻縮微複製中心影印，2005年）之一。

據此可知，葉逢春本有著比較明確的編撰定位，即通俗易懂的歷史讀物，使普通讀者長知識、明道理。為此，書坊設計了一系列有利於通俗接受的刊刻方式。最引人注目的首先是插圖，此本當為《三國志演義》第一個插圖本。插圖版式採用建陽書坊刊刻圖書標誌性的上圖下文方式。此為宋元小說刊刻版式的沿襲，但建陽書坊嘉靖年間以及此前的數種小說插圖相當精緻。

葉逢春本字體沿襲建陽書坊宋元風格，為稍近唐楷的顏體，筆劃嚴謹，端正古樸。上圖下文的版式中圖像占版面約三分之一。圖像雕刻頗為別致，雖然人物衣飾與交往禮儀、建築樣式與室內擺設、家具款式等都可能不符合漢代的歷史情形，呈現的是宋元時代的情景——這是建陽刊本小說插圖共同的特點，但是，圖樣頗為繁雜，筆法寫意又不乏細緻，人物造型、山水樓閣歷歷在目，風格古樸，對讀者有很大吸引力。圖像內容一般與本頁文字相配合，對於文化水平不高的讀者具有很好的輔助作用。圖像兩邊有圖目，如開篇第一幅圖，圖目為「三皇現瑞／續傳五帝」，如上引圖目「虞舜相繼／禹授帝基」。圖目文字長短不一，但通篇圖目相連，則是對全書內容連貫的概括，對於大眾讀者有著很好的導讀作用。比如「赤壁大戰」部分，五幅圖連續描繪了水上激戰情形，圖目分別為：「火燎／燒舟」、「假裝糧船具是／硫磺乾草」、「曹舟火攻／燒死者無數」、「周郎在舟／催兵伐曹」、「張遼射黃蓋／落水韓當救起」。其中「曹舟火攻／燒死者無數」一圖非常生動，描繪出長江巨浪中，曹操兵船上火隨風舞，士兵們無處掙扎逃跑的慘狀，戰爭之猛烈令觀者如身臨其境。

羅貫中編撰《三國志演義》本來就有自覺的通俗意識，明確的讀者預設。如嘉靖壬午序本「庸愚子序」所謂：「然史之文，理微義奧，不如此，烏可以昭後世？語云：『質勝文則野，文勝質則史。』此則史家秉筆之法。其於眾人觀之，亦嘗病焉。故往往舍而不之顧者，由其不通乎眾人，而歷代之事，愈久愈失其傳……《三國志通俗演義》，文不甚深，言不甚俗，事紀其實，亦庶幾乎史。」但是，與嘉靖壬午序本相比，葉逢春本採用了更多有利於普及歷史知識的編輯手段。比如以歷代歌開篇、每卷卷首注明年代等。

與嘉靖壬午序本的開篇不同，葉逢春刊本的開篇是一首〈歷代歌〉：

> 一從混沌分天地，清濁剖辟陰陽氣。開天立教治乾坤，伏羲神農與黃帝。少昊顓頊及高辛，（唐）堯（虞）舜相傳繼。（夏）禹治水定中華，（殷）湯去網行仁義。成（周）歷代八百年，戰國縱橫分十二。七雄干戈亂如麻，始皇一統才三世。高祖談笑入咸陽，平秦滅楚登龍位。惠帝懦弱呂后權，文景無為天下治。聰明漢武學神仙，昭帝芳年棄塵世。霍光廢立昌邑王，孝宣登基喜寧謐。元帝成帝孝哀帝，王莽篡奪朝廷廢。大哉光武後中興，明章二帝合天意。和殤安順幸清平，沖質兩朝皆早逝。漢家氣數致（至）桓靈，炎炎紅日將西墜。獻帝遷都社稷危，鼎足初分天地碎。曹劉孫號魏蜀吳，萬古流傳三國志。

以〈歷代歌〉作為小說開篇的傳統來自宋元說話藝術，如《醉翁談錄》卷首〈小說引子〉就有一首「歌云」：

> 傳自鴻荒判古初，羲農黃帝立規模，無為少昊更顓帝，相授高辛唐及虞，位禪夏商周列國，權歸秦漢楚相誅，兩京中亂生王莽，三國爭雄魏蜀吳，西晉洛陽終四世，再興建鄴復其都，宋齊梁魏分南北，陳滅周亡隋易孤，唐世末年稱五代，宋承周禪握乾符，子孫神聖膺天命，萬載升平復版圖。

又比如《武王伐紂平話》也是以一首簡單的歷代歌開頭：「三皇

五帝夏商周，秦漢三分吳魏劉，晉宋齊梁南北史，隋唐五代宋金收。」然後從殷湯王說到紂王的歷史。

而講史藝術和小說中的這些歷代歌又都有其來源，其來源即宋元時代的歷史教科書，或者歷史知識普及教材。中國具有悠久的史官和史學傳統，歷代重視歷史教育，宋元時代大量編刊的類書中，相當大的篇幅是歷史知識的普及。這些類書多出於建陽書坊。比如椿莊書院刊本《事林廣記》後集卷一〈帝系類〉首為〈歷代統系〉和〈歷代歌〉[23]：

> 歷代統系
>
> 伏羲之後有神農，神農之後有黃帝，是古三皇傳統也。三皇之後有少昊，少昊之後有顓頊，顓頊之後有高辛，高辛之後有唐堯，唐堯之後有虞舜，是古五帝傳統也。五帝之後有大禹，是為夏后氏。傳十七君，歷四百餘年，而敗亡於桀，故湯承之，是謂商王。傳三十君，歷六百餘年，而敗亡於紂，故武王承之，是謂周王。傳三十七君，歷八百餘年，而陵夷於赧。由夏而商，由商而周，是為三代。自平王東遷之後，雖春秋戰國之爭強，而皆宗主於周也。周衰，秦昭王承之，至始皇遂滅六國，併一天下，傳二世至子嬰而亡，故高祖繼之，是為西漢。傳十二帝，歷二百餘年，而敗亡於孺子，故王莽得以篡之。莽酷烈，天下思漢，光武中興而誅莽，是為東漢。傳十二帝，歷一百九十餘年，而失於獻帝。兩漢之君前後二十四帝，而所稱者七制之主也。漢之後三國承之以鼎立，有曹丕之魏，劉備之蜀，孫權之吳，而天下三分矣。三國之後有司馬炎立為西晉，

---

23 宋陳元靚編：《新編纂圖增類群書類要事林廣記》後集卷之1「帝系類」，《續修四庫全書》（上海市：上海古籍出版社，2002年）子部類書類，據元至順建安椿莊書院刻本影印。

西晉之後繼而為東晉。晉自惠帝以來，五胡亂華，群雄並起，而有五涼、四燕、三秦、二趙、一夏、一蜀，共十六國迭興迭滅於兩晉之間。至劉裕取晉而為宋，蕭道成取宋而為齊，蕭衍取齊而為梁，霸先滅梁而為陳，是為南朝。在東晉孝武之際而有拓跋珪立而為後魏，魏後有寶炬繼而為西魏，善見繼而為東魏，東魏禪位，故高洋起而為北齊。西魏禪位，故宇文覚起而為後周。其後北齊乃為周所併。在西魏恭帝之際，又有蕭詧附庸，立而為後梁，是謂北朝。周後禪位，故楊堅繼而為隋，而南朝陳氏、北朝後梁亦從而滅，天下一統矣。隋後禪位，故李淵起而為唐。傳二十一君，而所稱者三宗，歷二百九十年，而衰於哀帝，故朱全忠繼之，而為後梁。梁敗後，故李存勖繼之，而為後唐。唐敗後，故石敬塘繼之，而為後晉。晉敗後，故劉知遠繼之，而為後漢。漢敗後，故郭威繼之，而為後周。是為五代。唐末之亂，諸節度有兵力者各據土僭號，若吳、楚、燕、秦、閩、殷、吳越、南唐、南平、二漢、二蜀，十有餘國，承襲於五代之季，而後滅。周敗後，故趙太祖繼之，是為大宋。傳一十六君，歷三百一十七年，而天下歸於大元。嗚呼！自三皇訖於五季，上下三千八百餘年，而三代居其半，信夫有道之長也。後之君天下者，能以三代之心為心，則是亦三代而已將見，國祚固如太山，天下安如磐石，億萬斯年以承天休，傳無窮而垂罔極也。猗歟休哉！

歷代歌

伏羲神農與黃帝，是謂三皇掌天地。
少昊顓頊及高辛，兼以唐虞號五帝。
夏商周兮曰三代，戰國七雄侯十二。
秦惟二世有楚王，西漢後為莽簒位。

東漢誅莽復中興，三國魏蜀吳繼至。
西晉承魏都洛陽，東晉起於司馬睿。
南朝宋齊及梁陳，北號後魏東西魏。
北齊後周同一隅，隋帝興兮乃楊氏。
李唐之後有五代，梁唐晉漢周相繼。
宋受周禪握乾符，忠厚傳家三百歲。
帝王神器已有歸，大元接統萬萬世。

葉逢春本以〈歷代歌〉開篇，就來源於這種普及歷史知識的傳統。建陽刊刻的歷史小說演繹了全部的中國歷史，把所有歷史小說按時代順序排列，能更清楚看到歷史小說演繹〈歷代統緒〉和〈歷代歌〉的整體性意義，以及普及歷史知識的自覺。幾乎所有的歷史小說都據此開篇，有的直接引用〈歷代歌〉，有的則從〈歷代統緒〉開始敘述，有的在〈歷代統緒〉的基礎上稍微展開，有的引一段〈歷代歌〉，展開一段歷史敘述。有的還附歷代圖，亦見於《事林廣記》等類書。

因為歷史知識普及教育的緣故，建陽編刊的小說往往從冗長的歷史源流說起，很長的篇幅之後才切入正題，比如〈兩漢開國中興傳〉，首為〈帝業承傳統緒〉，從周文王夢飛熊開始說起，歷述秦始皇之前漫長的歷史，又從呂不韋說到秦始皇，從張子良說到漢高祖，如此鋪敘了八千字左右，才敘〈漢祖斬蛇舉義兵〉。熊大木編撰岳飛故事，因為從北宋徽欽二帝說起，北宋滅亡南宋中興的歷史敘述幾乎遮蓋了岳飛英雄故事的主題，所以，最後小說只能從「武穆精忠傳」改題「大宋中興演義」。

因此，從葉逢春本開篇的〈歷代歌〉，可見其普及歷史知識的通俗定位。

葉逢春本跟嘉靖壬午序本的明顯區別還在於每一卷首的「按鑑紀

年」。現存葉逢春本卷三、卷十殘缺，其他八卷都於作者、刊刻者之後分三行注明本卷正文所紀事件之起止年代。各卷年代標識如下：

> 卷一：起漢靈帝中平元年甲子歲，止漢獻帝興平二年乙亥歲。首尾共一十二年事實。
>
> 卷二：起漢獻帝興平二年乙亥歲，止漢獻帝建安五年庚辰歲。首尾六年事實。
>
> 卷四：起漢獻帝建安十二年丁亥，至漢獻帝建安十三年戊子。首尾共二年事實。
>
> 卷五：起漢獻帝建安十三年戊子，盡漢獻帝建安十六年辛卯。首尾四年事實。
>
> 卷六：起漢獻帝建安十七年壬辰歲，盡漢獻帝建安二十四年己亥歲。首尾共八年事實。
>
> 卷七：起漢獻帝建安二十四年己亥，至蜀章武二年魏黃初三年壬寅。首尾事實凡四年。
>
> 卷八：起蜀章武二年魏黃初二年吳黃武元年壬寅，至蜀建興六年魏太和二年吳黃武七年戊申。首尾共七年事實。
>
> 卷九：起蜀建興六年魏太和二年吳黃武七年戊申，至蜀延熙十六年魏嘉平五年吳建興二年癸酉。首尾共二十六年事實。

很明顯，從歷史通俗讀物的角度來看，葉逢春本這樣「按鑑紀年」的方式非常有效，歷史事件的時代變化一目了然。這樣的方式顯然來自歷史著作的編撰傳統，與建陽書坊大量編刊歷史著作的背景密切相關，葉逢春正是把歷史著作的編撰方式用之於歷史小說，可以想見，必然受到讀者歡迎。

與嘉靖壬午序本相比，葉逢春本更為通俗的表現還在於論贊、奏議文字的引用比較少，有一些書信葉逢春本的文本比較通俗易懂。但葉逢春本比嘉靖壬午序本多了不少詩歌，這些詩歌大多署名「靜軒先生」。這些詩歌的作者「靜軒先生」是景泰至嘉靖年代頗為有名的文人周禮，周禮的《續編綱目發明》在當時影響較大，為書坊編刊所「按鑑」，因此，「靜軒先生」之名在通俗小說中頗為常見。他的詩比較通俗，當時很多小說也喜歡引用他的詩，其中有的可能是偽託，但正可見出周靜軒詩在當時廣受普通讀者歡迎，從而形成了一種「名牌」效應。另外，從葉逢春本卷首的元峰子序可知，為本書加上插圖的是葉逢春之子葉靜軒，所以，葉逢春本也不無故意混淆之用意。[24]

嘉靖壬午序本的回目句式比較整齊，皆為七字句，葉逢春本的回目不整齊，以七言為主，也有六言、八言的。至於小說正文的文字錯訛，金文京先生謂：「此本（葉逢春本）文字比張尚德本（即嘉靖壬午序本）粗糙，脫文或訛誤較多，卻往往無意中保留著原本部分面貌，足以訂正張尚德本之失誤……卷一〈董卓議立陳留王〉引用曹仙詩云：『腐草為螢尚按時，也曾照夜向庭幃。莫嫌微物相輕賤，曾與君王指路迷。』此詩第一句張尚德本做『腐草為螢上岸時』，按詩意當以此本為優。不過，相反的例子也很多，兩本之間可謂互有得失。」[25]

為了更具體地展示二種嘉靖本的異同，茲引二段文字作對比。

文字段落對比一：〈劉玄德北海解圍〉

嘉靖壬午序本卷之三	葉逢春本第一卷
卻說獻計之人，乃東海朐（音渠）人，居淮安，姓糜，名竺，字子仲。此人家世富豪，莊戶僮僕等萬餘人。糜竺嘗往洛陽買賣回歸，坐於車，路傍見一婦人，甚有顏	乃東海朐縣人也。今知淮安海州。姓糜，名竺，字子仲。此人家世豪富，莊戶童僕等萬餘人。糜竺往洛陽買賣回歸，竺坐於車上，見一婦人，有美色，求同載。竺乃

24 參考劉世德：〈關於三國志演義嘉靖刊本的幾點思考〉，《長江大學學報》2004年第1期。

25 石昌渝主編：《中國古代小說總目》（白話卷）（太原市：山西教育出版社，2004年），頁298。

色，來求同載。竺乃下車步行，讓車與婦人。婦人再拜，請竺同載。竺上車，目不邪視，並無調戲之意。行及數里，婦人辭去，臨別對竺曰：「我天使也，奉上帝敕，往燒汝家。感君見待以禮，故私告耳。」竺曰：「娘子何神也？」婦曰：「吾乃南方火德星君耳。」竺拜而祈之。婦曰：「此天命，不敢不燒。君可速回，搬出財物。吾當夜來。」竺飛奔到家，搬出財物。日中，廚下果然火起，盡燒其屋。竺因此濟貧拔苦，救難扶危。（事出搜神記。）後陶謙請為別駕從事。謙問解救之策，竺曰：「某當親往北海郡投托孔融，令起兵救援。更得一人往青州田楷處求救。二路軍馬前來夾攻，操兵必退矣。」謙大喜，遂寫告急書二封，商量青州教誰人可去。一人出曰：「某願往。」眾視之，乃是廣陵謀士，姓陳，名登，字元龍。謙喜，先遣陳元龍青州去了，然後命糜竺行。謙率眾守城以備攻擊。操亦未敢輕逼城下，且去四下築城，以孤徐州之勢。	下車步行，讓車與婦人獨乘。婦人再三請竺同載。竺上車，目不邪視，並無調戲之意。行及數里，婦人辭去，臨別對竺曰：「我天使也，奉上皇敕，往燒汝家。感君見待以禮，故私告汝。」竺曰：「娘子何人也？」婦曰：「吾乃南方火德星君耳。」竺拜而謝之。婦曰：「此上命，不敢不燒。君可速往搬出財物。吾當後來。」竺飛奔到家，搬出資財。日中，廚下果然火起，盡燒其屋。因此濟貧拔苦，救難扶危。此事出搜神記。後陶謙請為別駕從事。謙問解救之策，竺曰：「某當親往北海郡投托孔融，命起兵來救援。更得一人往青州田階處求救。二路軍馬在外夾攻，操必退兵矣。」謙大喜，遂寫告急書二封，商議青州交誰可去。一人出曰：「某願往。」眾視之，乃是廣陵名士，志氣淩雲，姓陳，名登，字元龍。謙喜，先送元龍去青州了，然後命糜竺。謙率守城以備攻擊。操亦未敢輕逼城下，且去四下屠城，以孤徐州之勢。
……	……
城門開處，一騎飛出。近壕，賊將數百騎來戰，被慈搠三十人下馬，餘皆退走。慈殺開群賊，透圍而出。管亥知有人出城，度料是求救，令數百騎趕來，八面圍定。慈倚槍，拈弓搭箭，八面皆射之，射死數百人，應弦落馬，賊皆退回。	城門開處，一騎飛出。近壕，賊將十數騎來戰，被慈搠三人下馬，餘皆退走。慈殺開群賊，透圍而出。管亥知有人出城，料是求救，令數百人趕來，八面圍定。慈倚槍，拈弓搭箭，八面皆射之，射死十數人，皆應弦落馬，賊皆退回。

以上段落表現了兩種文本很典型的一類差異，兩者只存在細微的文字差別，互有優長，總體上嘉靖壬午序本較為完整流暢，但葉逢春本之「讓車與婦人獨乘，婦人再三請竺同載」，「吾當後來」等表述，從語意連貫或準確性上優於嘉靖壬午序本。「廣陵名士，志氣淩雲」，可能保留了更接近原書的敘事形態。以上所選末段「數百騎」與「十

數騎」，「三十人」與「三人」的差異，則可見兩種版本應該是按照自己的理解所作選擇，都是有其理解的合理性的，非筆誤之異，也很難說哪一種表述更好。

〈關雲長襲車冑〉一則比較集中地表現了兩種版本在文本上的各種差異類型。以下引此則兩個長段相對比。

文字段落對比二：

嘉靖壬午序本卷之五	葉逢春本第二卷
要去趕玄德者，乃虎賁校尉許褚也。操大喜，遂令許褚帶領五百軍馬，連夜趕來。 卻說關、張正行之次，只見塵頭起，謂玄德曰：「此必是曹公追兵至也。」遂下定營寨圍繞，令關、張各執軍器，立於兩邊。許褚至近，見嚴整甲兵，入見玄德。玄德曰：「校尉來此何干？」褚曰：「丞相命，特來請將軍回，別有商議。」玄德曰：「『將在外，君命有所不受』。吾面君，況又蒙丞相之一語乎。你回去，替我稟覆丞相：有程昱、郭嘉累次問我取金帛，不曾相送，因此於丞相前以讒言譖我，故令汝趕來擒吾。吾若是無仁無義之輩，就此處斫汝為肉泥。吾感丞相大恩，未嘗忘也，汝當速回，見丞相善言答之。」許褚觀見關、張以目視之，連聲應諾而去。 許褚回見曹操，將玄德言語細說了一遍。操喚程昱、郭嘉，責之曰：「汝於劉備前覓金帛不從，因此含冤于心，每於吾前讒言譖之，此何理也？」程昱、郭嘉以頭頓於地，曰：「丞相又被他瞞過了。」操笑曰：「既彼去矣，若再追，恐成怨乎。不罪汝等，汝等勿疑焉。」二人辭去。此是曹公半疑半信。	要去趕玄德者，乃是虎賁校尉許褚也。操喜，即令褚帶領五百鐵騎，馬軍連夜趕來。 卻說玄德與關、張正行之間，只見塵頭起，玄德曰：「必是操兵追至也。」遂下寨準備。褚下馬入見，玄德曰：「校尉來此何干？」褚曰：「丞相命，特來請將軍回，別有商議。」玄德曰：「『將在軍，君命有所不受』。況傳丞相之一語乎。汝回去見丞相，替我稟覆：程昱、郭嘉累問我取覓金帛，不曾相送，因此結怨在心，於丞相前以讒言害我，故令汝趕來擒捉吾。吾若無仁義之輩，只就此間砍你為肉泥。吾感丞相大恩未嘗忘，汝當速回，善言達之丞相。」許褚觀見關、張以目，連聲應諾而退。玄德遂行。 許褚回見操，將玄德言細說一遍。操喚程昱、郭嘉，責之曰：「汝於劉備處取覓金帛不從，因此結怨，每於吾前讒言譖之，此何理也？」程昱、郭嘉以頭頓于地，曰：「丞相又被瞞過。」操笑曰：「既彼去矣，追趕成怨乎。吾不怪汝，汝勿疑。」二人辭去。此是操半信半疑。

此回從開頭到「曹公半信半疑」，兩個版本故事內容、情節細節都是一樣的，但文字表述上的差別很多。特別明顯的差別如：

卻說關、張正行之次，只見塵頭起，謂玄德曰：「此必是曹公追兵至也。」遂下定營寨圍繞，令關、張各執軍器，立於兩邊。許褚至近，見嚴整甲兵，入見玄德。（嘉靖壬午序本）

卻說玄德與關、張正行之間，只見塵頭起，玄德曰：「必是操兵追至也。」遂下寨準備。褚下馬入見。（葉逢春本）

此表述各有優長。前半句葉逢春本謂玄德與關張正行，「玄德曰」，顯然語意邏輯上更為順暢。但後半句嘉靖壬午序本「下定營寨圍繞」等，雖語意表達未盡，但人物動作、場景描寫較為細緻，文學性較強。

而「於丞相前以讒言譖（害）我」，「不罪汝等（吾不怪汝）」，「曹公半疑半信（操半信半疑）」等差異，表現了葉逢春本更為通俗化口語化的語言風格。其中「害我」、「怪汝」的說法，或許跟閩北方言的表達方式有關，至今閩方言中還使用這種表達方式。

嘉靖壬午序本卷之五	葉逢春本第二卷
……術勢甚衰，乃作書歸帝號於袁紹。其書曰：	……術勢甚衰，乃作書歸帝號與袁紹。書曰：
漢之失天下久矣，天子提攜，政在家門；豪傑角逐，分裂疆宇，此與周之沒年七國分勢無異，卒強者兼之耳。袁氏受命當王，符瑞炳然。今君權有四州，民戶百萬，以強，則無與比大；論德，則無與比高。曹操欲扶衰拯弱，安能續絕命，救已滅乎？今納上帝號，請早即帝位，共用萬世之洪基，不可失此機會！傳國璽，續當獻上。弟術百拜。	漢之失天下久矣，天子懦弱，政在家門；豪雄角逐，分裂疆宇，與周之末年七國分勢無異，卒㬥者兼之耳。如袁氏受命當王，符瑞炳然。然今兄據有四州，民戶百萬，以強，則無與比；論德，亦無與比。操欲扶衰拯弱，安能續絕命，救已滅乎？今納上尊號，請兄早即帝位，共用萬世之洪基，不可自失機會！傳國玉璽，續當獻上。弟術百拜。
袁紹亦有簒國之心，故令人召袁術。術乃收拾人馬、宮禁御用之物，先奪徐州來。玄德知袁術來到，遂引關、張、朱靈、路	袁紹亦有簒國之心，故令人召袁術。術乃收拾人馬、宮禁御用之物，先奔徐州來。

昭五萬軍出，正迎著先鋒紀靈至。張飛便不打話，直取紀靈。兩員將鬥無十合，張飛大叫一聲，刺紀靈於馬下。敗軍奔走。袁術自引軍來鬥。玄德分兵三路：朱靈、路昭在左；關、張在右；玄德自引兵與袁術相見，在門旗下責罵曰：「汝反逆不道，吾今欽奉明詔，前來討汝！汝當束手來降，引見曹公，免汝罪犯。」袁術罵曰：「織席編屨小輩，安敢輕我！」引兵趕來。玄德退步，兩路軍殺出，殺得屍橫遍野，血流成渠；士卒逃亡，不可勝計。又被嵩山雷薄、陳蘭劫盡錢糧草料。玄德迤邐趕來。

袁術四下無路，欲回壽春，又被群盜所襲。術乃住於江亭，只有一千餘眾，皆老弱之輩。時當盛暑，糧食盡絕，止有麥屑三十斛，分派與軍士，家人無食，多有餓死者。術嫌飯粗，不能下喉，乃求蜜水止渴。庖人曰：「止有血水，安有蜜水！」術坐於床上，大叫一聲，倒於地下，吐血斗餘而死。時建安四年六月也。後人有詩曰：

漢末刀兵起四方，無端袁術太倡狂。
不思累世為公相，便欲孤身作帝王。
強暴枉誇傳國璽，驕奢妄說應天祥。
渴思蜜水無由得，獨臥空床吐血亡。

論曰：

天命符驗，可得而見，未可得而言也。然大致受大福者，歸於信，順乎天；事不以順，雖強力廣謀，不能得也。謀不可得之事，曰失忠信，變詐妄生矣。況復苟肆行之，其以欺天乎？雖假符僭稱，歸將安所容哉！

袁術已死，侄袁胤將靈柩及妻子奔廬江來，被徐璆（音留）盡殺之。璆得玉璽，赴許都獻曹操。操大喜，遂封徐璆為高陵太守。此時玉璽歸操。

玄德知術來到，乃引關、張、朱陵、路招五萬軍出，正迎先鋒紀靈至。張飛攔路，紀靈更不招話，直取飛。兩員將鬥十合，飛大叫一聲，刺紀靈於馬下。敗軍奔走。袁術自引軍來戰。玄德分兵兩路擊之：朱陵、路招在左；關、張在右。玄德自引兵與術相見。玄德在門旗下責罵術曰：「汝反逆無道，吾今欽奉明詔，前來討汝！若毀去犯禁之物，束手來降，引見曹丞相，饒你罪犯。」袁術大罵：「織席販履小輩，安敢輕我！」引兵趕來。玄德退步，兩路兵出，殺得屍橫遍野，血聚成渠；士卒逃亡，不可勝計。袁術敗走，又被嵩山雷薄、陳蘭劫盡錢糧草料。玄德迤逞趕來。

袁術四下無路，再回壽春，人報壽春已被群盜所襲。術乃駐兵江亭（地名），只有一千餘眾，皆老弱之輩。時當盛暑，糧食盡絕，止有麥屑三十斛，分俵與軍士，家人無食，餓死極多。術嫌飯粗，不能下喉，乃求蜜水止渴。庖人曰：「止有血水，安有蜜水！」術坐於簀床上，大叫曰：「袁術到於此乎！」伏倒於地，床上嘔血斗餘而死。後人作詩歎之。時建安四年夏六月盡也。詩云：

漢末刀兵起四方，無端袁術太倡狂。
不思累世為公相，便欲孤身作帝王。
強暴枉誇傳國璽，驕奢安說幸天祥。
渴思蜜水無由得，獨臥空房吐血亡。

袁術已死，侄袁胤將靈柩及妻子奔廬江，路逢徐璆，盡殺之。璆得玉璽，走許都獻與曹操。操大喜，封徐璆為廣陵太守。此時玉璽歸魏。

此段文字的細微差異且不說，特別值得注意的是：

一，人名與地名的差異。「朱靈、路昭」與「朱陵、路招」的差異，「高陵」與「廣陵」的差異。很顯然，跟前引〈劉玄德北海解圍〉中「田楷」「田階」的差異不同，「楷」和「階」是字形相近而傳寫差異。此「朱靈、路昭」與「朱陵、路招」，「高陵」與「廣陵」，顯然是音近而記寫差異，表現出從口傳文學到案頭文學發展的過程，很顯然，葉逢春本不以嘉靖壬午序本為底本，而直接來源於口傳文學的記錄本，或者更接近於說書底本的原貌。而嘉靖壬午序本可能更多地表現了文人參與後對書寫的規範。

二，葉逢春本三處詳於嘉靖壬午序本的敘述文字。

張飛攔路，紀靈更不招話，直取飛。兩員將鬥十合，飛大叫一聲，刺紀靈於馬下。

玄德自引兵與術相見。玄德在門旗下責罵術曰：「汝反逆無道，吾今欽奉明詔，前來討汝！若毀去犯禁之物，束手來降，引見曹丞相，饒你罪犯。」

術坐於簀床上，大叫曰：「袁術到於此乎！」伏倒於地，床上嘔血斗餘而死。後人作詩歎之。時建安四年夏六月盡也。

這三處敘述文字從敘事邏輯的角度來說，大體都略優於嘉靖壬午本。第三處袁術大叫的語言描寫比較生動。

可見，葉逢春本的文學性描寫並不少於嘉靖壬午序本，二者在不同片段各有優長，總體字數也相差不大。

三，此段嘉靖壬午序本引文有一書、一詩、一論，葉逢春本只有一書、一詩。二者的「書」和「詩」文字上存在小差異，互有優長。差異大的在於，針對袁術之死，嘉靖壬午序本引一詩一論，葉逢春本只有一詩，而無「論曰」。這樣的差異在兩版本中不止此一處。葉逢春本中這類比較書面的引文插入相對較少。

總之，葉逢春本並不出自嘉靖壬午序本，它的一些面貌可能比嘉靖壬午序本更接近羅貫中原本。一般認為，葉逢春本和嘉靖壬午序本是源自同一祖本卻具有不同特色的兩種版本。嘉靖壬午序本引用大量史書資料，更靠近正史的風格。葉逢春本加圖像、加靜軒詩等，以歷史知識的普及為重，更具有通俗化、娛樂化的特點。嘉靖壬午序本和葉逢春本版本、文本上不同的風格和特點，決定了《三國志演義》版本分化的方向，江南本多繼承嘉靖壬午序本的傳統，建陽書坊刊本則更多沿襲葉逢春本的路線。[26]此後建陽刊本和江南刊本雖然有交流和借鑑，但是這樣的基本特點為各自所保持。

第三節　關索和花關索故事的插入

現存嘉靖年間的二個版本——嘉靖壬午序本和葉逢春本都沒有關索和花關索故事。嘉靖以後的《三國志演義》版本中可見關索或花關索的故事。嘉靖以後的刊本若以關索和花關索故事來劃分可分為二個系統：一個系統是具有關索故事的系統，此系統中關索故事僅見於諸葛亮七擒孟獲的故事中，可見是承襲《三國志平話》而來；另一個系統是花關索故事的系統。花關索故事系統中的故事吸收了詞話系統《花關索傳》（明代成化刊詞話）的故事，這個系統中的版本都是建陽刊本。從版本可見，關索故事是宋元講史說三分中已有的，而花關索故事併入三國故事，則應該是由建陽書坊完成的。

關索，三國歷史上並無關於此人之記載。最早的關索形象和關索故事已經很難考證，但是關索之英勇盛名，早在宋元之前就已喧騰眾口，廣為人知，所以，宋代不少武將被稱為「小關索」，宋元說話伎藝中經常演說「賽關索」的故事，如《大宋宣和遺事》的水滸故事片段，天書名單中有「賽關索王雄」，同時期龔開〈宋江三十六人贊〉

---

26 參考金文京撰寫詞條「三國志演義」，石昌渝主編：《中國古代小說總目》（白話卷）（太原市：山西教育出版社，2004年），頁298。

中有「賽關索楊雄」，贊言：「關氏之雄，超之亦賢。能持義勇，自命可全。」周密《武林舊事》卷六「諸色伎藝人．角觝」，記有角觝藝人「張關索、賽關索、嚴關索、小關索」四人。可見，在宋代，關索是人所皆知的大英雄，所以余嘉錫〈宋江三十六人考實〉說：「此必宋時民間盛傳關索之武勇，為武夫健兒所忻慕，故紛紛取之以為號。」此外，雲貴地區還有「關索嶺」、「關索廟」。周紹良〈關索考〉謂：「從記載來看，宋代這麼多人把他裝點在自己的綽號中間；就地理來看，很多地方用他的名字作地名，那麼我們可以相信，這絕不是簡單的。雖然關索之名不見於歷史書籍，可是絕不是到宋代才有的，它可能有一段在民間流傳的長久歷史。我很懷疑它是由迷信演變過來的。」

歐陽健先生認為，宋代的傳說中還沒有把關索與關羽相聯繫，關索還沒有被納入三國故事中，因為《清平山堂話本》〈西湖三塔記〉中有句曰：「眉疏目秀，氣爽神清，如三國內馬超，似淮甸內關索，似西川活觀音，嶽殿上炳靈公。」此「淮甸內關索」與「三國內馬超」並列，可見，關索還不是三國內的人物。[27]

而現存三國故事最早出現「關索」此人的是《三國志平話》。在《三國志平話》中，諸葛亮征雲南郡時，「數日，到不危城，太守呂凱言軍師分軍五路，殺害百姓。引三萬軍出戰，關索詐敗。」僅此沒頭沒尾的一句，對關索何許人、從何處來、往何處去等，都沒有涉及。

在現存明代刊本中，關索故事最早見於周曰校刊本，集中於諸葛亮七擒孟獲的情節單元，即第一百七十三則至一百七十九則之中，但形象並不突出，遠沒有宋元傳說中那種英雄氣概。而且，在〈諸葛亮六擒孟獲〉中還出現了情節漏洞：祝融夫人抓走的是張嶷、關索、馬忠三人，但後來孔明用祝融夫人換回的只有「二將」。以此，學界討

27 歐陽健：〈關索考辨〉，《東南大學學報》2005年第6期。

論者都認為這足以證明關索故事非羅貫中原本所有，而是後來插增的故事。

但是，值得注意的是，在周曰校本〈諸葛亮六出祁山〉這則有一條「補注」：

> 按逸史前載關索隨孔明平定南方，回成都臥病不起。後遂不入本傳，恐難以取信於人。當時皆指關興是關索，非也。往日傳說雲南、四川等處皆有關索之廟，細考之，索是蜀將也。小說中直以為關羽之子，其傳必有所本矣。今略附於此，以候後之知者。

這一條補注可以補《三國志平話》與周曰校本《三國志演義》之中關索故事沒有結局之缺，也可見《三國志平話》偶然出現一個「關索」的名字並不是誤刊，而有當時「逸史」作為素材，只是平話文本所載太過梗概，此關索故事沒有展開。以關索在宋代流傳之英雄盛名，可以想見說三分的藝人把關索故事納入三國系統時是可以鋪張得生動而豐富的。

而且，從這條補注可見，周曰校刊本並不一定是最早插入關索故事的《三國志演義》刊本。周曰校本刻於萬曆十九（1591）年。根據萬曆二十年（1592）余象斗刊刻的《音釋補遺按鑑演義全像批評三國志傳》卷首〈三國辯〉所云，此前「坊間所梓三國何止數十家矣」，其中建陽的「全相」本就有四家：鄭氏宗文堂本，熊氏種德堂本，黃氏仁和堂本，劉氏愛日堂本。現存建陽刊本《三國志演義》，只有嘉靖二十七年葉逢春刊本沒有關索或花關索故事，其他都有。因此，周曰校刊本插入關索故事，也有可能受建陽刊本影響。

而花關索故事，在現存版本中最早見於余象斗萬曆二十年刊刻的《音釋補遺按鑑演義全像批評三國志傳》、萬曆年間刊刻的《新刊京本校正演義全像三國志傳評林》。在余象斗刊刻的這二個版本中，花關索故事得到了相當完整、細緻的演繹。從卷九「關索荊州認父」開始，接著敘述關索跟隨關羽取長沙，關索跟隨劉備取漢中，劉備進位漢中王後「加關索為校尉，著令鎮雲南」。至劉備興兵伐吳為關羽報仇，關興應召而至，而關索則已病故。

可見余象斗刊本中的花關索故事跟周曰校刊本「補注」所說「逸史」亦不相同。周曰校本系統的關索故事承襲《三國志平話》，來源於「補注」所說「逸史」。余象斗刊本中的花關索故事則來自詞話系統之《花關索傳》。

余象斗刊本中如花關索的外貌：身長七尺，面似桃花；花關索的出身：關羽逃難離家時，妻子胡氏懷胎三月，生下孩子在娘家撫養長成，孩兒七歲鬧元宵時走失，索員外拾去養到九歲，送與班石洞花岳先生學習武藝，因此兼三姓取名花關索；花關索的婚姻：母親解釋為何娶了三個媳婦——「兒過鮑家莊，遇鮑三娘，後過蘆塘寨，遇王桃、王悅，皆與孩兒鬥演武藝，比兒不過，願成夫婦」。這些情節，都出自《花關索傳》。

《花關索傳》在《三國志演義》版本演變過程中意義重大，對於我們認識建陽書坊刊刻小說具有重要意義，以下略為討論《花關索傳》的圖像、文本等相關問題。

《花關索傳》全稱《新編說唱足本花關索傳》，是一九六七年在上海市嘉定縣城東公社宣姓墓中出土的一批詞話本中的一種，這批出土文獻包括明成化七年至十四年（1465-1487）北京永順書堂刊刻的《新刊全相石郎駙馬傳》、《新刊全相唐薛仁貴跨海征遼故事》、《新刊全相鶯哥孝義傳》等十三種說唱詞話，和一種南戲《新編劉知遠還鄉白兔記》。

《花關索傳》演繹的是關羽的兒子花關索的故事。詞話分成四集：前集〈花關索出身傳〉、後集〈花關索認父傳〉、續集〈花關索下西川傳〉、別集〈花關索貶雲南傳〉。其中前集卷末注明：「成化戊戌仲春永順書堂重刊」。戊戌為成化十四年（1478）。每集都有十來個圖目，大體就是故事大綱，從中可見不同小說版本所演繹的關索和花關索故事框架基本出自《花關索傳》。列舉《花關索傳》四集圖目如下：

前集：劉備關張同結義、胡氏生關兒、先生引關索學道、索童得水打強人、索童拜別師父下山、員外引索童見外公、關索殺退二強人、十二強人投關索、關索別外公去尋父、收太行山二強人、關索射包（鮑）王、關索問包豐包義、三娘問父要捉關索、關索大戰鮑三娘、關索娶鮑三娘。

後集：廉康太子要取（娶）妻、關索殺廉康、關索收蘆塘寨主、軍師與關公員（圓）夢、姚賓盜馬夜走、張飛殺姚賓、關索忍（認）父、關公引關索見先主、關索戰廉旬、姜維用計借馬、魏國請先主赴宴、先主二人去赴宴、關索舞劍殺呂高。

續集：關索與張琳舞劍、關索扭斷張琳頭、先主入荊州作筵席、關公父子守荊州、先主閬州被圍、姜維請關家救閬州、關索入閬州捉王志、關索巴州捉呂凱、眾官商議戰周霸、關索離閬州、關索先主入西川、關索入西川捉周倉、關索下西川。

別集：漢王收得成都府、關索共劉豐出外、關公戰陸遜、關公陷荊州、劉王得夢見關張、劉王詔關索回朝、先生救關索病、關索引兵征吳、關索戰顏昭、曾霄敗關索、關志入水取刀、關索殺鐵旗曾霄、關索殺將祭父、先主歸天關索死。

《花關索傳》的內容與《三國志平話》、元雜劇中的三國戲關係密切，是在說三分的基礎上旁枝逸出而生發出的故事，主體故事在三國故事之外另起爐灶，但情節細節處處照應三國故事。

值得注意的是，這批成化刊說唱詞話的插圖多為單面滿幅大圖，而《花關索傳》採用的是上圖下文的版式，半葉一圖，對頁相連，而這種版式與「元刊平話五種」相同，與明代建陽刊《三國志演義》諸多上圖下文式刊本相似，是建陽刊刻小說的標誌性版式。從刊刻字體上看，《花關索傳》的字體近於顏體，以及比較小的字間距、比較細密的行格，也都與「元刊平話五種」十分相似，這種刊刻樣式在建陽刊本中極為常見。而其他詞話基本上採用仿宋體刊刻，字體方正嚴謹，行格疏朗，印面精美，風格迥然不同。

從版畫上看，《花關索傳》畫面狹長，人物活動空間較為廣闊，因而在繪刻中比較注意人物與環境的結合，其中一些人物造型、畫面構圖、情節處理與《三國志平話》十分接近。如《花關索傳》第一幅圖「劉備關張同結義」與《三國志平話》第七幅圖「桃園結義」幾乎完全相同，畫面中部都設有一四腳供桌，上面擺著兩瓶花，中間供一香爐，爐上烟氣升騰，劉、關、張三人面對供桌，拱手而立，正欲結義；圖左一株大樹旁，一大漢半裸上身，手持大刀，欲宰殺烏牛、白馬祭天地；圖右邊兩個小僕對面而立，侍候三人結義。兩幅插圖不同處在於《花關索傳》的場景描繪更為細膩，右邊的兩小僕立於屋前，房屋內設圓椅，屋簷、牆壁、地板等刻繪細緻，屋旁有一假山，屋外四周花草叢生，觀者一眼就能看出劉、關、張三人是在屋後的園內結義；而《三國志平話》中的環境較為模糊，僅有一株大樹，可知三人於樹下結義。但從總的畫面上看，《花關索傳》應當是模仿了《三國志平話》的構圖，只是背景繪刻更為細膩、複雜。因為《花關索傳》主要講述的是關羽第三子關索的故事，它以《花關索出身傳》為開頭，是從「說三分」之「劉關張三結義」分化出的另一枝蔓，所以《花關索傳》中的「劉備關張同結義」一圖可以完全借鑑《三國志平話》裡「桃園結義」一圖的構思，但是由於其他故事情節與《三國志平話》都不相同，我們現在只能看到一些構圖設計、人物造型、衣妝扮相、場景布置等方面與《三國志平話》形似。事實上，在建陽書坊元明時代刊刻的小說中，若是上圖下文版式，其圖像之構圖方式、人物造型、背景構成等都非常相似，甚至在完全不同的小說中繪圖內容也大體相似，共同形成了一種建安版刻的風格，非常明顯而獨特。因此，從《花關索傳》的版式、插圖風格等來看，北京永順書堂很可能在建陽書坊刊本的基礎上翻刻。[28]

還值得關注的是，前集《花關索出身傳》開頭有一篇很長的歷代歌：

> 自從盤古分天地，三皇五帝夏商君。周朝伐紂興天下，代代相承八百春。周烈（厲）王時天下亂，春秋烈（列）國互相吞。秦皇獨霸諸侯城，焚典坑儒喪聖文。西建阿房東填海，南修五嶺北長城。欲傳世世為天子，游至沙丘帝業崩。三（二）世胡亥傳寶位，趙高殺了命歸雲（陰）。三世子嬰年幼弱，天下莽莽漸起兵。楚漢立起懷王帝，兩處分兵要破秦。先到長安為天子，後到咸陽做忠臣。高祖先到都收了，霸王心下怒生嗔。殺了楚懷王皆（背）義，違盟要奪漢乾坤。漢王拜起都元帥，百萬軍中第一人。九里山前排下陣，霸王志敗陷垓心。烏江自下龍泉劍，八千兵散楚哥（歌）聲。長安建國漢天子，龍准龍顏真聖人。惠文景武昭宣帝，元帝（成）哀平十一君。中間王莽生狡計，謀篡劉朝十八春。誰知再有劉光武，起義南陽點聚兵。捉住篡國賊王莽，旋臺剮割碎分身。中興立起劉光武，後漢建國洛陽城。安邦定國無爭戰，雨順風調得太平。傳至明章

28 參看黃綺煒：《葉逢春刊《三國志傳》版本價值研究》（福州市：福建師範大學碩士論文，2008年）。

和殤帝，安順沖質桓靈君。漢未（末）三分劉獻帝，管了山河社稷臣。關西反了黃巾賊，魏蜀吳割漢乾坤。魏國曹操都建鄴，吳地孫權做帝君。劉備據了西川主，漢裔金枝玉葉人。軍師便有諸葛亮，武勇關張是好人。都在青口桃源（園）洞，關張劉備結為兄。三人結義分天下，子牙廟裡把香焚。

說話藝術與說唱藝術都多從古代歷史切入，比如與《花關索傳》一起出土的其他十二種詞話，也都從盤古開天說起，但簡短交代三皇五帝，立刻切入正題，落到主體故事所涉年代。如《石郎駙馬傳》開頭：「自從盤古分天地，三皇五帝治乾坤。五帝三皇天差下，都是天宮上界星。差下一星來治國，護做人皇管萬民。聽唱後唐李天子，掌管山河社稷臣……」。

而《花關索傳》開篇之〈歷代歌〉與上述葉逢春刊本開篇的〈歷代歌〉非常相似，明代建陽刊刻的《三國志演義》幾乎都以歌唱歷代統緒的〈歷代歌〉（或稱「全漢歌」）開篇，這些〈歷代歌〉也都大同小異。〈歷代歌〉開篇是明代建陽書坊刊刻《三國志演義》的傳統，在其他地區的三國小說刻本中少有。《花關索傳》為英雄傳奇性質，卻在開頭長篇演述歷代統緒，而與永順書堂同批次刊刻的其他說唱詞話不同，說明它很可能出於建陽書坊。

《花關索傳》可能出於建陽書坊，還有一個重要旁證——包括閩北在內的福建多種古老傀儡戲中現存關索戲：政和縣楊源、禾洋等地的四平傀儡戲保留《九龍記．花關索打牌》一折，尤溪縣黃龍村大腔傀儡戲有《九龍記》，上杭高腔及亂彈傀儡戲有傳統戲《吞九龍》，其劇情、人物屬於同一劇目《九龍記》，《九龍記》演述的就是花關索的故事，與成化刊詞話《花關索出身傳》基本相同。[29]閩地傀儡戲的歷

29 參看葉明生：《福建傀儡戲史論》（北京市：中國戲劇出版社，2004年），頁883。

史最早可上溯至唐代，宋代極為普及興盛，而政和、尤溪、上杭地處偏僻，與外界交流不易，這些四平、大腔、高腔等傀儡劇種在元末明初、最遲在明代中葉已經傳入當地，傀儡戲劇目一經流傳，劇情和戲劇形態相對穩定，幾百年處於「保鮮」狀態。福建流傳的關索戲與成化刊詞話《花關索傳》大體相同，但細節上又有差異，特別是把「胡金定」寫成「吳金蓮」，把「姚賓騙馬」寫成「饒彬騙馬」，可見是口耳相傳的形式流傳下來的，其中唱詞多用整齊的七字句，與詞話的唱詞相似，可見與詞話關係密切，或者是與成化刊說唱詞話同時期流傳的故事。當然，成化刊詞話《花關索傳》也是口傳故事的記錄本，因此現存文本存在大量同音別字的現象。花關索故事在福建傀儡戲中的流傳可作一旁證：建陽刊本《三國》之有花關索故事，應該是吸收了流傳於本地和周邊地區的民間敘事。

建陽書坊刊刻的《三國志演義》，除葉逢春本之外，其他都有關索或花關索故事。金文京先生把它們分成三大系統：有花關索故事的版本、有關索故事的版本、有花關索．關索故事的版本。[30]簡略引述如下：

一、有花關索故事的建陽刊本，都是二十卷本，就是把葉逢春本的每一卷析為二卷。包括：（一）余象斗本，《音釋補遺按鑑演義全像批評三國志傳》，萬曆二十年建陽書林雙峰堂余象斗刊。（二）評林本，《新刊京本校正演義全像三國志傳評林》，萬曆年間雙峰堂余象斗刊。（三）鄭少垣本，《新鍥京本校正通俗演義按鑑三國志傳》，萬曆三十三年聯輝堂鄭少垣刊。（四）楊春元本，《重刊京本通俗演義按鑑三國志傳》，萬曆三十八年楊春元閩齋刊。（五）鄭世容本，《新鍥京本校正通俗演義按鑑三國志傳》，萬曆三十九年閩書林鄭世容（雲林）刊。（六）熊成冶本，《新鍥京本校正按鑑演義全像三國志傳》，

30 金文京撰寫「三國志演義」詞條，石昌渝主編：《中國古代小說總目》（白話卷）（太原市：山西教育出版社，2004年），頁293-308。

萬曆間書林種德堂熊成冶（沖宇）刊。（七）湯賓尹本，《新刻湯學士校正古本按鑑演義全像通俗三國志傳》，萬曆間刊，刊行者不明。

二、有關索故事的建陽本，也都是二十卷本，但文字比上述花關索系統的本子簡略，脫誤也較多，是刪節本，但並非根據花關索系統的本子刪節而來，而與葉逢春本更為類似。這個系統又可分為二類：「三國志傳」系和「英雄志傳」系。

「三國志傳」系包括：（一）熊清波本，《新刻京本補遺通俗演義三國志傳》，萬曆二十四年誠德堂熊清波刊。（二）熊佛貴本，《新鍥音釋評林演義合相三國志史傳》，萬曆三十一年忠正堂熊佛貴刊。（三）費守齋本，《新刻京本全像演義三國志傳》，萬曆四十八年書林與耕堂費守齋刊。（四）天理本，《新刻京本按鑑演義合像三國志傳》，殘缺，刊行者不明。（五）劉龍田本，《新鍥全像大字通俗演義三國志傳》，萬曆間喬山堂劉龍田刊。（六）笈郵齋本，《新鍥全像大字通俗演義三國志傳》，萬曆間笈郵齋刊。（七）朱鼎臣本，《新刻音釋旁訓評林演義三國志史傳》，朱鼎臣輯，萬曆間刊。（八）王泗源本，《新刻音釋旁訓評林演義三國志史傳》，朱鼎臣輯，清初王泗源刊，此本基本與朱鼎臣本同，有部分補版。（九）黃正甫本，《新刻考訂按鑑通俗演義全像三國志傳》，天啟三年（1623）序。

「英雄志傳」系包括：（一）楊美生本，《新刻按鑑演義全像三國英雄志傳》，書林楊美生刊。（二）劉榮吾本，《精鐫按鑑全像鼎峙三國志傳》，藜光堂（閣）劉榮吾刊。（三）國圖本，《新刻全像演義三國志傳》，殘缺。（四）魏某本，《二刻按鑑演義全像三國英雄志傳》，書林魏某刊，殘缺。（五）魏瑪圖書館藏本，《二刻按鑑演義全像三國英雄志傳》，明建陽刊本，殘缺。此外，屬於這一系統的還有《新刻按鑑演義京本三國英雄志傳》，清嘉慶七年刊本；以及金閶二酉堂刊本《新刻按鑑演義京本三國英雄志傳》六卷，此為清初蘇州刊本，此本又有聚賢山房本、三餘堂本、寶華樓本數種翻刻。

三、有花關索·關索故事的版本，目前所知只有一種，即英雄譜本，《精鐫合刻三國水滸全傳》，建陽雄飛館熊飛刊，此為《三國》和《水滸》的合刻本，書分上下欄，上欄《水滸》，下欄《三國》。

另外，在「有關索故事的江南本」中，還有幾種刊本與建陽書坊相關。此類刊本分為十二卷本系統和一百二十回加評本系統。十二卷本系統中包括了夏振宇本《新刊校注古本大字音釋三國志傳通俗演義》、鄭以禎本《新鐫校正京本大字音釋圈點三國志演義》。一百二十回加評系統中有吳觀明本《李卓吾先生批評三國志》。未能確定這些本子刊刻地點是否在建陽。

從這些版本書目可見建陽書坊刊刻《三國》小說之盛，在這一繁盛之中，關索和花關索故事似乎起到催化酶的促進作用。建陽書坊刊刻的《三國》小說，又從故事情節、版式等多個方面推進了江南本《三國》的刊行，建陽書坊和江南書坊互有吸收和借鑑，互相促進，共同推進了《三國志演義》小說的傳播。

第四節　余象斗刊本以及融合江南本風格的變化

建陽書坊刊刻的《三國志演義》，有其明顯的地域特色，比如情節上增插關索或花關索故事，比如上圖下文版式，以及其他通俗化的處理方式。同時，建陽書坊刊刻《三國志演義》也經歷了一個發展的過程。在這個發展過程中，余象斗刊刻的二個版本非常具有代表性。

余象斗雙峰堂於萬曆二十年（1592）刊刻《音釋補遺按鑑演義全像批評三國志傳》二十卷。如上所述，這是目前存世版本中最早插入花關索故事的一種。卷首〈題全像評林三國志敘〉上層版框內有一〈三國辯〉（如圖），從中可見當時書坊刊刻《三國志演義》的情況：

坊間所梓三國何止數十家矣，全像者止劉鄭熊黃四姓。宗文堂人物醜陋，字亦差訛，久不行矣。種德堂其書板欠陋，字亦不好。仁和堂紙板雖新，內則人名詩詞去其一分。惟愛日堂者，其板雖無差訛，士子觀之樂然，今板已朦，不便其覽矣。本堂以諸名公批評圈點校正無差，人物字畫各無省陋，以便海內士子覽之，下顧者可認雙峰堂為記。

據明代官私書目著錄，萬曆二十年余象斗雙峰堂本之前，《三國志演義》的官私刻本有四種：一、經廠本《三國志通俗演義》，明宦官劉若愚《酌中志》卷十八〈內板經書紀略〉著錄。此即明內府司禮監刊本。二、都察院本《三國志演義》，明周弘祖《古今書刻》上編著錄。三、「武定板」本《三國志通俗演義》，明晁瑮《寶文堂書目》子部雜著著錄。四、二百四十卷本《三國志通俗演義》，明高儒《百川書志》卷六野史類著錄。又根據余象斗《批評三國志傳》卷前之〈三國辯〉，此前「坊間所梓三國何止數十家矣」，其中全像本有四種，即鄭氏宗文堂本、熊氏種德堂本、黃氏仁和堂本、劉氏愛日堂本。但是，這數十家坊刻、包括四種全像本，應該都已不傳，亦未見諸家著錄。現存本中早於余象斗雙峰堂本的刻本有三種，即嘉靖元年（1522）序刊本《三國志通俗演義》二十四卷，嘉靖二十七年（1548）序葉逢春刊本《新刊通俗演義三國志史傳》十卷，萬曆十九年（1591）金陵周曰校刊本《新刊校正古本大字音釋三國志通俗演義》十二卷。所以，萬曆二十年（1592）雙峰堂刊本《音釋補遺按鑑演義全像批評三國志傳》二十卷，「在今存有刊刻年代可考的羅貫中小說諸刻本中居於第四位。其內容與以前之本多有異同，而且保留了不少古樸文字，具有重大的版本文獻價值。這還是最早正式標榜『批評』的《三國志演義》版本」。[31]

---

31 參看陳翔華：〈略論余象斗與其批評三國志傳〉（代序），《三國志演義古版叢刊五種》（北京市：中華全國圖書館文獻縮微複製中心，1995年）之一。

雙峰堂本《音釋補遺按鑑演義全像批評三國志傳》的版式為上評中圖下文，上欄為「新增評斷」。前此葉逢春本在插圖、按鑑、通俗化等方面為建陽刊本《三國志演義》奠定了基礎，至此，余象斗又為建陽書坊刊刻《三國志演義》增加了二個要素：花關索故事和「批評」。這些要素共同組成了建陽書坊刊刻《三國志演義》明顯的版本特點，亦為《三國志演義》刊刻的地域特徵。

此後，余象斗又刊刻了《三國志演義》的另一版本《新刊京本校正演義全像三國志傳評林》。這一版本保留了萬曆二十年刊《音釋補遺按鑑演義全像批評三國志傳》「按鑑」「全像」「批評」「花關索」等所有特點，並且進一步發揚了通俗化的優點。同時，余象斗此本顯然吸收了江南本的影響，朝版本精緻化方向有所發展。金文京認為「這是余象斗在萬曆二十年出了前書之後，再度受周曰校本等江南版本的影響加以修改的本子。書名中的『京本校正』四字乃為其標誌。影響的具體表現就在於：第一，把余象斗本的〈君臣姓氏〉棄而不用，另取江南本的〈三國志宗僚〉。〈君臣姓氏〉中有關索的名字，〈三國志宗僚〉則沒有。第二，單數卷前面所加的半葉圖，不符合建陽本上圖下文的版式，是模仿江南本的。第三，評林部分除轉錄部分余象斗本原來批評之外，另採用江南本的一些注解和音釋。總之，此本乃代表建陽本靠攏江南本的傾向。」[32]

在「京本校正」之外，此本最引人注目的因素是「評林」。所謂評林，主要就是上欄之評語，內容包括音釋、釋義、考證、補遺和評點。正文中也偶有雙行小字注。

「音釋」是注音，往往也解釋字義。上欄的注音標明「音釋」的不多，有的未標明「音釋」，直接在上欄寫某字某音。有的「音釋」

32 金文京撰寫「三國志演義」詞條，石昌渝：《中國古代小說總目》（白話卷）（太原市：山西教育出版社，2004年），頁299。

所釋字音是很常見的字，但字義比較特別，如卷二〈孫堅跨江戰劉表〉「音釋：握音「惡」。[33]『握手』猶言『袖手』也。」

在歷史小說的閱讀中，對普通讀者的閱讀來說，最大的閱讀障礙就是來自地理名物，那滿眼的人名、地名、官職制度就如一鍋糊粥，每每令人無法卒讀。因此，釋音、釋義對讀者非常重要，評林本上欄最多的就是釋義。釋義包含的內容也最為龐雜。

有的「釋義」也包括釋音，如「諶音忱」。有的字釋音並釋義，如「詾音凶，眾語也」。

除了釋音，「釋義」多為解釋官職、人名、地名、名物。如卷一第一頁上欄第一條「釋義」就是對「宦官」的解釋。對人物的介紹，如「本初，袁紹字」。最多的是對地名的介紹，這與三國的題材有關，因為涉及大量的古代地名，如「常山古郡名，今北直隸真定府是也。」也有對詞語的解釋，如卷二〈趙子龍磐河大戰〉有一條「釋義」:「謂鼻中之氣息，言其易也。」對名物、地名等，常引《一統志》解釋。如卷二〈孫堅跨江戰劉表〉段釋義:「一統志云，漢水在襄陽城西北，源出陝西嶓冢山。唐杜審言詩『楚山橫地出，漢水接天回』即此也。」偶有引前人詩，如卷一說到「樓桑」，便引朱熹〈題樓桑詩〉。還偶引《東觀記》釋義。

考證也是解釋，多對歷史事件、名物典故進行解釋，如〈董卓火燒長樂宮〉一段，針對「往者王莽篡逆更始赤眉之時」有一「考證」:「王莽篡子嬰位，國人立淮陽王劉玄於□，改元更始。赤眉賊也，黨類眉有赤……」〈袁紹孫堅奪玉璽〉一段，有一段很長的「考證」，是介紹和氏璧的典故。有時對於小說中一些文理不通之處，評者還引《綱目》相對照，可見朱熹的影響，建陽書坊各種書籍都是隨手拈來引用朱熹之《綱目》等著作。

---

33 閩方言中「惡」字與「握」字音相近。

評點主要是對正文中的人物事件進行評論，有的對人物事件進行解釋，揭示小說敘述所沒有明確說明的內涵，如卷二〈孫堅跨江戰劉表〉段「評黃祖應敵：劉表聽蒯良之謀，先令黃祖為前驅應敵，此時可謂以逸待勞矣」。有的則針對人物事件進行道德評判。如卷二〈司徒王允說貂蟬〉，「評卓戮臣士：夫人臣朝廷之肱股，將士國家之爪牙，董卓於筵上戮其大臣、殺其將士，不惟違法朝端，又且嚴刑天下，吾不知天何容斯人於世乎？」

評點比較隨意，有的段落多有的段落少。如卷一〈曹操起兵殺董卓〉一段情節較為緊張，針對情節發展的評語較多，如「評太守興兵：曹操檄文去後，一十七鎮太守皆興兵以誅卓賊，則卓之殘惡人人所共嫉。」「評孫堅敗走：華雄知孫堅缺食趕來交戰，堅乃大敗而走，皆由術不發糧之過也。」「評紹敬玄德：瓚以玄德之功細說于袁紹而禮敬之，吾知華雄之賊將死於此矣。」「評雄斬二將：涉鳳二將皆死于華雄之手，當此時，非得關羽誰能制服之。」「評關羽斬華雄：袁術不信關公之勇，因得曹操用之，酒尚溫時斬了華雄，術之瞎目何能知矣。」這些評語都是針對人物、情節而發的樸素議論，對於識字不多，理解能力有限的讀者來說應是非常親切的，而且由於故事冗長，讓讀者在冗長的閱讀中時而稍作停頓，駐足思考，保持閱讀的清醒，正體現了書坊主對普通讀者閱讀情形的了解和體貼。這些評語既無不著邊際的高遠發揮，也非顛三倒四的錯誤分析，對人物事件的評論遵循常理和道德，正符合廣大民眾的道德觀念與認識需求，因而這樣的評語是很受歡迎的。把這些評語置於宋元講史藝人的介入故事敘述的評論、和晚明以後精英文人如李贄、毛宗崗的評論之中，我們可以清晰地看到書坊文人介於這二者之間的評論形態、認識水平，也可以看到在宋元藝人的講史和精英文人的評點之間，書坊文人評點的中間過渡意義。

其中也有對小說描寫藝術的評論。如〈虎牢關三戰呂布〉一段有一評語：「呂布固四海之英雄，歷歷可見，而玄德關張亦世莫比，至於喊聲大震掩殺呂布……」後面的句子看不太清楚，大概說的是以呂布之英雄正面比襯劉關張之英雄。

評林本對人物性格的把握也是較為準確的。如〈董卓火燒長樂宮〉開頭一段，袁紹命令孫堅進兵，「堅連夜引程普黃蓋直到袁術帳中，相見拔劍畫地曰：『董卓與我本無仇，今番憒（奮）不顧身親冒矢石來決死戰者，上為國家討賊，下為將軍家門報仇，而將軍卻聽信讒言，不付糧草，致令取禍，將軍何安！』術惶恐無言……」接著董卓派李傕來向孫堅提親，「堅大怒，叱之曰：『董卓逆天無道，蕩覆王室，吾欲盡夷九族、懸頭四海以謝天下，如其不然，則吾死不瞑目，安肯與逆賊結親也！吾不殺汝，當速去來，早獻關饒你性命，倘若遲誤，粉骨碎身！』」小說這一段對孫堅個性化語言的描寫非常成功，對於塑造孫堅江東英雄的形象是很有力的。評林本尚未能對此進行藝術分析，但評論者顯然是敏銳地感受到了這段描寫的藝術魅力，在上欄寫了一段「評李傕說親：董卓遣李傕與孫堅議論結親，蓋為懼□之計也。堅大怒叱之，可謂忠義之勇矣。」「忠義之勇」，對小說這一段所描繪的孫堅性格形象是準確的概括。

評點或論斷對正文中的人物事件進行評論，往往稱頌人物對國家的忠義之心，批評不忠不義，如蔡邕事董卓，如呂布貪圖小利背信棄義都受到批評。

余象斗《新刊京本校正演義全像三國志傳評林》在建陽刊《三國志演義》中可謂集大成之刊作，其版式、編輯方式等對於建陽刊刻之《三國志演義》都具有典範意義，對後來的書坊刊刻影響很大。當然，余象斗「評林本」不僅在建陽刊刻《三國》版本中，而且在小說評點史、傳播史上都有其重要意義。

明代萬曆以後建陽書坊興盛時期，也是建陽書坊不斷吸收江南刻書優長的過程，在現存不少小說刊本中都留下了借鑑和發展的痕跡。

如萬曆年間種德堂熊成冶刊本《新鍥京本校正按鑑演義全像三國志傳》，也以「京本校正」相標榜，封面標題「刻卓吾李先生／訂正三國志」兩行中間，小字標明「金陵萬卷樓藏版」。卷首之〈三國志敘〉、〈卓吾先生三國志目錄〉、〈鐫全相演義卓吾三國志君臣姓氏附錄〉，都標明李贄的名字，〈鐫全相演義卓吾三國志君臣姓氏附錄〉標題中「卓吾」二字是挖改而成，借重、突出李贄的意思非常明顯，因此，此本顯然出版于江南李卓吾評點本流行之後。[34]

有些刻本在版式風格上屬於建陽書坊風格，但是，小說正文或注解可能有一些受到江南刊本影響。如萬曆年間湯賓尹本《新刻湯學士校正古本按鑑演義全像通俗三國志傳》，屬於有花關索故事的建陽刊本系統，但是在正文和注解上可能借鑑了江南刊本。

還有一些刻本，版式、內容都屬於建陽刊本系統，但是，卷首、卷尾有一幅半葉全幅圖，顯然也是融合了江南刊本的風格。如朱鼎臣本《新刻音釋旁訓評林演義三國志史傳》，卷首殘缺，其〈三國志姓氏〉之後有一幅半葉全幅之桃園結義圖，全書末尾亦有半葉全幅晉朝一統圖。這種半葉全幅的插圖版式雖然在建陽刻本中也有其悠久的歷史，但就明代小說刊刻總體來看，是江南刊本重要的版式特徵。

而有一些建陽刊本被學界直接歸於江南本。如鄭以禎本《新鐫校正京本大字音釋圈點三國志演義》封面標明「金陵國學原板」，正文只存半葉書影，但從中可見其注解跟周曰校本、夏振宇本一致，因此雖然卷首明確題署「閩瑞我鄭以禎繡梓」，金文京把它歸於「有關索故事的江南本」系統。

夏振宇本《新刊校正古本大字音釋三國志傳通俗演義》、吳觀明本《李卓吾先生批評三國志》，其刊本版式、小說正文與注解，都屬

---

34 據劉世德先生考證，熊成冶的兄弟熊成應在萬曆四十二年左右刊印了《三國志演義》熊成冶刊本乙本，地點在南京。劉世德：〈《三國志演義》熊成冶刊本試論〉，《文獻》2004年第2期

於江南本系統，因而學界認為其刊刻地點不一定在建陽。其實，從建陽書坊小說刊刻發展的情況來看，這些刊本的刊刻地點還是有可能在建陽。因為若從建陽書坊刊刻小說整體來看，萬曆以後建陽書坊不斷融合和靠近江南刊本風格；而若結合建陽書坊刊刻戲曲的情況，建陽書坊萬曆以後刊刻的戲曲從版式到內容都跟江南刊本無大差別，其插圖都是半葉全幅版式。

總之，因為江南書坊和建陽書坊互相借鑑、融合，明末和清初《三國志演義》刊本已經很難以插圖版式、情節內容特點來判斷其刻書地點。如《古本演義三國志》，刻工劉玉明建陽人，月光版的贊語插圖非常精美。李漁刻書的月光版非常有名，但實際上現存建陽書坊刊本也有數種月光版插圖。劉玉明參與雕刻的《二刻英雄譜》，也有不少人以為書坊雄飛館在建陽之外的某地。又如現藏美國哈佛大學的清嘉慶七年刊本《新刻按鑑演義京本三國英雄志傳》二十卷，封面題「金聖歎先生批定」，有閩西桃溪人吳翼登序。此本與建陽書坊楊美生刊本《新刻按鑑演義全像三國英雄志傳》關係密切，都有吳翼登序，只是楊美生刊本有著建陽刊本典型的「全像」特徵，嘉慶七年刊本則是半葉全幅插圖，所謂「京本」蓋指此特徵。再如清初金閶二酉堂本，屬於有關索故事的「英雄志傳」系統，但是，版式與建陽本不同，圖像集中於卷首，半葉全幅，為選自毛宗崗本的十二葉二十四幅人物圖像。

江南書坊和建陽書坊還可能以雕版轉讓的形式合作。在一百二十回加評本系統中有一種鍾評本，即《鍾伯敬先生批評三國志》，天啟間積慶堂刊，此本現藏於東京大學東洋文化研究所、天理大學圖書館，其中東京大學藏本有部分補刻，補刻者可能是建陽名肆四知館。[35]這種補修重印形式並不少見，《水滸傳》的版本之一《鍾伯敬先

35 參看王長友：〈《鍾伯敬先生批評三國志》探考〉，《三國演義與中國文化》（成都市：巴蜀書社，1992年）。

生批評水滸忠義傳》，也是「積慶堂藏板」「四知館梓行」，據劉世德先生考證，四知館是利用積慶堂的板片重印。另外，在臺灣故宮博物院和日本天理圖書館所藏《西遊記》世德堂本中，第十六卷題為「書林熊雲濱重鍥」，磯部彰認為是「熊雲濱得其版木補修重印的版本」。熊雲濱熊氏刻書，也是著名的建陽書坊。可見，江南書坊和建陽書坊之間的交流遠比我們想像的密切，其實這始終都是建陽書坊刊刻小說的文化交流背景。

第六章
經典小說刊刻：《水滸傳》

《水滸傳》版本複雜，有簡本和繁本二大系統。所謂簡本即文簡事繁本，現存十幾種。所謂繁本即文繁事簡本，但其中包括了比較特殊的二種：一是全傳本，據簡本而增加了征田虎王慶故事，但按照繁本風格作了很大的改寫，實為文繁事繁本；二是七十回本，即金聖歎刪改本。

在現存版本中，基本可確定出於建陽書坊者大體如下：

京本忠義傳（殘葉）

《京本全像插增田虎王慶忠義水滸全傳》（即「插增本」，殘卷）

種德書堂刊刻《新刊通俗增演忠義出像水滸傳》（殘卷）

余象斗雙峰堂刊刻《京本增補校正全像忠義水滸志傳評林》

「積慶堂藏板」「四知館梓行」《鍾伯敬先生批評忠義水滸傳》

富沙劉興我梓行《新刻水滸志傳》

藜光堂劉榮吾刊刻《新刻全像水滸忠義志傳》

熊飛雄飛館《英雄譜》（初刻、二刻）

德國慕尼黑巴威略國家圖書館藏《新刻繪像忠義水滸全傳》（殘卷）

鄭喬林梓行《新刻全像忠義水滸傳》（即李漁序本）

建陽書坊刊刻《水滸傳》的歷史很長，數量很多，現存版本估計只是其中很少的一部分，但從中可見建陽書坊刊刻《水滸傳》以簡本為主，但也涉及繁本的梓行，在小說版本和刊刻形式上有其明顯特徵。

關於《水滸傳》版本的研究已經取得非常好的成績。本文在學術界研究的基礎上，大略介紹《水滸傳》建陽刊本的情況，以期大致梳理建陽書坊刊刻《水滸傳》的版本線索。

第一節　建陽刊刻《水滸傳》的早期版本

嘉靖二十七年葉逢春刊刻《三國志傳》讓我們得以了解建陽書坊早期刊刻三國小說的版本情況。從《三國志演義》、《水滸傳》的成書、早期流傳情況、建陽書坊刊刻小說的情況來看，非常可能，在建陽書坊刊刻三國小說的同時，也開始了《水滸傳》的刊刻。《京本忠義傳》很可能就是建陽書坊刊刻《水滸傳》的早期版本。

《京本忠義傳》現存兩紙殘葉，一為第十卷第十七葉上半葉三行與下半葉，一為第十卷第三十六葉上半葉三行與下半葉，存於上海圖書館，因此在《水滸傳》版本中也被簡稱為「上海殘葉」。此殘葉每半葉上端皆刻標題（實為每半葉文字的內容提要），相當於小說正文分上下兩欄：上欄為標題，占一字格；下欄為正文，半葉十三行，行二十八字。現存殘葉第十七葉上半葉殘存三行，可見標題最後一字為「飯」，下半葉標題為「石秀見楊林被捉」；第三十六葉上半葉殘存三行，可見標題最後一字為「家」，下半葉標題為「祝彪與花榮戰」。可見標題字數不統一。正文每半葉計三百六十四字，每紙殘葉各四百四十八字，共存八百九十六字。兩紙殘葉版心上端均題「京本忠義傳」。

此二紙殘葉，引起很多學者的關注，已發表十數篇相關的研究論文，對《京本忠義傳》是繁本還是簡本、刊刻於什麼時間、與現存《水滸傳》各版本的關係等問題展開討論，但認識頗有分歧。

劉世德先生一九九三年發表的〈論《京本忠義傳》的時代、性質和地位〉[1]一文，對《京本忠義傳》的考證結論如下：

1　劉世德：〈論《京本忠義傳》的時代、性質和地位〉，《明清小說研究》1993年第2期。

一、《京本忠義傳》刊刻於正德、嘉靖年間。

二、它極可能是福建建陽刊本。

三、它不是繁本，而是簡本。

四、它是早期的簡本，正文的字數比其他簡本多。

五、它不是「原本」、「原始本」、「祖本」，而是來源於繁本的刪節本。

六、它再一次證明了簡本出於繁本的結論。

七、作為早期的簡本，它是從繁本向其他簡本發展之間的過渡本。

八、作為標目本，它又是從白文本向上圖下文本發展之間的過渡本。

九、它的底本是一種刊刻於南京的以「忠義」為書名的繁本。

十、這種南京刊本與郭勳刊本、新安刊本或天都外臣序本有別。

劉世德先生的文章對《京本忠義傳》作了很全面的分析和考證，他認為此本為簡本，刊刻於正德、嘉靖年間，對此學術界有不同的認識。比如李永祜先生認為，此本為介於繁簡兩個系統之間的過渡性刪削本，刊刻於嘉靖初年福建建陽書坊。[2]而日本中川諭先生則認為，此本字數雖然比容與堂本略有刪節，但和簡本的字數差距更大。因此它不是簡本，而應該是一種簡略的繁本，本質還是屬於繁本。[3]周文業先生還從標題形式的角度提出，此本與《三國志演義》夏振宇本版式相似，或有可能出於隆慶年間。[4]

雖然認識頗有分歧，但一般認為《京本忠義傳》應是建陽書坊刊刻的《水滸傳》早期本子。

2　李永祜：〈《京本忠義傳》的斷代斷性與版本研究〉，《水滸爭鳴》2009年第11輯。

3　參看周文業：〈水滸傳版本數字化及《京本忠義傳》數字化研究〉，《第三屆中國古籍數字化國際學術研討會論文集》（北京市：首都師範大學電子文獻研究所、中國詩歌研究中心、國學傳播中心、國學網，2011年8月16日），頁138。

4　周文業：〈水滸傳版本數字化及《京本忠義傳》數字化研究〉，《第三屆中國古籍數字化國際學術研討會論文集》（北京市：首都師範大學電子文獻研究所、中國詩歌研究中心、國學傳播中心、國學網，2011年8月16日），頁187。

在《水滸傳》現存刊本中，還有一種嘉靖殘本，共計八回，其中部分曾為鄭振鐸收藏，稱為鄭藏本。《京本忠義傳》與嘉靖殘本的刊刻時間，與《三國志演義》中現存最早的二種版本——嘉靖壬午本和嘉靖二十七年葉逢春刊本相似。由此，我設想，《水滸傳》此二種本子的關係，是否有可能類似於《三國志演義》二種嘉靖本之間的關係呢？

我們試選擇《京本忠義傳》殘葉和嘉靖殘本做一對比分析。

京本忠義傳（卷十第十七葉）

（爺爺）指教出去的路徑。那老人道：「你便從村裡走去，只看有白楊樹便可轉灣。不問路道闊狹，但有白楊樹的轉灣便是活路，沒那樹時，都是死路。若還走差了，左來右去只走不出去。更兼死路裡地下埋藏著竹簽、鐵蒺藜。若是走差了，蹈著飛簽，准定吃捉了。」石秀拜謝了，便問：「爺爺高姓？」那老人道：「這村裡姓祝的最多，惟有我覆姓鍾離，住居在此。」石秀道：「蒙賜酒飯已都吃了，即當厚報。」正說之間，只聽得外面炒鬧。石秀聽得道拿了一個細作。石秀吃了一驚，跟那老人出來看時，只見七八十個軍人背綁著一個人過來。石秀看時，卻是楊林。石秀看了，只暗暗地叫苦，假問老人道：「這個拏了的是甚麼人？為甚事綁了他？」那老人道：「你不見說他是宋江那裡來的細作？」石秀又問道：「怎地吃他拏了？」那老人說道：「這廝也好大膽，獨自一個來做細作，打扮做個解魘法師，閃入村裏來，卻又不認這路，只揀大路走了，左來右去只是走死路，又不曉的白楊樹轉灣抹角的消息。人見他走得差了，即報與莊上大人，因此吃拿了。有人認得他

嘉靖殘本

（爺）爺指教出去的路徑。那老人道：「你便從村裡走去，只看有白楊樹便可轉灣。不問路道闊狹，但有白楊樹的轉灣便是活路，沒那樹時，都是死路。如有別的樹木轉灣也不是活路。若還走差了，左來右去只走不出去。更兼死路裏地下埋藏著竹簽、鐵蒺藜。若是走差了，踏著飛簽，准定吃捉了，待走那裡去。」石秀拜謝了，便問：「爺爺高姓？」那老人道：「這村裡姓祝的最多，惟有我覆姓鍾離，土居在此。」石秀道：「酒飯小人都吃勾了，即當厚報。」正說之間，只聽得外面炒鬧。石秀聽得道拿了一箇細作。石秀吃了一驚，跟那老人出來看時，只見七八十箇軍人背綁著一箇人過來。石秀看時，卻是楊林，剝得赤條條地，索子綁著。石秀看了人，暗暗地叫苦。悄悄假問老人道：「這箇拿了的是甚麼人？為甚事綁了他？」那老人道：「你不見說他是宋江那裡來的細作？」石秀又問道：「怎地吃他拿了？」那老人道：「說這廝也好大膽，獨自一箇來做細作，打扮做箇解魘法師，閃入村裡來，卻又不認道路，只陳大路走了。左來右去只走了死路，又不曉的白楊

從來是賊，叫做錦豹子楊林。」說言未了，只聽得前面喝道，說是莊上三官人巡綽過來。石秀在壁縫裏張時，看見前面擺著二十對纓鎗，後面四五個人騎戰馬，都彎弓插箭，中間擁著一個年少的壯士，騎一疋雪白馬上，全付披掛了弓箭。	樹轉灣抹角的消息。人見他走得差了，來路蹊蹺，報與莊上大人捉他，這廝方纔又掣出刀來，手起傷了四五箇人，當不住這裡人交一發上，因此吃拿了。有人認得他從來是賊，叫做錦豹子楊林。」說言未了，只聽得前面喝道，說是莊上三官人巡綽過來。石秀在壁縫裏張時，看見前面擺著二十對纓鎗，後面四五箇人騎戰馬，都彎弓插箭，又有三五對青白哨馬，中間擁著一箇年少的壯士，坐在一疋雪白馬上，全付披掛了弓箭。

從對比可見，二者的差異主要的三方面：

一是字詞的差異。如「蹈」和「踏」，「住居」和「土居」，「揀」和「陳」，「騎」和「坐在」。其中「蹈」和「踏」，「騎」和「坐在」，差異不大。「揀」字訛為「陳」，顯然嘉靖殘本是錯誤的。

而「住居」和「土居」差異比較大，學界多有討論，認為「土居」用詞更準確，並由此討論版本之先後。但其實從口頭文學發展而來的《水滸傳》來說，早期說書人未必能如此準確使用「土居」一詞，使用更為常用的「住居」一詞完全有可能，早期的文人加工也不一定能注意到這麼一個很普通的詞彙。若是上海殘葉後出於嘉靖殘本之繁本系統，根據繁本系統進行改寫，一般來說不會從「土居」改為「住居」，因為「土居」並不生僻，而且字形更為簡單。所以，以「住居」和「土居」的差異，未必能判斷哪一種版本更接近原作，不能據此認為「住居」者就是轉抄錯誤。

二是句子表述上的差異。「蒙賜酒飯已都吃了」一句，嘉靖殘本為「酒飯小人都吃勾了」。顯然，二者的語體色彩不同，上海殘葉此句比較書面，偏於文雅，而嘉靖殘本的表述比較口語，與上下文的語言風格比較一致。但若考慮《水滸傳》從說書藝術發展而來的性質，則「蒙賜酒飯已都吃了」仍然可能是更接近原著的表述。若從轉抄的角度說，從「酒飯小人都吃勾了」改寫成「蒙賜酒飯已都吃了」的可能性更小，一般我們總認為書坊刻書若改變字句，總是出於減少字數、改變筆劃繁瑣的字、改變書面文雅的表達方式，但從這些方面來看，顯然，「蒙賜酒飯已都吃了」字數沒有變少，字形更為繁瑣，表達更為書面。

三是嘉靖殘本比上海殘葉多出的五處長句。這些長句正是《水滸傳》「遊詞餘韻」之文學描寫韻味所在，上海殘葉缺了這些句子，確實與《水滸傳》簡本刪節的方式是相似的。這是上海殘葉之於嘉靖殘本重要的文本差異。

嘉靖殘本不包含上海殘葉另一紙的內容。所以，上海殘葉第二紙的內容，我們找了現存最早的繁本容與堂本作對比。

京本忠義傳（卷十第三十六葉）	容與堂本第五十回
足道哉。早晚也要望朝奉提攜指教。祝氏三傑相請眾位尊坐。孫立動問道：「連日相殺，征陣勞神。」祝龍答道：「也未見勝敗。眾位尊兄鞍馬遠來不易。」孫立便交顧大嫂引了樂大娘子、叔伯姆兩個，去後堂拜見宅眷。換過孫新、解珍、解寶參見了。便道：「這三個是我兄弟。」指著樂和便道：「這位是此間鄆州差來取的公吏。」指著鄒淵鄒潤道：「這兩個是登州將來的軍官。」祝朝奉並三子雖是聰明，卻見他又有老小，並許多行李車仗人馬，又是樂廷玉教師的兄弟，那裡有疑心，只顧殺牛宰馬，做筵席管待。眾人且飲酒食。過了兩日，到第三日，莊兵報道，宋江又調軍馬殺遶莊上來了。祝彪道：「我自出上馬挐此賊。」便出莊門，放下吊橋，引一百餘騎馬軍殺出。早迎見小李廣花榮領軍五百，出與祝彪兩個鬪了十數合不分勝敗。花榮賣了個破綻，撥回馬便	足道哉。早望也要望朝奉提攜指教。祝氏三傑相請眾位尊坐。孫立動問道：「連日相殺，征陣勞神。」祝龍答道：「也未見勝敗。眾位尊兄鞍馬勞神不易。」孫立便叫顧大嫂引了樂大娘子、叔伯姆兩個，去後堂拜見宅眷。喚過孫新、解珍、解寶參見了。說道：「這三個是我兄弟。」指著樂和便道：「這位是此間鄆州差來取的公吏。」指著鄒淵鄒潤道：「這兩個是登州送來的軍官。」祝朝奉並三子雖是聰明，卻見他又有老小，並許多行李車仗人馬，又是樂廷玉教師的兄弟，那裡有疑心，只顧殺牛宰馬，做筵席管待。眾人且飲酒食。過了一兩日，到第三日，莊兵報道，宋江又調軍馬殺遶莊上來了。祝彪道：「我自去上馬拿此賊。」便出莊門，放下吊橋，引一百餘騎馬軍殺將出來。早迎見一彪軍馬，約有五百來人。當先擁出那個頭領，彎弓插箭，拍馬輪鎗，乃是小李廣

走，引他趕來。祝彪正待要縱馬追去，背後有認的說道：「將軍休要去趕。恐防暗器。此人深好弓箭。」祝彪聽罷，便勒轉馬來不趕，領回人馬，投在莊上來，拽起吊橋。看花榮時也引軍馬回去了。祝彪直到廳前下馬，進後堂來飲酒。孫立動問道：「小將軍，今日挐得甚賊？」祝彪道：「今日（上）陣與花榮鬪了五十合。吃那廝走了。我卻待要趕去追他，軍人每道那廝	花榮。祝彪見了，躍馬挺鎗，向前來鬪，花榮也縱馬來戰。祝彪兩個在獨龍崗前約鬪了十數合，不分勝敗。花榮賣了個破綻，撥回馬便走，引他趕來。祝彪正待要縱馬追去，背後有認得的說道：「將軍休要去趕。恐防暗器。此人深好弓箭。」祝彪聽罷，便勒轉馬來不趕，領回人馬，投莊上來，拽起吊橋。看花榮時也引軍馬回去了。祝彪直到廳前下馬，進後堂來飲酒。孫立動問道：「小將軍，今日拿得甚賊？」祝彪道：「這廝們夥裡有個甚麼小李廣花榮，鎗法好生了得，鬪了五十餘合，那廝走了。我卻待要趕去追他，軍人們道那廝

以上對比可見，二者的差異主要在二方面：

一方面是字詞的差異，俗字異體不計，二者的差異主要在於各有一個錯字，「早晚」的「晚」字，容與堂本訛為「望」字，「喚」字上海殘葉訛為「換」字。從上海殘葉這二葉殘存內容來看，俗字異體字不計，此本錯誤率不高，將近九百字中總共只有一個錯字。同時，語意表達通順連貫，基本沒有破句。可見，此《京本忠義傳》就文字內容來說是個質量不錯的本子。

另一方面是上海殘葉比容與堂本少了兩處長句的表達。

其一，上海殘葉：「引一百餘騎馬軍殺出。早迎見小李廣花榮領軍五百，出與祝彪兩個鬪了十數合不分勝敗。」此句在容與堂本中為：「引一百餘騎馬軍殺將出來。早迎見一彪軍馬，約有五百來人。當先擁出那個頭領，彎弓插箭，拍馬輪鎗，乃是小李廣花榮。祝彪見了，躍馬挺鎗，向前來鬪，花榮也縱馬來戰。祝彪兩個在獨龍崗前約鬪了十數合，不分勝敗。」上海殘葉為三十六字，容與堂本為八十五字。容與堂本從祝彪視角描繪花榮帶領的一彪軍馬，以動作描寫、場景還原的方式展現花榮和祝彪之戰。

其二，上海殘葉：「今日（上）陣與花榮鬪了五十合。吃那廝走了。」此句在容與堂本中為：「這廝們夥裡有個甚麼小李廣花榮，鎗法好生了得，鬪了五十餘合，那廝走了。」容與堂本加了一句話，既從側面表現花榮的武藝，又通過語言描寫的方式表現了祝彪的口吻，有利於塑造祝彪的性格形象。

這二處差異，也都與《水滸傳》常見的簡本刪節方式相似，刪去了文學性的描寫，因此而失去了遊詞之韻味。正因為如此，有的學者把上海殘葉歸之於簡本系統。

但是，《京本忠義傳》畢竟只殘存二紙，不到一千字的篇幅。據此不能完全斷定已佚失部分也是這樣的風格。我們不妨以《三國志演義》之嘉靖壬午序本和葉逢春本作一參照。

以下選擇上文《三國志演義》部分曾經對比過的二個段落，為節省篇幅，截取其中比較小的片段作一類比。

嘉靖壬午序本	葉逢春本
卻說關、張正行之次，只見塵頭起，謂玄德曰：「此必是曹公追兵至也。」遂下定營寨圍繞，令關、張各執軍器，立於兩邊。許褚至近，見嚴整甲兵，入見玄德。玄德曰：「校尉來此何干？」褚曰：「丞相命，特來請將軍回，別有商議。」玄德曰：「『將在外，君命有所不受』。吾面君，況又蒙丞相之一語乎。你回去，替我稟覆丞相：有程昱、郭嘉累次問我取金帛，不曾相送，因此於丞相前以讒言譖我，故令汝趕來擒吾。吾若是無仁無義之輩，就此處斫汝為肉泥。吾感丞相大恩，未嘗忘也，汝當速回，見丞相善言答之。」	卻說玄德與關、張正行之間，只見塵頭起，玄德曰：「必是操兵追至也。」遂下寨準備。褚下馬入見，玄德曰：「校尉來此何干？」褚曰：「丞相命，特來請將軍回，別有商議。」玄德曰：「『將在軍，君命有所不受』。況傳丞相之一語乎。汝回去見丞相，替我稟覆：程昱、郭嘉累問我取覓金帛，不曾相送，因此結怨在心，於丞相前以讒言害我，故令汝趕來擒捉吾。吾若無仁義之輩，只就此間砍你為肉泥。吾感丞相大恩未嘗忘，汝當速回，善言達之丞相。」

這段文字中嘉靖壬午本和葉逢春本的差異，略似嘉靖殘本與上海殘葉之間的關係。小的文字差異之外，有一二處比較明顯的句子差異，嘉靖壬午本的文字略多於葉逢春本，多出的句子似乎使得語意更為完整。其中「令關、張各執軍器，立於兩邊。許褚至近，見嚴整甲兵，入見玄德」的場面描寫，其文學性的展開正略似於嘉靖殘本對楊林動作的描寫：「這廝方纔又掣出刀來，手起傷了四五箇人，當不住這裡人交一發上。」

但是，在《三國》葉逢春本中也有不少比嘉靖壬午序本詳細的文學性描寫。比如下面這個片段。

嘉靖壬午序本	葉逢春本
術坐於床上，大叫一聲，倒於地下，吐血鬥餘而死。時建安四年六月也。後人有詩曰：	術坐於簀床上，大叫曰：「袁術到於此乎！」伏倒於地，床上嘔血鬥餘而死。後人作詩歎之。時建安四年夏六月盡也。詩云：

假如葉逢春本也與《京本忠義傳》一樣只存片段的話，就看不出葉逢春本的全貌，不能了解葉逢春本也是「繁本」，只是不同於嘉靖壬午本，二者源自同一祖本卻有不同特色。

因此，是否可以適當參考葉逢春本之於《三國志演義》版本的意義，來認識《京本忠義傳》在《水滸傳》版本中的定位：《京本忠義傳》是繁本，是建陽書坊刊刻的《水滸傳》早期版本，與嘉靖殘本、容與堂本等繁本出於同一祖本，但具有不同的風格特點。

從上海殘葉與嘉靖殘本、容與堂本對比可見，殘葉部分確實有不少段落文字略簡於繁本。但這樣的簡，跟簡本之簡差別非常大。比如上海殘葉卷十之第十七葉殘存四百四十七字，嘉靖殘本此處為五百二十一字，余象斗評林本則為兩百二十七字。上海殘葉部分文字比評林本多一倍還多。從故事情節的完整和連貫的角度，殘葉的敘事取得了相當好的水平，刊刻錯誤不多，就相同部分與嘉靖殘本和容與堂本相比，殘葉之一沒有錯字，嘉靖殘本有一個錯字「陳」；殘葉之二有一個錯字「換」（喚），容與堂本也有一個錯字「望」（晚）。至於俗字、異體字比較隨意的使用，在小說刊本中非常常見。

另外，中川諭先生根據其中「來路」一詞，認為簡本系統不是來自《京本忠義傳》，而是直接來自繁本。[5]

容與堂本：

> 人見他走得差了，來路蹺蹊，報與莊上大官來捉他。

評林本：

> 人見他走差了來路，眾人拿了。

《京本忠義傳》：

> 人見他走得差了，即報與莊上大人。

由此，有的學者認為《京本忠義傳》在《水滸傳》版本演變系統中對後來的版本未起過什麼作用，是個不重要的版本。

周文業先生注意到評林本與《京本忠義傳》之間非常密切的一個關聯。即評林本小說正文沒有花榮與祝彪打鬥的情節，但是卻有一個插圖標題為「花榮與祝龍（祝彪）大戰」，與《京本忠義傳》的標題「祝彪與花榮戰」接近。而劉興我本沒有對應的插圖與標題。由此認為從插圖標題看，評林本的底本和《京本忠義傳》一致。

---

5 中川渝：〈上海圖書館藏《京本忠義傳》研究〉，《新大國語》第22號（1996年）。

《水滸傳》流傳過程中出現過多少版本，這是完全無法根據現存版本逆推的。根據現存的版本也未必能編織出完整和準確的版本演變鏈條。從嘉靖到萬曆乃至此後的明末清初，這之間不知產生過多少《水滸傳》版本，版本演變鏈條錯綜複雜，現存版本完全可能是其中跳躍性的鏈段。

第二節　評林本前後的《水滸傳》刊刻

在建陽刊刻的《水滸傳》版本中，余象斗雙峰堂本備受關注，此本為現存《水滸傳》版本中明確刊刻時間的最早的一本。

萬曆二十二年（1594）余象斗雙峰堂刊刻《京本增補校正全像忠義水滸志傳評林》二十五卷一百〇三回。藏於日本日光輪王寺慈眼堂，日本內閣文庫殘存卷八至二十五。今有文學古籍刊行社影印本，《古本小說叢刊》、《古本小說集成》等影印本。

首為《題水滸傳敘》，署「萬曆甲午歲臘月吉旦」，萬曆甲午即二十二年（1594）。「敘」之上層為〈水滸辨〉：「水滸一書，坊間梓者紛紛，偏像者十餘副，全像者止一家。前像板字中差訛，其板蒙舊。惟三槐堂一副，省詩去詞，不便觀誦。今雙峰堂余子，改正增評，有不便覽者芟之，有漏者刪之。內有失韻詩詞，欲削去，恐觀者言其省漏，皆記上層。前後廿餘卷，一畫一句並無差錯。士子買者可認雙峰堂為記。」此為余象斗的刊書廣告，從中我們了解萬曆二十二年之前《水滸》一書的坊刻之盛況。

首卷卷端題「京本增補校正全像忠義水滸志傳評林卷之一」，「中原　貫中　羅道本　名卿父編集」，「後學　仰止　余宗下　雲登父評校」（「余宗下」之「下」字很小），「書林　文台　余象斗　子高父補梓」。接著便是容與堂本在目錄前稱之為「引首」的一段敘述，此本未標明「引首」。然後才是第一回。

全書二十五卷，版心統一題「全像評林」、「水滸×卷」，各卷卷端卷末題名不一，卷末有的不題。

各卷回數不同，有三回、四回、五回、七回不等。各回篇幅長短不一。

正文上評中圖下文版式，每半葉一圖，圖兩邊題字。正文每半葉十四行，每行 二十一字。全書 三十六萬多字。

此書比繁本百回本系統容與堂本多出征田虎、王慶故事，此外基本情節相同，但簡省很多回目，所簡省回目相應內容多並在上一回中，比如容與堂本第四十六回「病關索大鬧翠屏山，拼命三火燒祝家莊」，第四十七回「撲天雕雙修生死書，宋公明一打祝家莊」，第四十八回「一丈青單捉王矮虎，宋公明兩打祝家莊」，在余象斗評林本中合併為一回，即「楊雄大鬧翠屏山，石秀火燒祝家莊」（評林本第四十回）。

特別值得關注的是，評林本第八回和第九回內容的合併。此本第九回在正文中沒有標目，第九回的內容並在第八回之內；第八回之後接著是第十回。這樣的情況其實不僅存在於評林本，在英雄譜本和以劉興我本為代表的三種嵌圖本中也都如此。插增本和種德書堂本、以及嵌圖本中的慕尼黑藏本皆為殘本，無此部分，未能判定。但從中可見，這是建陽刊《水滸傳》在版本形態上比較明顯的一個特點。可見建陽刊《水滸傳》之間一脈相承的關係。

在《水滸傳》版本研究中評林本備受關注的原因之一，是此本包含了關於《水滸傳》刊刻和傳播的諸多資訊，由此引發諸多問題的討論，如關於田虎王慶故事是施耐庵原著所有還是後人增插、《水滸傳》版本中插圖形式的變化、現存諸版本的彼此關聯或先後順序等。

《水滸傳》版本研究中頗為人們所關注的問題之一是，簡本是依據什麼版本進行刪節的。評林本的形態為這一問題的研究提供了極為重要的版本依據。

齊裕焜先生曾把《水滸傳》繁本分為兩個系統，說兩大系統標誌性的區別，並進而說明簡本與繁本的關係：

> (1) 甲系統版本有「致語」，即引頭詩，乙系統版本沒有。
> (2) 甲系統版本未移置閻婆事，乙系統版本已移置。
> (3) 詩詞和文字有不同，如七十一回一篇單道梁山泊好處的駢語不同。嘉靖刻本（殘卷）、天都外臣序本、容與堂本、鍾伯敬批本等屬於甲系統繁本。簡本是用甲系統的繁本作底本進行刪節，判斷依據主要是二點，即引頭詩和移置閻婆事。回首詩處理是其中的一個特點，「評林本」是把它移到上層；評林本另一個特點是未移置閻婆事。從這兩點來判斷，評林本是以甲系統的繁本為底本的。[6]

關於簡本和繁本的關係，學術界已取得很好的研究成果，本文暫不展開。

在《水滸傳》的研究中，評林本最為引人注目的是它比繁本百回本系統多出田虎王慶故事。

早期曾有學者認為田虎王慶故事是《水滸傳》祖本中所有的，現在學界普遍共識是：田王故事為後人增插。這是因為收藏於國外的二種《水滸傳》版本基本解決了這個疑問。

收藏於國外的這二種版本就是種德書堂刊本《新刊通俗增演忠義出像水滸傳》（學界以往多以收藏地稱之，即德國德萊斯頓邦立薩克森圖書館藏本和梵蒂岡教廷圖書館藏本）和《京本全像插增田虎王慶忠義水滸全傳》（學界簡稱之「插增本」）。從「增演」、「插增」可見，田虎王慶故事不是《水滸傳》原書中就有的故事。當然，光從書

6　齊裕焜：〈《水滸傳》不同繁本系統之比較〉，《中國典籍與文化》2011年第1期。

名，也不能完全確定這二種版本是否為最早插入田虎王慶故事的本子，但至少，在這二種版本刊刻的時候，田虎王慶故事的插入還是件新鮮事，可以此招攬買書的讀者。

這二種版本都在標題中標榜「插增田虎王慶」，因此，被認為是早於余象斗評林本的版本，因為在余象斗評林本中已經不再標榜「插增田虎王慶」，可見至萬曆二十二年余象斗刊刻評林本時，田虎王慶故事對於讀者來說已經不是新鮮的噱頭。

結合評林本書首之〈水滸辨〉的內容，可以印證這二種版本早於評林本。

我們先簡單介紹這二種版本的基本情況。

其一，種德書堂刊本《新刊通俗增演忠義出像水滸傳》，殘本分藏於德國德萊斯頓邦立薩克森圖書館和梵蒂岡教廷圖書館。

德國德萊斯頓邦立薩克森圖書館藏本，殘本四卷，共十八回。梵蒂岡教廷圖書館藏本，殘本五卷，共二十回。兩種共得九卷，三十九回，而且是不間斷的三十九回，內容包括了征遼、破田虎、擒王慶、平方臘。其中梵蒂岡藏本為此書的最末段，有牌記「萬曆仲冬之吉種德書堂重刊」。馬幼垣判斷此二者為同一本書。

此兩處藏本題名不一，現存九卷，所用書名有七個之多。德國德萊斯頓邦立薩克森圖書館藏本存卷十七至卷二十，其中卷十七有缺葉。各卷書名不一，卷十七題「新刊通俗增演忠義出像水滸傳」、卷十八題「新刻京本全像忠義水滸傳」、卷十九和卷二十題「新刊全相忠義水滸傳」。卷十八末題「新鍥滸傳十八卷終」，顯然漏刻一個「水」字。梵蒂岡教廷圖書館藏本存卷二十一至卷二十五。卷二十一題「新刊全相征淮西王慶出身水滸傳」、卷二十二題「新刻全本插增田虎王慶忠義水滸志傳」、卷二十三題「新刻京本全像忠義水滸傳」、卷二十四題「新刊全相忠義水滸傳」、卷二十五題「新刻全本忠義水滸傳」、卷二十二末題「新刻水滸傳」。

種德書堂本是建陽本小說標誌性的版式，上圖下文，但是並不是常見的每半葉插圖的形式，而是每葉（包括上、下兩個半葉）僅有一個半葉插圖。現存部分第十七卷前十七葉為上半葉帶圖，下半葉全是文字；十八葉及之後均為下半葉帶圖，上半葉全是文字。此書行款為：有圖的半葉十四行，行二十二字；無圖的半葉十四行，行三十字。採用這種特殊插圖方式的刊本現在極為罕見，到目前為止僅發現這一本。這很可能就是余象斗刊《水滸志傳評林》之〈水滸辨〉提到的「偏像」：「《水滸》一書，坊間梓者紛紛，偏像者十餘副，全像者止一家」。若這種版式就是「偏像」，則在余象斗評林本之前，此種坊刻本有十幾種之多。

值得注意的是，種德書堂在萬曆二十年之前還刊刻了「全像」本三國小說。余象斗雙峰堂于萬曆二十年（1592）刊刻《音釋補遺按鑑演義全像批評三國志傳》二十卷。卷首〈題全像評林三國志敘〉上層版框內有一〈三國辯〉，謂：「坊間所梓三國何止數十家矣，全像者止劉鄭熊黃四姓。宗文堂人物醜陋，字亦差訛，久不行矣。種德堂其書板欠陋，字亦不好……」從「書板欠陋」來說，種德書堂刊《水滸傳》亦是如此。由於「三國」、「水滸」二部小說在當時同受歡迎，當時書坊往往同時刊刻二者。因此，種德書堂刊本《水滸傳》應該也在萬曆二十年之前或者此前後刊行。

其二，萬曆年間刊刻《京本全像插增田虎王慶忠義水滸全傳》，此即學界所謂「插增本」，分卷分回情況不詳，殘本分藏於五處：

德國斯圖加特邦立瓦敦堡圖書館藏殘本六卷，為卷二至卷七，約二十回。具體為卷二第十七葉的上半葉，第十八葉的下半葉，卷三第十二葉的下半葉至第十九葉的上半葉、卷四全卷、卷五（缺第九葉）、卷六（缺第六葉、第十一葉的下半葉）、卷七（缺第十葉、第十八葉的下半葉）。

艾俊川收藏殘葉，僅二十三個半葉，為德國斯圖加特邦立瓦敦堡圖書館藏殘本的缺葉[7]。

哥本哈根丹麥皇家圖書館藏殘本五卷，為卷十五至十九，除卷十七外，其他卷均有缺葉。

巴黎法國國家圖書館藏殘本五回半，共三十三葉，即卷二十全卷，卷二十一的四葉。

牛津大學藏卷二十二的第十四葉，圖目為「宋江押解王慶回京」和「徽宗禦賞宋江俊義」。

五種藏本相加，約四十四回。

此幾處藏本卷端題名較為統一。哥本哈根丹麥皇家圖書館藏卷十六題作「京本全像插增田虎王慶忠義水滸全傳」、卷十七題作「新刊京本全像插增田虎王慶忠義水滸傳」、卷十八題作「新刻全像插增田虎王慶忠義水滸全傳」。版心題「全像水滸」或「全像水滸全傳」、「全像水滸傳」、「全相水滸傳」、「像水滸傳」，卷十五第二十四葉甚至訛為「釋音三國全傳」。巴黎法國國家圖書館藏本卷二十題作「新刊京本全像插增田虎王慶忠義水滸傳」，卷二十一題作「新刻京本全像插增田虎王慶忠義水滸全傳」。可見，儘管卷端卷末題目多樣，但關鍵字基本比較一致，即「新刊（刻）」、「京本」、「全像」、「插增田虎王慶」、「忠義水滸（全）傳」。

此幾處藏本版式皆為上圖下文，上欄圖像兩側有圖目。下欄文字半葉十三行，行二十三字。圖像較粗糙，圖像題詞不整齊，回目錯亂重複，錯別字不少，比如「盧俊義」大都寫成「蘆俊義」。但字體較工整。

據馬幼垣先生考訂，國外四處所藏殘本殘葉都是從一套書中拆出來的，其刊行時間應該早於余象斗刊本。此本題名《京本全像插增田虎王慶忠義水滸全傳》，與余象斗刊本《京本增補校正全像忠義水滸

7　艾俊川：〈從歐洲回流的插增本《水滸傳》殘葉〉，《華西語文學刊》2015年第11輯。

志傳評林》對照可知，插增本以插增田虎王慶之事相標榜，余象斗刊本也有田虎王慶故事，卻是以「改正增評」來吸引讀者。可見插增本加入田虎王慶故事應該在余象斗本之前。至余象斗刊本，田虎王慶已不是新鮮的噱頭了。所以，插增本刊刻時間當在萬曆二十二年（1594）之前。[8]

根據種德書堂刊本《新刊通俗增演忠義出像水滸傳》和「插增本」《京本全像插增田虎王慶忠義水滸全傳》，《水滸傳》版本研究中關於田王故事插增問題的爭論得到解決：《水滸傳》之田虎王慶故事非祖本所有，為後來插增，插增時間在萬曆二十二年之前。田虎王慶故事的插增係建陽書坊所為。

第三節　種德書堂本、插增本與評林本的彼此關聯

種德書堂本和插增本《水滸傳》的題名關鍵字基本相同，即「插增」或「增演」、「田虎王慶」、「忠義水滸傳」、「全像」等。結合余象斗評林本「水滸辨」的信息，這二個版本刊刻時間應該相距不太遠。

我們先看看插增本和種德書堂本兩者之間密切的關係。

以下根據中華書局《古本小說叢刊》第十九輯影印本介紹種德書堂本之德國德萊斯頓薩克森州圖書館藏本情況，並與插增本之哥本哈根丹麥皇家圖書館藏本（以下簡稱丹麥藏本）相關部分相對比。

德國德萊斯頓薩克森州圖書館藏本（以下簡稱德萊斯頓藏本）殘存四卷，即卷十七、十八、十九、二十，共十八回。各卷書名不一，數目錯訛零亂。上圖下文，圖之兩側有四字標題。但每葉僅一幅圖，或在前半葉（卷十七第一葉至第十七葉），或在後半葉（卷十七第十八葉至卷二十第二十葉）。

8　馬幼垣：〈現存最早的簡本《水滸傳》——插增本的發現及其概況〉，《中華文史論叢》1985年第3期。

卷十七卷端題「新刊通俗增演忠義出像水滸傳卷之十七」。殘存一、二、三、四葉，缺五葉。為第八十三回「宋公明奉詔破大遼，陳橋驛淚滴斬小卒」，未完。第七葉開始第八十四回「宋江兵打蘇（『薊』字之誤）州城，蘆（『盧』字之誤，此本與插增本之丹麥藏本一樣，『盧俊義』之『盧』多寫作『蘆』）俊義大戰玉田」，與丹麥藏本同樣錯字。第八十五回與丹麥藏本一樣只有回數而無回目。第八十六回「宋公明大戰獨鹿山，蘆俊義兵陷青石峪」。缺廿一葉。第八十七回「宋公明大戰幽州，胡延灼力擒番將」，後半句另行訛至正文開頭。與丹麥藏本的八十七回回目相同，且一樣將「呼延灼」刻寫成「胡延灼」。缺廿七葉。廿八葉下半葉殘損。

卷十八卷端一、二、三、四行殘缺，一、二行只能見「新刻京本全」、「第八十七回」。從內容看，應與丹麥藏本一樣，重複八十七回之數，回目為「顏統軍列混天像，宋公明夢授玄女法」。第八十八回「宋公明破陣成功，宿太尉頒恩降詔」。第八十九回「五臺山宋江參禪，雙林渡燕青射雁」。第九十一回「宿太尉保舉宋江，盧俊義分兵征討」。卷末題「新鍥滸傳十八卷終」。

卷十九卷端題「新刊全相忠義水滸傳卷之十九」。第九十一回「盛提轄舉義投降，元仲良憤激出家」。第九十二回「不英雄大會唐斌，瓊郡主配合張清」。第九十三回「公孫勝再訪羅真人，沒羽箭智伏喬道清」，第九十四回「宋江兵會蘇林嶺，孫安大戰白虎關」。

卷二十卷端題「新刊全相忠義水滸傳卷之二十」。第九十回「魏州城宋江祭諸將，石羊關孫安擒勇士」，第九十五回「盧俊義計攻獅子關，段景住暗認玉欄樓」，第九十六回「及時雨夢中朝大聖，黑旋風異境遇仙翁」。第九十七回「喬道清法迷五千兵，宋公明義釋十八將」。第九十六回「卞祥賣陣平河北，宋江得勝轉東京」。第九十八回「徽宗降敕安河北，宋江承命討淮西」。

種德書堂本的版面比較擁擠，除了減少插圖以節省版面，在文字排版上也盡力節省版面，字多行窄，詩詞奏章等引用文字不另行，而只空幾格以示區分，這在小說版本中是比較少見的。但是，種德書堂本如此節省版面，文字表述上卻是相對完整和連貫的，這也與通常我們所認識的小說簡本頗為不同。

種德書堂本正文比插增本文字略多，略為通順完整。此引二本第八十三回開頭一段對比如下：

種德書堂本（德萊斯頓藏卷）

第八十三回　宋公明奉詔破大遼　陳橋驛淚滴斬小卒

古風一首

大鵬出窟潛林葦，激怒摶風九萬里。

丈夫按劍晦蒿萊，時間談笑揮鋒芒。

宋皇失政群臣妒，天下黎民思樂土。

壯哉一百八英雄，布義行仁聚山塢。

宋江忠義天下稀，學究謀略人中奇。

馘斬俘擒貔虎將，提兵生致麒麟兒。

艨艟戰檻環湍瀨，弓弩槍刀布山寨。

三關隊伍大森嚴，萬姓聞風俱膽碎。

去邪除佞誅貪殘，替天行道民盡安。

宋江矢心如鐵石，天使降詔來梁山。

東風拂拂征袍舞，彩袖翩翩動鐘鼓。

皇封玉酒紫泥宣，帛綺珠珍賜山主。

承恩將校舒衷情，焚香再拜朝玉京。

天子龍顏動喜色，諸侯擊節歌昇平。

汴州城下排兵隊，一心報國真加會。

盡歸廊廟佐清朝，萬古千秋尚忠義。

卻說當年有大遼國主起兵前來侵占山後九州邊界，兵分四路而入，劫擄山東、山西，搶掠河南、河北。各處申奏請求救兵。先經樞密院，然後得到御前。樞密童貫、太尉蔡京、太尉高俅、楊戩，納下表章不奏。四個賊臣定計，奏將宋江等眾陷害。殿前太尉宿元景向前奏道：「宋江方始歸降，百單八人，恩同手足，死不相離。今又要害他，倘或漏泄，城中反變，將何解救？見今遼國興兵，侵占山後九州，所近縣治，各處申表求救，屢次調兵征剿，賊勢浩大，折兵損將。瞞著聖下不奏。以臣小見，正好差宋江等收伏遼國之賊，於國建功，實有便益。」天子聽罷宿太尉所奏，龍顏大喜。深責童貫等匿奏之罪。親書詔敕，加宋江為破遼都先鋒。其餘諸將，待建功封爵。就差宿元景，親賚詔敕，去宋江軍前開讀。宿太尉領了聖敕，出朝徑到宋江行寨開讀詔敕……

插增本（丹麥藏卷）

第八十三回　宋公明奉詔破大遼　陳橋驛淚滴斬小卒

古風一首

大鵬出窟潛林葦，激怒搏風九萬里。

丈夫按劍晦蒿萊，時間談笑揮鋒芒。

宋皇失政群臣妒，天下黎民思樂土。

壯哉一百八英雄，布義行仁聚山塢。

宋江忠義天下稀，學究謀略人中奇。

馘斬俘擒貔虎將，提兵生致麒麟兒。

艨艟戰檻瑞湍瀨，弓弩槍刀布山寨。

三關隊伍大森嚴，萬姓聞風俱膽碎。

去邪除佞誅貪殘，替天行道民盡安。

宋江矢心如鐵石，天使降詔來梁山。

東風拂拂征袍舞，彩袖翩翩動鐘鼓。
皇封玉酒紫泥宣，帛綺珠珍賜山主。
承恩將校舒衷情，焚香再拜朝玉京。
天子龍顏動喜色，諸侯擊節歌昇平。
汴州城下排兵隊，一心報國真加會。
盡歸廊廟佐清朝，萬古千秋尚忠義。
大遼國主起兵侵佔山後九州疆界，兵分四路而劫擄山東、山西，搶掠河南、河北。各處申奏請求救兵。樞密童貫、太尉蔡京，太尉高俅、楊戩，停匿表章不奏。四個賊臣定計奏陷宋江等。殿前太尉宿元景奏道：「宋江方始歸降，百單八人，恩同手足，死不相離。今要害他，倘或漏泄，城中反變，將何解救？見今遼國興兵，侵佔山後九州，所近縣治，各處申表求救，賊勢浩大，折兵損將。瞞著聖下不奏。以臣小見，正好差宋江等收伏遼賊，於國建功，實有便益。」天子聽奏，龍顏大喜。深責童貫等匿奏之罪。親書詔敕，加宋江為破遼都先鋒。其餘諸將，待建功封爵。就差宿元景，敕去宋江軍前開讀。宿太尉領敕出朝，徑到宋江行寨開讀詔敕……

二者韻文部分相同。但散文敘述部分，短短一段就有九處不同，種德書堂本比插增本多出九處字句。對比繁本就會明白，種德書堂本比插增本多出的文字，都見之於現存之繁本。此引繁本之容與堂本相關段落對比：

第八十三回　宋公明奉詔破大遼　陳橋驛滴淚斬小卒
古風一首
大鵬久伏北溟裡，海運摶風九萬里。
丈夫按劍居蓬蒿，時間談笑鷹揚起。

縣官失政群臣妒，天下黎民思樂土。
壯哉一百八英雄，任俠施仁聚山塢。
宋江意氣天下稀，學究謀略人中奇。
折馘擒俘俱虎將，披堅執銳盡健兒。
艨艟戰檻環湍瀨，劍戟短兵布山寨。
三關部伍太森嚴，萬姓聞風俱膽碎。
惟誅國蠹去貪殘，替天行道民盡安。
只為忠貞同皦日，遂令天詔降梁山。
東風拂拂征袍舞，朱鷺翩翩動鉦鼓。
黃封禦酒遠相頒，紫泥錦綺仍安撫。
承恩將校舒衷情，焚香再拜朝玉京。
天子龍顏動喜色，諸侯擊節歌昇平。
汴州城下屯梟騎，一心報國真嘉會。
盡歸廊廟佐清朝，萬古千秋尚忠義。

說當年有大遼國王，起兵前來侵佔山後九州邊界。兵分四路而入，劫擄山東、山西，搶掠河南、河北。各處州縣，申達表文，奏請朝廷求救。先經樞密院，然後得到御前。所有樞密童貫同太師蔡京，太尉高俅、楊戩，商議納下表章不奏。只是行移鄰近州府，催儹各處，逕調軍馬，前去策應。正如擔雪填井一般。此事人皆盡知，只瞞著天子一個。適來四個賊臣設計，教樞密童貫啟奏，將宋江等眾要行陷害。不期那御屏風後轉出一員大臣來喝住。正是殿前都太尉宿元景。便向殿前啟奏道：「陛下，宋江這夥好漢方始歸降，百單八人，恩同手足，意若同胞。他們決不肯便拆散分開，雖死不捨相離。如何今又要害他眾人性命。此輩好漢，智勇非同小可。倘或城中翻變起來，將何解救？如之奈何？見今遼國興兵十萬之眾，侵佔山後九州，所屬縣治，各處申達表文求救，累次調兵前去征剿交鋒，

> 如湯潑蟻。賊勢浩大，所遣官軍，又無良策可退。每每只是折兵損將。惟瞞陛下不奏。以臣愚諫，正好差宋江等全夥良將，部領所屬軍將人馬，直抵本境，收伏遼國之賊。令此輩好漢，建功進用於國，實有便益。微臣不敢自專，乞請聖鑒。」天子聽罷宿太尉所奏，龍顏大喜。巡問眾官，俱言有禮。天子大罵樞密院童貫等官：「都是汝等讒佞之徒，誤國之輩，妒賢嫉能，閉塞賢路，飾詞矯情，壞盡朝廷大事！姑恕情罪，免其追問。」天子親書詔敕，賜宋江為破遼都先鋒，其餘諸將待建功加官受爵。就差太尉宿元景，親齎詔敕，去宋江軍前行營開讀。天子退朝，百官皆散。且說宿太尉領了聖旨出朝，逕到宋江行寨軍前開讀……

可見，插增本和種德書堂本據以刪減和翻刻的底本，就是接近於今存繁本的面貌，其文字表述接近於容與堂本。在簡本和更簡本之間，文字雖有增刪，但多出的文字都見於繁本，而基本少有表述方式的改變。可惜上海殘葉只存二葉殘紙，無法為我們提供接近於今存之繁本面貌的早期建陽刊本的全貌。但從種德書堂本和插增本文字與容與堂本文字的對比可見，萬曆二十二年之前的建陽刊簡本《水滸傳》已經簡化至如此規模，敘述文字大概不到繁本篇幅的一半。

那麼，種德書堂本和插增本之間，哪種先出哪種後出呢？從文字對比來看，比較大的可能是，在種德書堂本（或其據以翻刻的版本，或與其面貌相同的版本）的基礎上，插增本再作刪減。因為若種德書堂本在插增本（版本面貌）的基礎上作補充，不可能補充的部分都見於繁本；若是以插增本（版本面貌）為基礎，又參照繁本作補充，如此繁瑣，不如直接按照繁本作刪減。當然，無法判斷他們是「父子關係」。也可能他們都按照其他本子翻刻，當時存在大量坊刻本，但在同一時期，這些本子小說文字的形態大體相同。

但是，版本之間先後順序的判斷確實非常困難。因為從圖像來看，似乎插增本的插圖（標題）有可能早於種德書堂本。

參照插增本丹麥藏卷，可見種德書堂本德萊斯頓藏卷圖像之題大都見於丹麥藏本，圖像之構圖內容不同，但對比起來似乎可見明顯的沿襲痕跡。對比兩本，似乎德萊斯頓藏本應是依照丹麥藏本或某個接近於丹麥藏本的本子翻刻的。

丹麥藏本第八十六回有一幅圖「宋江差人尋盧俊義」，德萊斯頓藏本此回相似圖像的一幅題為「解珍解寶稱獵戶」。這是因為丹麥藏本在「宋江差人尋盧俊義」這幅圖的後一幅圖是「解珍解寶扮獵戶」，德萊斯頓藏本望圖生義，看圖像上畫著兩個人，就名之為「解珍解寶扮獵戶」，還把「扮」字刻成了「稱」，至為粗陋。

最可笑的是卷十八之八十七回，丹麥藏本連著三幅圖題為「兀顏延壽領兵出陣」、「吳用擺九宮八卦陣」、「兀顏延壽打八卦陣」，德萊斯頓藏本訛為一幅圖「兀顏延壽布九宮陣」。一般來說，只有後來刻的本子，才可能把此前本子中的兩幅圖訛為一幅圖。

德萊斯頓藏本題圖很多字句不通，與其他刊本相似而訛誤。如卷十八之八十七回，丹麥藏本有一圖為「大遼郎主總領壓陣」，德萊斯頓藏本訛為「大遼即主總煩壓陣」，至為不通。又如「公孫勝作捉延壽」（丹麥本「公孫勝作法捉延壽」），似乎從「公孫勝作法捉延壽」刪減訛為「公孫勝作捉延壽」的可能性更大。「宿太尉奉語往邊廷」（丹麥本「宿太尉奉詔往邊」），「郎主引文武按詔命」（丹麥本「大遼國主文武接詔」）等，也似乎是因為字形相近，從插增本訛為種德堂本的可能性大。

當然也有相反的例子，比如「宋江稿庫領師回京」，閱讀小說正文可知，應該是「宋江犒軍領師回京」之誤。相似內容的圖題，丹麥本為「宋江分兵班師回京」。一般來說，從「宋江分兵班師回京」不太可能訛出「宋江犒軍領師回京」或「宋江稿庫領師回京」，因為丹麥本「宋江分兵班師回京」的字形語意比較簡單。

種德書堂本明確標明「重刊」，而從標題的錯訛可見，必然是根據某個版本重刊的。因為若無參照翻刻，也可能出現錯別字，但不可能出現這麼多字形相似的錯訛。從圖像標題來看，種德堂本翻刻所據底本應該不是插增本，但是，所據底本的圖像（標題）比較接近插增本。二本之間密切的關係，特別是標題字形相近而訛的情況，可貴地保留下了簡本之間翻刻沿襲的痕跡。

有的學者認為種德書堂本可能就是余象斗「水滸辨」所說的「偏像」本，認為出於全像本之前，因此早於插增本。若就這點來說，倒是未必。因為從圖像形式發展來說，《水滸傳》插圖形式不需要先經過「偏像」的積累再到「全像」，全像小說在元代已大量出現，明代萬曆之前也已有《剪燈新話》、《三國志傳》等全像小說。

為何種德書堂本的小說文字似乎早於插增本，而圖像（標題）面貌卻晚於插增本呢？是否有可能小說文字和圖像（標題）的底本來源不同？刻本文字寫手和畫工可能不是同一人，他們摹寫時所據本子不同，這是可能的。當時坊刻本很多，不同本子之間大體相似，但都有一些自己的面貌，這些本子之間的先後順序錯綜複雜，從書坊刊刻來說，對此並不在意。

此對比種德書堂本之德萊斯頓藏卷和插增本之丹麥藏卷的圖像之題如下（刻本中錯別字很多，此表格按原刻本標題錄入，未修改錯別字）：

種德書堂本之德萊斯頓藏本		插增本之丹麥藏本		備註
卷十七第八十三回	宋公明奉詔破大遼，陳橋驛淚滴斬小卒	卷十七第八十三回	宋公明奉詔破大遼，陳橋驛淚滴斬小卒	
	宿元景仝宋江征遼		宿元景仝宋江征遼	
			加宋公為遼都先鋒	

種德書堂本之德萊斯頓藏本		插增本之丹麥藏本		備註
	宋江整備將佐出征		宋江整備將佐出征	
			宋江焚化晁蓋靈牌	
			軍校怒殺廂官	
	宋公明揮淚斬小卒		宋江揮淚斬小卒	
			奏宋江部兵殺命官	
	宋公明領兵征大遼		宋公明領兵征大遼	
	張清飛石打死遼將		張清飛石打死番將	構圖相似，圖像不同
	（缺頁）		張清飛石又打太守	
	（缺頁）		□□□殺國珍而死	此題右邊模糊
	（缺頁）		林沖鬬勝大戰遼將	
	（缺頁）		楚明玉放開水門	
第八十四回	宋江兵打蘇州城，蘆俊義大戰玉田縣	第八十四回	宋江兵打蘇州城，蘆俊義大戰玉田縣	
	三阮戰船暗取檀州		侍郎望北而走	
			聖上賫賞宋兵	
			三阮戰船暗取檀州	
	吳用分布長蛇陣勢		吳用分布長蛇陣勢	
			天山勇箭射張清	
	盧俊義力逃四遼將		蘆俊義力逃四遼將	
			燕青取箭射番將	
	遼兵圍困玉田縣城		遼兵圍困玉田縣	
			宋江收軍進玉曰縣	
	宋江領兵攻薊州城		□□□□攻城埋伏	此題右邊漫漶
			林沖搠死寶密聖	
	時遷在石塔放號火		時遷在石塔放號火	
			侍郎獻計退宋兵	

種德書堂本之德萊斯頓藏本		插增本之丹麥藏本		備註
第八十五回		第八十五回		無回目
	遼主遣使來招宋江		遼主遣使招安宋江	
			宋江與侍郎敘話	
			宋江權收遼主遺禮	
	宋江宴待洞仙侍郎		宋江宴待洞仙侍郎	構圖略似
			宋江要往參見真人	
	宋江公孫勝參真人		宋江公孫勝參真人	
	宋江拜求真人法語		宋江拜求真人法語	構圖相似
			宋江辭真人下山庵	
			朝廷敕旨催兵出戰	
	宋江詐降取霸州城		宋江計議取霸州	構圖相似
			宋江詐降取霸州城	
			蘆俊義殺入文安縣	
	盧俊義分兵攻打關隘		蘆俊義分兵攻關隘	
			宋江占取霸州	
			賀重寶奏主出征	
第八十六回	宋公明大戰獨鹿山，盧俊義兵陷青石峪	第八十六回	宋公明大戰獨鹿山，蘆俊義兵陷青石峪	
	兀統軍分兵敵宋江		兀統軍分兵敵宋江	構圖略似
			宋江分兵與遼大戰	
			蘆俊義陷在青石谷	
			宋江點計不見俊義	
	解珍解寶稱獵戶		宋江差人尋蘆俊義	構圖相似
			解珍解寶扮獵戶	
	（缺頁）		白勝報知俊義根由	

種德書堂本之德萊斯頓藏本		插增本之丹麥藏本		備註
	出廬先鋒宋公明救		宋江人馬救出蘆俊義等	
			宋江兵馬大戰遼兵	
			大遼國會集文武	
第八十七回	宋公明大戰幽州，胡延灼力擒番將	第八十七回	宋公明大戰遼兵，胡延灼力擒番將	
			兀顏延壽領兵出陣	
	兀顏延壽布九宮陣		吳用擺九宮八卦陣	構圖略似
			兀顏延壽打八卦陣	
	公孫勝作捉延壽		公孫勝作法捉延壽	
	顏壽敗卒□振統軍		大遼殘兵回見統軍	
	顏統軍分兵廿八宿		顏統軍分二十八宿	
			宋江整軍迎敵番將	
	（缺頁）		遼兵瓊妖戰史進	
	（缺頁）		寇先鋒戰孫立詐箭	
卷十八第八十七回	（回目殘損）	卷十八第八十七回	顏統軍列混天像，宋公明夢授玄女法	回數重複
			宋江等議論軍情	
	顏統軍排玄武象陣		顏統軍排玄武象陣	
	大遼即主緫煩壓陣		大遼郎主總領壓陣	
			大遼國主親征催戰	
			大遼眾兵擺列隊伍	
			大遼郎主端坐中軍	
	宋江朱武上臺觀陣		宋江朱武上臺觀陣	
			遼兵湧出宋兵大敗	
	李逵殺人兀顏被捉		李逵撞陣被遼兵捉	

種德書堂本之德萊斯頓藏本		插增本之丹麥藏本		備註
	（缺頁）		送小將軍換李逵	
	（缺頁）		宋江憂悶獨坐尋思	
	青衣女童旨請宋江		青衣女童旨請宋江	
	宋江夢中參見娘娘		宋江夢中見玄女	
第八十八回	宋公明破陣成功，宿太尉頒恩降詔	第八十八回	宋公明破陣成功，宿太尉頒恩降詔	
	宋江分兵破渾天陣		宋江定計破混天陣	
			（缺頁）	
	三將陣上殺顏統軍		（缺頁）	
			宋江兵馬大戰遼兵	相同的題目已出現在八十六回，但圖像不同
			大遼國主堅閉幽州	
	遼主遣使納降宋朝		遼主遣使納降宋朝	
			蔡太師奏道君皇帝	
			徽宗遣宿元景齎詔	
	宿太尉奉語往邊廷		宿太尉奉詔往邊	
	郎主引文武按詔命		大遼國主文武接詔	
			遼主宴待宿太尉等	
弟八十九回	五臺山宋江參禪，雙林渡燕青射雁	第八十九回	五臺山宋江參禪，雙林渡燕青射雁	
	宋江犒庫領師回京		宋江分兵班師回京	
	宋江往五五臺山禪		智深同宋江往五臺山	
			宋江智深五臺山參禪	
			宋江等辭別下山	
	雙林渡燕小乙射雁		雙林渡燕青射雁	

種德書堂本之德萊斯頓藏本		插增本之丹麥藏本		備註
			宋江見鴻雁傷悲	
			徽宗天子賜宋江宴	
			蔡太師奏河北作亂	
	田彪進兵攻打淩州		田彪進兵攻打淩州	
第九十一回	宿太尉保舉宋江，盧俊義分兵征討	第九十一回	宿太尉保舉宋江，盧俊義分兵征討	
	太尉奏宋江征田虎		太尉奏征伐河北	
			宋江俊義面君賜酒	
	宋江蘆俊義等接詔		宋江俊義等接詔	
			宋江得河北地理圖	
	許貫忠來見宋公明		宋江等兵到北京	
			關勝兵到陵州屯紮	
	宋江分調引兵征進		關勝與田彪大戰	
			北軍劫寨被擒大敗	
	盧俊義大戰山士奇		盧俊義力敵三將	
			時遷石秀關內放火	
			宋江進關出榜民安	
卷十九第九十一回	盛提轄舉義投降，元仲良憤激出家	第九十一回	盛提轄舉義投降，元仲良憤激出家	
			盧俊義引兵詐敗	
	（缺頁）		端統軍領兵追趕	
	（缺頁）		（以下缺頁）	
	孫立揮鞭打死蘇吉			

從種德書堂本和插增本，到余象斗評林本，聯繫上文所述上海殘葉，我們似乎可以看到建陽書坊刊刻《水滸傳》版本簡化的過程，當

然，是跳躍性的演化過程，因為更多的版本已經佚失。

試看上引〈宋公明奉詔破大遼　陳橋驛淚滴斬小卒〉一回開篇之評林本面貌：

> 宋公明奉詔破大遼　陳橋驛淚滴斬小卒
>
> 卻說當年有大遼國主起兵侵佔山後九州邊界，兵分四路而入，劫擄山東、山西，搶掠河南、河北。各處申奏請求救兵。先經樞密院，然後得到御前。樞密童貫、太尉蔡京、高俅、楊戩，納下表章不奏。四個賊臣定計，奏將歸降百單八人，恩同手足，死不相離。今又要害他，倘或漏泄，城中反變，將何解救？見今遼國興兵，侵佔山後九州，所近縣治，各處申表求救，屢次調兵征剿，折兵損將。瞞著聖上不奏。以臣小見，正好差宋江等收伏遼國之賊，於國建功，實有便。天子聽罷，龍顏大喜。深責童貫等匿奏之罪。親書詔敕，加宋江為破遼都先鋒。其餘諸將，待建功封爵。就差宿元景，親賚詔敕，去宋江軍前。宿太尉領了聖敕，徑到宋江行寨開讀……

此小說正文沒有開篇的古風，但這是余象斗評林本的特點，他把大部分的詩詞韻語都移到了上欄。此卷首上欄就有一〈評古風〉：「古風詞一首，言盡水滸一部。奈不該詭於此處，故錄上層，隨便覽之云。」然後引錄此古風一首，篇幅占二葉半上欄位置。

而評林本的此段小說正文，則接近種德書堂本和插增本，介於二者之間，但更為簡略。從字數來說，大略接近插增本。而文句則更接近種德書堂本的面貌，但是有意無意跳行漏了一段文字，即把種德書堂本的「四個賊臣定計，奏將宋江等眾陷害。殿前太尉宿元景向前奏道：『宋江方始歸降，百單八人……』」刊成：「四個賊臣定計，奏將歸降百單八人……」漏刊二十一字，以致文句不通。這樣跳行漏刊的現象，在評林本中比較常見。

另外，從圖像來說，以余象斗評林本與種德書堂本、插增本相比，因為圖像粗略，整體來說構圖相似者很多，但圖像標題則少有相同者，在與種德書堂本和插增本內容相重合的卷十七，評林本與之完全相同的只有一條標題：「宋江拜求真人法語」。而種德書堂本和插增本插圖標題相同的很多。可見，插增本與種德書堂本關係略近，評林本則與這二種相對關係較遠，評林本是版本發展鏈上後一時段的面貌。

余象斗是萬曆時期建陽書坊著名刻書家，余氏家族也是建陽刻書業中世代相延持續經營時間最長的刻書世家，這也是余象斗的評林本在《水滸傳》版本中廣受關注的原因之一。[9]余象斗的評林本集中了很多出版創意。除了田虎王慶故事之外，還有「評林」和「全像」，為此設計了上中下三欄的版式，把詩詞等挪到上欄，使得版面看來很特別，也顯得比較疏朗。而把詩詞等挪到上欄，是符合讀者閱讀的興趣與要求的，因為《水滸傳》中的很多詩詞對於故事敘述來說不是必要的，而且可能影響敘事的連貫性。與此同時，余象斗又在正文中加入「仰止先生觀到此處有詩贊曰」等余刊本常見的表述，為評林本打上了濃厚的「余氏」書坊印記，此又可見出余象斗自覺的品牌意識。

如此富有創意的余氏版本，在當時可能影響很大，但是，在現存版本中，小說正文比較接近評林本的，似乎只有《英雄譜》。

而在現存《水滸傳》建陽刊本中，萬曆之後的《水滸傳》版本大多與劉興我本相近。

9　當然，評林本受到關注還有一些客觀的原因。評林本是最早的影印本，在六〇年代到九〇年代之間，大家能用的簡本只有評林本和漢宋奇書本。此前的胡適、魯迅、何心等先生都用漢宋奇書本，就是因為能見到的簡本少。後來的學者覺得評林本的刊刻早於漢宋奇書本，討論簡本就大多以評林本為據。

第四節　插增本、種德書堂本、評林本、劉興我本異同略說

在現存《水滸傳》刊本中，明確刊刻時間而排在評林本之後的簡本是劉興我刊本。

劉興我刊崇禎元年序《新刻全像水滸傳》二十五卷一百一十五回。

此本現藏於日本東京大學東洋文化研究所，為海內外僅存的孤本。藏本非全帙，卷四第十六葉以下付闕。《古本小說叢刊》據此影印。

首為〈敘水滸忠義志傳〉，署「戊辰長至日清源汪子深書於巢雲山房」，並鈐有方形陽文印章「汪子深印」一枚。「戊辰」指的是崇禎元年（1568）年。

次〈鼎鐫全像水滸忠義志傳目錄〉。目錄誤作一百一十四回，因脫第一百十三回回目。

卷一卷端題「新刻全像水滸傳卷之一」，署「錢塘施耐庵編輯　富沙劉興我梓行」。版心題「全像水滸傳」。

上圖下文。圖像占中間十一行上欄位置，圖像上方、版框之外橫題八言圖目。半葉十五行，圖像下方每行二十七字，圖像兩側每行三十五字。

上圖下文是常見的建陽標誌性版式。但此本不同於種德書堂本、插增本、評林本的版式，而是上圖下文的一種變式，插圖仍為每半葉一圖，但是圖像未占據整個上層的橫面位置，圖的兩旁還有三兩行跟版框高度相同的文字，圖上版框外有標題，圖下面全是文字。馬幼垣先生稱此種版式為「嵌圖本」，意指圖的四周都有文字，圖像就好像是嵌在文字之中。

此本常見介紹為二十五卷一百十五回，此表述未為錯，但需要指出，劉興我本及相關的幾種本子都存在目錄脫漏和正文未標目的現象。馬幼垣謂：「齊全的三種嵌圖本（按：指藜光堂本、劉興我本、

李漁序本）號稱百十五回，其實都只有百十四回。各本的目錄均列有第九回〈豹子頭刺陸謙富安、林沖投五莊客向火〉，但這一回在正文都併入第八回之內。第八回也就不單特長，該回後半的情節更無法在回目中反映出來。第八回後，接著便是第十回。此外，書末各本均有第百十三回〈盧俊義大戰昱嶺關、宋公明智取清溪澗〉。目錄卻無此回，而列正文之第百十四回為百十三回，第百十五回為百十四回。」[10]

劉興我本與種德書堂本的文字比較接近。比如上引〈宋公明奉詔破大遼　陳橋驛淚滴斬小卒〉一回劉興我本的開篇：

第七十八回　宋公明奉詔破大遼　陳橋驛滴淚斬小卒

大鵬久伏北溟水，激怒摶風九萬里。
丈夫按劍晦蒿萊，時間談笑鷹揚起。
宋皇失政群臣妒，天下人民思樂土。
壯哉一百八英雄，布義行仁坐山塢。
宋江忠義天下稀，學究謀略人中奇。
馘斬俘擒貔虎將，提兵生致麒麟兒。
艨艟戰檻環湍瀨，弓弩槍刀布山寨。
三關隊伍大森嚴，萬姓聞風俱膽碎。
去邪除佞誅貪殘，替天行道民盡安。
宋江矢心如鐵石，天使降詔來梁山。
東風拂拂征袍舞，彩袖翩翩動鐘鼓。
皇封玉酒紫泥封，錦綺珠珍賜山主。
承恩將校舒衷情，領旨英雄朝玉京。
天子龍顏多喜色，諸侯擊節歌昇平。
汴州城下排兵隊，一心報國真嘉會。

10 馬幼垣：《水滸論衡》（北京市：生活．讀書．新知三聯書店，2007年），頁126-127。

盡歸廊廟佐清朝，萬古千秋尚忠義。

卻說當年有大遼國主，起兵侵佔山後九州邊界。兵分四路而入，劫掠山東、山西，搶擄河南、河北。各處申奏請求救兵。先經樞密院，然後得到御前。樞密童貫、太尉蔡京、高俅、楊戩，納下表章不奏。四個賊臣定計，教樞密童貫啟奏，將宋江等眾要行陷害。不期御屏後太尉宿元景喝住，便向殿前啟奏道：「陛下，宋江這夥好漢方始歸降，百單八人，恩同手足，死不相離。今又要害他，倘若漏泄反變，將何解救？見今遼國興兵，侵佔山後九州，所近縣治，各處申表求救，屢次調兵征剿，折兵損將。瞞著聖下不奏。以臣小見，正好差宋江等收伏遼國之賊，實是便益。」天子聽罷，龍顏大喜。深責童貫等匿奏之罪。親書詔敕，加宋江為破遼都先鋒，其餘諸將，待建功封爵。就差宿元景，親賫詔敕，去宋江軍前宣示。宿太尉領了聖旨，徑到宋江行寨開讀……

研究者如馬幼垣也認為劉興我本與種德書堂本更接近。上引此段與種德書堂本相比，劉興我本又略多一些字句，這些字句也都見於繁本百回本系統的容與堂本，也就是說，劉興我本的來源與上述插增本、種德書堂本、評林本相同，都是接近於今存繁本百回本系統的面貌。

但總體來看，劉興我本與余象斗本的文字大多比較接近，此引第二十一回開頭一段比較。

余象斗本：

第二十一回　閻婆鬧鄆城縣　朱仝義釋宋江

詩曰：

為戀煙花起禍端，閻婆口狀去經官。

若非義士行仁愛，定使圜扉鎖鳳。
四海英雄思慷慨，一腔忠義動衣冠。
九泉難負朱仝德，千古高名逼鬥寒。
話說佐公的拿住唐牛兒，解進縣裡來。知縣問曰：「因甚殺人？」婆子告曰：「老身姓閻，有個女兒喚做婆惜，典與宋江。昨夜女兒和宋江吃酒，唐牛兒逕來尋鬧，喊罵出門。今早宋江把女兒殺死，老身結紐到縣前。這牛兒又把宋江打奪去了。」知縣曰：「你這廝怎敢打奪凶身？」唐牛兒告曰：「小人不知。只因昨夜被這閻婆叉小人出來，今早小人遇見閻婆結紐宋押司，因此勸他，他便走了。不知殺死他女兒。」知縣喝曰：「胡說！宋江是個君子，如何肯造次殺人？這人命，必然在你身上。」便喚押司張文遠來。見說宋江殺了他的表子，隨即取了各人口詞一宗案，便前去檢驗屍傷，把棺木盛貯。將一干人帶到縣裡。知縣卻和宋江最好，只把唐牛兒來推問。打到三五十，不肯招認。知縣明知他不知情，一心要救宋江，且交取一面枷來釘了，禁在牢裡。張文遠稟道：「去拿宋江對問，便有下落。」知縣只得差人去捉宋江，已在逃了。張文遠又稟：「宋江逃去，他父親兄弟見在宋家村，捉他到官，責限捉捕宋江。」知縣只要朦朧做在唐牛兒身上，怎當張文遠立王文案，使閻婆只管來告。知縣只得差佐公的去捉宋太公並宋清。

劉興我本：

第二十一回　閻婆大鬧鄆城縣　朱仝義釋宋公明
為戀煙花惹禍端，閻婆口狀去經官。
若非義士行仁愛，定使閑扉鎖鳳鸞。
四海英雄思慷慨，一腔忠義動衣冠。

九泉難忘朱仝德，千古高名逼鬥寒。

話說做公的拿住唐牛兒，解至縣裡。知縣問曰：「因甚殺人？」婆子告曰：「妾夫姓閻，有個女兒，名喚婆惜，典與宋江。昨夜女兒和宋江吃酒，牛兒逕來尋鬧，喊罵出門。今早宋江把女兒殺死，妾身結扭到縣前。這牛兒卻把宋江打奪走了。」知縣曰：「你這廝怎敢打奪凶身？」唐牛兒告曰：「小人不知情。只因昨夜被這閻婆叉小人出來，今早小人遇見閻婆扭住宋江，小人特去勸解，他便走了。不知殺死他女兒。」知縣喝曰：「誣說！宋江是個君子，怎肯造次殺人？這人命，必然在你身上。」便喚押司張文遠。文遠見宋江殺了他的表子，隨即取了各人口詞，立一宗案，便前去檢驗屍首，把棺木盛貯。將一干人帶到縣裡。知縣卻和宋江最好，只把唐牛兒來推問。打到三五十下，不肯招認。知縣明知他不知情，一心要救宋江，且教取一面枷來釘了，監在牢裡。張文遠稟曰：「只去拿宋江來問，便有下落。」知縣只得差人去捉宋江，已逃走了。張文遠又稟：「宋江逃去，他的父親兄弟見在宋家村，捉來到官，責限捕捉宋江。」知縣只要朦朧做在唐牛兒身上，怎當張文遠立主文案，使閻婆只管來告。知縣只得差人去捉宋江的兄弟父親。

從這段引文可見，兩種本子敘述文字只有細微的字句差別，多為表述方式上的差別。但總體來說，劉興我本比較通順流暢。劉興我本比評林本後出，但劉興我本所據本子顯然不是余象斗評林本。劉興我本是根據早於評林本的本子刊刻的。

以下列表對比上述插增本之丹麥藏卷和法國藏卷、種德書堂本之德萊斯頓藏卷與余象斗評林本、劉興我本、容與堂本相對應的回目：

種德書堂德萊斯頓藏卷	插增本丹麥藏卷	插增本法國藏卷	余象斗評林本	劉興我本	容與堂本	備註
			卷之十五 柴進簪花入禁院， 李逵元夜鬧東京	十五卷 六十七回 柴進簪花入禁苑， 李逵元夜鬧東京	卷七十二第七十二回 柴進簪花入禁院， 李逵元夜鬧東京	
			黑旋風殺死王小二， 四柳村除奸斬淫婦	六十八回 黑旋風殺黃小二， 四柳村除斬淫婦	卷七十三第七十三回 黑旋風喬捉鬼， 梁山泊雙獻頭	
	第七十四回 燕青智撲擎天柱， 李逵壽張喬坐衙		燕青智撲擎天柱， 李逵壽張喬坐衙	六十九回 燕青智撲擎天柱， 李逵壽張喬坐衙	卷七十四第七十四回 燕青智撲擎天柱， 李逵壽昌喬坐衙	
	第七十五回 小七倒船偷御酒， 李逵扯詔謗朝廷		小七倒船偷御酒， 李逵扯詔謗朝廷	七十回 小七倒船偷御酒， 李逵扯詔謗朝廷	卷七十五第七十五回 活閻羅倒船偷御酒， 黑旋風扯詔謗徽宗	
	第七十六回 吳加亮布五方旗，		吳加亮布五方旗， 宋公明排八卦陣	七十一回 吳加亮布五方旗， 宋公明排八	卷七十六第七十六回 吳加亮布四門五方旗，	

種德書堂德萊斯頓藏卷	插增本丹麥藏卷	插增本法國藏卷	余象斗評林本	劉興我本	容與堂本	備註
	宋公明排八卦陣			卦陣	宋公明排九宮八卦陣	
	缺葉		梁山泊十面埋伏， 宋公明兩贏童貫	七十二回 梁山泊十面埋伏， 宋公明兩贏童貫	卷七十七第七十七回 梁山泊十面埋伏， 宋公明兩贏童貫	
	七十八回 宋公明大勝高太尉，十節度議收梁山泊		宋公明一敗高太尉， 十節度議收梁山泊	七十三回 宋江一敗高太尉， 十節度議收水滸	卷七十八第七十八回 十節度議取梁山泊， 宋公明一敗高太尉	
	十六卷 第七十九回 劉唐放火燒戰船， 宋江兩敗高太尉		十六卷 劉唐放火燒戰船， 宋江兩敗高太尉	十六卷 七十四回 劉唐放火燒戰船， 宋江兩敗高太尉	卷七十九第七十九回 劉唐放火燒戰船， 宋江兩敗高太尉	
	第八十回 張順鑿漏海鰍船， 宋江三敗高太尉		張順鑿漏海鰍船， 宋江三敗高太尉	七十五回 張順鑿漏海鰍船， 宋江三敗高太尉	卷八十第八十回 張順鑿漏海鰍船， 宋江三敗高太尉	

種德書堂德萊斯頓藏卷	插增本丹麥藏卷	插增本法國藏卷	余象斗評林本	劉興我本	容與堂本	備註
	第八十一回 燕青月夜遇道君，戴宗定計賺蕭讓		燕青月夜遇道君，戴宗定計賺蕭讓	七十六回 燕青月夜遇道君，戴宗定計賺蕭讓	卷八十一第八十一回 燕青月夜遇道君，戴宗定計賺蕭讓	
	缺葉		梁山泊分金大買市，宋公明全夥受招安	七十七回 梁山泊分金買市，宋江全夥受招安	卷八十二第八十二回 梁山泊分金大買市，宋公明全夥受招安	
卷之十七 第八十三回 宋公明奉詔破大遼，陳橋驛淚滴斬小卒	十七卷 第八十三 宋公明奉詔破大遼，陳橋驛淚滴斬小卒		卷之十七 宋公明奉詔破大遼，陳橋驛淚滴斬小卒	十七卷 七十八回 宋江奉詔破大遼，陳橋驛揮淚斬卒	卷八十三第八十三回 宋公明奉詔破大遼，陳橋驛揮淚斬小卒	
第八十四回 宋江兵打蘇州城，蘆俊義大戰玉田	第八十四回 宋江兵打蘇州城，蘆俊義大戰玉田		宋江兵打薊州城，盧俊義大戰玉田縣	七十九回 宋江兵打薊州城，俊義大戰玉田縣	卷八十四第八十四回 宋公明兵打薊州城，盧俊義大戰玉田縣	
第八十五回（有目	第八十五回（有目				卷八十五第八十五回	余本劉本無此

種德書堂德萊斯頓藏卷	插增本丹麥藏卷	插增本法國藏卷	余象斗評林本	劉興我本	容與堂本	備註
無題）	無題）				宋公明夜渡益津關，吳學究智取文安縣	目，但有此內容
第八十六回宋公明大戰獨鹿山，蘆俊義兵陷青石峪	第八十六回宋公明大戰獨鹿山，蘆俊義兵陷青石峪		宋公明大戰獨鹿山，盧俊義兵陷青石峪	八十回宋江大戰獨鹿山，俊義兵陷青石穀	卷八十六第八十六回宋公明大戰獨鹿山，盧俊義兵陷青石峪	
第八十七回宋公明大戰幽州，胡延灼力擒番將	第八十七回宋公明大戰遼兵，呼延灼力擒番將				卷八十七第八十七回宋公明大戰幽州，呼延灼力擒番將	余本劉本無此目，但有此內容
卷之十八八十七回顏統軍列混天像，宋公明夢授玄女法	第十八卷第八十七回顏統軍列混天像，宋公明夢授玄女法		卷之十八顏統軍陣列混天像，宋公明夢授玄女法	十八卷八十一回兀顏光陣列混天像，宋公明夢授玄女法	卷八十八第八十八回顏統軍陣列混天像，宋公明夢授玄女法	
第八十八回宋公明破陣成功，	第八十八回宋公明破陣成功，		宋公明破陣成功，宿太尉頒恩降詔	八十二回宋公明破陣成功，宿太尉頒恩	卷八十九第八十九回宋公明破陣成功，	

種德書堂德萊斯頓藏卷	插增本丹麥藏卷	插增本法國藏卷	余象斗評林本	劉興我本	容與堂本	備註
宿太尉頒恩降詔	宿太尉頒恩降詔			降詔	宿太尉頒恩降詔	
第八十九回 五臺山宋江參禪， 雙林渡燕青射雁	第八十九回 五臺山宋江參禪， 雙林渡燕青射雁		五臺山宋江參禪， 雙林渡燕青射雁	八十三回 五臺山宋江參禪， 雙林渡燕青射雁	卷九十第九十回 五臺山宋江參禪， 雙林渡燕青射雁	
第九十一回 宿太尉保舉宋江， 盧俊義分兵征討	第九十一回 宿太尉保舉宋江， 盧俊義分兵征討		宿太尉保舉宋江， 盧俊義分兵征討	八十四回 宿太尉保舉宋江， 盧俊義分兵征討		以下至百七回為容本所無
卷之十九 第九十一回 盛提轄舉義投降， 元仲良憤激出家	第九十一回 盛提轄舉義投降， 元仲良憤激出家		卷之十九 盛提轄舉義投降， 元仲良憤激出家	十九卷 八十五回 盛提轄舉義投降， 元仲良憤激出家		
第九十二回 不英雄大會唐斌， 瓊郡主配合張清	缺葉		眾英雄大會唐斌， 瓊郡主配合張清	八十六回 眾英雄大會唐斌， 瓊英郡主配張清		

種德書堂德萊斯頓藏卷	插增本丹麥藏卷	插增本法國藏卷	余象斗評林本	劉興我本	容與堂本	備註
第九十三回 公孫勝再訪羅真人，沒羽箭智伏喬道清	缺葉		公孫勝再訪羅真人， 沒羽箭智伏喬道清	八十七回 公孫勝訪羅真人， 沒羽箭智伏道清		
第九十四回 宋江兵會蘇林嶺，孫安大戰白虎關	缺葉		宋江兵會蘇林嶺，孫安大戰白虎關	八十八回 宋江兵會蘇林嶺， 孫安大戰白虎關		
卷之二十 第九十回 魏州城宋江祭諸將，石羊關孫安擒勇士	缺葉		卷之二十 魏州城宋江祭諸將， 石羊關孫安擒勇士	二十卷 八十九回 魏州城宋江祭諸將， 石羊關孫安擒勇士		
第九十五回 盧俊義計攻獅子關，段景住暗認玉欄樓	缺葉		盧俊義計破獅子關， 段景住暗認王欄樓	九十回 俊義計攻獅子關， 景住暗認王攔摟		

種德書堂德萊斯頓藏卷	插增本丹麥藏卷	插增本法國藏卷	余象斗評林本	劉興我本	容與堂本	備註
第九十六回 及時雨夢中朝大聖，黑旋風異境遇仙翁	缺葉		及時雨夢中朝大聖， 黑旋風異境遇仙翁	九十一回 宋江夢中朝大聖， 李逵異境遇仙翁		
第九十七回 喬道清法迷五千兵，宋公明義釋十八將				九十二回 道清法迷五千兵， 宋江義釋十八將		余本無此目，但有此內容
第九十六回 卞祥賣陣平河北， 宋江得勝轉東京	九十八回 卞祥賣陣平河北， 宋江得勝轉東京		卞祥賣陣平河北， 宋江得勝轉東京	九十三回 卞祥賣陣平河北， 宋江得勝轉東京		
第九十八回 徽宗降敕安河北， 宋江承命討淮西			徽宗降敕安河北， 宋江承命討淮西	九十四回 徽宗降敕安河北， 宋江承命討淮西		
		卷之二十 第九十九	卷之二十一	廿一卷 九十五回		

種德書堂德萊斯頓藏卷	插增本丹麥藏卷	插增本法國藏卷	余象斗評林本	劉興我本	容與堂本	備註
		回 高俅恩報柳世雄， 王慶被陷配淮西	高俅恩報柳世雄， 王慶被陷配淮西	高俅恩報柳世雄， 王慶被陷配淮西		
		第一百回 王慶遇龔十五郎， 滿村嫌黃達鬧場		九十六回 王慶遇龔十五郎， 滿村嫌黃達鬧場		余本無此目，有此內容
		第九十九回 王慶打死張太尉， 夜走永州遇李傑	王慶打死<u>張太慰</u>， 夜走永州遇李傑	九十七回 王慶打死張太尉， 夜走永州遇李傑		
		第一百回 快活林王慶使槍棒， 三娘子招王慶入贅	快活林王慶使捧， 段三娘招贅王慶	九十八回 快活林王慶使捧， 段三娘招贅王慶		
		第一百一回 宋公明兵度呂梁關， 公孫勝法取石祁城	宋公明兵渡呂梁關， 公孫勝法取石祁城	九十九回 宋公明兵渡呂梁關， 公孫勝法取石祁城		

種德書堂德萊斯頓藏卷	插增本丹麥藏卷	插增本法國藏卷	余象斗評林本	劉興我本	容與堂本	備註
		卷之二十一第一百二回 李逵受困于駱谷，宋江智取洮陽城	卷之二十二 李逵受困于駱谷，宋江智取洮陽城	廿二卷 一百回 李逵受困于駱谷，宋江智取洮陽城		

從對比可見，種德書堂本和插增本的分卷與余象斗評林本和劉興我本相同，但分回卻不同。種德書堂本和插增本在九十回之前的分回基本同於容與堂本，九十回之後，由於容與堂本沒有征田虎王慶故事，故而分回不同。種德書堂本德萊斯頓藏卷與插增本丹麥藏卷第八十七回重複，無第九十回，而九十一回重複，都應該跟容與堂本系統關係密切，大概根據容與堂本系統的分回，但八十七回誤刻重複了，因在容本系統九十回之後插入了不同系統（也就是建陽刊簡本系統）的內容，故而在八十九回之後直接插以九十一回，而九十一回又重了。

種德書堂本與插增本殘卷九十回之前的回數同於容與堂本，回目卻更接近劉興我本和余象斗評林本，第八十五回有回數而無回目，與劉、余二本無此回目有關，大概根據容與堂本系統的本子分回，又根據劉、余系統的簡本（或者說是劉興我本和余象斗評林本所依據的底本系統）刻回目，以致出現如此錯誤。

從這些本子對照看來，現存這幾種上圖下文（包括上評中圖下文）的插圖本之間關係密切，分卷基本相同，因而，同歸之於建陽刊本應該沒有疑問。其中種德書堂本德萊斯頓藏卷與插增本丹麥藏卷關係更為密切，相比之下，它們與劉興我本、余象斗評林本差異相對較大。而劉興我本與余象斗本在分卷分回上也更接近，而與插增本和種德書堂本差別更多，比如都沒有插增本、種德書堂本的第八十五回分回和第八十七回回目，但小說正文中包含了相關的內容。

就對應回目的正文內容來說，插增本之丹麥藏卷與劉興我本大體相同，但文字有微小差別。插增本法國藏卷六回與劉興我本的廿一卷九十五、九十六、九十七、九十八、九十九、廿二卷一百回內容相同，回目也基本相同，小說正文文字上稍有差異，各回篇幅則大體相同。從圖像來說，插增本圖像比劉興我本更為簡陋。兩者字體不同，插增本字體漂亮，字距較為疏朗些，劉興我本則是匠體字，字距行距較密。

而余象斗評林本與劉興我本相比，各卷所包含的內容是一樣的，但評林本比之劉興我本又簡省了不少回目，也是把所簡省回目內容並在上一回中。比如劉興我本的九十二回〈道清法迷五千兵　宋江義釋十八將〉，九十六回〈王慶遇龔十五郎　滿村嫌黃達鬧場〉，評林本中都是有此內容而無此回目。此處列表未涉及全書，事實上這樣的情況在小說前段也存在，如劉興我本第三十回「都監血濺鴛鴦樓，武松夜走蜈蚣嶺」，第三十一回「孔家莊宋江救武松，清風山燕順釋宋江」，在評林本中無「孔家莊宋江救武松，清風山燕順釋宋江」的回目，但相關內容順序置於評林本第三十回「都監血濺鴛鴦樓，武行者夜走蜈蚣嶺」。

從插增本、種德書堂本、評林本、劉興我本的文本來看，這幾個本子中余象斗本的文字略為簡陋。對讀各本可見，雖然各本都簡省文字，但相對來說，余象斗本簡省文字而造成字句上的小缺漏似乎最多，種德書堂本和劉興我本的文字表達相對比較通順完整。而且，從劉興我本與種德書堂本的對比來看，劉興我本雖然後出，但它所據底本的版本面貌不會晚於種德書堂本，至少是從與種德書堂本並行的版本支線上衍生而來的。

或許正是因為文字敘述連貫，版本相對優良的原因，劉興我本是現存版本中萬曆以後最具代表性的簡本面貌，崇禎以後至於清代出現的《水滸傳》簡本，除了《英雄譜》，其他文本在小說文字上都近於劉興我本，可稱之為劉興我本系統。或許可以說，劉興我本系統是對後來之版本影響最大的版本系統，就連繁本中的鍾伯敬評本，其補版部分都是劉興我本系統的文字。

第五節　劉興我本與其他三種嵌圖本

在建陽刊刻《水滸傳》現存各版本中，劉興我本具有重要的版本意義，因為在它之後的很多版本都與它關係密切。

劉興我本在《水滸傳》版本系統中占有重要地位，首先在於以它為代表，產生了《水滸傳》嵌圖本系列。現存比較完整的嵌圖本三種，即劉興我本、藜光堂本、鄭喬林本（即李漁序本）。此三者又被稱為一百十五回本系統。與此三者版式相同的還有一種嵌圖本存殘本，即現存於德國慕尼黑巴威略國家圖書館的殘本。以下簡單介紹劉興我本之外的三種嵌圖本。

藜光堂劉榮吾刊刻《新刻全像水滸忠義志傳》二十五卷一百十五回。

此本藏於日本東京大學圖書館。另外，據馬幼垣〈嵌圖本《水滸傳》四種簡介〉介紹，「德國國立圖書館另有一套鄭大郁序本，除扉頁的『藜光堂藏板』改為『親賢堂藏板』外，餘無分別，連版心注明藜光閣的幾葉，以及目錄後面的『藜光閣』刻章，均全保留下來。這本親賢堂本只是一部忠實的翻印書而已……」[11]

藜光堂本內封分上下兩欄，上圖下文。上欄約占五分之二，為「忠義堂圖」；下欄題「全像忠義水滸」，署「藜光堂藏板」。

---

11 馬幼垣：《水滸論衡》（北京市：生活．讀書．新知三聯書店，2007年），頁126。

書前有鄭大郁〈水滸忠義傳敘〉，署「溫陵雲明鄭大郁題」。並鈐有方形陽文印章「雲明之印」和方形陰文印章「鄭大郁印」各一枚。鄭大郁是崇禎年間人，崇禎辛巳（十四年，1641）藜光堂曾刊鄭大郁所著的《篆林肆考》十五卷，此書現藏於中國國家圖書館。

次〈鼎鐫全像水滸忠義志傳目錄〉。目錄誤作一百十四回，因脫第一百十三回回目。

次半葉全幅圖像，繪梁山忠義堂及堂外轅門。

卷一題「新刻全像水滸忠義志傳卷之一」，署「清源姚宗鎮國藩父編　武榮鄭國揚文甫父仝校　書林劉欽恩榮吾父梓行」。版心題「忠義水滸」，下端署「藜光閣」。

藜光堂本與劉興我本版式相同，為上圖下文版式中的嵌圖本。圖像占中間九行上欄位置，圖像上方、版框之外橫題八言圖目。半葉十五行，圖像下方每行二十七字，圖像兩側每行三十四字。

藜光堂本的內容和圖像與劉興我本大體相同，略存小異。或有論者認為劉興我本的刊刻者劉興我與藜光堂本的刊刻者劉欽恩榮吾為同一個人。早前學界多認為劉興我本自藜光堂本翻刻而來，日本學者長澤規矩也和薄井恭一均持此說，認為「（劉興我本）翻刻黎（應為『藜』）光堂本者」、「此本（劉興我本）以黎（應為『藜』）光堂刊本為底本」。[12]

此兩個版本確實是底本與翻刻的關係，但並非完全相同的摹刻。比較劉興我本與藜光堂本二者小說正文，可見藜光堂本文字中存在同詞脫文、一般脫文、文字修改、文字顛倒、文字增加、回末刪節等現象。如今馬幼垣、丸山浩明、劉世德、周文業等諸先生研究認為，劉興我本的刊刻早於藜光堂本，二者係「父子」關係。

兩個版本除行款、文字存在諸多不同之處外，插圖也存在一定的

12 馬蹄疾編著：《水滸書錄》（上海市：上海古籍出版社，1986年），頁19。

差別——如劉興我本插圖圖目無框且在圖像正上方位置，藜光堂本插圖圖目有框且左右各超出圖像一行；圖像刻繪的內容亦略有區別。

慕尼黑本《新刻繪像忠義水滸全傳》。

此本現存西德慕尼黑巴威略國家圖書館，為殘本，僅存二十一葉半，自卷四葉八上至卷五葉十四上，即自第十七回後半至第二十四回前半。卷五題「新刻繪像忠義水滸全傳」。版心題「新刻水滸全傳」。

慕尼黑本與劉興我本、藜光堂本一樣屬於嵌圖本，圖像與劉興我本、藜光堂本不同，而文字與此二本極為相似，屬於同一系統。圖像占中間十行上欄位置，圖像上方、版框之外橫題八言圖目，左右各超出圖像一行。半葉十六行，圖像下方每行二十九字，圖像兩側每行三十六字。

與劉興我本比較，慕尼黑本第十七回存在長字句脫文，第二十三回存在同詞脫文的情況。可知慕尼黑本刊刻亦在劉興我本之後，即是崇禎元年（1628）之後。把慕尼黑本與李漁序本比較，發現李漁序本第二十三回存在同詞脫文的情況，可知慕尼黑本刊刻在李漁序本之前，大約刊刻於明代崇禎元年之後到清代順治康熙年間。

鄭喬林刊本《新刻全像忠義水滸傳》二十五卷，一百十五回。

此本現藏於德國柏林國立普魯士文化基金會圖書館，馬幼垣《水滸論衡》書前錄此本書影一葉。

書前有〈水滸傳序〉，署「外史李漁笠翁書于博古齋」，並鈐有方形陰文印章「李漁之印」和方形陽文印章「笠翁」各一枚。因此序，所以亦簡稱為「李漁序本」。

次為〈全像水滸傳目錄〉。與劉興我本等一樣，目錄也誤作一百十四回，因脫第一百十三回回目。

卷一題「新刻全像忠義水滸傳」，署「元東原羅貫中編輯　閩書林鄭喬林梓行」。版心題「新刻水滸全傳」或「新刻水滸傳」，各葉版心下端都有「喬」字。

此本版式與劉興我本、藜光堂本、慕尼黑本同為嵌圖本。圖像占中間十一行上欄位置，圖像上方、版框之外橫題八言圖目，圖目有框。半葉十七行，圖像下方每行三十字，圖像兩側每行三十五字。

此本圖像與慕尼黑本極為相似，而不同於劉興我本、藜光堂本。文字上則與此三本極為相似，屬於同一系統。

關於此本的刊刻時間，從署名李漁所序可知，必為入清之後。李漁生於萬曆三十九年（1611），他涉足小說戲曲而在出版界聲名大噪，則是順治八年（1651）移家杭州之後。無論此序是李漁所作，還是託名李漁，定然都在順治八年之後。

鄧雷〈嵌圖本《水滸傳》四種研究〉對四種嵌圖本即劉興我刊本、藜光堂刊本、慕尼黑本、李漁序本進行了細緻的校勘，得出以下結論：

> 一、這四種本子屬於同一系統。
> 二、四本根據插圖與插圖標目的不同，可以分為兩組：劉興我本與藜光堂本一組，慕尼黑本與李漁序本一組。劉興我本與藜光堂本相似度高；慕尼黑本與李漁序本相似度高。二組之間差異相對略多。
> 三、四本中劉興我本與藜光堂本、劉興我本與慕尼黑本有直接淵源關係。
> 四、通過同詞脫文得出這四種本子的刊刻順序：劉興我本早於藜光堂本、慕尼黑本早於李漁序本。
> 五、劉興我本文字勝於藜光堂本，藜光堂本文字稍勝於慕尼黑本，慕尼黑本文字勝於李漁序本。

此摘錄一段小說正文試看四本異同。第十八回〈林沖山寨大並夥晁蓋梁山尊為主〉。劉興我本與藜光堂本基本相同：

> 獨據梁山志可修，輕賢慢士少優遊。只將富貴為身有，卻把英雄作寇仇。
>
> 花竹水亭生殺氣，鷺鷗洲渚落人頭。規模卑狹真堪笑，性命終須一旦休。
>
> 卻說何觀察領了知府鈞旨，與眾公人商議曰：「石碣村湖蕩緊連梁山泊，都是茫茫蕩蕩水港。若無大隊官軍，誰敢去拿？」即稟知府曰：「石碣村湖泊，正連梁山泊，又添那夥強人在內。若不起大隊人馬，如何敢去？」府尹曰：「再差捕盜巡檢，領五百官軍同去緝捕。」何觀察又與巡檢點齊人馬，奔石碣村來。
>
> 晁蓋、公孫勝帶十個莊客來石碣村，半路撞著三阮，卻來接應，都到阮小五莊上商議，去投梁山泊。吳用曰：「今李家道口，有旱地蔥朱貴開酒店，招接四方好漢。我們安排舡只，先投他引去。」正商議間，只見打魚的來報：「如今官軍人馬飛奔村裡去。」阮小二曰：「不妨，我自對他，教那廝們大半落水去。」公孫勝曰：「且看這遭本事。」晁蓋曰：「劉唐兄弟，你和學究先生，自把家私老少裝載舡裡，先去李家道口等我們，看取頭勢，隨後便到。」吳用便分付阮小五、阮小七如此迎敵。各人掉舡去了。

慕尼黑本與鄭喬林本完全一樣：

> 獨據梁山志可修，輕賢慢士少優遊。只將富貴為身有，卻把英雄作寇仇。
>
> 花木水亭生殺氣，鷺鷗洲渚落人頭。規模卑狹真堪笑，性命終須一旦休。
>
> 卻說何觀察領了知府鈞旨，與眾公人商議曰：「石碣村湖蕩，

緊連梁山泊，都是茫茫蕩蕩水港。若無大隊官軍，誰敢去拿？」即稟知府曰：「石碣村湖泊，正連梁山泊，又添那夥強人在內。若不起大隊人馬，如何敢去？」府尹曰：「再差捕盜巡檢，領五百官軍同去緝捕。」何觀察又與巡檢點齊人馬，奔石碣村來。

晁蓋、公孫勝帶十個莊客來石碣村，半路撞著三阮，卻來接應，都到阮小五莊上商議，去投梁山泊。吳用曰：「今李家道口，有旱地蔥朱貴開酒店，招接四方好漢。我們安排舡只，先投他引去。」正商議間，只見打魚的來報：「如今官軍人馬飛奔村裡去。」阮小二曰：「不妨，我自對他，教那廝們大半落水去。」公孫勝曰：「且看這遭本事。」晁蓋曰：「劉唐兄弟，你和學究先生，自把家私老少裝在舡裡，先去李家道口等我們，看取頭勢，隨後便到。」吳用便分付阮小五、阮小七如此迎敵。各人掉舡去了。

小說這一段正文，四種本子只存微小差異，即：開篇詩中，劉興我本和藜光堂本「花竹水亭生殺氣」，慕尼黑本和鄭喬林本為「花木水亭生殺氣」；敘述文字中，劉興我本和藜光堂本「自把家私老少裝載舡裡」，慕尼黑本和鄭喬林本為「自把家私老少裝在舡裡」。總共只有二個字的差別，而且，這二個字在各版本中大體都能讀得通，但劉興我本和藜光堂本的語意略好。

再看四本插圖標題（此摘選十八回順延至十九回第一圖）：

劉興我本	藜光堂本	慕尼黑本	鄭喬林本
何濤解莊客見知府	何濤解莊客見知府	何濤拿漁夫問路境	何濤拿漁夫問路境
何濤問漁人賊消息	何濤問漁人賊消息	何濤令眾捉阮小七	何濤令眾捉阮小七
何濤駕船見阮小五	何濤駕船見阮小五	何濤奔走小岸被捉	

劉興我本	藜光堂本	慕尼黑本	鄭喬林本
公孫勝祭風燒官船	公孫勝祭風燒官船	晁蓋與吳用相計議	晁蓋與吳用相計議
晁蓋等上山投王倫	晁蓋等上山投王倫	林沖大鬧梁山泊上	林沖大鬧梁山泊上
王倫置酒請晁蓋等	王倫置酒請晁蓋等		
林沖殺王倫於亭上	林沖殺王倫於亭上	林沖席上怒殺王倫	林沖席上怒殺王倫
林沖殺王倫於亭上	林沖尊晁蓋為寨毛	眾人扶晁蓋為寨主	眾人扶晁蓋為寨主

選取的十八回到十九回第一圖這個片段，劉興我本和藜光堂本的插圖數相同，比慕尼黑本多一幅；慕尼黑本比鄭喬林本多一幅。

劉興我本與藜光堂本的插圖，忽略刀筆精粗的差異，則二者相同。慕尼黑本和鄭喬林本相同題目的插圖幾乎完全一樣。

但這二組版本的插圖和插圖標題基本不同。

從以上列表可見，劉興我本和藜光堂本的插圖標題基本相同，差異只在第十九回第一圖標題，劉興我本訛為上一圖的標題，所以二個半葉的標題重複了，不過這二個半葉的插圖內容是不同的。

慕尼黑本比鄭喬林本多一幅插圖「何濤奔走小岸被捉」，這是因為二者的行款不同，鄭喬林本行款更為壓縮，比慕尼黑本少半葉。慕尼黑本和鄭喬林本第十八回的其他插圖和標題相同。

從插圖對比，可以清晰看出劉興我本和藜光堂本關係密切，慕尼黑本則和鄭喬林本關係密切，這二組版本之間存在明顯的版本差異。從刊刻行款來說，劉興我本與藜光堂本差別不多，每半葉劉興我本四百三十七字，藜光堂本四百四十七字。但慕尼黑本和鄭喬林本版面壓縮很明顯，每半葉慕尼黑本五百〇六字，鄭喬林本五百五十二字。所以，從劉興我本到鄭喬林本，嵌圖本《水滸傳》的版面越來越密集，可以想見，書坊越來越重視壓縮版面降低成本，或以此降低書價。但從小說文字來說，大體通順。

第六節　明代末年建陽刊本與江南刊本的融合

劉興我本在《水滸傳》版本系統中具有重要意義，因為後來的簡本多出於以劉興我本為代表的百十五回本系統。甚至，百十五本系統對繁本系統中的一些本子也產生了一定的影響，比如鍾伯敬批本。

鍾伯敬批本，即「積慶堂藏板」、「四知館梓行」《鍾伯敬先生批評忠義水滸傳》一百卷一百回。因其封面題為「鍾伯敬先生批評水滸忠義傳」，故簡稱鍾伯敬批本。此本卷端題為「鍾伯敬先生批評忠義水滸傳」，或無「忠義」二字，或無「先生」二字。凡一百卷一百回，不題撰人，署「竟陵鍾惺伯敬父批評」者四十六回，無此署名者五十四回。版心題「批評水滸傳」。

首有「楚景陵伯敬鍾惺題」的序文，〈水滸傳人品評〉九則，圖贊三十八葉（圖三十九副）。半葉十二行，行二十六字。正文有眉批、行間批、回末總評。正文與批語基本同於容與堂刊本文字，可知據容與堂本翻刻而成。

此本現存三種藏本：一、日本京都大學圖書館藏本；二、日本東京大學綜合圖書館藏本，此本為神山閏次原藏本；三、巴黎法國國立圖書館藏本。三種本子卷二十三第三葉版心下端均有「積慶堂藏板」五字。其中只有法國巴黎藏本有內封，左下角刻著「四知館梓行」的字樣。

據劉世德先生考證，現存三種鐘批本都是四知館刊本，四知館刊本是利用積慶堂刊本的舊版重印，刊行時間當在明代天啟四年至五年（1624-1625）之間。

在現存三種鍾批本中，均有三處補刊的書葉，分別為第十八回第一葉的前半葉、第二十一回第十三葉至第十四葉、第八十一回第三葉至第四葉。此三處書葉版式與其他葉面不同，非原刻積慶堂所有，系後補而成，當是四知館所為。用現存《水滸傳》本子與此補刊葉進行比對，可知這三處補刊的葉面屬於建陽本中的百十五回本系統（劉興我本等四種嵌圖本都屬於百十五回本系統）。

四知館為建陽刻書世家楊氏書坊名肆。四知館刊刻《水滸傳》繁本，當中使用了簡本補刊，可見明代後期建陽書坊刻書與江南刻書合流的趨勢。

明代後期建陽書坊刻書與江南刻書合流的趨勢還體現在此時刊刻的多種《水滸傳》版本中。

崇禎末年，熊飛雄飛館刊刻《精鐫合刻三國水滸全傳》（即《英雄譜》）二十卷一百十回。

所謂《英雄譜》是《水滸傳》與《三國志》的合刊本，上層為《水滸》，下層為《三國》。其中《水滸傳》部分，小說正文接近評林本，但版式並非評林本三欄的形式，其圖像採用的是繁本的常見插圖方式。從中可見此版本為繁本與簡本的合璧，或可稱之為建陽書坊與江南書坊刻書風格的融合。

《英雄譜》分為「初刻」與「二刻」不同版次，二者文字基本相同，但不同版次存在一些差異。

初刻本現存於日本筑波大學附屬圖書館。另外，中國社科院劉世德先生曾經撰文介紹他所見的一種殘本，參看其一九八八年發表於《陰山學刊》的文章〈雄飛館刊本《英雄譜》與《二刻英雄譜》的區別〉。又據薄井恭一《明清插圖本圖錄》，初刻本亦有插圖本，今僅存圖像一幅贊語一幅，為〈汴京城楊志賣刀〉，收入薄井恭一《明清插圖本圖錄》之中。

此按照日本筑波大學附屬圖書館所藏介紹：

日本筑波大學附屬圖書館藏《英雄譜》初刻本，《水滸傳》部分二十卷百十回。

內封中間大字題書名「英雄譜」，右行直書「名公批點合刻三國水滸全傳」，左行小字識語：「語有之：四美具，二難並。言璧之貴合也。《三國》、《水滸》二傳，智勇忠義，迭出不窮，而兩刻不合，購者恨之。本館上下其駟，判合其圭。回各為圖，括畫家之妙染；圖各為論，搜翰苑之大乘。較讎精工，楮墨致潔。誠耳目之奇玩，軍國之秘寶也。識者珍之。雄飛館主人識。」

首為〈英雄譜弁言〉，版心刻「英雄譜序」，末署「熊飛赤玉甫書於雄飛館」；次〈敘英雄譜〉，版心刻「序」，末署「晉江楊明琅穆生甫題」；次〈按晉平陽侯陳壽史傳總歌〉；次〈三國志目錄〉，版心刻「目錄」；次〈水滸傳目錄〉，版心刻「水滸目錄」；次上欄《水滸傳英雄姓氏》，下欄〈三國英雄譜帝后臣僚姓氏〉，版心刻「英雄譜姓氏」。

目錄最後半葉缺，目錄回目現存一百〇六回，正文回目共計一百一十回。正文回目與目錄回目有差異，其中差距比較大的有：如第三十七回目錄回目為「還道村受三卷天書　宋公明遇九天玄女」，正文回目為「宋江投廟夢見玄女　娘娘傳授宋江天書」；第八十回目錄回目為「盧俊義分兵征討　宿太尉保舉宋江」，對應正文八十一回回目為「盧俊義分兵征討　宋公明打大同關」。

全書正文共二十卷，以十天干分集，每兩卷為一集，從甲至癸共十集。每卷卷端題「精鐫合刻三國水滸全傳卷之××集」，上欄《水滸傳》署題「錢塘施耐庵編輯」，占整個書頁的三分之一。下欄為《三國》，署題作者為「晉平陽陳壽史傳　元東原羅貫中演義」，占整個書頁的三分之二。兩欄的刊刻字體不同，《水滸》為楷書，《三國》則用明代匠體字。版心上題「合刻英雄譜」或「英雄譜」，中題「×卷」，下題葉數。正文有句讀以及旁點。

《水滸傳》部分的行款多為半葉十五行，行十三字；小部分行款為半葉十六行，行十四字。

《英雄譜》的刊刻時間，從內封識語「較」字避「校」之諱，以及〈英雄譜弁言〉「東望而三經略之魄尚震，西望而兩開府之魂未招」可知，當刻於明代崇禎末年。「三經略」中最後一個孫承宗死於崇禎十一年；「兩開府」或指傅宗龍、汪喬年，或指傅宗龍、楊文岳，傅宗龍死於崇禎十四年，汪喬年、楊文岳二人死於崇禎十五年，所以英雄譜本當刻於崇禎十五年（1642）之後，崇禎十七年（1644）之前。

二刻本現存數種藏本：日本內閣文庫藏本，日本尊經閣藏本，日本京都大學附屬圖書館藏本（原鈴木虎雄藏本，此本與內閣文庫本、尊經閣本略有差異），中國國家圖書館藏兩種殘本。二刻本有《明清善本小說叢刊》影印本，和《古本小說集成》影印本。

二刻英雄譜本是以磨損的初刻英雄譜板片為基礎補刻而成，補刻中有些文字改動，根據劉世德所作對勘，二刻的改動往往導致訛誤，因此，從版本優劣來說，初刻英雄譜本優於二刻本。[13]

二刻英雄譜的《水滸》三十八幅圖顯然來自「積慶堂藏板」、「四知館梓行」《鍾伯敬先生批評忠義水滸傳》，二者圖像相同，只是二刻英雄譜的圖像刻得更為粗糙。二刻英雄譜包含了田虎王慶故事，但三十八幅圖中未有田王故事，此亦可見二刻英雄譜的圖來自鍾伯敬本。

《英雄譜》之《水滸傳》文字屬於評林本系統。但《英雄譜》為了適應《水滸》與《三國》上下欄並列的格式，把二十五卷的分卷變成了二十卷，有的卷數最後分回處有所調整，全書分為一百一十回。《英雄譜》評點形式不同於評林本，《英雄譜》的評點在正文中，為雙行夾批。

而從《英雄譜》插圖與鍾伯敬本的關係，則可進一步看出建陽書坊刻書之間的版本關聯。四知館刊行積慶堂的藏版，為同為建陽書坊的雄飛館刊刻《水滸傳》提供了融合繁本風格的便利。

---

13 劉世德：〈雄飛館刊本《英雄譜》與《二刻英雄譜》的區別〉，《陰山學刊》1988年第1期。

在現存《水滸傳》版本中，有一種版本很少受到關注，這就是金陵德聚堂、書林文星堂刊本《新刻出像京本忠義水滸傳》十卷百十五回。

此本藏於中國國家圖書館。有缺葉。原藏者鄭騫（1906-1991）斷為清初刻本。另外，山東蓬萊慕湘藏書樓亦有藏本。

首為「杭陳枚簡侯書」之序，書葉殘損。次為「新刻出像京本忠義水滸傳目錄」，多有殘損。次為圖贊，二十幅圖，有標目，每圖後有贊語。圖像與贊語都跟鍾伯敬本、英雄譜本十分相近，但更為粗糙。圖贊葉版心題「水滸傳像」。

正文卷一首題「新刻出像京本忠義水滸傳卷一」，卷一、卷三、卷四、卷九、卷十署「東原羅貫中編輯　金陵德聚堂梓行」，卷五署「東原羅貫中編輯　書林文星堂梓行」。卷二、卷六、卷七未署書坊名，卷八首頁缺。正文版心題「水滸傳」。

此本圖像來自鍾伯敬本和英雄譜本，但圖像摹刻水平比英雄譜本又更差。正文文字則屬於百十五回系統。但在百十五回系統中，四種嵌圖本之間關係密切，文字基本相同，此本文字與之接近，但可能經過輾轉翻刻，差距有所增加。此本文字更接近清刊《漢宋奇書》本。

此本題署兩個書坊名：「金陵德聚堂」與「書林文星堂」，書林常指代建陽，此本在圖像和文字上與上述建陽刊本關係如此密切，此「書林文星堂」很可能是建陽書坊。此本可能為建陽書坊將書板轉讓給金陵書坊，也有可能是金陵書坊與建陽書坊合作刊刻。無論哪種，都可見入清之後建陽書坊的經營走向。

「金陵德聚堂　書林文星堂」十卷本是《水滸傳》簡本版本變化的一個明顯階段，從其圖像和文字的變化，可見簡本版本逐漸變化的過程。清代出現的金陵文元堂、聖德堂本《英雄譜》，「漢宋奇書」各種版本，以及《征四寇傳》，都與此本關係密切。

金陵文元堂《英雄譜》外在形式襲用《英雄譜》，文字則與《漢宋奇書》相同，襲劉興我系統，為百十五回本。

特別要說到清代乾隆年間刊本《征四寇傳》的情況，此本題為《新增第五才子書水滸全傳》，其書名承續金聖歎貫華堂本和入清以後「第五才子書」系列簡本（即簡本中的一百二十四回本系列，如大道堂本）而來，小說正文文字乃是劉興我本所代表的百十五回本系統截去前六十六回而成。

第七章
從《精忠錄》到《大宋中興通俗演義》
——熊大木模式考察之一

明代嘉靖年間，建陽文人熊大木編撰了《大宋中興通俗演義》、《唐書志傳通俗演義》、《全漢志傳》、《南北宋志傳》等歷史小說，對嘉靖萬曆時期小說的繁榮產生了重要的推進作用。在熊大木諸種著作中，說岳題材的《大宋中興通俗演義》近年所受關注似乎最多，不少學者細緻考論了說岳題材演變的各個環節。在說岳題材演變的過程中，有一個重要環節——從《精忠錄》到《大宋中興通俗演義》的發展，引起研究者的重視和興趣。

明代嘉靖三十一年，熊大木為《大宋中興通俗演義》作序，題「序《武穆王演義》」，曰：「《武穆王精忠錄》，原有小說，未及於全文。今得浙之刊本，著述王之事實，甚得其悉。然而意寓文墨，綱由大紀，士大夫以下，遽爾未明乎理者，或有之矣。近因眷連楊子素號湧泉者，挾是書謁於愚曰：敢勞代吾演出辭話，庶使愚夫愚婦，亦識其意思之一二。余自以才不及班、馬之萬一，顧奚能用廣發揮哉。既而懇致再三，義弗獲辭。於是不吝臆見，以王本傳行狀之實跡，按《通鑑綱目》而取義，至於小說與本傳互有同異者，兩存之，以備參考。」[1]

正是根據熊大木自序，學術界普遍認為《大宋中興通俗演義》是

1　《明清善本小說叢刊初編》（臺北市：天一出版社，1985年），第14輯「岳武穆精忠演義專輯」之一《新鐫大宋中興通俗演義》。

以《精忠錄》為底本演繹的。但《精忠錄》到底是一部怎樣的著作，《大宋中興通俗演義》究竟在多大程度上依賴《精忠錄》，論者往往語焉不詳。

二〇〇六年，石昌渝先生提供給我們二份重要資料，一是日本宮城縣圖書館藏《精忠錄》圖像之照片，二是石先生發表於日本東北大學的論文〈朝鮮古銅活字本《精忠錄》與嘉靖本《大宋中興通俗演義》〉[2]，為我們的研究提供便利。接著，我們又獲得了日本學者大塚秀高先生的幫助，提供給我們李氏朝鮮銅活字印本《精忠錄》的影印件，我們因此點校出版了《精忠錄》一書，並發表了〈精忠錄：岳飛故事流傳過程中一部重要的資料選編〉一文，介紹《精忠錄》的見存版本和版本流傳情況。在此，特別要對石昌渝先生和大塚秀高先生的熱忱幫助表示感謝。

在學術界研究的基礎上，本文試圖進一步討論這個具體而微的問題：《大宋中興通俗演義》究竟在多大程度上依賴於《精忠錄》，《精忠錄》對《大宋中興通俗演義》的成書究竟起了怎樣的作用。我們試圖借此還原《大宋中興通俗演義》編撰和刊刻的歷史情形之一，以此考察熊大木乃至建陽書坊編刊歷史小說的方式之一面。

第一節　《精忠錄》的內容及其文獻來源

《精忠錄》是一本什麼樣的書呢？在討論它與《大宋中興通俗演義》的關係之前，有必要略為介紹它的內容和文獻來源。

《精忠錄》輯錄岳飛生平史實與著述、歷代朝廷褒典和文人賦詠等，是明代增修刊行最多版次的一部岳飛紀念集。現在很難確知《精忠錄》在明代增補重刊的版次，從現存刊本可知，景泰年間（1450-

2　石昌渝先生又於二〇一二年發表了〈從《精忠錄》到《大宋中興通俗演義》——小說商品生產之一例〉，《文學遺產》2012年第1期。此亦為本文寫作的重要參考。

1458）湯陰縣學教諭袁純就已在舊本基礎上重編《精忠錄》，現藏於安徽省圖書館的《精忠錄》是明代成化年間刊本。弘治十四年（1502），鎮守浙江太監麥秀又在舊本的基礎上增集重刊《精忠錄》。弘治刊本在中國未見收藏，但此本流傳至朝鮮，今存以弘治刊本為底本的李氏朝鮮銅活字本（以下簡稱「朝鮮本」）。正德五年（1511），鎮守浙江太監劉璟又在弘治本的基礎上釐正增補而翻刻《精忠錄》。正德刊本今未見，但明代嘉靖三十一年（1553）刊刻的小說《大宋中興通俗演義》後附有《會纂宋岳鄂武穆王精忠錄後集》，以此保存了正德刊本的後半本內容。[3]

現藏於安徽省圖書館的《精忠錄》圖像與《大宋中興通俗演義》完全不同，而朝鮮本《精忠錄》圖像則與《大宋中興通俗演義》多有相同，因此，我們判斷熊大木據以編撰小說的《精忠錄》正德本與朝鮮本面貌相近，所以，以下，我們根據朝鮮本介紹《精忠錄》的情況，並以朝鮮本《精忠錄》與《大宋中興通俗演義》作對比。

朝鮮本《精忠錄》現見存李朝宣宗（1567-1608）印本和李朝英宗（1724-1776）印本。我們閱讀的底本日本埼玉大學圖書館藏《精忠錄》為李朝英宗己丑（即清朝乾隆三十四年己丑，1769年）銅活字本[4]，卷首題「會纂宋岳鄂武穆王精忠錄」，版心鐫「精忠錄」。書前有：〈精忠錄肅廟御制序〉，〈當寧御制後序〉，〈御制永柔縣臥龍祠致祭祭文〉，弘治十四年陳銓〈精忠錄序〉，萬曆十三年李山海〈精忠錄序〉，〈會纂宋岳鄂武穆王精忠錄目錄〉及圖三十六幅：〈武穆像〉一葉，半葉一圖，半葉像贊；〈精忠錄圖〉三十五幅，上文下圖，第一幅為岳飛座像，半葉一圖，其餘三十四圖皆雙面合頁連式大幅圖像。卷一宋史本傳；卷二武穆事實，武穆御軍六術，武穆諸子，呂東萊先

3　參看拙文：〈精忠錄：岳飛故事流傳過程中一部重要的資料選編〉，《文獻》2014年第3期。

4　埼玉大學藏本《精忠錄》原缺卷三卷四，大塚秀高先生以東京大學圖書館藏《精忠錄》複印補配完整。

生評；卷三武穆著述；卷四古今褒典、古今論述；卷五古今賦詠，分：古詩，詞，絕句，歌行；卷六：律詩。書後有：弘治十四年趙寬後序，萬曆十三年柳成龍跋。以下論及《精忠錄》，若無特別說明，均指此本。

關於岳飛生平的歷史事實，見於《精忠錄》正文之卷一和卷二。其中卷一〈宋史本傳〉出於元人脫脫所編《宋史》，即《宋史》列傳第一百二十四的岳飛傳。卷二〈武穆事實〉基本內容與〈宋史本傳〉相同，編年敘事的順序完全相同，不少事件的敘述文字基本相同，只是很多事件敘述詳略不同。這兩卷內容皆為岳飛生平事蹟，篇幅、字數差不多，〈宋史本傳〉約九千多字，〈武穆事實〉略少幾百字。大體而言，〈宋史本傳〉敘事更為詳盡，多細節，更生動，事件敘述都比較完整、比較連貫。而〈武穆事實〉多梗概，事件敘述不如〈宋史本傳〉詳細，卻加入了不少奏章制詞。〈武穆事實〉標題下的雙行小字注說明了編輯者將兩卷相似的內容置於一書的用意：「按此編與本傳互有詳略，今兩存之，以備參考。」

此二卷互有詳略，考察二者詳略不同的部分，即〈宋史本傳〉詳於〈武穆事實〉的部分，或者〈武穆事實〉詳於〈宋史本傳〉的部分，都見之於岳珂所編《鄂王行實編年》。

事實上，《鄂王行實編年》必然是《精忠錄》之〈宋史本傳〉和〈武穆事實〉的來源。在岳飛身後二十年間，由於秦檜的淫威，大量關於岳飛的文字資料佚失或被銷毀了，秦檜之子秦熺主編《高宗日曆》，恣意篡改官史。宋孝宗平反了岳飛的冤案後，岳飛三子岳霖、岳霖之子岳珂整理還原岳飛歷史，「考於聞見，訪於遺卒」，最終由岳珂完成《鄂國金佗稡編》二十八卷和《鄂國金佗續編》三十卷，成為最重要、最詳盡的記錄岳飛事蹟的史籍。後來，南宋史官章穎撰寫《南渡四將傳》中的「鄂王傳」，基本照抄岳珂編寫的《鄂王行實編年》，只作了一些文字上的修改和個別史實的補充；元人脫脫編

《宋史》，其中的「岳飛本傳」又抄自章穎之作《南渡四將傳》。[5]而《精忠錄》之〈武穆事實〉，必然也是直接或間接來自《鄂王行實編年》。

《精忠錄》正文前三卷的內容，包括附於〈武穆事實〉之後的「武穆御軍六術」、「武穆諸子」，以及卷三之〈武穆著述〉，也都基本來自《鄂國金佗稡編》與續編[6]，文字或略有差異。

朝鮮本《精忠錄》正文卷四至卷六的內容，則是迄於明代弘治十四年，宋元明三代對於岳飛的朝廷褒典、歷代論述和文人賦詠。

第二節　《大宋中興通俗演義》的圖像和附錄來源

《大宋中興通俗演義》現存最早刊本是嘉靖三十一年（1553）楊氏清江堂、清白堂刊本[7]（以下簡稱為「嘉靖本」，本文所論《大宋中興通俗演義》都指此本）。此本與《精忠錄》之間密切的關係，最為直觀地體現在小說正文之前的圖像和正文之後附錄的《會纂宋岳鄂武穆王精忠錄後集》。

一　嘉靖本《大宋中興通俗演義》與《精忠錄》之圖像

嘉靖本《大宋中興通俗演義》在「序」和「凡例」之後有圖二十四葉，這些圖像大多同於《精忠錄》之圖像。

5　參看《鄂國金佗稡編續編校注》之王曾瑜所作〈前言〉，岳珂編，王曾瑜校注：《鄂國金佗稡編續編校注》（北京市：中華書局，1989年）。

6　卷三〈武穆著述〉中有一詩一詞未見於《鄂國金佗稡編》和續編，即〈送紫岩張先生北伐〉和〈滿江紅．怒髮衝冠〉，參看涂秀虹點校《精忠錄》（上海市：上海古籍出版社，2014年），頁44。

7　參看石昌渝撰寫詞條「大宋中興通俗意義」，石昌渝主編：《中國古代小說總目》（白話卷）（太原市：山西教育出版社，2004年），頁38。

《精忠錄》目錄後首為「武穆像」，為頭部肖像。B面為贊語。版心題「武穆像」。次為武穆坐像。次為三十四幅戰功圖，都是兩個半葉為一幅。每幅上文下圖，圖右上角題圖目。從武穆坐像開始三十五幅圖版心都題「精忠錄圖」，且順序標著頁碼。

《大宋中興通俗演義》沒有武穆頭像和贊語。於「凡例」之後的二十四葉，或半葉一幅圖，或兩個半葉合為一幅圖，共三十幅圖。首葉A面岳飛坐像上文下圖，上文為贊詞。後面二十九幅圖每幅的右上角均題圖目，但無上層解說之文。版心第一葉題「精忠錄」，第二至第二十一葉，除第十三、十六葉版心為一墨丁，其餘版心皆題「圖」。第二十二、二十三、二十四葉版心未題。

兩書的岳飛坐像相似。圖像的人物形象、座椅、屏風大體相似，但人物服飾、相貌、神情稍異。《大宋中興通俗演義》岳飛坐像的座椅屏風圖飾比《精忠錄》圖更為繁雜。圖像上方所題贊詞相同，贊詞六行，每行八字，排列也相同。為：

維武穆王天錫勇智
氣吞強胡力扶宋季
桓桓師旅元戎是寄
行將恢復遭讒所忌
生既無怍死亦何愧
萬古長存惟忠與義

《精忠錄》岳飛坐像後的三十四幅圖順序題為：「祀周同墓」、「戰汜水關」、「張所問計」、「戰太行山」、「戰竹蘆渡」、「戰南薰門」、「戰廣德」、「兩戰常州」、「戰承州」、「次洪州」、「戰南康」、「次金牛」、「蓬嶺大戰」、「次虔州」、「復鄧州」、「復郢州」、「渡江誓眾」、「襄陽鏖戰」、「戰廬州」、「湖襄招降」、「復蔡州」、「歸廬復請」、「屯襄漢」、「破楊么」、「破劉復雄」、「大舉伐金」、「都府議事」、「貸諜反間」、「戰郾城」、「拐子馬」、「遣雲援王貴」、「戰衛州」、「戰朱仙鎮」、「偽詔班師」。每圖上層有文，解說圖像內容之梗概。如「祀周同墓」:「王名飛，字鵬舉，相州湯陰人。少負氣節，沉厚寡言，家貧力學，尤好左氏春秋、孫吳兵法。生有神力，未冠挽弓三百斤，弩八石。學射於鄉豪周同，能盡其術。同死，朔望祭其墓。」又如「偽詔班師」:「秦檜力主和議，欲畫淮以北棄之。聞王功將成，大懼。遂諷臺臣力請於上，下詔班師。王上疏曰:『虜人屢戰屢奔，銳氣沮喪，天時人事，強弱已見，時不再來，惟陛下圖之。』檜聞益懼，乃先詔韓世忠、張俊、楊沂中、劉錡各以本軍歸，而後言王孤軍不可留，乞令班師。一日奉十二金字牌，王嗟憤泣下，東向再拜，曰:『十年之力，廢於一朝。』乃自郾城引兵還。民大失望，遮馬慟哭。」標題和解說文字簡明扼要，令人覽三十四幅戰功圖而概知岳王之功績。

《大宋中興通俗演義》第二至第二十九幅圖，右上角的圖目分別為:「祀周同墓」、「戰汜水關」、「張所問計」、「戰太行山」、「戰竹蘆渡」、「戰南薰門」、「戰廣德」、「兩戰常州」、「戰承州」、「次洪州」、「戰南康」、「次金牛」、「蓬嶺大戰」、「次虔州」、「復鄧州」、「復郢州」、「渡江誓眾」、「戰勝歸舟」、「襄陽鏖戰」、「戰廬州」、「湖襄招降」、「岳飛擊走金兀術於郾城追至朱仙鎮大破之」、「岳飛奉詔班師」、「岳飛行次河南軍民痛訴遮道留之」、「詔張俊同岳飛如楚州閱軍」、「岳飛辭解兵權」、「岳飛父子歸田」、「詔取岳飛就職」、「岳飛登金山寺」。

此二十九幅圖當中，前十六幅圖皆是兩個半葉合為一圖，版式、圖目同《精忠錄》前十六幅。其中，第十一圖「戰南康」，B面畫像與《精忠錄》有些許不同。第十六圖「復郢州」，雖是兩個半葉為一圖，但A面與B面所反映的人物、背景、事件不一致，不是同一幅圖，且B面圖像亦不見於《精忠錄》圖。

第十七、十八圖，皆為半葉一圖，其中，第十七圖「渡江誓眾」與《精忠錄》同題之圖的A面大體相似，略有差異。

第十八圖「戰勝歸舟」畫像、圖目均不見於《精忠錄》圖。

第十九圖「襄陽鏖戰」、第二十圖「戰廬州」又是兩個半葉合為一圖，圖像內容雖與《精忠錄》大體相同，但所描畫的人數略少，景物背景不如《精忠錄》豐富。

其餘從第二十一圖「湖襄招降」起，至最後一圖「岳飛登金山寺」，均為半葉一圖，其中，「湖襄招降」同於《精忠錄》第二十圖之A面，第二十二圖至最後一圖均不見於《精忠錄》。

《精忠錄》在「湖襄招降」一圖後，還有十四幅圖，即「復蔡州」,「歸廬復請」,「屯襄漢」,「破楊么」,「破劉復雄」,「大舉伐金」,「都府議事」,「貸諜反間」,「戰郾城」,「拐子馬」,「遣雲援王貴」,「戰衛州」,「戰朱仙鎮」,「偽造班師」。而《大宋中興通俗演義》沒有這十四幅圖。

值得注意的是,《大宋中興通俗演義》第二十二至二十九圖不僅圖像與《精忠錄》不同，而且標題形式也與《精忠錄》差別明顯。《精忠錄》標題多為三字、四字短語，只有一條五字標題「遣雲援王貴」，標題主語「岳飛」皆省略;《大宋中興通俗演義》前面二十一幅圖像標題亦如此，其中二十幅標題都同於《精忠錄》圖像標題。而《大宋中興通俗演義》最後八幅未見於《精忠錄》的圖像標題較長，第二十二幅標題「岳飛擊走金兀術於郾城追至朱仙鎮大破之」，第二十四幅標題「岳飛行次河南軍民痛訴遮道留之」，第二十五幅標題「詔張俊同岳飛如楚州閱軍」，其他五幅為六字標題。

二書圖像對比清單如下：

精忠錄		大宋中興通俗演義		對比說明
武穆頭像贊語		無		
武穆坐像		武穆坐像		上文下圖，贊詞相同，字體、圖像略異
1	祀周同墓	1	祀周同墓	圖像相似
2	戰汜水關	2	戰汜水關	圖像相似
3	張所問計	3	張所問計	圖像相似
4	戰太行山	4	戰太行山	圖像相似
5	戰竹蘆渡	5	戰竹蘆渡	圖像相似
6	戰南薰門	6	戰南薰門	圖像相似
7	戰廣德	7	戰廣德	圖像相似
8	兩戰常州	8	兩戰常州	圖像相似
9	戰承州	9	戰承州	圖像相似
10	次洪州	10	次洪州	圖像相似
11	戰南康	11	戰南康	B面圖像略有不同
12	次金牛	12	次金牛	圖像相似
13	蓬嶺大戰	13	蓬嶺大戰	圖像相似
14	次虔州	14	次虔州	圖像相似
15	復鄧州	15	復鄧州	圖像相似
16	復郢州	16	復郢州（AB兩面不相連貫）	B面圖像不同
17	渡江誓眾	17	渡江誓眾（A面，半葉一圖）	A面圖像相似，稍異
		18	戰勝歸舟（B面，半葉一圖）	B面圖像不同
18	襄陽鏖戰	19	襄陽鏖戰	圖像略異
19	戰廬州	20	戰廬州	圖像略異

精忠錄		大宋中興通俗演義		對比說明
20	湖襄招降	21	湖襄招降（A面半葉一圖）	A面圖像相似
21	復蔡州	22	岳飛擊走金兀術於郾城追至朱仙鎮大破之（B面半葉一圖）	二者完全不同
22	歸廬復請	23	岳飛奉詔班師（A面半葉一圖）	二者完全不同
23	屯襄漢	24	岳飛行次河南軍民痛訴遮道留之（B面半葉一圖）	二者完全不同
24	破楊么	25	詔張俊同岳飛如楚州閱軍（A面半葉一圖）	二者完全不同
25	破劉復雄	26	岳飛辭解兵權（B面半葉一圖）	二者完全不同
26	大舉伐金	27	岳飛父子歸田（A面半葉一圖）	二者完全不同
27	都府議事	28	詔取岳飛就職（B面半葉一圖）	二者完全不同
28	貸諜反間	29	岳飛登金山寺（A面半葉一圖）	二者完全不同
29	戰郾城			
30	拐子馬			
31	遣雲援王貴			
32	戰衛州			
33	戰朱仙鎮			
34	偽詔班師			

通過對讀可見，兩書圖像的確關係密切，其版式、畫題、畫面形象以及圖像所反映的內容多有相同相近之處。可以看出，《大宋中興通俗演義》與《精忠錄》相似的那些圖，有著明顯的依從關係，所存在的差異是摹刻時的細節差異。《大宋中興通俗演義》有些半葉之圖同於《精忠錄》同題圖中的一半，則顯然是《大宋中興通俗演義》截取《精忠錄》圖之部分摹刻。[8]

8 石昌渝先生對比嘉靖本《大宋中興通俗演義》圖像與宮城縣圖書館藏本《精忠錄》「精忠錄圖」後認為：「清江堂在刊刻《大宋中興通俗演義》圖像時所依據的底

二　嘉靖本《大宋中興通俗演義》附錄「會纂宋岳鄂武穆王精忠錄後集」與《精忠錄》後三卷的關係

《精忠錄》卷四「古今褒典」與「古今論述」、卷五「古今賦詠」、卷六「律詩」，這些內容在嘉靖本《大宋中興通俗演義》中是作為小說的附錄，在小說正文八卷終卷之後，題為「會纂宋岳鄂武穆王精忠錄後集」。小說附錄的「會纂宋岳鄂武穆王精忠錄後集」不分卷，但從卷端卷末的題目看來，實分為三部分（三卷）。

小說附錄第一部分卷端題「會纂宋岳鄂武穆王精忠錄後集」，署「賜進士巡按浙江監察御史海陽李春芳編輯」「書林楊氏清白堂梓行」。卷終題「會纂宋岳鄂武穆王精忠錄後集」。這一部分包括「古今褒典」、「古今論述」。其中，「古今褒典」同於《精忠錄》卷四之「古今褒典」。「古今論述」比《精忠錄》卷四之「古今論述」多三篇文章，即陳銓序、趙寬後序、王華〈重修敕賜忠烈廟記〉，列於卷末。而陳銓的〈重刊精忠錄序〉，即見於《精忠錄》卷首之「陳銓序」，趙寬〈精忠錄後序〉則見於《精忠錄》卷之六「趙寬後序」；唯王華所作〈重修敕賜忠烈廟記〉不見於朝鮮本《精忠錄》。

此王華所作沒有署時間，但提到劉公璟牽頭修繕「忠烈廟」時，距麥太監修葺岳王墳廟「寒暑僅餘十稔」。麥太監修葺岳王墳廟在其刊行《精忠錄》之前不久，也就是弘治十四年（1501）之前，則劉太監修繕忠烈廟大概就在正德五年（1510）前後，正德五年也正是「會纂宋岳鄂武穆王精忠錄後集」末尾所附李春芳「重刊精忠錄後序」所署時間。由此可見《大宋中興通俗演義》編撰時所據之《精忠錄》，

本，與今存李朝銅活字本《精忠錄》『精忠錄圖』完全相同。也就是說，《精忠錄》之『精忠錄圖』是弘治十四年陳銓序本《精忠錄》『精忠錄圖』的覆刻」。石昌渝：〈朝鮮古銅活字本《精忠錄》與嘉靖本《大宋中興通俗演義》〉，日本東北大學『東北アジア研究』第2號（1998年3月），頁263-272。同書異版的埼玉大學藏本與宮城縣圖書館藏本圖像大體相同，只有線條筆觸上一些細微的差別。

至少清白堂刊刻《會纂宋岳鄂武穆王精忠錄後集》之時所據之《精忠錄》，並非弘治十四年刊本，而是正德五年刊本。

對岳飛的題詠代有其人，陳銓序中稱麥公重刊《精忠錄》時「增集古今詩文凡若干篇」，而此「會纂宋岳鄂武穆王精忠錄後集」所據之《精忠錄》顯然在麥公弘治刊本基礎上又有所「增集」，第一部分增加了王華〈重修敕賜忠烈廟記〉，第二部分和第三部分的詩詞也都增添了不少。

「會纂宋岳鄂武穆王精忠錄後集」第二部分卷端題「會纂宋岳鄂武穆王精忠錄後集」，第二行題為「古今賦詠」。卷終題「新刊宋岳鄂武穆王精忠錄後集」。「古今賦詠」內容大體同於《精忠錄》卷之五，但有所增補。如「古詩」增加了晉陵段金的詩，「詞」增加了陳璟和陳珂之作，卷末還增添了李春芳所作歌行。

「會纂宋岳鄂武穆王精忠錄後集」第三部分卷端題「會纂宋岳鄂武穆王精忠錄後集」，卷終題「會纂宋岳鄂武穆王精忠錄後集」，同一頁有書坊牌記：「嘉靖壬子年秋清白堂新梓行」。此為「律詩」部分，但其卷末比《精忠錄》卷六多了十四位詩人的十九首詩，這十四位詩人為：陳鼎、李贇、邵寶（李贇與邵寶聯句）、歐陽旦、劉琬、邊憲、彭澤、楊旦、陳珀、謝朝宣、杭淮、陳良器、陳璟、陳珂。

第三部分後附「重刊精忠錄後序」，署「正德五年歲次庚午秋八月哉生明賜進士巡按浙江清戎監察御史海陽李春芳序」。此序不見於朝鮮本《精忠錄》。[9]

「會纂宋岳鄂武穆王精忠錄後集」比朝鮮本《精忠錄》多出的詩文，其作者皆為正德年間官員，且以浙江官員為多。

從以上對讀可以看出，小說附錄之「會纂宋岳鄂武穆王精忠錄後

---

9 正德刊本《精忠錄》的增集，參看涂秀虹點校：《精忠錄》（上海市：上海古籍出版社，2014年），附錄三。

集」與《精忠錄》關係密切，但其底本不是朝鮮本所據之弘治本《精忠錄》，而是正德五年刊本，比之於弘治本又有新的增集。

第三節　小說正文與《精忠錄》的關係

嘉靖本《大宋中興通俗演義》小說正文之前的圖像和正文之後的附錄，與《精忠錄》多有相同，關係密切。但《大宋中興通俗演義》小說的正文，則與《精忠錄》有著明顯的差異。很顯然，雖然都以岳飛為題材，但是二書文體性質完全不同，《精忠錄》屬於歷史資料的編集，而《大宋中興通俗演義》是小說。當然，作為歷史小說的《大宋中興通俗演義》，必然要以歷史資料作為編撰素材，但從素材到小說，歷史資料演化為文學作品，必然也需要經過綜合分析、提煉變形的創作過程，小說才成其為小說。所以，《大宋中興通俗演義》與《精忠錄》的差異是必然存在的。

作為小說素材的歷史資料，主要指的是《精忠錄》正文前三卷的內容，即卷一〈宋史本傳〉，卷二〈武穆事實〉，卷三〈武穆著述〉。

若從事件整體來說，《精忠錄》卷一卷二所敘岳飛之事在《大宋中興通俗演義》之中基本都寫到了，當然，事件前後順序不完全一樣。

若從文字語段的一一對應來說，小說有完全同於《精忠錄》的文字，但更多的是以《精忠錄》文字為枝幹加以改寫，或把文字變得更通俗，或增加細節描寫，有的融合其他材料而敘事，有的根據事理邏輯進行適當的情節改寫。

小說完全同於《精忠錄》的片段其實不多，只有岳飛的二段奏章和一段「呂東萊先生評曰」。奏章一為紹興七年高宗問岳飛中興之事，岳飛慷慨手疏上言，一為紹興九年岳飛稱和議未便之意所上表文。

《大宋中興通俗演義》與《精忠錄》完全相同的文字是疏表、評語一類的資料性文字，而不是敘述性文字，這是比較符合小說編撰運用歷史資料的規律的，因為小說和史著畢竟是兩種文體，小說之所以為小說正在於敘述性文字的生發，若連敘述性文字都完全照抄史實材料，則小說難以成小說。但一方面因為歷史小說藝術發展階段的侷限，另一方面由於歷史資料本身所具有的敘事性，所以，我們仍然讀到《大宋中興通俗演義》與《精忠錄》相接近的很多敘述性文字。

《精忠錄》之卷一〈宋史本傳〉的敘事較為完整，與卷二〈武穆事實〉相比敘述岳飛言行較為細緻，已經略具小說性質。如宣和四年，「相有劇賊陶俊、賈進和，飛請百騎滅之。遣卒偽為商入賊境，賊掠以充部伍。飛遣百人伏山下，自領數十騎逼賊壘。賊出戰，飛佯北。賊來追之，伏兵起，先所遣卒擒俊及進和以歸」。類似這樣的片斷很多。但《宋史本傳》若與《鄂王行實編年》相比則較為簡略。

《大宋中興通俗演義》中敘述較為簡略的部分就與〈宋史本傳〉很接近，如卷一的〈岳鵬舉辭家應募〉一段：

> 卻說相州湯陰人姓岳名飛，表字鵬舉，世以農為業。其父岳和能勤儉節食，以濟饑者。耕田有侵其地界，和即割與之，亦不與辯。人借錢穀有負其債者，再不索取。由是鄉人皆感德之。其妻姚氏尤賢。生岳飛時，有大禽若鵠，飛鳴室上，因以為名。未滿月，黃河內決，大水暴至，飛母抱飛坐在甕中，隨水沖激及岸邊，子母無事，人皆異之。飛少負氣節，沉厚寡言。家貧力學，尤好《左氏春秋》及孫、吳兵法。生有神力，十二歲時，能拽三百斤弓、八石之弩，嘗學射於豪士周同處。

與此相近的內容也見於《精忠錄》之〈武穆事實〉與《鄂王行實編年》，但〈武穆事實〉所述過於簡單，《鄂王行實編年》又過於瑣碎，〈宋史本傳〉敘述則較為全面而又不失簡潔，小說的敘述更接近于〈宋史本傳〉。〈宋史本傳〉敘述如下：

> 岳飛字鵬舉，相州湯陰人。世力農。父和，能節食以濟饑者。有耕侵其地，割而與之。貸其財者，不責償。飛生時有大禽若鵠飛鳴室上，因以為名。未彌月，河決內，黃水暴至。母姚抱飛坐甕中，沖濤及岸得免，人異之。少負氣節，沉厚寡言。家貧力學，尤好左氏春秋、孫吳兵法。生有神力，未冠挽弓三百斤，弩八石。學射於周同，盡其術，能左右射。

由於《精忠錄》中的〈宋史本傳〉和〈武穆事實〉互有詳略，所以，《大宋中興通俗演義》往往結合二者敘述加以展開。比如《大宋中興通俗演義》卷六〈岳飛奏請立皇儲〉紹興七年一段敘述，前半段多同於〈武穆事實〉，後半段則近於〈宋史本傳〉。引文對比如下：

〈武穆事實〉

> 丁巳七年春三月。扈從至建康，詔王德酈瓊曰：「聽其節制，如朕親行。」時韓世忠張俊皆久貴立功，而飛少事俊為列將，一朝拔起，爵位與齊。俊深忌之。飛數見上，論恢復之略。以為劉豫者，金人之遮罩，必先去之，然後可圖。因慷慨手疏言：「臣自國家變故以來，從陛下于戎伍，實有致身報國，復仇雪恥之心。仗社稷威靈，粗立薄效，陛下錄臣微勞，擢自布衣，曾未十年，官至太尉。一介賤微，寵榮超躐，有踰涯分。又蒙益臣軍馬，使濟恢圖。臣實何人，敢不報稱。臣謂金人立劉豫于河南，蓋欲荼毒中原，以中國而攻中國。粘罕因得休兵觀釁。望陛下假臣日月，得便提兵，直超京洛，據河陽陝府潼關，以號召五路叛將。叛將既害，王師前進，彼必棄汴而走，河北京畿陝右可以盡復，然後分兵濬、滑，頸略兩河，則劉豫成擒，金人可滅，社稷長久之計，實在此舉。」帝曰：「有臣如此，顧復何憂。進止之機，朕不中制。」復召至寢閣，命

曰:「中興之事,一以委卿。」飛遂圖大舉。會秦檜主和議,忌之。言于上,請詔詣都督張浚府議事。即日上章乞解兵柄,步歸廬山,廬于周國夫人墓側。

〈宋史本傳〉:

七年,入見帝。從容問曰:「卿得良馬否?」飛曰:「臣有二馬……」帝稱善,曰:「卿今議論極善。」進拜太尉,繼除宣撫使,兼營田大使。從幸建康。以王德、酈瓊兵隸飛,詔諭德等曰:「聽飛號令,如朕親行。」飛數見帝,論恢復之略,又手疏言:「金人所以立劉豫于江南,蓋欲荼毒中原,以中國攻中國,粘罕因得休兵觀釁。臣欲陛下假臣月日,便則提兵趨京洛,據河陽陝府潼關以號令五路叛將。叛將既還,遣王師前進,彼必棄汴而走,河北京畿陝右可以盡復,然後分兵濬、滑,經略兩河。如此則劉豫成擒,金人可滅,社稷長久之計,實在此舉。」帝答曰:「有臣如此,顧復何憂。進止之機,朕不中制。」又召至寢閣,命之曰:「中興之事,一以委卿。」命節制光州。飛方圖大舉,會秦檜主和,遂不以德瓊兵隸飛。詔詣都督府與張浚議事。浚會飛曰:「王德淮西軍所服,浚欲以為都統,而命呂祉以督府參謀領之,如何?」飛曰:「德與瓊素不相下,一朝握之在上則必爭。呂尚書不習軍旅,恐不足服眾。」浚曰:「張宣撫如何?」飛曰:「暴而寡謀,尤瓊所不服。」浚曰:「然則楊沂中爾?」飛曰:「沂中視德等爾,豈能馭此軍?」浚艴然曰:「浚固知非太尉不可。」飛曰:「都督以正問,飛不敢不盡其愚,豈以得兵為念耶。」即日上章乞解兵柄,終喪服。以張憲攝軍事,步歸廬母墓側。

《大宋中興通俗演義》卷六〈岳飛奏請立皇儲〉：

> 紹興七年正月，有徙都建康之命，作太廟……高宗召岳飛赴行在。春三月，岳飛扈從至建康，帝升岳飛為湖北京西宣撫使，進拜太尉，以王德、酈瓊兵屬之。詔德、瓊曰：「卿聽飛節制，如朕親行。」時韓世忠、張俊皆久貴立功，而飛少曾事俊為其列將，一旦拔起，爵位與齊，俊深忌之，始與之有隙矣。岳飛每朝見，數以恢復為意，以為劉豫者，金人之遮罩，必先去之，然後可圖。帝詳問其進取之機，飛因慷慨手疏上言。
>
> 疏曰：臣自國家變故以來，(從）陛下于戎伍，實有致身報國復仇雪恥之心。仗社稷威靈，粗立薄效。陛下錄臣微勞，擢自布衣，曾未十年，官至太尉。一介賤微，寵榮超躐，有逾涯分。又蒙益臣軍馬，使濟恢圖。臣實何人，敢不報稱。臣謂金人立劉豫于河南，蓋欲荼毒中原，以中國而攻中國，粘罕因得休兵觀釁。望陛下假臣日月，得便提兵直趨京洛，據河陽陝府潼關以號召五路叛將。叛將既還，王師前進，彼必棄汴而走，河北京畿陝右可以盡復。然後分兵濬、滑，經略兩河，則劉豫成擒，金人可滅。社稷長久之計，實在此舉。
>
> 帝覽疏大悅，曰：「有臣如此，顧復何憂。進止之機，朕不中制。」復召至寢閣，命曰：「中興之事，一以委卿。」飛退出，遂圖大舉。會帝以秦檜為樞密使，欲專主和議。及聞岳飛陳北伐之計，深忌之，言於帝曰：「岳飛所志，宏略過人，陛下可詔之詣都督府措置邊務，必見成效。」帝從之，即下詔著令岳飛詣都督府參贊軍事，自是岳飛見上有常也。飛因至都督府來見張浚，張浚與之握手極歡。二人依次序坐定，交論邊務事。浚謂飛曰：「副統制王德總戎已久，淮西軍所信服，吾欲以為淮西都統制，命呂祉以督府參謀領之，足下以為如何？」

> 飛曰：「昔劉光世所部之兵，俱淮西反叛逃亡之徒，若調治制馭非其人，致變作亂如反掌之易耳。況王德統制酈瓊，並列輩也，豈肯相讓。一旦使居其上，必然不服，致生爭端，悔之晚矣。且呂尚書終是書生，未曾慣習軍旅，不足以服眾。若依飛論，當于大將中選名高望重能服諸將者委任之，方得妥帖。」浚曰：「既王德、呂祉不足任，然則張俊、楊沂中其人如何？」飛曰：「張宣撫飛之舊帥也，飛足曉其人，暴而寡謀，酈瓊平昔所不信服。沂中比王德才相上下，豈能御此軍哉。」浚艴然曰：「浚固知非太尉不可受斯任也。」飛曰：「都督以正問飛，飛不敢不盡愚情以對，豈以得軍為念哉！」張浚不悅。岳飛即辭而出，自度有忤張樞密意，乃再上表乞終母制。
> 表曰：草土臣岳飛札子奏乞終守服，奉聖旨不允。伏望聖旨檢會所奏，特許臣終制取進止。紹興七年某月日臣岳飛謹言。表上，朝廷見其哀切再三，准其終服。詔下，岳飛以張憲于鄂州總攝軍事，即日與子岳雲回至江州廬山，仍守母喪服，不在話下。

《大宋中興通俗演義》並不只是把《精忠錄》改寫得更通俗些、更多一些細節。《大宋中興通俗演義》中很多情節段落，都在〈宋史本傳〉和〈武穆事實〉的枝幹上豐富了事件的敘述，大量鋪展情節。這是小說編撰所必然具備的創作因素和想像能力，但從具體的語段對比可見，小說編撰者其實是更直接的參考了《鄂王行實編年》。

與《精忠錄》對比，《大宋中興通俗演義》的文字語段往往更接近《鄂王行實編年》。如〈岳飛用計破曹成〉中「破曹成」一段，岳飛故意裝作沒看見被捉的探子，詢問糧餉，並下令連夜回駐茶陵就糧，小說寫道：「分付已畢，回身遇見曹成打探人，岳飛慌把雙手搓其兩耳，跌腳。」相近的表達，在〈宋史本傳〉中是「已而顧諜若失意狀，頓足而入」。而《鄂王行實編年》卷二紹興二年的記載是：「已而顧見成謀，捽耳頓足而入」。小說的「雙手搓其兩耳，跌腳」顯然是「捽耳頓足」的直譯。

上文已述及，無論〈宋史本傳〉還是〈武穆事實〉之稍有細節者，大多出於《鄂王行實編年》，《鄂王行實編年》的敘述比「宋史本傳」、「武穆事實」二者詳細。而《大宋中興通俗演義》中像〈岳鵬舉辭家應募〉這樣更近於〈宋史本傳〉簡潔敘述的片斷其實不多，《大宋中興通俗演義》中的敘述絕大多數都要比〈宋史本傳〉和〈武穆事實〉更為詳細，因而更接近於《鄂王行實編年》的敘述。小說往往在《鄂王行實編年》的基礎上更詳細地鋪展情節，增加敘述語言，增加人物動作和語言細節，使事件敘述更為具體生動。比如「討李成」、「降張用」一段，《精忠錄》之〈宋史本傳〉和〈武穆事實〉所敘都較為簡單、概括，《鄂王行實編年》則更為詳細，多細節，《大宋中興通俗演義》卷四〈岳飛用計破曹成〉應該就是在《鄂王行實編年》的基礎上加以生發的。其他如小說卷三〈高宗車駕走杭州〉之「破王善等五十萬眾，擒賊杜叔五、孫海等」，卷五〈鎮汝軍岳雲立功〉之岳飛計廢劉豫，卷六〈小商橋射死再興〉之兀朮欲撤兵、一書生進言稱岳飛將退兵，等等，在《鄂王行實編年》、〈宋史本傳〉、〈武穆事實〉中都有相似的敘述，故事情節、人物語言均極為相似。但《鄂王行實編年》的敘述比〈宋史本傳〉和〈武穆事實〉繁雜些，相比之下，《大宋中興通俗演義》較為鋪展的小說敘述似乎就更接近於《鄂王行實編年》了。類似的片段很多，《大宋中興通俗演義》中岳飛的故事基本上就是由這樣的片段順序完成的。

但小說中岳飛故事的敘述也並非盡同於《精忠錄》或《鄂王行實編年》，小說編撰者有時出於對事件合理性的考慮而改變一些基本的情節。比如對於叛將戚方的處理，《鄂王行實編年》與《精忠錄》的記載都是由於張俊的懇求，岳飛不殺戚方。而小說卷三〈岳統制楚州解圍〉對這一情節的設計不同。面對張俊的求情，小說寫道：

> 岳飛起謂曰：「招討鈞命不敢不從，只是他跟我在建康時，無故背了朝廷反將出去，聚眾剽掠村落，我曾再三使人勸他竭誠報國，勿為賊盜偷生，他全不聽信，恣意放肆，搶奪州縣。然後朝廷差人齎榜前去招諭，彼亦拒命不降。此賊處心不忠，難與別賊比。昔我在廣德與虜對敵之際，他暗射吾一箭，即今不令人知，藏之囊中，待彼有逆意必令折之以就戳，今日果然。」即令人取過箭付與張俊，看有戚方（以下嘉靖本原缺，依天德堂本補全）名字，俊曰：「汝既叛主將，復為盜賊，罪不容逭。」又謂飛曰：「請統制依軍令發落。」飛曰：「非某不從尊命。軍中若留戚方，則眾軍視以為例，故方尊命。」於是岳飛叱左右推出戚方斬之。岳飛又分付眾軍曰：「汝等各宜奮力盡心，以圖報效，毋學戚方，致有今禍。」眾軍喏喏連聲，願從鈞旨。忽報金兵圍楚州，高宗降手詔命岳飛即日起兵，解楚州圍。

這樣的改寫顯然是出於小說編撰者對這一事件的認識：戚方跟其他反賊不同，為了嚴肅軍紀，不可不殺。且不說這一情節處理是否有利於岳飛與張俊形象的塑造，但至少對於戚方這段故事來說是較為合理的一種結局安排。不過，《大宋中興通俗演義》文本還比較粗疏，所以，戚方雖然在卷三已被斬，但在後來又出現了，如卷之七敘述楊沂中、王德在濠州戰敗之後，「撒離桀與宋降將戚方，引鐵騎分路追之」。當然，類似這樣的情節漏洞，在通俗小說中太常見了。

從以上對讀看來，《精忠錄》的敘事都為《大宋中興通俗演義》所包容，但《大宋中興通俗演義》具體的情節描述卻未必盡出於《精忠錄》，原因在於《精忠錄》敘事的簡略未能滿足小說編撰的要求，小說編撰者在參考《精忠錄》的同時，在《精忠錄》之外還找到了細節更為鋪展、事件描述更為詳盡的敘事文本，那就是《鄂王行實編年》，也就是小說小字注所謂「岳飛行狀」──它也正是《精忠錄》主要的文獻來源。《鄂王行實編年》對小說《大宋中興通俗演義》的編撰有著更為直接的影響。

第四節　小說對《精忠錄》的依承與擴展

從以上《大宋中興通俗演義》圖像、附錄、小說正文各部分與《精忠錄》的比較可見，《大宋中興通俗演義》是直接依承《精忠錄》而來的。

《大宋中興通俗演義》中還有二個細節說明它與《精忠錄》的直接依承關係。

一是熊大木在〈序武穆王演義〉中說：「至於小說與本傳互有同異者，兩存之，以備參考。」而朝鮮本《精忠錄》卷二〈武穆事實〉標題下小字注曰：「按此編與本傳互有詳略，今兩存之，以備參考。」熊大木之語應該是對《精忠錄》的模仿。

二是《大宋中興通俗演義》對「呂東萊先生評」和「岳王著述」的處理。小說卷八第一則〈秦檜矯詔殺岳飛〉，敘岳飛死後，插入一段「呂東萊先生評曰」，次後為「岳王著述」，小字注：「愚以王平昔所作文遺跡，遇演義中可參入者，即表而出之。有事不粘連處未入本傳者，另錄出於王之終傳後，以便觀覽。」次後錄岳飛著述五篇：〈御書屯田三事跋〉、〈東松寺題記〉、〈題翠岩寺〉、〈寄浮屠慧海〉、〈送紫岩張先生北伐〉。這樣的編排順序和編排內容是遵從《精忠錄》而來的。朝鮮本《精忠錄》卷二〈武穆事實〉之卷末有一「呂東萊先生評曰」，文字與《大宋中興通俗演義》卷八之「呂東萊先生評曰」完全一樣；朝鮮本接著編排的是卷三〈武穆著述〉。

從以上二個細節，我們可以看到熊大木編撰小說時因循《精忠錄》幾乎是亦步亦趨，其實是帶著學究氣的著史方式。

石昌渝先生對《大宋中興通俗演義》版本進行細緻的研究後認為，「清江堂刊本原書只有八卷，現存本是拿了清江堂刊本與清白堂刊《會纂宋岳鄂武穆王精忠錄後集》合而為一書，在合刊時對清江堂刊本正文卷一首葉做了替補（或挖改），換上清白堂的坊號」[10]。

石先生所說是現存版本的構成情況，而從當時小說編撰的角度，我們認為，從熊大木對待「岳王著述」的態度可見，他編撰小說應該是完整地襲用《精忠錄》的，他以《精忠錄》前三卷「演出辭話」，而後三卷屬於非敘事性文字，很可能本來就是處理為小說附錄的。從嘉靖本《大宋中興通俗演義》和朝鮮本《精忠錄》二書的內容編排順序就可見，二者結構相對應而極為相似。

《精忠錄》在序言和目錄之後，全書主體可分為三部分：一圖像，二岳飛事蹟及其著述（卷一至卷三），三古今褒典及後人吟詠（卷四至卷六）。而《大宋中興通俗演義》在〈序〉和〈凡例〉之外，全書主體亦分為三部分：一圖像，二小說正文，三附錄〈會纂宋岳鄂武穆王精忠錄後集三卷〉即古今褒典與後人吟詠。為了對比更為直觀，列表如下：

精忠錄	大宋中興通俗演義	說明
〈精忠錄肅廟御制序〉，〈當寧御制後序〉，〈御制永柔縣臥龍祠致祭祭文〉		李氏朝鮮刊刻時所加
弘治十四年陳銓〈精忠錄序〉萬曆十三年李山海〈精忠錄序〉	熊大木〈序武穆王演義〉	李山海序為朝鮮本所加，弘治本、正德本《精忠錄》無此

10 石昌渝：〈朝鮮古銅活字本《精忠錄》與嘉靖本《大宋中興通俗演義》〉，日本東北大學「東北アジア研究」第2號（1998年3月），頁264。

〈會纂宋岳鄂武穆王精忠錄目錄〉	〈凡例七條〉	
圖像三十六幅	圖像三十幅	
卷一宋史本傳；卷二武穆事實，武穆御軍六術，武穆諸子，呂東萊先生評；卷三武穆著述；	小說正文八卷	
卷四古今褒典、古今論述；卷五古今賦詠，分：古詩，詞，絕句，歌行；卷六：律詩。	會纂宋岳鄂武穆王精忠錄後集（三卷）	小說附錄《會纂宋岳鄂武穆王精忠錄後集》包括古今褒典、古今論述和古今賦詠，也分為三卷
弘治十四年趙寬後序，萬曆十三年柳成龍跋		小說附錄《會纂宋岳鄂武穆王精忠錄後集》末為李春芳後序

從這樣的內容結構和順序安排就可以見出小說刊本與《精忠錄》關係之密切。小說刊本其實就是改換了序言，加了凡例，從岳飛坐像到附錄「後集」幾乎是《精忠錄》六卷（以弘治本為底本的朝鮮本）的翻版，其中小說正文為《精忠錄》前三卷的擴展版。

所謂「擴展」，就是說《大宋中興通俗演義》的素材遠遠不止於一部《精忠錄》。事實上，只記錄岳飛史實的《精忠錄》，以及比《精忠錄》更詳細的《鄂王行實編年》都遠遠無法滿足編撰岳飛題材歷史小說的需求，要講清楚岳飛故事的來龍去脈，必然要把岳飛放置到他所處的時代，必然需要更豐富的歷史素材支撐歷史面貌的還原。關於《大宋中興通俗演義》的素材來源，小說作者在〈序〉〈凡例〉、小說正文各部分曾多次提到。

如〈序武穆王演義〉，謂「《武穆王精忠錄》，原有小說……近因眷連楊子，素號湧泉者，挾是書謁於愚曰：敢勞代吾演出辭話……於是不吝臆見，以王本傳行狀之實跡，按《通鑑綱目》而取義」。此提到素材來源之三者：《武穆王精忠錄》、「王本傳行狀」、《通鑑綱目》。對於後二者，小說正文小字注中亦多次提及：「出岳飛行狀」、「出通鑑」。此「王本傳行狀」和「岳飛行狀」即為岳珂所編《鄂王行實編年》，即使後來還有類似的編撰，但也肯定出於岳珂此編。《通鑑綱目》則應該為商輅《資治通鑑綱目續編》，此書楊氏清江堂曾刊刻；有些研究者認為是朱熹的《資治通鑑綱目》，這是錯誤的，因為朱子綱目起訖時間按照司馬光《資治通鑑》，未及於宋代。

另外，從《大宋中興通俗演義》的多處不同題名亦可見其題材來源。

《大宋中興通俗演義》開卷為「序武穆王演義」，圖像首葉版心題「精忠錄」，卷一題「新刊大宋演義中興英烈傳」，其他各卷題「新刊大宋中興通俗演義」。如此多的題名可能有其版本沿革的複雜原因，但其實亦可見題材來源與編撰主旨之變化。《精忠錄》必然是小說編撰之重要來源，編撰者熊大木最初因《武穆王精忠錄》之盛名，想把《武穆王精忠錄》演義成「辭話」，因而最早為小說定的題目應該為「武穆王演義」。但是，在參考《精忠錄》的同時，「以王本傳行狀之實際，按《通鑑綱目》而取義」，這些歷史資料提供了更為紛繁的歷史事實，熊大木的編撰思路發生了變化，雖然仍以岳飛故事為中心，但或認為岳飛之事不可脫離歷史背景而存在，或因為無力剪裁，或是在編撰的過程中逐漸改變了主旨，因而所編成的這部小說實際上演義了宋室南渡之「中興」事實，如其〈凡例〉所說：「宋之朝廷綱紀政事」，廣涉「中興」諸英烈之事——將「歷年宋之將士文臣入事」，「是書演義惟以岳飛為大意，事關他人者不免錄出，是號為中興也」。因此，「武穆王演義」又有「大宋演義中興英烈傳」、「大宋中興通俗演義」之題。

而《大宋中興通俗演義》的取材也不只限於已進入正史的這些歷

史資料。關於岳飛的故事，早在南宋就已在說話藝術中廣泛流傳，《夢粱錄》卷二十「小說講經史」條記載南宋咸淳年間有說話人說《中興名將傳》，《醉翁談錄》〈小說開闢〉裡列舉「新話說張、韓、劉、岳」。元明兩代演岳飛故事的戲曲也不少。《大宋中興通俗演義》的編撰在參考正史的同時吸收「小說家言」，對此作者多有明確說明，如〈宋康王泥馬渡江〉一節，有一小字注曰：「即今磁州夾江傍，有泥馬廟，乃宋康王所建遺跡在焉。愚參考《一統志》，磁州無夾江，及考相州，俱與此說不同，今依來本存之，以俟知者。」這正是作者在書首序言中所言：「至於小說與本傳互有同異者，兩存之，以備參考。」今天的學界對《大宋中興通俗演義》龐雜的來源已多有考論。

總之，嘉靖本《大宋中興通俗演義》刊行的本意是推出《精忠錄》的普及版，因此沿襲《精忠錄》的圖像與後三卷，而把前三卷的內容加以演義，演義方法主要是補充歷史背景，力求完整全面地敘述岳飛時代的政治軍事情形，把岳飛作為將領的故事置於南宋初年宋金相爭的歷史圖卷之中，同時，吸收融合當時流傳的民間傳說和小說戲曲創造，通俗演繹，詳細鋪展描述，從而把《精忠錄》這樣的「英雄史傳」演變成了「歷史演義」，書名也就從最早設想的「武穆王演義」變為了「大宋中興通俗演義」。

第八章

版本微觀：傳播價值與藝術價值

——以《水滸傳》為例

關於明清小說讀者階層的研究，近年來不少學者傾力其間，但得出的結論非常不同，持富商階層、官吏階層、知識階層、下層平民等各種觀點。若換個角度看問題，各持己見的研究者正是從不同的側面證明了明清小說讀者層面之廣，正如明代葉盛《水東日記》所記載，通俗小說為南北地域婦孺上下各階層的讀者所喜愛。

對於通俗小說讀者階層的廣泛性，特別是平民階層是否有能力閱讀小說，有的研究者從民眾識字率的角度提出疑問。但明代教育的普及使得粗識文墨者較為普遍應該是可信的。明朝統治者對教育非常重視，洪武二年（1369），朱元璋詔諭中書省：「朕恆謂治國之要，教化為先。教化之道，學校為本。今京師雖有太學，而天下學校未興，宜令郡縣皆立學。」[1]即以建寧府來說，據《嘉靖建寧府志》記載，建寧府學以及下屬各縣的縣學（壽寧縣學景泰六年與縣治同時肇建）都重建並擴大規模，同時還普遍設置社學和義學，建寧府的社學有二十六所：建安縣三所，甌寧縣七所，浦城縣五所，建陽縣三所，松溪縣四所，崇安縣三所，壽寧縣一所。府志還記載了書院二十座，有些書院入明之後仍然具有學校教育的作用，如屏山書院，「嘉靖丙申分巡僉事王庭給撥上沖寺廢寺田土苗米壹百七十石，與屏山子孫劉煊等收租，以供歲時家祭之費，及延師以教子孫之秀而貧者」。有些書院成

1　《明實錄》（長樂梁鴻志民國二十九年影江蘇國學圖書館傳鈔本，福建師範大學圖書館藏）之《太祖洪武實錄》卷46。

了義學，如考亭書院就曾為義學。此外，不少人家還有家塾，如「白鶴山房」，大學士楊榮「遊郡庠生時率群季讀書其中」。建寧府人口不多，嘉靖十一年，戶十萬〇九百一十四，口四十一萬〇九十九。[2]以人均值計算，可見教育普及程度比較高。而在經濟較為發達的福建沿海地區，教育普及程度更高，如何喬遠《閩書》〈建置志〉記載閩中各地的社學設置，當時福州四十三所、泉州八十所、漳州九十六所。[3]明代教育比之宋元發展很大，《明史》曰：「蓋無地而不設之學，無人不納之教。庠聲序音，重規疊矩，無間下邑荒徼，山陬海涯。此明代學校之盛，唐、宋以來所不及也。」[4]據統計，全國每一週期培養的初、中級知識分子，包括國子監的學生，將近四萬五千人，而到明代末期，全國各地的生員人數達五十萬人之多。[5]學校教育的普及，必然提高社會識字率，廣大的社會下層中很多人識字。

還有的學者從物價水平和購買力的角度研究明清小說的接受，這樣的討論當然有助於歷史的還原，但是同樣由於文獻資料本身的侷限而難免其片面性。事實上，儘管我們無法還原當時的傳播途徑，但從當時人的描述可見小說傳播面之廣。而明代刊刻的大量小說，其序言、凡例當中都明確說明小說編撰目的是為了通俗，為了「嘉惠里耳」，為了文墨不深的「愚夫愚婦」也能讀得懂。無論這一中下階層讀者是以什麼方式獲得書籍，是直接讀者或者是間接讀者，總之，小說傳播繁盛，傳播面很廣。

至於《水滸傳》，許自昌《樗齋漫錄》記載：「（《水滸傳》）其書，上自名士大夫，下至廝養隸卒，通都大郡，窮鄉小邑，罔不目覽

2 《嘉靖建寧府志》（上海市：上海古籍書店，1964年，據寧波天一閣藏明嘉靖刻本影印）卷之17學校（書院社學附），卷之3山川，卷之12戶口。

3 參見何喬遠：《閩書》（福州市：福建人民出版社，1994年），卷32至37「建置志」。

4 張廷玉等纂：《明史》（北京市：中華書局，1974年），卷69〈選舉志〉，頁1686。

5 黃卉：《明代通俗小說的書價與讀者群》，《第十屆明史國際學術討論會論文集》（北京市：人民日報出版社，2005年），頁466。

耳聽，口誦舌翻，與紙牌同行……」[6]當時《水滸傳》非常流行，讀者地域廣泛，讀者群包括了社會各階層，而傳播方式則在閱讀之外還包括口誦耳聽、紙牌遊戲等多種方式。胡應麟《少室山房筆叢》記載：「今世人耽嗜《水滸傳》，至縉紳文士亦間有好之者。」[7]如此說來，《水滸傳》的讀者主體首先不是縉紳文士階層，而是廣泛的「世人」，無疑包括了大批粗識文墨、文化水平不高的人們。

而在《水滸傳》及其他小說的傳播中，建陽書坊起了重要作用。如周亮工《因樹屋書影》曰：「六十年前，白下吳門虎林，三地書未盛行，世所傳者獨建陽本耳。」[8]建陽書坊刊刻的小說種類繁多，其中，《水滸傳》的刊刻尤以其多種版本的簡本引人注目。

第一節　《水滸志傳評林》的版本價值——以容與堂本為參照

《水滸傳》版本有簡本、繁本系統之別，簡本文字簡陋，文學性遠遠不如繁本，因而向來被認為價值不高，如明代胡應麟就曾說：「余二十年前所見《水滸傳》本尚極足尋味，十數載來為閩中坊賈刊落，止錄事實，中間遊詞餘韻、神情寄寓處，一概刪之，遂幾不堪覆瓿。復數十年無原本印證，此書將永廢。」[9]但是，簡本在明代版本眾多，書坊顯然有利可圖才紛紛刻印，也就是說《水滸傳》簡本為當

6 許自昌：《樗齋漫錄》（北京市：書目文獻出版社，1998年，北京圖書館古籍珍本叢刊），65，子部．雜家類，頁303。

7 胡應麟：《少室山房筆叢》（上海市：上海書店出版社，2001年），卷41〈莊岳委談〉下，頁243。

8 周亮工：《因樹屋書影》，《續修四庫全書》（上海市：上海古籍出版社，1995年），雜家類34，子部，頁285。

9 胡應麟《少室山房筆叢》（上海市：上海書店出版社，2001年），卷41〈莊岳委談〉下，頁243。

時讀者所需。因此我們認為判斷版本的價值一方面要看其文學價值，另一方面也要看其讀者定位。我們選擇簡本中的余氏雙峰堂萬曆甲午（1594）刊本《水滸志傳評林》為例[10]，試探討《水滸傳》簡本的價值與意義。

探討簡本的價值，首先要考慮的是簡本的讀者定位問題。本文認為，簡本的讀者定位是文化水平不高的人群，並且以其定價不高，對讀者經濟能力的要求不高。

建陽余氏刊刻的《水滸傳》評林本，其卷端〈水滸辨〉言及「士子買者可認雙峰堂為記」，或據此認為包括評林本在內的通俗小說都以讀書士子為讀者對象。「士子」的本意主要指士大夫官僚階層、豪門士族子弟與將士子弟，泛指學子、讀書人，事實上在書商廣告語境中已是泛指，甚至可廣泛理解為男子、普通讀者。建陽刊本小說的讀者中也有文化層次較高的「士子」，如胡應麟就看過建陽刊刻的《水滸傳》。但實際上建陽書坊刊刻小說，一向來有著較為明確的讀者定位，未必真正以讀書「士子」為潛在讀者。嘉靖年間楊湧泉請熊大木編撰岳飛故事，就說：「敢勞代吾演出辭話，庶使愚夫愚婦亦識其意思之一二。」並且《大宋中興通俗演義》的〈凡例〉中聲明：「句法粗俗，言辭俚野，本以便愚庸觀覽，非敢望于賢君子也耶。」[11]《大宋中興通俗演義》以及熊大木編輯的幾部小說都隨文注釋，對於人名、地理、官職等名物甚至一些並不艱深的字詞都進行注釋，可見其讀者定位，為的就是幫助文化水平不高的讀者順利閱讀。余邵魚編撰

10 選擇余氏雙峰堂刊評林本為例，是因為在現存各簡本中，此本是能確定出版時間的最早、最為完整的一種，且余氏書坊在建陽書坊中很有代表性。明萬曆雙峰堂刊本《水滸志傳評林》，《古本小說叢刊》影印本（北京市：中華書局，1991年）。

11 熊大木：《新鐫大宋中興通俗演義》卷首熊大木〈序武穆王演義〉，〈凡例〉，《明清善本小說叢刊初編》（臺北市：天一出版社，1985年影印），第14輯「岳武穆精忠演義專輯」之一。

《春秋列國志傳》時，「且又懼齊民不能悉達經傳微辭奧旨，復又改為演義，以便觀覽。」[12]尤其是建陽書坊刊刻小說典型的版式——每頁插圖的形式，建陽書坊很明確其目的就是幫助文化水平不高的讀者理解文字，調節閱讀之乏。嘉靖二十七年葉逢春刊刻《三國志史傳》，元峰子〈三國志傳加像序〉說：「傳者何，易其辭以期遍悟，而像者何，狀其跡以欲盡觀也……羅貫中氏則又慮史筆之艱深，難於庸常之通曉，而作為傳記。書林葉靜軒子又慮閱者之厭怠，鮮於首末之盡詳，而加以圖像……而天下之人，因像以詳傳，因傳以通志，而以勸以戒。」[13]與嘉靖壬午序本相比，葉逢春本無論文本還是版式，其通俗化傾向都更為明顯。由建陽書坊刊刻小說、尤其是上圖下文版式的背景來看，《水滸傳》簡本的讀者定位必然主要是包括了「庸常」之「愚夫愚婦」在內的文化水平不高的人群。

文化水平不高的人群，往往同時是經濟能力有限的人群。又由於社會民眾一般以小說為娛樂和消遣，購買小說一般不用於收藏，所以即使有一定經濟能力的人群，若無太高的文化修養，也未必願意花太多錢購買小說。評林本從文本形態與版本形式、以及由此決定的價格定位等方面滿足了這一較為廣泛的讀者群的需要。

在此，我們選擇《水滸傳》容與堂本作為參照[14]，對比評林本在文本、版式等各方面對讀者需求的滿足。選擇容與堂本作為參照，並

---

12 余邵魚：《春秋五霸七雄列國志傳》（上海市：上海古籍出版社，1990-1994年，《古本小說集成》影印本），卷首〈題全像列國志傳引〉。

13 鍾陵元峰子：〈三國志傳加像序〉，《西班牙藏葉逢春刊本三國志史傳》，陳翔華主編：《三國志演義古版叢刊續輯》（北京市：中華全國圖書館文獻縮微複製中心，2004年）。

14 容與堂本存日本內閣文庫藏本和中國國家圖書館藏本。內閣文庫藏本有李卓吾敘，後署「溫陵卓吾李贄撰」，另行刻「庚戌仲夏日虎林孫樸書于三生石畔」，此庚戌當為明萬曆三十八年（1610）。參看《古本小說集成》（上海市：上海古籍出版社，1990年，影印本）《李卓吾批評忠義水滸傳》之袁世碩撰「前言」。

不是說評林本與之存在版本傳承的關係。對於《水滸傳》版本的繁簡關係，學界爭論不休。評林本是在某一種版本的基礎上改訂而成的：卷端的〈水滸辨〉已說明「今雙峰堂余子改正增評」；題目即為「京本增補校正全像忠義水滸志傳評林」，無論「京本」、「增補」，還是「校正」、「評林」，都說明此本是有所本而又有所改編的；上欄評語常見說明刪改的理由。從評林本正文中不時可見的上下句不連貫現象看來，評林本所據應該是一個比評林本文字更為繁密的版本，但這個本子並不是容與堂本。[15]容與堂本以及其他繁本的文本形態也並非小說原貌，但學術界研究表明，容與堂本不僅是繁本中現存最早的本子，而且是繁本中與評林本文本形態最為接近的本子。這是我們選擇容與堂本作為參照的理由。

一　回目與故事的基本情節框架

評林本約三十七萬字，容與堂本約七十九萬字。字數相差一半以上，但是，就小說的故事框架、基本情節、主要人物來說，評林本不但多了征田虎王慶的故事，其他內容也並不少於容與堂本。

評林本的刊刻確實粗糙。正文分為二十五卷，各卷回數三回、四回、五回、六回、七回不等。每回長短也不均衡，長的五千字、六千字、七千字、八千字不等，比如卷十「楊雄大鬧翠屏山，石秀火燒祝家莊」將近九千字，而卷之十五「吳加亮布五方旗，宋公明排八卦陣」，不到一千五百字。前三十回標回數，但又跳過第九回，第八回

15 劉世德：〈談水滸傳雙峰堂刊本的引頭詩問題〉，《文獻》1993年第3期，認為雙峰堂用的底本是天都外臣本。針對評林本引頭詩，馬幼垣〈評林本水滸傳如何處理引頭詩問題〉（見馬幼垣《水滸二論》）認為雙峰堂不一定直接刪自某種繁本，而且他還談到了另一種比較完整的簡本劉興我本的引頭詩問題。參看前引齊裕焜：〈水滸傳不同繁本系統之比較〉，《中國典籍與文化》2011年第1期。

後面緊接著第十回，從三十一回開始則不標回數。因此對於評林本究竟多少回至今有不同說法。馬幼垣在一九九二年曾撰文列出具體回目，共一百〇三回。[16]而容與堂本一百卷一百回，目錄清楚，每回字數大體均衡。就回目來說，兩種版本的主要不同在於：

在容與堂本九十回之前，評林本比之少十四回：第八回「林教頭刺配滄州道，魯智深大鬧野豬林」；第十回「林教頭風雪山神廟，陸虞侯火燒草料場」；第三十二回「武行者醉打孔亮，錦毛虎義釋宋江」；第三十五回「石將軍村店寄書，小李廣梁山射雁」；第三十七回「沒遮攔追趕及時雨，船火兒夜鬧潯陽江」；第四十回「梁山泊好漢劫法場，白龍廟英雄小聚義」；第四十二回「還道村受三卷天書，宋公明遇九天玄女」；第四十七回「撲天雕雙修生死書，宋公明一打祝家莊」；第四十八回「一丈青單捉王矮虎，宋公明兩打祝家莊」；第五十二回「李逵打死殷天錫，柴進失陷高唐州」；第五十七回「徐寧教使鈎鐮槍，宋江大破連環馬」；第六十八回「宋公明夜打曾頭市，盧俊義活捉史文恭」；第八十五回「宋公明夜度益津關，吳學究智取文安縣」；第八十七回「宋公明大戰幽州，呼延灼力擒番將」。

在容與堂本九十一回之後，評林本比容與堂本少兩回：第九十三回「混江龍太湖小結義，宋公明蘇州大會垓」；第九十八回「盧俊義大戰昱嶺關，宋公明智取清溪洞」。

在容與堂本九十回和九十一回之間，評林本多出十九回，即征田虎、王慶的內容，這就是小說卷端題名「京本增補校正全像忠義水滸志傳評林」之「增補」所指。

評林本增補的內容暫且不論，就評林本比容與堂本少的十六個回目來說，評林本缺回目卻基本不缺相應的故事內容。如容與堂第八回「林教頭刺配滄州道，魯智深大鬧野豬林」，相應的情節在評林本中

16 馬幼垣：〈影印評林本缺葉再補〉，《湖北大學學報》1992年第1期。

被分在第七回「花和尚倒拔垂楊柳，豹子頭誤入白虎堂」的後段和第八回「柴進門招天下客，林沖棒打洪教頭」的前段；容與堂第十回「林教頭風雪山神廟，陸虞侯火燒草料場」的內容，評林本則排在第八回「柴進門招天下客，林沖棒打洪教頭」的後段。但也有些較為特殊的情況，如容與堂本第三十五回「石將軍村店寄書，小李廣梁山射雁」，主要內容是：宋江、燕順帶著花榮、秦明等投奔梁山泊，路上又有兩位英雄呂方和郭盛加入，在一個酒店遇到石勇送來家書，說宋江的父親去世了，宋江回家奔喪，燕順、花榮、秦明等帶著眾人繼續往梁山泊前進。這些主要的情節評林本中都有，見於第三十二回「鎮三山鬧青州道，霹靂火走瓦礫場」的後段。但是，對於容與堂本回目中標明的「小李廣梁山射雁」這一細節，評林本中卻沒有，原因是評林本只說花榮等人順利上山，晁蓋等人熱情接待，排了座次，並無具體語言動作的展開。容與堂本中晁蓋聽說花榮一箭射斷呂方、郭盛畫戟上絨條，表現得不太相信，酒後眾頭領閒步觀看山景，花榮便借箭射雁，果然射中目標。此為閒情，評林本只敘述情節進展脈絡，不及花榮、晁蓋心理以及酒後散步等細微而富於情趣的描寫。

所以，雖然情節上有詳略之別，字數差異較大，但就小說基本的故事框架來說，兩種版本是大體相同的。而且，評林本還增補了征田虎王慶的故事，因此顯得內容更為豐富，滿足讀者求全的閱讀心理，這是吸引讀者的有力手段。

二　基本情節與人物形象、景物環境描寫

征田虎王慶部分除外，評林本的基本情節與人物形象也都大體同於容與堂本。如魯提轄的故事，兩者都包括了魯提轄拳打鎮關西、大鬧五臺山、大鬧桃花村、火燒瓦罐寺、倒拔垂楊柳、大鬧野豬林等系列故事，表現了魯提轄武藝高強、粗魯而俠義的形象。如卷一第三回

「大郎走華陰縣，智深打鎮關西」，容與堂本題為「史大郎夜走華陰縣，魯提轄拳打鎮關西」，基本的故事脈絡是相同的，故事情節中涉及的人物無論主次，也一個不少：史進、茶博士、魯提轄、李忠、酒保、金老父女、店小二、鄭屠。

又如卷三「朱貴水亭施號箭，林沖雪夜上梁山」也是如此，容與堂本的基本情節在評林本中都有。如評林本關於「林沖受王倫為難」一段的敘述：王倫先安排林沖坐了第四位，但突然想到自己武藝不如林沖，便推託不肯接納林沖，朱貴和杜遷、宋萬勸說後，王倫提出要林沖納「投名狀」才能接納他。第一天山下無人經過，林沖悶悶回寨，第二天，有一夥客人約三百餘人結夥而過，林沖不敢動手，第三天，好不容易等到一個過路人……這樣的故事，若不對比繁本的敘述，也覺得頗為曲折。情節進展上並無破綻。

評林本並非簡單的故事梗概，也有一些環境景物描寫、人物語言動作乃至心理描寫。比如評林本第十回對梁山水泊的描寫：

> 林沖看時，見那裡梁山水泊果然是個陷人去處。但見：
> 山排銀漢，水接搖（遙）天，亂蘆攢萬萬隊刀槍，怪樹列千千層劍戟。濠邊鹿角，俱將骸骨攢成；寨內碗瓢，盡是骷髏做就。剝下人皮蒙戰鼓，截來頭髮做疆（韁）繩。阻當（擋）官軍，有無限斷頭巷陌；遮攔盜賊，是許多繞逕林巒。鵝卯（卵）石疊疊如山，苦竹槍森森似雨，斷金亭上愁雲起，聚義廳前殺氣生。

評林本此段文字比容與堂本少了「戰船來往，一周回埋伏有蘆花，深港停藏，四壁下窩盤多草木」兩句，但似乎如此敘述更為合理，因為林沖和朱貴半夜到梁山泊，且非備戰期間，不可能看到埋伏在深港草木、蘆花深處的戰船。就評林本這一段韻語來說，足以表現梁山水泊那強盜窩的駭人氣勢。

接著描寫山寨形勢：

> 林沖看岸兩邊都是合抱大樹，半山一座斷金亭子，再轉上來見座大關，關前擺著槍刀弓弩，四邊都是擂木炮石，兩邊擺著隊伍旗號，又過兩座關隘，方才到寨門口。看見四面高山，三關雄壯，團團圍定，中間一片平地，方可三五百丈，靠著山口，才是正門。兩邊都是耳房。

這段跟容與堂本相比，也只是少了幾句話。容與堂本是這樣的：

> 林沖看岸上時，兩邊都是合抱的大樹，半山裡一座斷金亭子。再轉將上來，見座大關，關前擺著刀槍劍戟弓弩戈矛，四邊都是擂木炮石。小嘍囉先去報知，二人進得關來，兩邊夾道遍擺著隊伍旗號。又過了兩座關隘，方才到寨門口。林沖看見，四面高山，三關雄壯，團團圍定，中間裡鏡面也似一片平地，可方三五百丈，靠著山口，才是正門。兩邊都是耳房。

容與堂本的敘述語氣更為從容舒緩，但評林本的敘述大體也能表現山寨的結構佈局和氣勢。

可見，在這樣較為重要的環境描寫部分，特別是用詩詞韻語來描寫的，評林本一般減省不多。

評林本表現人物形象時對人物的語言動作、心理也多有涉及。比如林沖上梁山一段，評林本是這樣描寫王倫心思的：

> 我是秀才，因鳥氣，合著杜遷宋萬聚集許多人馬。我又沒十分本事，如今添了這個人，他是禁軍教頭，倘若識破我不便，不若推卻事故，發付下山便了。

容與堂本則為：

> 我卻是個不及第的秀才，因鳥氣，合著杜遷來這裡落草，續後宋萬來，聚集這許多人馬伴當。我又沒十分本事，杜遷、宋萬武藝也只平常。如今不爭添了這個人，他是京師禁軍教頭，必然好武藝。倘若被他識破我們手段，他須占強，我們如何迎敵？不若只是一怪，推卻事故，發付他下山去便了，免致後患。只是柴進面上卻不好看，忘了日前之恩。如今也顧他不得。

評林本此段文字只有容與堂本的一半，相比之下可見心理刻畫略少細緻準確，缺乏事理層次，但是說明了王倫拒絕林沖入夥的原因，主要問題表達清楚了，起到了推動情節發展的作用。

又比如林沖捉拿「投名狀」的情節，評林本描寫了三天裡林沖的行動、語言以及心理活動，對於次要人物王倫，乃至「跑龍套」的小嘍囉，也都有語言描寫。因此，讀者可從中了解林沖的處境，對於事件的進展、情節的推進似乎不缺什麼。

再比如評林本卷二十三「公孫勝辭別歸鄉，宋江領勅征方臘」，相應的內容見於容與堂本第九十回「五臺山宋江參禪，雙林渡燕青射雁」。評林本寫公孫勝辭歸、宋江節日朝賀、朝廷出榜禁約，與容與堂本相比，主要差別在公孫勝辭歸一段，增補了一個「喬道清」的名字以結上文，其他主要情節大體相同。若不對比繁本，評林本的敘述頗為清晰簡潔，敘事的主題也表達出來了，只是有的上下句之間連貫性不夠，又因為少了一些句子，語言中深沉細膩的韻味少了一些。

對比繁本，評林本中故事的主幹都有，差別就在於人物語言都有所減省，人物對話少幾個回合，人物動作的描寫少一些層次，但一般不影響基本情節的推進和事件原委的說明。因此，讀者閱讀評林本，能夠了解《水滸傳》基本的故事和人物。

文化水平不高的讀者未必有條件讀到繁本，也不太可能對比文本的差異。即使對比，他們也未必選擇繁本的文本，因其文學修養未必具備閱讀繁本精緻細密文字的要求，就文字的多少、文學描寫的繁簡來說，文化水平不高的讀者反而可能選擇情節完整、描寫簡略的文本。閱讀行為和接受能力存在層次差異。文學修養好、文化水平高的讀者追求敘事的肌理、人物語言動作的性格化、事理邏輯的豐富內涵、故事情節的雋永趣味等等。但對於文學修養少、文化層次較低的讀者來說，他們追求的是故事性，追求故事的驚奇、曲折和完整，急於了解情節的發展、人物的命運、故事的結局，快速閱讀往往無暇顧及語言的趣味、小說藝術的精緻結構和深邃內涵。從某個角度說，簡本的簡單描寫恰恰能滿足這一層次讀者快速閱讀的需求，快速閱讀中往往也會忽略文本與版本的粗糙簡陋。

三　插圖、標題和評點

文化水平不高的讀者閱讀小說，所追求的是基本情節和人物故事的完整，而且，由於閱讀水平和理解能力有限，需要對小說內容加以配圖和解說。評林本正滿足了這一讀者群的需求。

評林本的版式是上評中圖下文。每葉插圖，一共一千兩百四十三幅圖。每幅圖基本都有兩邊標題，這些標題大體揭示了情節脈絡，如第三回的十一幅圖標題：史進面退眾都頭，史進辭朱武等下山，史進入店問王進，史進遇魯智深，魯達史進上酒樓，婦人對三個訴冤情，智深聽進等下酒樓，魯達喝令□□店門，魯達問鄭屠強支肉，魯達打死鄭屠，府尹稟經略開達罪。這些標題雖然文字粗糙鄙陋，但是，基本概括了情節的進展，有利於讀者把握故事梗概和基本情節。對比上海人民美術出版社一九九六年版的《水滸傳》連環畫（一套四十本，第四十本為《英雄排座次》）大約三千幅圖、二〇〇四年出版的兒童彩繪版《水滸全傳》九百五十六幅圖，雖然評林本的繪畫粗陋，標題簡陋，藝術上無法與這兩套連環畫相比，但是從繪圖數量上說也是較大規模的了，一千兩百四十三幅插圖和標題連貫而下，也基本展示了故事大綱、事件脈絡、人物主要動作，在明代，也可謂是小說傳播之壯舉，對於當時文化水平不高的閱讀者來說，起到了相當於今天連環畫的作用。

以評林本的版式對比容與堂本，兩者是非常不同的。現存容與堂本藏於日本內閣文庫者無插圖，藏於中國國家圖書館全本者有插圖。中國國家圖書館藏本每回配兩幅插圖，半葉全幅，置於各回之前，圖上書回目，多同於正文回目。容與堂本的插圖精美細緻，歷來受到很高的評價，從繪畫質量來說評林本自然相形見絀，但兩者作用完全不同。容與堂本每回兩幅圖，形象揭示本回內容，也有預告與懸念的作用，吸引讀者閱讀，但是它更重要的不在此實用意義，而是美圖本身的審美意義、欣賞價值，對於精美的文本和精美的版式來說有著錦上添花的點綴作用。容與堂本的插圖不在於通過兩百幅圖連貫展示小說情節，事實上也無法連貫展示情節。而評林本的插圖是實用性的，它注重圖文對照，大體依據本葉故事插圖[17]，以直觀的插圖方式形象演示故事，並且連貫展示小說情節的發展，讀者翻閱插圖就能大體把握全書內容。

評林本每頁上欄的評語內容較為豐富，有不少評語是很有價值的。有的評語對正文情節進行解釋或評論，有的是評點者自己閱讀的直感，如第三回「魯達史進上酒樓」這幅圖上端的評語：評飲酒「智深聞哭便問店主，則心有憐宥之意，非因焦躁，實恐中有冤屈。」下一幅圖「婦人對三個訴冤情」上端的評語：評見女人「智深見女人訴出冤情，便欲代他報仇，可見智深大丈夫也。」這些評語揭示小說塑

17 每一頁圖與文的關係大體對應，但也有不對應的，與圖相應的內容有的可能在後半葉下欄，甚至後兩個半葉下欄。

造人物的深意，有助於讀者理解小說內涵。又如卷之十一〈插翅虎枷打白秀英，美髯公誤失小衙內〉一回，在「雷橫[18]小衙內」一圖的上欄，為歎兒詞「李逵只因要朱仝上山，將一六歲兒子謀殺性命，觀到此處有哀悲。惜夫，為一雄士，苦一幼兒。李逵鐵心，鶴淚猿悲。」以此對比容與堂本第五十一回「插翅虎枷打白秀英，美髯公誤失小衙內」回評：「禿翁曰：朱仝畢竟是個好人，只是言必信、行必果耳，安有大丈夫而為一太守作一雄乳婆之理？即小衙內性命亦值恁麼，何苦為此匹夫之勇，婦人之仁？好笑，好笑。」容與堂本的回評亦如李逵一般鐵血冷漠，表現出文人的矯情，相比之下評林本「村學究見識」的閱讀直感更具人情的真實和溫暖，更能引起讀者共鳴。評林本全書上欄很少空白，大概只有八處空白，上欄絕大多數都有評語，有的評語長些，跨前後兩頁甚至數頁。如此多的評語，當中必然有一些水平不高或不著邊際，如第十回第一頁上欄評語：評令詞「詞中句語有嬌嬌意味，非文人不能作也。」非常費解。但是，大多數評語對人物語言、動作、人物形象、情節內涵等進行評點，對於文化水平不高的讀者來說，其引領閱讀的作用不容置疑。

評林本中不少評語是針對正文中詩詞的評點，有的是對正文中詩詞的刪改進行說明，評林本往往把詩詞刪改得更為淺顯易讀，藝術性且不論，但適合於文化水平不高的讀者閱讀。也有的是把正文中的詩詞移置上層，如二十六回〈母夜叉坡前賣淋酒，武松遇救得張青〉，相應的內容在容與堂本中見於第二十七回〈母夜叉孟州道賣人肉，武都頭十字坡遇張青〉。評林本中第二十六回第一第二頁上欄評語為〈再言詩〉：「『平生』詩一首亦不幹內之事，抽以寫記上層。詩云：平生作善天加福，若是剛強受禍殃……」這首詩與容與堂本二十七回的回首詩相同。

---

18 這裡應該是漏刻了一字或二字：「失」或「誤失」。

評林本很重視詩詞韻語[19]，其散文敘述的文字比容與堂本少一倍以上，但是詩詞韻語則大體都在，刪改的也多作說明，這與評林本卷首的「廣告」〈水滸辨〉有關：「水滸一書，坊間梓者紛紛，偏像者十餘副，全像者止一家，前像板字中差訛，其板蒙舊，惟三槐堂一副，省詩去詞，不便觀誦，今雙峰堂余子改正增評，有不便覽者芟之，有漏者刪之，內有失韻詩詞，欲削去，恐觀者言其省漏，皆記上層，前後廿餘卷，一畫一句，並無差錯，士子買者可認雙峰堂為記。」對於小說敘述插入詩詞的態度，不同的讀者差異很大，胡應麟就曾說：「此書所載四六語甚厭觀，蓋主為俗人說，不得不爾。」[20]雙峰堂如此看重詩詞韻語，似乎也正從側面反映此版本為「俗人」而作。事實上，假如我們翻閱此書，直觀的感覺就會告訴我們，對詩詞韻語的處理並不是因為「雙峰堂余子」特別重視詩詞韻語在小說中的作用，也不是他對此特別感興趣，而是他經營書坊的取巧行為，因為粗粗的翻書，敘述文字的差異並不明顯，但是，詩詞韻語一般都是另行刊刻的，很顯眼，所以詩詞韻語的差異很容易被翻閱者看出。因此評林本文字減省，但大體不減省詩詞韻語。

四　書坊刻印環節、書本定價與傳播

評林本不僅滿足讀者對小說基本情節和人物故事完整、配圖和解說輔助閱讀等接受需求，而且還能從價格低廉上滿足讀者群的需求。

對於明代小說的書價，已知的資料非常少，但關於建陽刊本小說價格最低的記載常見於當時文人筆端，也常為今天的研究者所引用。

---

19 參看劉世德：〈談水滸傳雙峰堂刊本的引頭詩問題〉，《文獻》1993年第3期；齊裕焜：〈水滸傳不同繁本系統之比較〉，《中國典籍與文化》2011年第1期。

20 胡應麟：《少室山房筆叢》（上海市：上海書店出版社，2001年），卷41〈莊岳委談〉下，頁243。

雖然我們無法確知評林本等簡本當時的定價，但只要對比容與堂本等繁本的版本面貌，就可以知道評林本成本要低得多，因此，建陽刊本遠遠低於江南本的定價是可能的。

評林本版框總高二十點五公分，上欄評釋一點七公分，中欄插圖五點三公分，下欄小說正文十三點五公分。框寬十二點三公分。下欄正文每半葉十四行，行二十一字。

容與堂本版框高二十一公分，寬十四點五公分。每半葉十一行，行二十二字。

《古本小說叢刊》影印之評林本一千兩百五十六頁。

《古本小說集成》影印之容與堂本三千兩百七十四頁。

從以上對比可知，評林本的頁碼不到容與堂本一半。本文僅舉此二者為例，但有代表性。簡本的版框寬度都略窄，行距字距較密；繁本的版寬略大，行距字距較疏朗，字體較大。

這僅是明眼可見的實物對比，實際上，一本書從編輯到刷印的每一個環節都存在成本差價。比如文本的編輯與版本的校勘。評林本多錯別字，多漏字。有的當然影響了閱讀，如「魯提轄拳打鎮關西」一段描寫金翠蓮外貌的韻語，有的句子因為錯別字而無法理解。又如朱貴自我介紹「江湖上但叫小弟做旱地蔥」，「旱地蔥」令人百思不解，原來這是「旱地忽律」寫錯了。大概因為閩地沒有鱷魚，也沒聽說過「忽律」這種稱呼，倒是「蔥」很常見，就把「忽律」濃縮為一個「蔥」字了。有的不太影響閱讀，如「十斤」寫成「十斥」，「能夠」寫成「能勾」，上下文語境中能夠辨別出錯別字；如「日色明朗」漏了個「朗」字，讀不順，但文化水平不高的讀者或許也就快速讀過，也不太在意這樣的錯誤，但粗陋之處多了，當然影響人們對版本的整體評價。也有的情況是同音字替用，把略為偏僻些的字寫成較為常見的字，但卻恰好為識字不多的讀者所接受所需要。如第十回〈朱貴水亭施號箭，林沖雪夜上梁山〉中「彌天大罪」寫成「迷天大罪」，這樣的別字是通俗讀物所常見的，如容與堂本亦如此寫。但簡本中這類錯別字的出現頻率比較高。

評林本文本簡陋，語句不連貫，錯別字漏字很多，可見沒有聘請高水平的文人編輯，也沒有高水平認真校對。圖像和字體較為粗糙，可知寫版、刻工的水平不高，或者工力投入不夠。評林本的原書未曾見，不知用紙情況如何，但在用紙和行款方面，不同讀者定位的版本差異之懸殊，真有天壤之別。版面和紙質，這些也都是降低成本的環節。

建陽書坊低成本運作，大量印刷，快速投放市場，迅速搶占市場，即使利潤空間不那麼大，但也能較快回籠資金，繼續生產。這是從現存建陽刊刻小說的版本情況，我們所想像的建陽書坊運作模式。

對於小說的購買和閱讀，絕大多數讀者都是娛樂型、實用型的，不用之於考試學習，不用之於收藏傳世，所以未必追求文本的精緻和版本的精美，因此在同一種書差價較大的情況下一般會選擇購買低價的本子。這也是今天的一些出版社在市場調查之後的決策所由。

而明代《水滸傳》的傳播還有一個特殊的背景，即從宋元以來，水滸故事以說話、說唱、戲曲、紙牌等多種藝術形式喧騰眾口，婦孺百姓耳熟能詳，所以即使《水滸傳》簡本中一頁插圖、一條標題、一段文字，在接受者的眼中、耳中都能轉化為豐富的故事情節，接受者能調動自己所儲藏的故事背景把「簡本」演化成「繁本」。我想這也是《水滸傳》簡本廣為接受廣為傳播的一個重要原因。

一方面因為版本粗糙，但更重要的是由於建陽書坊的衰微，《水滸志傳評林》等建陽刊簡本逐漸退出了流通管道，但是，《水滸志傳評林》等簡本所定位的那個讀者階層並沒有消失，他們仍然需要類似於簡本文本形態和價格定位的《水滸傳》版本。清代以來，小說的傳播更為廣泛，如康有為所言：「僅識字之人，有不讀經，無有不讀小說者。」[21]所以，通俗小說「市井粗解識字之徒，手挾一冊」，[22]「《水滸》《西廂》等書，幾於家置一編，人懷一篋」。[23]如此普及的傳播，若以晚明龔紹山刊《列國志傳》每部紋銀壹兩、舒文淵刻《封神演義》每部紋銀貳兩的價格來看，類似建陽簡本的低價所指向的讀者群必然是很大的。所以，明末清初以來，以貫華堂本為代表的《水滸傳》繁本盛行，但是，簡本也仍然行世，如現存映雪草堂刊本為明刻清補本，英雄譜二刻本為清刻本，如德聚堂文星堂刊本、漢宋奇書本、一百二十四回本等等，都是清代刊刻的簡本。從今天的圖書市場廣泛存在的各層次《水滸傳》改編本，從連環畫、兒童注音繪圖本、少兒美繪本、青少年版、導讀本、評點本、普及本等等，我們可以想見，《水滸傳》的簡編必然長期存在且常出常新，因為《水滸傳》的讀者階層從來就包含了從婦孺百姓到專家學者的廣泛人群。為此，我們不必否定各類改編的意義，因為它為適合的讀者階層所需要。

第二節　《水滸傳》不同版本的文學價值
——以評林本和貫華堂本為中心

對於《水滸傳》繁本與簡本的研究，學術界較為關注的是版本間的關係，且取得了很好的成績。在此基礎上，我們試圖關注不同版本的傳播價值和文學價值。明代萬曆甲午（1594）建陽余氏雙峰堂刊本《水滸志傳評林》集中體現了簡本利於傳播的多種特徵——插增故事、全像、注釋和評點（而且是號稱匯集各本評點的「評林」）等，

---

21 康有為《日本書目志》卷14，姜義華編校：《康有為全集》（上海市：上海古籍出版社，1992年），第3集，頁1212。

22 《清實錄：仁宗睿皇帝實錄》（北京市：中華書局，1986年），冊31，頁769。

23 《江蘇省例藩政》同治七年，轉引自王利器輯錄《元明清三代禁毀小說戲曲史料》（上海市：上海古籍出版社，1981年），頁142。

因此，在簡本中頗具代表性。我們以「評林本」為中心，與繁本相對比，尤其以金聖歎評改的貫華堂本為主要參照，討論不同版本因讀者定位不同而呈現的文本面貌及文學價值的差異。

一　文本形態、版本面貌與讀者定位的關係

簡本的讀者定位是文化水平不高的人群，並且以其定價不高，對讀者經濟能力的要求不高。因此，簡本在明清時代大量刊行，對於《水滸傳》的傳播起到了毋庸置疑的重要作用。但確實，簡本文本形態粗陋，文學價值遠遠不如繁本。

評林本的文本形態和版本面貌主要因緣於書坊主的讀者定位和價格定位，但也與編刻者的小說觀念有關。對《水滸傳》進行「改正增評」的人是「雙峰堂余子」，一般認為就是余象斗，他長期經營書坊而認識到讀者閱讀小說的習慣與心理，同時，他自己對小說的認識主要是教化，所以他的〈題水滸傳敘〉表達的意思非常單純，就是強調這部小說的忠義主題：為什麼宋江等人嘯聚山林而不是「民之賊」、「國之蠹」呢？因為「彼蓋強者鋤之，弱者扶之，富者削之，貧者周之，冤屈者起而伸之，囚困者斧而出之，原其心雖未必為仁者博施濟眾，按其行事之跡，可謂桓文仗義，並軌君子」。以評林本的讀者定位，此序言相當於導讀，提示讀者，讀《水滸傳》不要著眼於宋江等人的造反，而要「取其平濟之是」，要讀懂小說的用意在於：「有為國之忠，有濟民之義。」[24]從單純主題出發，則小說基本的故事情節和人物事件也就能完成教化的功能，從這個角度說，評林本的文本形態是符合余象斗的小說功能定位的。

然而，不同層次的讀者對小說的認識和要求有著明顯的差異。

---

24 《水滸志傳評林》（北京市：中華書局，1991年），卷首〈題水滸傳敘〉，頁3-4。

明代嘉靖以來，水滸故事在民間廣泛流傳、為普通民眾所喜聞樂道，同時，《水滸傳》這部小說也廣為知識界文化精英階層所讚賞。李開先《一笑散》〈時調〉謂：「崔後渠、熊南沙、唐荊川、王遵岩、陳後岡謂《水滸傳》委曲詳盡，血脈貫通，《史記》而下，便是此書。且古來更未有一事而二十冊者。倘以奸盜詐偽病之，不知敘事之法、學史之妙者也。」[25]今人馬蹄疾編《水滸資料匯編》和朱一玄編《水滸傳資料匯編》列舉了很多文人名士對《水滸傳》的評價。胡應麟《少室山房筆叢》記載：「嘉隆間一巨公，案頭無他書，僅左置《南華經》，右置《水滸傳》各一部。又近一名士聽人說《水滸》，作歌謂奄有丘明、太史之長。」[26]而李卓吾三十年間「手不停批」，尤其所不釋手者《水滸傳》，評之尤詳。金聖歎把《水滸傳》稱為「第五才子書」，與《莊》、《騷》、《史記》和杜詩並列，以為天地間奇絕文字，作了詳細批註。

《水滸傳》繁本序者都是文化精英，他們的序言代表了精英階層對小說的認識和對《水滸傳》推重的原因。從天都外臣序、容與堂本李贄序[27]、懷林述語、張鳳翼序、鍾伯敬序等序言可見，精英階層對於小說的認識，既重教化，又重娛樂，既重抒情，又重文筆。

如天都外臣序，起筆就說小說之興，起於娛樂。所以，對於《水滸傳》，天都外臣首先感恨的是極其「蒜酪」的「致語」被刪了，「村學究」的損益「損其科諢形容之妙，而益以淮西、河北二事」。面對坊間流行的版本，與天都外臣有著同樣見識的好事者「憾致語不能復

25 李開先《一笑散》（北京市：文學古籍刊行社，1955年），頁22。

26 胡應麟《少室山房筆叢》（上海市：上海書店出版社，2001年），卷41〈莊岳委談下〉。

27 日本內閣文庫藏本卷首有〈忠義水滸傳敘〉，中國國家圖書館藏本無此序。對此序言，多認為未必李贄所作，為葉晝偽託。容與堂本《李卓吾批評忠義水滸傳》，《古本小說集成》（上海市：上海古籍出版社，1990年，影印本）。

收，乃求本傳善本校之，一從其舊，而以付梓」。天都外臣序次而論及小說的題旨，認為匹夫亡命揭竿相應，是因為「上有秕政，下有菜色」，「而蔡京、童貫、高俅之徒，壅蔽主聰，操弄神器，卒使宋室之元氣索然，厭厭不振，以就夷虜之手。此誠竊國之大盜也」。而宋江「既蒿目君側之奸，拊膺以憤，而又審華夷之分，不肯右絓遼而左絓金，如酈瓊、王性之逆。遂嘯聚山林，憑陵郡邑。雖掠金帛，而不虜子女。唯翦婪墨，而不戕善良。誦義負氣，百人一心。有俠客之風，無暴客之惡」。又次論及此書之文學審美功能：「載觀此書，其地則秦晉燕趙齊楚吳越，名都荒落，絕塞遐方，無所不通；其人則王侯將相，官師士農，工賈方技，吏胥廝養，駔儈輿臺，粉黛緇黃，赭衣左衽，無所不有；其事則天地時令，山川草木，鳥獸蟲魚，刑名法律，韜略甲兵，支干風角，圖書珍玩，市語方言，無所不解；其情則上下同異，欣戚合離，捭闔縱橫，揣摩揮霍，寒暄嚬笑，謔浪排調，行役獻酬，歌舞譎怪，以至大乘之偈，真誥之文，少年之場，宵人之態，無所不該。紀載有章，煩簡有則。發凡起例，不雜易於。如良史善繪，濃淡遠近，點染盡工，又如百尺之錦，玄黃經緯，一絲不紕。」[28]

而容與堂本李贄序言則首先強調《水滸傳》乃抒情之作：「古之聖賢，不憤則不作……《水滸傳》者，發憤之所作也！」[29]懷林《批評水滸傳述語》謂：「蓋和尚一肚皮不合時宜，而獨《水滸傳》足以發抒其憤懣，故評之為尤詳。」「據和尚所評《水滸傳》，玩世之詞十七，持世之語十三，然玩世處亦俱持世心腸也，但以戲言出之耳。」[30]

---

28 天都外臣：〈水滸傳序〉，明萬曆十七年原刻，清康熙五年石渠閣補修本《忠義水滸傳》卷首。此據王利器校注：《水滸全傳》（石家莊市：河北教育出版社，2009年）附錄，頁3937-3939。

29 〈忠義水滸傳敘〉，《李卓吾批評忠義水滸傳》輯補之頁1，《古本小說集成》（上海市：上海古籍出版社，1990年，影印本）。

30 《李卓吾批評忠義水滸傳》卷首，《古本小說集成》（上海市：上海古籍出版社，1990年，影印本），頁1-2。

所謂「玩世」、「持世」也都是表露世間不平之事，發抒心間不平之氣。其他如鍾惺序等，都以持世之心論《水滸》，發抒自己對英雄血氣力挽乾坤的嚮往之志。

《水滸傳》只有繁本才同時具備教化、娛樂、抒情、審美的功能。也只有文學修養、文化修養深厚的文人雅士，才能欣賞這樣文筆精緻、內涵深厚的小說藝術之美。正如天都外臣序所言，對於《水滸傳》的文筆之妙，「此可與雅士道，不可與俗士談也」。而繁本的定位，也基本上是這樣的文人雅士人群。

容與堂本李贄序言謂《水滸傳》「忠義」之書，「故有國者不可不讀，一讀此傳，則忠義不在水滸，而皆在於君側矣；賢宰相不可以不讀，一讀此傳，則忠義不在水滸，而皆在於朝廷矣；兵部掌軍國之樞，督府專閫外之寄，是又不可以不讀也，苟一日而讀此傳，則忠義不在水滸，而皆為干城心腹之選矣」。則此序寄希望於君侯將相也。容與堂本置此序於卷端，則讀者定位顯然為較高文化修養的文人雅士，也包括君侯將相在內的社會上層和肩負社會責任的文化精英。

袁無涯本的版本面貌與容與堂本相比則更明顯定位於較高文化層次的人群：其版式行款更為疏朗大氣[31]；插圖少了，只有一百二十幅，不按回出像，而是「或特標於目外，或迭采於回中，但拔其尤，不以多為貴」，六十葉插圖集中於目錄之後，顯然，以圖配文、以圖釋文的意味就更弱了，圖像更具有了把玩欣賞的獨立的審美意義；刪去了大量的詩詞韻語，「或竄原本而進所有，或逆古意而去所無。惟周勸懲，兼善戲謔，要使覽者動心解頤，不乏詠歎深長之致耳」，有

31 評林本版框總高二十點五公分（上欄評釋一點七公分，中欄插圖五點三公分，下欄小說正文十三點五公分），寬十二點三公分，下欄正文每半葉十四行，行二十一字。容與堂本版框高二十一公分，寬十四點五公分，每半葉十一行，行二十二字。袁無涯刻本版框高二十一點三公分，寬十四點五公分，每半葉十行，行二十二字。

所選擇顯然有所思考，是以敘事文本之需要為去留之標準；「訂文音字」也可見此本之更趨精緻，通俗小說常見錯字漏字俗字異體字，容與堂本中懷林述語稱「《水滸傳》訛字極多，和尚謂不必改正，原以通俗與經史不同故耳」，而袁本進行了大量校改工作。[32]

貫華堂本則又朝精緻化文本和版本的方向前進了一大步。無圖，七十回，小說結束於梁山泊英雄排座次，以盧俊義驚惡夢終。貫華堂文本敘事部分與其他繁本大體相同，最大的不同是刪去了絕大部分詩詞韻語。胡應麟曾說：「此書所載四六語甚厭觀，蓋主為俗人說，不得不爾。」[33]可見，刪去詩詞韻語顯然就不是「為俗人說」。這一版本出自奇才之大手筆，完全不考慮讀者通俗的需求，既不管貪多求全的讀者需求，也不照顧讀者熟知的情節格局，更無論以圖釋文的閱讀輔助。此本卷一為三篇序，卷二為〈宋史綱〉、〈宋史目〉，卷三為〈讀第五才子書法〉，卷四為偽託施耐庵的〈水滸傳序〉，序和書法都很長，每一篇都是奇才高論，粲然成章，不是為粗識文墨者而作的導讀，金聖歎明確宣稱：「舊時《水滸傳》，販夫皂隸都看，此本雖不曾增減一字，卻是與小人沒分之書，必要真正有錦繡心腸者，方解說道好。」[34]顯然，金聖歎把《水滸傳》作為「文章」和「範文」，而置小說於類同經史的精英文化之列。

文學造詣和文化修養深厚的文人士大夫，他們對《水滸傳》的推重幾乎都是著眼於小說的寫人敘事藝術，其曲盡人情的語言韻味。如胡應麟《少室山房筆叢》之〈莊岳委談〉所言：「《水滸》余嘗戲以擬

---

32 參考〈忠義水滸全書發凡〉，袁無涯刻本《出像評點忠義水滸全傳》（上海市：上海古籍出版社，1984年），卷首，頁2-3。

33 胡應麟：《少室山房筆叢》（上海市：上海書店出版社，2001年），卷41〈莊岳委談〉下。

34 金聖歎：《讀第五才子書法》，明崇禎貫華堂本《第五才子書施耐庵水滸傳》，卷3，頁31，《古本小說集成》（上海市：上海古籍出版社，1990年，影印本）。

《琵琶》，謂皆不事文飾而曲盡人情耳……第此書中間用意，非倉卒可窺，世但知其形容曲盡而已。至其排比一百八人，分量重輕，纖毫不爽，而中間抑揚映帶，回護詠歎之工，真有超出語言之外者。」所以胡應麟對於文本粗陋的建陽刊本是非常不滿的，他說：「余二十年前所見《水滸傳》本，尚極足尋味，十數載來，為閩中坊賈刊落，止錄事實，中間遊詞餘韻，神情寄寓處，一概刪之，遂幾不堪覆瓿。複數十年，無原本印證，此書將永廢矣。」[35]

二　人物語言動作心理描寫的版本差異

金聖歎是高水平讀者之極致，他對《水滸傳》精緻文本的條分縷析成為中國古代小說理論的典範，至今為敘事理論的討論者奉為圭臬。為了結合金聖歎的評點，我們以貫華堂本為參照，同時結合容與堂本，對比評林本之敘事，以討論不同讀者定位的文本形態和藝術價值之差異。

評林本寫人，多有語言動作的描寫，人物心理也多有表現，但是，由於減省文字，往往只關注情節進展，失卻語言動作曲折細緻的內涵。

比如評林本卷三「朱貴水亭施號箭，林沖雪夜上梁山」描寫王倫的心思一段，貫華堂本和容與堂本與之相比文字細密，把王倫的心理刻畫得層次分明。「不及第的秀才」比「秀才」，表達更為準確，既是王倫形象的注腳，又隱含了敘事者的情感態度和評價。「合著杜遷來這裡落草，續後宋萬來，聚集這許多人馬伴當」，說明了梁山泊逐漸發展的過程，又通過人物心理對必要的事件背景作了補充。「京師禁

35 胡應麟：《少室山房筆叢》（上海市：上海書店出版社，2001年），卷41〈莊岳委談〉下。

軍教頭」，又加一句「必然好武藝」，王倫忌才之心很明確。因是個「不及第的秀才」，又「沒十分本事」，所以怕被「占強」，比評林本所說的「不便」明確，事件敘述合乎情理。然而王倫又有點顧忌柴進之恩，但為了免除後患，也顧不得這些了。比評林本多了這一筆，既對上文柴進推薦有個交代，又點明王倫乃忘恩負義之性格，為後文作鋪墊。

次寫林沖捉拿「投名狀」的三天經歷，貫華堂本跟評林本相比差異很大。

貫華堂本寫得很細。評林本直接寫「次早起來」，貫華堂本則先交代「林沖到晚，取了刀仗行李，小嘍囉引去客房內歇了一夜」，以承上啟下，並以「刀仗行李」照應下文腰刀、樸刀、包裹等。評林本寫「林沖次早起來吃飯」，無感情色彩，而貫華堂本僅多一兩個字：「次日早起來，吃些茶飯」，但是王倫之冷淡、林沖之可憐，立刻如在目前。並且貫華堂本接著還三次寫到林沖的吃飯，通過這一細節表現林沖英雄失路的可憐：第一天晚上空手回到山寨，被王倫說得「心內自己不樂，來到房中，討些飯吃了，又歇了一夜」，金聖歎評曰：「冷淡可憐。一『討』字哭殺英雄。」[36]「次日清早起來，和小嘍囉吃了早飯」，金聖歎評曰：「早飯便和小嘍囉吃，哭殺英雄。」第三天，「天明起來，討些飯食吃了」，金聖歎評曰：「一討猶可，至於再討，胡可一朝居耶？」貫華堂本寫林沖早上起床的時間一天比一天早，第一天「次早起來」，第二天「清早起來」，第三天「天明起來」，如此表現人物的處境和心境。

貫華堂本詳細描寫林沖的語言、動作、心理活動，充分表現林沖「人在屋簷下，不得不低頭」的委屈和可憐。而且，三天的等待寫得

---

36 金聖歎評語皆出自貫華堂本《第五才子書施耐庵水滸傳》，《古本小說集成》（上海市：上海古籍出版社，1990年，影印本）。

雖簡單，但各自不同，人物情感、故事情節起伏變化，文字錯落有致。如第一天的經歷，評林本只有一句話：「等候一日並無人過，林沖悶悶回寨。」而貫華堂本則寫林沖「早起」，和小嘍囉過渡到對岸，在僻靜小路上等候了一天，從早到晚，雖也短短幾句話，把一天難捱的等待表現得有時間、有地點、有動作有神態。繼而寫林沖回到山寨跟王倫的對話，「林沖再不敢答應」，把英雄的可憐寫得悽悽惶惶。第二天的寫法不一樣，林沖「清早起來」，小嘍囉提議到南山等候，兩人潛伏在林子裡，午後終於有人經過了，卻是三百多人的大夥，林沖感歎晦氣，小嘍囉安慰他說還有一日限，但到山上見到王倫，口氣比前一天更不好。小嘍囉的安慰更點明時間的緊迫，而王倫的「笑」比罵還更逼人，「林沖不敢答應，只歎一口氣」，這無言的歎息更把英雄的無奈表現得深沉可歎。繼而寫林沖仰天長歎，把規定情境中人物的心理寫得具體、深刻，令人感慨。第三天林沖起得更早，「天明起來」，先「打拴了那包裹，撇在房中」，可見林沖不抱什麼希望了，果然等到日中還沒個人路過，林沖正想趁天色未晚取行李走路，小嘍囉突然發現有人來了。這一段敘事的主要目的仍然是層層深入表現林沖的可憐可悲，也表現王倫步步緊逼的可恨可歎，但似乎無意中自然而然表現了情節的突轉急變，小說作者運用這種鋪疊蓄勢的敘事技巧已是嫻熟自在，技巧天成而讓人渾然不覺，這就是《水滸傳》繁本敘事所達到的藝術境界。

對於王倫，評林本中只一次寫到這三天中王倫的態度，即第二天晚上王倫說了一句話：「若明日再無，不必相見。」如此當然也能見出王倫的逼迫，但是遠沒有貫華堂本令人討厭憤恨的效果。貫華堂本寫了王倫二個晚上的態度。第一個晚上，王倫問道：「『投名狀』何在？」林沖答道：「今日並無一個過往，以此不曾取得。」王倫道：「你明日若無『投名狀』時，也難在這裡了。」林沖再不敢答應，心內自己不樂。對此王倫的語言，金聖歎評曰：「自限三日，此處又思縮去一日，秀才心數，往往如此。」容與堂本評曰：「討死。」袁無涯本評曰：「可恨。」這些評語都感覺到人物語言對人物性格的細膩表現，以及小說情節的細針密線——王倫就是此時種下他日後被殺的種子的。第二個晚上，王倫說道：「今日『投名狀』如何？」林沖不敢答應，只歎了一口氣。王倫笑道：「想是今日又沒了。我說與你三日限，今已兩日了。若明日再無，不必相見了，便請挪步下山，投別處去。」王倫之「笑」，令人如聞其聲、如見其人，可想見他笑得很邪惡，英雄無奈歎氣，他卻是「笑曰」，因為他很開心很得意，這林沖眼看著就要乖乖的被趕走了。容與堂本夾批：「胡說。卻不是該死！」王倫被寫得越可惡，林沖也就被映襯得越可憐，後來林沖殺王倫也就越水到渠成、合情合理，一筆寫兩人，於情節則「隔年下種」。這就是《水滸傳》敘事紋理之細緻，這樣的敘事水平，中國古典小說中唯有《紅樓夢》可與之媲美。

就是「跑龍套」的小嘍囉，貫華堂本都寫得很有生氣。小嘍囉一次次地提建議、安慰林沖，幫助林沖，連小嘍囉都比王倫寬容友善，王倫絕非英雄之輩不言而喻。這就是繁本的敘事，連細枝末節都盡其精緻的描摹。而評林本中次要人物的語言行動若於情節進展關係不大，則往往被省略了。

人物形象的性格和精神氣質，無不是通過人物語言動作表現出來的，往往一個細節的精彩描寫給我們留下深刻的印象，從而讓我們記住了這一典型形象。比如魯達，是三十六人中的「上上之人」，是《水滸傳》傾力塑造的第一位英雄形象，繁本寫魯提轄喜愛史進英雄，不耐煩李忠的瑣碎，酒樓上聽金氏父女訴說委屈，義憤填膺打抱不平，資助金氏父女回鄉，到客店打發金氏父女出門，怒打小二，戲弄激怒鄭屠，三拳打死鄭屠，婉曲細緻、層層深入寫其性格，把魯提轄的個性展現得有層次有深度、有神韻、有趣味。而評林本之行文，基本情節都有，但每一段落甚至每一句話都比繁本簡略，從塑造人物形象的角度來說，主要就是缺乏人物語言動作的生動呈現和細節描寫。對於魯提轄形象的塑造，評林本遠沒有繁本的多層次皴染，因此，只是勾勒出人物大體形象，而缺乏氣質神采。

「《水滸傳》並無之乎者也等字，一樣人，便還他一樣說話，真是絕奇本事。」[37]魯提轄出身軍人，其修養、職業註定他不是個雅士，他的身分地位修養很直觀地從他粗俗的口吻與舉止中體現出來，這是繁本寫人非常傳神之筆，但在評林本中往往沒有這一類的聲口動作描摹。

比如，金老介紹鎮關西是誰，魯達聽了道：「呸！俺只道……」，這一「呸」字，生動傳達出魯達的神情口吻，也表現出魯達的身分性格修養，真是表現特定時代特定環境特定人物的絕好材料。但是，評林本沒有這一「呸」字。

又比如，三人酒後分手一段，貫華堂本寫道：「三人再吃了兩角酒，下樓來叫道：『主人家，酒錢洒家明日送來還你。』主人家連聲應道：『提轄只顧自去，但吃不妨，只怕提轄不來賒。』三個人出了潘家酒肆，到街上分手，史進、李忠各自投客店去了。只說魯提轄回到經略府前下處，到房裡，晚飯也不吃，氣憤憤地睡了，主人家又不敢問他。」

而評林本是這樣寫的：「三人又吃了兩角酒，還了酒錢，三人出了潘家酒店，到街上分手各回。」

評林本大概認為，賒帳欠錢有損於魯提轄的英雄形象，所以魯提轄賒茶錢賒酒錢兩處細節都沒有。但事實上提轄賒帳欠錢，是當時市井生活的生動寫真，魯提轄與店主的對話，生動逼真地再現了當時的生活圖景，這樣寫，使得鮮活的英雄人物活動在鮮活的歷史之中，是

37 金聖歎：《讀第五才子書法》，貫華堂本《第五才子書施耐庵水滸傳》，卷3，《古本小說集成》（上海市：上海古籍出版社，1990年，影印本），頁8。

很有意味的文學描寫。並且，繁本所塑造的江湖好漢，包括魯提轄在內，都不是高大全的英雄形象，而是活生生的市井人物，就像生活中真實的人物那樣有其優點和缺點，繁本寫人已經達到了「美醜泯絕」的較高層次的審美水平。「美醜泯絕」的審美原則源於人們對客觀事物的思辨，表現出人們從感性認識到理性認識的審美體驗的發展。

貫華堂本寫魯提轄回到住處，氣憤憤的，連飯都不吃就睡了。如此疾惡如仇，為別人的事情如此氣憤，可見他的單純可愛，和打抱不平的一腔熱血。這也是塑造魯提轄性格形象非常生動的一個細節，但評林本闕如。

又如，金氏父子離店後，「且說魯達尋思，恐怕店小二趕去攔截他，且向店裡掇條凳子，坐了兩個時辰，約莫金公去得遠了，方才起身。徑到狀元橋來」。貫華堂本這一段表現了魯提轄性格之重要一面：粗中有細。這是魯提轄形象區別於水滸中其他魯莽英雄形象的非常重要的一個方面，因此，對於塑造魯提轄個性化的人物形象是非常重要的一筆。但簡本簡化了魯提轄這一動作，相關段落只寫了這麼一句：「魯達就去竟投狀元橋下。」

繁本中不僅主要人物性格形象鮮明，就是次要的過場人物，也都寥寥幾筆就能描繪出生動的形象，可見小說作者之筆力。如史進，是江湖上有名的英雄，從資助金老十兩銀子的語言動作中就表現出他豪爽的性格。而李忠，則比較小氣，小說也通過他的語言動作表現其性情，並通過魯提轄的語言動作作了烘托和評論。貫華堂本寫：「魯達看著李忠道：『你也借些出來與洒家。』李忠去身邊摸出二兩來銀子。魯提轄看了，見少，便道：『也是個不爽利的人！』魯達只把這十五兩銀子與了金老，分付道：『你父子兩個將去做盤纏，一面收拾行李。俺明日清早來發付你兩個起身，看那個店主人敢留你！』金老並女兒拜謝去了。魯達把這二兩銀子丟還了李忠。」貫華堂本這一「摸」一「丟」二字用得好，既寫李忠，也寫魯達，兩人的性情都描寫得特別富於動感。相應的這段文字評林本是這樣的：「（魯達）又去謂李忠曰：『你也借些。』李忠只有二兩。魯達只把這十五兩與金老兒。分付：『你將去做盤纏，一面收拾行李，明早我來分付你起身。』金老並女兒拜別去了，魯達把這二兩銀子還了李忠。」評林本中沒有兩人語言的描寫，也沒有說明魯達為何不用李忠的二兩銀子，更沒有「摸」和「丟」這樣如在目前、生動深刻的性格化動作描寫。

三　生活場景和環境描寫的版本差異

小說對生活場景和環境的描寫對於人物形象的塑造、故事情節生動細緻的展現有著重要意義，但是評林本只關注事件過程的交代，若不影響情節進展的鋪敘往往就被省略了。

如「魯提轄拳打鎮關西」一段，茶樓酒樓是魯達活動的市井環境，對於魯達形象的塑造具有重要意義，是把魯達的身分地位性格置之於歷史生活圖景中的生動筆墨。試看潘家酒樓魯達與酒保對話這一段的描寫，兩種版本的差異不止於筆墨多少，更重要的是敘事趣味和藝術風格的差異。且看貫華堂本描寫：

> 三個人轉灣抹角，來到州橋之下一個潘家有名的酒店，門前挑出望竿，掛著酒旗，漾在空中飄蕩。三人來到潘家樓上，揀個濟楚閣兒裡坐下，提轄坐了主位，李忠對席，史進下首坐了。酒保唱了喏，認得是魯提轄，便道：「提轄官人，打多少酒？」魯達道：「先打四角酒來。」一面鋪下菜蔬果品按酒，又問道：「官人，吃甚下飯？」魯達道：「問甚麼！但有，只顧賣來，一發算錢還你。這廝，只顧來聒噪。」酒保下去，隨即燙酒上來，但是下口肉食，只顧將來，擺一桌子。

這一段描寫生動地展現了宋明時代市井生活的畫卷：酒樓、座次、酒保招呼客人、桌上酒食，歷歷在目，濃厚的生活氣息撲面而來，立刻把我們帶到了幾百年前的嘈雜鬧市。酒保與魯達的對話是市井畫卷中重要的內容，更為重要的是，把魯達放在這樣一個市井生活的背景中，並且，魯達豪邁的性格從他粗魯急躁的言語中清晰地凸現出來。在魯達「只顧來聒噪」這句話後面，金聖歎評點：「妙哉此公，令人神往。」又眉批：「此回寫魯達，便又有魯達一段性情氣概，令人耳目一換也。看他一個人，便有一樣出色處，真與史公並驅矣。」

然而如此精彩的刻畫，如此性格化的語言，未見於評林本。評林本的相應段落是這樣的：

> 三人到州橋下潘家酒店。李白點頭便飲，淵明招手回來。有詩為證：
>
> 風拂煙籠錦旌揚，太平時節日初長。
>
> 能添壯士英雄膽，善解佳人愁悶腸。
>
> 三尺曉垂楊柳岸，一竿斜插大花傍。
>
> 男兒未遂平生志，且未高歌入醉鄉。
>
> 三人到酒樓上坐定，魯達令酒保擺酒齊備。

對於這一段文字，我們有必要同時看看其他繁本的面貌。試看袁無涯本[38]：

> 三個人轉灣抹角，來到州橋之下一個潘家有名的酒店，門前挑出望竿，掛著酒旗，漾在空中飄蕩。怎見得好座酒肆？有詩為證：

38 容與堂本相應段落與袁無涯本基本相同，差別僅在於袁本的「怎見得好座酒肆？」容本則為：「正是李白點頭便飲，淵明招手回來」。

> 風拂煙籠錦旌揚，太平時節日初長。
> 能添壯士英雄膽，善解佳人愁悶腸。
> 三尺曉垂楊柳外，一竿斜插杏花傍。
> 男兒未遂平生志，且樂高歌入醉鄉。
>
> 三人上到潘家酒樓上，揀個濟楚閣兒裡坐下，魯提轄坐了主位，李忠對席，史進下首坐了。酒保唱了喏，認得是魯提轄，便道：「提轄官人，打多少酒？」魯提（轄）道：「先打四角酒來。」一面鋪下菜蔬果品案酒，又問道：「官人，吃甚下飯？」魯達道：「問甚麼！但有，只顧賣來，一發算錢還你。這廝，只顧來聒噪。」酒保下去，隨即燙酒上來，但是下口肉食，只顧將來，擺一桌子。

這段文字中三種版本的差異是很有代表性的，正體現了三種版本各自不同的藝術定位。袁無涯本繼承了說話藝術的風格，不僅每回開頭有詩詞，結尾有對句，而且敘事中也不時引入詩詞韻語，同時敘事細緻，文字繁密。貫華堂本則明確此書的讀者定位是「人家子弟」，「真正有錦繡心腸者」，「子弟讀了，便曉得許多文法」[39]，作為子弟案頭閱讀，而非「販夫走隸」聽書或瀏覽「閒事」，因此，保留了小說的敘事文字，而把絕大多數詩詞韻語都刪了。評林本的面貌則與它卷首的〈水滸辨〉「廣告」有關，大概正是為了標榜自己不同於其他「省詩去詞」的版本，因此評林本中敘事文字比繁本少得多，但詩詞韻語卻大體都在。

如此，我們看到評林本此段敘述沒有繁本對市井風俗畫卷的展現，也沒有對魯提轄粗魯急躁性格的刻畫，但運用了說話中常見的手

39 金聖歎：《讀第五才子書法》，貫華堂本《第五才子書施耐庵水滸傳》，卷3，《古本小說集成》（上海市：上海古籍出版社，1990年，影印本），頁10、30。

段，插入了「李白點頭便飲，淵明招手回來」的對句和「有詩為證」一首詩，用來描寫潘家酒店。評林本接著敘述金老父女來到魯達面前，也引入一段韻語：

> 達看那女人雖無十分的容貌也有動人的顏色，但見：
> 蓬蓬雲髻插一枚青玉簪兒，嫋娜纖腰穿一條紅綃裙子。素白舊衫籠雪體，淡黃軟底小弓鞋。娥眉緊蹙，汪汪淚眼落珍珠，粉面低垂，細細香肌消玉雪。若陰（非）雨病雲愁，定是懷憂積恨。大體還他肌骨好，不搽脂粉也風流。

這一段韻語有好幾個錯別字，若不對讀繁本中相關段落，有的句子無法理解。而以不解風情、對女人毫無興趣的好漢魯達的視角對金翠蓮作如此細膩且香豔的描寫，確實不倫不類。文備眾體是中國古代小說的重要特徵，但是，通俗小說中的詩詞韻語往往是套話，這些套話的插入既不合適而且多餘，品位不高。但不僅評林本有這段韻語，繁本中也只有貫華堂本刪此韻語。

插入詩詞韻語，保持了通俗文學的原生態，正體現了通俗文學的俗趣。但若單純從敘事藝術技巧成熟的角度來評價，評林本和繁本中的大多數版本，並沒有自覺的文學意識，還是像說話藝人那樣搬用套話，而未能從敘事需要和藝術風格統一的高度取捨素材。評林本編者的審美能力較低，還不具備取材於日常生活的創作能力和鑑賞水平。而貫華堂本則有著取材現實生活、設置小說場景的藝術自覺，有著塑造人物形象的明確目的，有著追求小說敘事整體和諧的鑑賞水平和審美取向。從中我們可以看到，正是不同的藝術水平和審美標準，決定了貫華堂本對文本精緻的追求，並因此而為傳播所選擇。

中國古代白話小說從說話藝術發展而來，訴諸聽覺的緣故，很少對環境的靜態描寫。繁本《水滸傳》「林沖風雪山神廟」一段的環境描寫既簡潔，又對於人物刻畫、情節演進有著重要作用，從中可以看到作者精湛的敘事技藝。

這段開頭就點明了時序：「光陰迅速，卻早冬來。」火燒草料場、林沖怒殺陸謙的時候，恰恰是大雪紛飛的隆冬夜晚。小說多次寫到雪。
林沖往草料場時：

> 正是嚴冬天氣，彤雲密佈，朔風漸起，卻早紛紛揚揚卷下一天大雪來。

覺得身上冷，往東邊村莊去沽酒：

> 雪地裡踏著碎瓊亂玉，迤邐背著北風而行。那雪正下得緊。

沽酒回來：

> 看那雪，到晚越下得緊了。

自然景物與環境描寫，往往是配合情節發展點染人物的。這裡通過寫雪勢層層推動故事情節的發展。正因為下雪天很冷，林沖才要去沽酒；雪下得大了，草廳才會被壓倒，林沖因沽酒而躲過被壓；因為草廳被雪壓倒了，林沖才會到山神廟安身，才因此躲過了火燒之劫，也才會暗中聽到陸謙三人的對話，才使林沖下定決心殺死仇敵。同時，死神的陰影悄悄籠罩，十萬禁軍教頭落到如此境地，風雪更襯托英雄末路的悲哀。小說對雪勢的三次強調，似乎還有著象徵的意味，象徵著漸漸逼近的殺氣，也象徵林沖被壓抑的憤怒將要迸發了，他終於忍無可忍殺了惡人，被逼上了梁山。

繁本《水滸傳》敘事紋理極為細緻，多次點染「雪」，形成小說敘事線索中細密的脈絡，推進情節的發展，使得情節發展環環相扣而又井然有序。前人評價「述情敘事，針工密緻」[40]即此之謂也。然而，在評林本中只有一句描寫風雪天氣：「正是嚴冬天氣，朔風漸起，紛紛下一天大雪。」

金聖歎〈讀第五才子書法〉說：「《水滸傳》章有章法，句有句法，字有字法。」總結出《水滸傳》很多文法，如夾敘法、草蛇灰線法、大落墨法、綿針泥刺法等等，這些文法若用之於評點評林本則顯然難找到頭緒。用今天的敘事理論來說，如伏筆、懸念、照應等，可見之於《水滸傳》繁本，未必可用之於評林本之分析。

四　「只錄事實」與「遊詞餘韻」的趣味之別

寫人敘事的細緻描摹、層層鋪敘中蘊含著深沉雋永的韻味，評林本的減省只錄事實了無趣味。

小說發展至於元末明初的《水滸傳》，小說創作的審美標準和接受閱讀的審美趣味已經發生了很大變化，寫作題材和人物性格形象從唐傳奇乃至《三國志演義》的高雅典重變為世俗輕巧，人物性格從單純穩定走向了複雜豐富，從單色到雜色，創作思想和道德觀念從單純崇高走向了繁雜世俗。《水滸傳》化粗俗醜惡為美、以世俗野蠻為審美對象的藝術創造與超越，開啟了小說創作的新紀元。但無論是人物形象的塑造，還是故事情節的敘述，若失去了生活場景的細緻呈現、語言動作的細節描寫以及蘊含於其間的敘事興味，則世俗之趣、勇力

---

40 胡應麟：《少室山房筆叢》（上海市：上海書店出版社，2001年），卷41，〈莊岳委談〉下。

之美必然無以寄託，水滸英雄和水滸故事也就不可能產生如此永恆的魅力。

比如「魯提轄拳打鎮關西」的中心情節，繁本描繪得生動活潑，趣味盎然，真正是「因文生事」，「筆力奇矯」。其間的意味神韻，體現出小說作為藝術的趣味，體現出小說家藝術創造的才力。

魯提轄為金老父子打抱不平，要懲治欺人的惡霸，逕直到狀元橋鄭屠店中，把鄭屠拎出來痛打一頓不就完事了嗎？從小說故事發展的角度來說，這就是完整的敘事，交代了事情的結局。但小說卻「曲曲生出事來」（金聖歎語）。魯提轄讓鄭屠切肉，先把十斤精肉切成臊子，再把十斤肥肉切成臊子，還要切十斤寸金軟骨，慢慢的消遣激怒鄭屠。如何的奇思妙想，金聖歎多次讚歎：「此一段如何插入，筆力奇矯，非世所能。」其間兩人對話、魯提轄表情、鄭屠動作，描寫細緻，充分表現出魯提轄如何像貓玩老鼠一樣消遣鄭屠、鄭屠如何忍氣吞聲的過程。終於鄭屠忍無可忍，魯提轄也終於爆發出他的怒火，一場暴風驟雨般的惡鬥，小說就這樣「閒庭信步」般的迤逗出來。這一段描寫貫華堂本大約六百字，評林本則大約二百字，只有魯提轄命令鄭屠切精肉、切肥肉這樣的過程，而無具體神情動作的描寫，人物語言也非常簡略，因而也就沒有魯提轄慢慢消磨整治鄭屠的趣味和鄭屠忍氣吞聲的意味，二百字的描寫真正是「索」然的，像根掉落了珍珠的穿珠繩索。

《水滸傳》中最為人樂道的經典性描寫之一：魯提轄的「三拳」，近年來學術界有一些爭議，認為「拳打」的場面描寫過於血腥暴力，討論《魯提轄拳打鎮關西》是否適合選入中學課文。且不說觀點如何，但不爭的事實是，誰都能感受到這三拳的描寫非常精彩，造成強烈的感官刺激，達到令人震撼的藝術效果。那麼這種修辭效果是如何實現的呢？

很重要的是因其比喻新奇，把抽象的拳打的感覺和效果比作具象的味道、色彩和聲音，以陌生化的語言創造獨特的意象，既生動形象描寫了打的動作，又濃墨重彩渲染了打的氣氛，給人留下深刻印象。這是閱讀「三拳」描寫時的感性體會。而當我們理性分析這「三拳」的喻體構成時，我們不得不嘆服於作者在酣暢淋漓的敘事快感中所蘊含的敘事準確性。第一拳打在鼻子上，金聖歎說「鼻根味塵」，所以用氣味描寫這一拳；第二拳打在眼眶上，「眼根色塵」，所以用視覺色彩描寫這一拳；第三拳打在太陽穴上，「耳根聲塵」，所以用聽覺聲音描寫這一拳。金聖歎三次稱讚「真正奇文」。並且，這三拳的喻象選擇似乎也是蘊含寓意的。「似做了一個全堂水陸的道場，磬兒、鈸兒、鐃兒，一齊響」，「全堂水陸」、「磬兒、鈸兒、鐃兒」似乎預示著鄭屠的喪葬。

事實上，「三拳」的描寫很少讓人想到血腥，甚至憤怒情緒的傳達似乎也不是特別強烈。我想這樣的敘事效果很重要得力於「三拳」喻象所具有的諧謔調侃的意味，準確地傳達出敘事者的敘事態度，即為鄭屠這樣的惡霸欺負良善受到懲治而拍手稱快。這一敘事態度切合讀者的閱讀體會，也引領讀者的閱讀體會，敘述人諧謔調侃的態度將惡霸欺人事件所具有的憤怒內涵轉化為內涵更為豐富的詼諧幽默趣味，其間所蘊含的審美因素耐人尋味。閱讀感受來源於喻象的性質，同時也受到語言構成的影響，「三拳」的喻象表述採用的是短句結構，造成輕鬆明快的閱讀效果，讓我們似乎聽見說書人酣暢淋漓的敘說，感受到說書人妙趣橫生的語言快感。喻象的新奇和短句結構所帶來的語言快感使得小說對於「拳打鎮關西」的敘述具有遊戲的意味，有點兒類似西方文學中所謂的「狂歡化」色彩。

但是，貫華堂本中如此經典的「三拳」，評林本的描寫也至為簡單：

只一拳正打中鼻子上，打得鮮血迸流，鼻子歪在半邊。鄭屠掙

> 不起來，口中只叫打得好。魯達曰：「你敢應口！」就眼睛眉梢又打一拳，打得眼睛縫裂，烏珠迸出……又只一拳太陽上，正看，只見鄭屠挺在地下，漸漸沒氣。

這樣的敘述只是交代了人物基本的動作和事件最基本的內容：魯提轄三拳把鎮關西打死了。這種「只錄事實」的記載，沒有比喻，沒有「遊詞餘韻」，因而讀者在評林本閱讀中只是略知了事件，沒有力的震撼，沒有強烈的感官刺激，很難說得上「審美」。

在容與堂本、袁無涯本和貫華堂本等評點本中，常見「趣」、「趣語」、「絕倒」這樣的評語。趣味性，這是小說吸引讀者閱讀的重要因素，也是《水滸傳》藝術成就的重要體現。如魯智深大鬧桃花村，小霸王醉入「銷金帳」，正摸著胖大和尚的肚皮。又如容與堂本《水滸傳》第七十四回「燕青智撲擎天柱，李逵壽張縣坐衙」，燕青下山扮作山東貨郎：

> 眾人看燕青時，打扮得村村樸樸，將一身花繡，把納襖包得不見。扮做山東貨（兒）（郎），腰裡插著一把串鼓兒，挑一條高肩雜貨擔子。諸人看了都笑。宋江道：「你既然裝做貨郎擔兒，你且唱個山東貨郎轉調歌與我眾人聽。」燕青一手撚串鼓，一手打板，唱出貨郎太平歌，與山東人不差分毫來去。眾人又笑。

此處容與堂本評語只著一字：「趣」。

評林本則掐頭去尾，連主語也沒有，就幾個字：「扮做山東貨兒，挑了貨擔。」

接著李逵要跟著燕青一同往泰岳，容與堂本中燕青與李逵所約三件事也很有趣，特別是第二件，「到得廟上客店裡，你只推病，把被包了頭臉，假做打鼾睡，便不要做聲」，令人忍俊不禁。李逵卻都依了。容與堂本批：「妙人。」而評林本也因為掐頭去尾，了無意趣。

李逵是《水滸傳》中最具喜劇意味的人物形象，他每次出場，語言動作都非常逗趣。比如「李逵壽張縣坐衙」，容與堂本連批七處「趣」，一處「趣人」，還有數處「妙」、「快活」、「千古絕唱」，令人如見讀者閱讀此段時大笑不止的快活神情。評林本此段也有評語「評李逵：觀李逵此段做官，令人可笑」。但是，由於語言動作的減省，遠遠無法呈現李逵鬧衙的生動可笑。

小說的敘事興味也體現在語言風格上。《水滸傳》由於以綠林好漢、市井細民為主要表現對象，這些人物因其身分地位、職業修養等原因，其個性化語言必然是生動活潑的市井語言，其生活場景必然是五色具備、五味雜陳的斑斕畫卷。同時，又由於小說世代累積的創作特徵，吸收了此前說話、戲曲、說唱等民間藝術的語言成就，帶有濃厚的民間文學色彩，敘述語言潑辣有趣，酣暢淋漓。如小說中俯拾皆是的市井詈言「這廝」、「那廝」、「撮鳥」、「腌臢潑才」、「賊配軍」、「老咬蟲」、「含鳥猢猻」、「鳥人」等等，生動地表現了規定情境中的人物感情和性格，生活場景生動如畫、呼之欲出。這種遊情泛韻，膾炙千古。但是這樣的語言大體都不見於簡本。繁本中充滿「蒜酪」的語言特色在評林本中所見無幾，評林本確實如胡應麟所說：「止錄事實，中間遊詞餘韻，神情寄寓處，一概刪之。」

明代嘉靖以來，從李開先到胡應麟，從李贄到金聖歎，文化精英們的推崇對於《水滸傳》的傳播起到輿論推動和精英示範的作用。如金聖歎推崇《水滸傳》，認為「人家子弟稍識字，便當教令反覆細看，看得《水滸傳》出時，他書便如破竹」，「子弟讀了，便曉得許多文法」，「《水滸傳》有功於子弟不少」。[41]一方面由於小說藝術自身的

41 金聖歎：《第五才子書法》，貫華堂本《第五才子書施耐庵水滸傳》，《古本小說集成》（上海市：上海古籍出版社，1990年，影印本）。

發展，另一方面由於社會生活中小說地位的提高，至於明代末年，對小說文本精緻化的欣賞和要求已經成為受過一定文化教育的人們的共識。因此，明末清初，各種小說紛紛出現文字版本更為精緻的本子，成為傳播所選擇的「定本」。清代三百年間，金聖歎評點本在《水滸傳》傳播中最為人們所推重。

儘管《水滸傳》簡本逐漸退出了流通管道，但類似於簡本的簡編從來沒有停止，因為《水滸傳》的讀者從來就包含了不同層次的廣泛人群。然而，《水滸傳》繁本的意義必然不容置疑，從清代以來，它們一直以精緻文本精英閱讀保留《水滸傳》完備的形態和永恆魅力，承傳《水滸傳》豐富的內涵和典範的藝術，引領《水滸傳》傳播的旗幟，為《水滸傳》傳播提供文本基礎。精英文化在任何時代都起著薪火相傳的中流砥柱作用。由於精英階層對於教育、社會輿論的影響，包括貫華堂本在內的繁本在《水滸傳》傳播和評論界始終處於較為穩定的尊榮地位，假如說可以為《水滸傳》的版本劃分恆定和變化兩類版本的話，明末清初以來的繁本處於相對恆定的狀態，簡本則可歸於層出不窮的改編本系列，依據時代的變化、讀者定位的不同等傳播環境的因素而永遠處於變化的狀態中，源源不斷。但萬變不離其宗，其宗即為繁本，繁本是他們改編的基礎和依據。

第九章
建陽刊小說的插圖形式

圖像作為一種語言，具有直觀易懂、便於溝通的優點，圖像運用在書中，還可以與文字互相補充和詮釋。魯迅先生還曾說：書籍的插圖，原意是在裝飾書籍，增加讀者的興趣。但那力量，能補助文字之所不及，所以是一種宣傳畫。

文字配上插圖，圖文並茂，是中國書籍的傳統之一，早在簡帛時代就已出現，至紙寫本時代數量大增。

從雕版印刷品來看，現存早期的雕版印刷品實物是佛經，如唐代咸通九年（868）刊印的《金剛般若波羅蜜經》，一九六六年在韓國慶州佛國寺釋迦塔內發現的漢字印刷品《無垢淨光大陀羅經》，一九四四年成都唐墓出土的梵文《陀羅尼經咒》等，這些早期印刷品都是有圖有文的「插圖本」。很顯然，佛經中配上插圖，目的是向普通民眾普及佛教經義，因為傳教對象中有的是文化人，但更多的也許是文化水平不高、識字不多甚至不識字的下層民眾，他們需要通過圖畫來理解經義。正是為了向下層民眾普及教義，佛經刊刻還創造出了類似於後代連環畫的插圖方式。現藏中國佛教圖書文物館的宋刊《金剛經感應傳》，每一故事配一插圖，類似今天的連環畫。[1]

宋代雕版印刷空前繁榮興盛，印刷技術的發展，使書籍插圖更為普及。隨著印刷物內容的範圍擴大，插圖本的應用範圍也得到了較大的拓展，不僅佛教經典，而且農桑醫算、類書便覽等，經史子集四部

1　參見周紹良：〈記宋刊本《金剛經感應傳》〉，《文獻》第21輯。

書幾乎都有插圖。這與宋人對插圖意義的認識有關。鄭樵在所撰《通志》二十略中特立「圖譜」一略，並且說：「見書不見圖，聞其聲不見其形；見圖不見書，見其人不聞其語。」「古之學者為學有要，置圖于左，置書于右，索象于圖，索理于書。故人亦易為學，學亦易為功，舉而措之，如執左契後之學者，離圖即書，尚辭務說，故人亦難為學，學亦難為功……以圖譜之學不傳，則實學盡化為虛文矣。」這應該是時代思潮的反映。宋人對於書籍圖文互補利於學習，有著十分明確的認識。[2]

建陽書坊從宋代以來就刊刻了大量插圖本，經史子集都有，從「纂圖互注」的典籍如《詩經》、《尚書》、《周禮》、《禮記》、《論語》、《荀子》、《老子道德經》、《莊子》、《揚子法言》等，到通俗敘事而被稱為小說插圖之冠的《古列女傳》，到元代大量出現的小說戲曲刊本。明代建陽書坊數量繁多的小說插圖本毫不費力地誕生於如此深厚的刻書傳統之中。

第一節　以上圖下文為主的多種插圖形式

建陽書坊刊刻的小說大多附有插圖，並常以插圖相標榜，書名多冠以「全像（相）」、「出像」、「繡像」、「連相」、「補相」、「合像（相）」、「圖像」等提示詞。這些詞彙很可能都有相對應的插圖方式或版式特點，今天學者對此頗為關注，雖多存歧見，但都認為建陽書坊刊刻的小說有其明顯的特點，其中最多見的是上圖下文的版式。不過，建陽書坊眾多，不同書坊定位不同、刻工不同、風格不同，表現在小說版式上，除上圖下文之外還有多種版式、多種插圖方式，如卷前卷後插圖，半葉全幅，合頁連式，以及上圖下文的變式，上評中圖下文、文中嵌圖等，呈現出豐富的插圖版面形態。

2　薛冰：《插圖本》（南京市：江蘇古籍出版社，2002年，中國版本文化叢書），頁21。

一　上圖下文的小說刊本

建陽刊小說最引人注目的是上圖下文插圖方式，刻本早，數量多，可稱為建陽書坊標誌性的版式。這種版式正文部分一般分為上、下兩欄，上欄圖像、下欄文字。

上圖下文版式在建陽書坊刊刻小說中有著悠久的歷史，《古列女傳》暫且不論，元代《三分事略》和元刊平話五種最為引人注目。明代建陽書坊刊刻小說與元代一脈相承，現存明代最早的小說刊本《剪燈新話》、《剪燈餘話》就是上圖下文的版式。

現存正統年間張光啟刊本《剪燈餘話》，此書原與《剪燈新話》合刊，所以第一卷卷端題為「新刊剪燈餘話卷之一」，卷尾卻作「卷之五」，卷八、卷九的尾題均作「新刊剪燈新餘話」，卷九所題的書名為《新刊增補全相剪燈餘話續集》。

正德六年（1511）楊氏清江堂據張光啟本重刊《剪燈新話》四卷、《剪燈餘話》四卷。清江堂本內封分三欄。上欄橫題「清江書堂」；中欄圖像；下欄分為四行，「編成神異新奇事」和「敦尚人倫節義□」分列右、左兩側，中間兩行題「重增附錄剪燈新話」，居中位置另題「湖海」二字。牌記署「正德辛未孟秋楊氏清江堂刊」。卷一題「新增補相剪燈新話大全卷之一」，署「古杭山陽瞿佑宗吉編著　清江書堂楊氏重校刊行　書林正巳詹吾孟簡圖相」。書分兩欄。上欄圖像，部分圖像有人物姓名介紹、圖目。半葉十四行，行二十四字。藏中國國家圖書館。

現存最早的《三國志傳》版本嘉靖二十七年（1548）葉逢春刊本也是上圖下文的版式，此後建陽刊刻「三國」小說版本如鄭少垣聯輝堂刊本《新鍥京本校正通俗演義按鑑三國志傳》、鄭世容刊本《新鍥京本校正通俗演義按鑑三國志傳》、楊閩齋刊本《重刻京本通俗演義按鑑三國志傳》、萬曆間刊本《新刻湯學士校正古本按鑑演義全像三國志傳》等，都是上圖下文版式。

以下按照講史小說、神魔小說、公案小說分類列舉上圖下文版式之刊本。

講史小說多上圖下文版式，如《水滸傳》插增本（殘卷），萬曆十六年余氏克勤齋梓《京本通俗演義按鑑全漢志傳》，三台館刊本《新鐫全像東西晉演義志傳》，三台館刊本《新刻全像按鑑演義南北兩宋志傳》，三台館刊本《新刊按鑑演義全像大宋中興岳王傳》，「閩雙峰堂西一三台館梓行」《列國前編十二朝》，三台館元素刊本《全像按鑑演義東西漢志傳》，西清堂詹秀閩刊本《京板全像按鑑音釋兩漢開國中興志傳》，余季岳刊本《按鑑演義帝王御世盤古至唐虞傳》《按鑑演義帝王御世有夏志傳》，以及路工《訪書見聞錄》所記崇禎年間建陽余氏刊本《神武傳》等。講史小說中如《新鍥國朝承運傳》、《京鍥皇明通俗演義全像戚南塘剿平倭寇志傳》，因其上圖下文的版式，一般認為系建陽書坊刊本。

神魔小說中上圖下文的刊本如楊閩齋刊本《新鐫全像西遊記傳》，閩齋堂刊本《新刻增補批評全像西遊記》，朱蒼嶺刊本《新鍥唐三藏出身全傳》，劉蓮台刊本《鼎鍥全像唐三藏西遊釋厄傳》，余文台刊本《新刊八仙出處東遊記》，熊仰台據余氏雙峰堂原刊本挖改重印本《北方真武祖師玄天上帝出身志傳》，昌遠堂李仕弘刊本《刻全像五顯靈官大帝華光天王傳》，聚奎齋挖改清白堂刊本《新刻全像二十四尊得道羅漢傳》，清白堂刊本《新刻全像達摩出身傳燈傳》，余成章刊本《新刻全像牛郎織女傳》，楊春榮刊本《南海觀世音菩薩出身修行傳》，安正堂劉雙松刊本《唐鍾馗全傳》，忠正堂熊龍峰刊本《天妃濟世出身傳》，余氏刊本《出像封神演義》等。刊刻信息不詳的《潛龍馬再興七姑傳》、《關帝歷代顯聖志傳》、《孔聖宗師出身全傳》等，因其上圖下文的版式，一般判斷為建陽書坊刻本。

公案小說中上圖下文的刊本如朱仁齋與耕堂刊《新刊京本通俗演義全像百家公案全傳》，書林余氏建泉堂刊本《廉明奇判公案傳》，萃英堂刊本《皇明諸司廉明奇判公案傳》，三台館刊本《皇明諸司公案傳》、明德堂劉太華刊本《新鐫國朝名公神斷詳刑公案》，王崑源三槐堂刊本《新刻名公神斷明鏡公案》，存仁堂陳懷軒刊本《新鐫國朝名公神斷詳情公案》，蕭少衢師儉堂刊本《新刻海若湯先生滙集古今律條公案》等。

二　上圖下文版式的變體

明代建陽刊刻小說中出現了一些上圖下文版式的變體，如「嵌圖式」、上評中圖下文、隔頁插圖或不規則插圖、「合像式」等。

1 嵌圖式

所謂「嵌圖式」，就是圖像未占上欄全部位置，圖像兩側也有小說正文文字，圖像上方還有標題，這樣圖像四周均是文字，圖像就似嵌在文字之中一般。這種插圖方式，馬幼垣命名為「嵌圖式」：「圖的四周全是文字，如嵌其中，因此杜撰『嵌圖本』這名詞來形容這些本子。」[3]馬幼垣的命名得到學界的認同，現在一般都將這種插圖本稱為「嵌圖本」。

「嵌圖式」僅見於建陽刊本中。

建陽刊「三國」多嵌圖本，現存種德堂熊沖宇刊本《新鍥京本校正按鑑演義全像三國志傳》，書林楊美生刊本《新刻按鑑演義全像三國英雄志傳》，喬山堂劉龍田刊本《新鋟全像大字通俗演義三國志傳》，笈郵齋刊本《新鋟全像大字通俗演義三國志傳》，藜光堂劉榮吾

3　馬幼垣：《水滸論衡》（北京市：生活．讀書．新知三聯書店，2007年），頁120。

刊本《精鐫按鑑全像鼎峙三國志傳》，朱鼎臣輯《新刻音釋旁訓評林演義三國志史傳》，敬堂王泗源刊本《新刻音釋旁訓評林演義三國志史傳》，黃正甫刊本《新刻考訂按鑑通俗演義全像三國志傳》，以及清代刊本繼志堂《鼎鐫按鑑演義古本全像三國英雄志傳》，皆為嵌圖式插圖。中國國家圖書館存殘本《新刻全像演義三國志傳》、書林魏某刊本《二刻按鑑演義全像三國英雄志傳》，現藏於德國魏瑪邦立吐靈森圖書館的《二刻按鑑演義全像三國英雄志傳》（殘卷）一般也從其版式判斷為建陽刊本。

《水滸傳》版本亦存幾種「嵌圖本」：富沙劉興我刊本《新刻全像水滸傳》，藜光堂劉榮吾刊本《新刻全像忠義水滸志傳》，藏於德國慕尼黑巴威略國家圖書館《新刻繪像忠義水滸全傳》殘本，以及刊刻於清初的鄭喬林刊本《新刻全像忠義水滸傳》等。

2 評林體

「評林體」是上圖下文版式的又一種變體。「評林體」的版式特徵是：書分三欄，上欄評語、中欄插圖、下欄正文。這種三欄版式在書坊刻書中由來已久，宋代《天竺靈籤》就是三欄版式，中欄插圖，此本鄭振鐸先生認為出於福建或杭州書坊。建陽書坊嘉靖年間戲曲刊本《荔鏡記》亦採用上中下三欄版式，中間插圖，此外還有一些司法類圖書也採用三欄版式。但在小說刊本中，如此版式僅見於萬曆年間余象斗刊本，共四種：《音釋補遺按鑑演義全像批評三國志傳》，《新刊京本校正演義全像三國志傳評林》，《新刊京本春秋五霸七雄全像列國志傳》，《京本增補校正全像忠義水滸志傳評林》。余象斗評林體小說的版式實際上是上圖下文的一種變體，上欄大概占五分之一到六分之一版面，下欄文字大概占三分之二版面。

3 隔頁插圖

每半葉插圖的上圖下文版式又有隔頁插圖的變體。這種插圖方式同樣也每葉有圖、上圖下文，但每葉（包括上、下兩個半葉）僅有一圖。採用這種特殊插圖方式的刊本極為罕見，現存僅見一種，即種德書堂本《水滸傳》殘卷，分藏於德國德萊斯頓薩克森州圖書館和梵蒂岡教廷圖書館。余象斗刊本《京本增補校正全像忠義水滸志傳評林》書前〈水滸辨〉稱「《水滸》一書，坊間梓者紛紛，偏像者十餘副，全像者止一家」。有可能德萊斯頓薩克森州圖書館和梵蒂岡教廷圖書館藏的《忠義水滸傳》殘本就是此所謂「偏像」本。不過，「偏像」很可能就是余象斗擬的一個名稱，因為此《忠義水滸傳》殘本各卷題名亦為「出像」和「全像（相）」，而且現存各類插圖本從未有「偏像」之題。

4 不規則分布插圖

還有一類插圖本與「偏像式」相似，也是上圖下文，但並非每葉有半葉插圖的方式，而是不規則分布插圖，有的隔好幾葉才有一個半葉插圖。

這種插圖方式在建陽刊本中較少見，僅見余氏雙峰堂刊本《新刻皇明諸司廉明奇判公案傳》，楊明峰刊本《皇明開運英武傳》，熊清波誠德堂刊本《新刊京本補遺通俗演義三國全傳》等。

5 合像式

這種插圖方式每葉亦僅有一圖，但這一幅圖像橫跨上、下兩個半葉的上欄，兩個半葉上欄的圖像合在一起方為一幅完整的插圖。

明代建陽刊小說合像式插圖似由元代上圖下文合頁連式的插圖方式演變而來。

現存元代建安書堂刊《至元新刊全相三分事略》、建安虞氏刊「至治新刊全相平話五種」（即《新刊全相平話武王伐紂書》、《新刊全相平話樂毅圖齊七國春秋後集》、《新刊全相秦並六國平話》、《新刊全相平話前漢書續集》、《新刊全相三國志平話》）都是上圖下文版式，上欄圖像約占三分之一版面，插圖為合頁連式，一幅圖像橫跨兩個半葉，有字數不等的圖目。下欄文字約占三分之二版面。

明代的合像式插圖也是一幅圖像橫跨兩個半葉的上欄，兩個半葉上欄的圖像合在一起方為一幅完整的插圖。但是，這種合像式的插圖圖面很小，大約只占上欄一半的位置，跟元刊平話占滿上欄的幅度不同。

採用這種插圖版式的刊本也很少，今存僅見與畊堂費守齋刊本《新刻京本全像演義三國志傳》，現藏於日本天理圖書館的《新刻京本全像演義合像三國志傳》，以及熊佛貴忠正堂刊本《新鍥音釋評林演義合相三國志史傳》等不多的幾種。其中熊佛貴忠正堂刊本《新鍥音釋評林演義合相三國志史傳》更準確地應稱為「合像嵌圖式」。此書分三欄：上欄評語；中欄圖像，橫跨兩個半葉，但圖像只占了上半葉後七行和下半葉前七行的位置，上半葉前七行和下半葉後七行的中欄位置是正文文字。與上述「嵌圖本」相同，此本圖像四周均被文字環繞。

三　整版全幅插圖方式

整版插圖的形式在建陽書坊刊刻小說中同樣有其悠久歷史。比如元刊本《新編連相搜神廣記》前集一卷、後集一卷。書中插圖多為單面整版方式。從其字體、花魚尾的裝飾等判斷，此為建本。鄭振鐸先生認為此書「刻於至正間（約1350年）」，「雖似簡而實精練，雖似草率而實生動，當是出於建安木刻畫家裡的好手所刻」。[4]此書現藏於中國國家圖書館，北京圖書館出版社二〇〇五年影印出版，上海古籍出版社二〇一二年附於《三教源流搜神大全》影印出版。

但明代建陽刊刻小說中整版全幅插圖的刊本相對比較少，試列舉如下。

楊氏清江堂清白堂嘉靖刻本《新刊大宋中興通俗演義》有插圖二十四葉，共三十幅，有單面全幅和雙面合頁連式兩種。這些圖大多來自江南刻本《精忠錄》。

此後雙峰堂挖改萬卷樓重印本《新刊大宋中興通俗演義》，陳懷軒存仁堂刊本《新刻江湖歷覽杜騙新書》，以及《花鳥爭奇》、《山水爭奇》等七種爭奇小說，鄭以禎刊本《新鐫校正京本大字音釋圈點三國志演義》，吳觀明刻本《李卓吾先生批評三國志》，富沙鄭尚玄人瑞堂刊《新鐫全像通俗演義隋煬帝豔史》，積慶堂藏版、四知館梓行《鍾伯敬先生批評水滸忠義傳》，雄飛館刊本《精鐫合刻三國水滸全傳》等，插圖版式為單面全幅。

萬曆二十三年宏遠堂熊體忠刊本《新刊列仙降凡徵應全編》，書林余君召梓行《新刻皇明開運輯略武功名世英烈傳》，萃慶堂刊本《新鐫晉代許旌陽得道擒妖鐵樹記》、《鍥五代薩真人得道咒棗記》、《鍥唐代呂純陽得道飛劍記》等，則是整版雙面合頁連式插圖。

這些刊本的插圖位置與常見的江南刊本相似，或全部置於全書卷首，或分別置於各卷卷首，或不規則插於正文各卷。這些刊本中有一些是否刊刻於建陽，學術界存在爭議，如吳觀明刻本《李卓吾先生批評三國志》，吳觀明為建陽刻工，但此書是否刊刻於建陽則未有定論。又比如書林余君召梓行《新刻皇明開運輯略武功名世英烈傳》，卷五最後一幅圖上書「上元王少淮寫（像）」，可見畫工為活動於江南

4　鄭振鐸：《中國古代木刻畫史略》（上海市：上海書局，2010年），頁23。

地區的南京人王少淮。但應該看到，明代天啟崇禎年間，建陽書坊逐漸與江南書坊合流，刻書形式向江南書坊靠近。入清以後的康熙癸丑永慶堂余郁生刊本《精繡通俗全像梁武帝西來演義》、「大清嘉慶七年新鐫」《新刻按鑑演義三國英雄志傳》均為整版全幅插圖方式。當然，建陽書坊的標誌性版式上圖下文也為江南書坊所吸收，江南不少書坊也出版上圖下文版式小說，包括一些小說的簡本，有的可能就是建陽書坊刊本的翻刻或重印。

四　上圖下文和整版全幅插圖版式的融合

建陽書坊刊刻小說還有的融合了上圖下文與整版全幅二種版式。比如熊清波誠德堂刊刻《新刻京本補遺通俗演義三國全傳》，藜光堂劉榮吾刊刻《精鐫按鑑全像鼎峙三國志傳》等，卷前都有半葉全幅「桃園結義」圖。忠正堂熊佛貴刻《新鍥音釋評林演義合相三國志史傳》書前有兩個半葉全幅插圖。萬曆年間余象斗刊刻《新刊京本校正演義全像三國志傳評林》版式為上評、中圖、下文，兩卷一冊，每冊前有半葉全幅繡像一幅，現存卷一、卷三、卷五、卷七、卷十三、卷十五之第一葉都有半葉圖一幅。

楊閩齋刊《新鐫全像西遊記傳》卷末最後半葉為全幅圖像，上端橫題「四眾皈依正果」。

閩雙峰堂西一三台館梓行《列國前編十二朝》每卷之前有全幅插圖若干葉，正文則為上圖下文版式。

建陽刊刻小說中又有上下兩欄的版式，而插圖散於正文中，上圖下文或上文下圖的形式，而不同於《英雄譜》的整版全幅置於書前。

如雙峰堂刊本《新刻芸窗匯爽萬錦情林》正文分上下兩欄。上欄半葉十四行，行十二字；下欄半葉十三行，行二十字。上、下欄文字在內容上並無關係。全書有圖像七十一幅，散插於各卷下欄，圖像刻繪的內容對應的是同樣位於下欄的文字。如此構成上文下圖的版式，這在建陽刊本中是極其獨特的。

而萃慶堂余泗泉刊本《新刻增補全相燕居筆記》同樣分上、下兩欄。上欄為文言小說，下欄詩文雜類（但卷五至卷八下欄，收錄了包括〈玩江樓記〉、〈芙蓉屏記〉等在內的三十一篇小說）。全書圖像共五十七幅，散插於各卷上欄。

《新刻芸窗匯爽萬錦情林》、《新刻增補全相燕居筆記》的插圖形式其實也近似上圖下文版式與整版全幅插圖形式的融合。

第二節　插圖形式的傳統淵源和讀者定位

很顯然，建陽刊小說以上圖下文版式為多，特別在明代嘉靖萬曆年間大量刊行上圖下文版式的小說，以「全像」相標榜。建陽刊小說插圖形式有其久遠的刻書傳統和深厚的藝術積澱，並因明確的讀者定位而形成地域特色鮮明的插圖和版式風格。

一　上圖下文版式悠遠的歷史和深厚的傳統

宋代雕版印刷中插圖本就已普遍存在。但跟四川、江浙等地插圖本相比，建陽刻本有明顯的版式特徵，即其插圖版式以上圖下文為主。

從儒家經典來說，現存的宋代儒家經籍插圖本很少，其中如南宋淳熙二年（1175）鎮江府學刊《新定三禮圖集注》，插圖畫面大小不一，分散嵌於相應的文字之間，有一頁一圖的，有一頁數圖的，有兩圖平列的，也有兩圖豎排的。嘉定初年刊印的《慮齋考工記解》版式亦與此相類。建陽書坊刊刻的典籍大多冠以「纂圖互注」之名，其「纂圖」多為上圖下文版式。紹熙年間建陽刊本《尚書圖》，插圖多達七十餘幅，是規整的上圖下文形式。[5]現存最早的《周禮》插圖本，是南宋建陽書坊刻本，插圖頁也是上圖下文版式。

宋代以來，由於商品經濟發展，市民階層興起，文化思潮逐漸由雅入俗，文學主潮也由雅入俗。市民階層的要求促進了刻書業的普遍繁榮，刻書業的普遍繁榮又更廣泛為普通民眾提供通俗的文學書與日用書。

北宋嘉祐八年（1063）建安余氏刻本《新刊古列女傳》向來被推為小說插圖之冠，有插圖一百二十三幅，上圖下文，圖文大概各占頁面二分之一；圖作雙面連式，半頁十五行，行十六字。《古列女傳》插圖的雕版技術在版畫藝術史上有其地位，其人與景的刻繪質樸生動，人物主要採用白描手法，背景則運用了凹版陰刻的技術，對屏風、几案、樹石等大塊面圖案，採用保留墨版，以簡單線條勾出紋飾的手法，通過黑白對比使畫面更鮮明。[6]

《列女傳》的文體在史傳和小說之間，在古代通俗敘事類圖書缺乏的時代，它在文化水平不一定很高的閨閣中流傳與被閱讀的情形，正與後來的小說相似。這是《列女傳》之被稱為「小說」的主要原因。在現存建陽插圖刊本中，與《列女傳》「小說」性質相似的還有元大德十年（1306）刻印的《新刊全相成齋孝經直解》，和不少全相童蒙讀物。這些插圖本敘事類作品的刊刻和傳播，無疑正是元代以來小說戲曲圖書刊刻與傳播的文化土壤，奠定了寬厚的基礎。

元代建陽書坊刊刻了不少小說戲曲，其中有整版全幅插圖形式的，如至正年間建安書肆雕印的《新編連相搜神廣記》，是早期小說插圖本中的傑作。但更多的是上圖下文版式的，如建安書堂刊《三分事略》，與建安虞氏刊刻「全像平話五種」。在小說史研究中廣為人們

---

5 薛冰：《插圖本》（南京市：江蘇古籍出版社，2002年，中國版本文化叢書），頁22。

6 參看薛冰：《插圖本》（南京市：江蘇古籍出版社，2002年，中國版本文化叢書），頁31。

所關注的「全相平話五種」，共有插圖二二八幅，不僅是元代插圖本小說的代表作，也是早期連續插圖本小說的代表作，被稱為現代連環畫之祖。鄭振鐸先生對「全相平話五種」評價很高：「這些小說都是上圖下文，繼承了宋代建安版《列女傳》的作風。上面的插圖幅面雖狹長而不廣，卻有『咫尺而具千里之勢』。人物圖像似全用宋代畫家梁楷的減筆法。這給後來連環畫家們很深的影響。其背景是很小型的，有如連環圖畫式的長卷，人物的動作十分複雜，情感也千變萬化，卻都能以簡潔的筆法，曲曲表現出來，不失其為繁複異常的歷史故事連續畫的大傑作。」[7]

「全相平話五種」包括《全相平話武王伐紂書》三卷，《全相平話樂毅圖齊七國春秋後集》三卷，《全相秦並六國平話》三卷，《全相平話前漢書續集》三卷，《新全相三國志平話》三卷。從「全相平話五種」的題目看來，當時刊刻的平話當不只這五種。孫楷第先生在《日本東京所見小說書目》中認為，「以書題測之，至少亦有八種」。鄭振鐸先生也據此認為，「所謂《十七史演義》之類，在那時恐怕是的確曾出版過」。[8]根據清道光年間楊尚文所刊《永樂大典目錄》記載，「話」字部「評話」凡二十六卷，可惜未列出作品名目。這二十六卷應該就是元代講史平話，估計在當時的建陽書坊都曾刊刻。

正是在平話的基礎上，產生了講史小說，產生了《三國志通俗演義》、《水滸傳》這樣的巨著。此兩書最早的刊本未必出自福建，但是，無疑建陽書坊刊刻了最多的版本。而且，建陽書坊刊刻的三國、水滸版本與前此所刊刻的平話在版式、風格上有其一脈相承的特點，數量最多的是上圖下文版式的版本，與江南本整體風格明顯不同。江南本假如有插圖，多集中於書前，或每回前一幅、二幅。建陽本因為

7　鄭振鐸：《中國古代木刻畫史略》（上海市：上海書店，2010年），頁28。

8　鄭振鐸《中國古代木刻畫史略》（上海市：上海書店，2010年），頁27。

大量的插圖，多數本子減省了很多文字，小說文本要比江南本簡單，此即所謂簡本。

明代早期建陽刊刻的小說所存很少，從明宣德正統年間張光啟刊本《剪燈新話》、《剪燈餘話》以及正德六年楊氏清江堂翻刻本也可看出，明代小說刊刻版式與宋元是一脈相承的。從成化刊本說唱詞話《花關索傳》和弘治金臺岳家刊本《西廂記》看，小說戲曲上圖下文的版面形式從來就沒有中斷過，並且影響其他地區的圖書刊刻。或許，建陽書坊刊刻小說的傳統自元入明就沒有中斷過。因此，在嘉靖年間全國範圍內廣泛興起小說戲曲刊刻的浪潮中，建陽書坊自然繼續它的小說刊本上圖下文的傳統。這樣的版式特徵一直持續到明末清初，建陽刊刻小說絕大部分是上圖下文的版式，上圖下文成為建陽刊本小說明顯而一貫的標誌性特徵。

二　插圖形式的讀者定位

建陽刊刻小說為何主要採用上圖下文的版式呢？

從建陽刻書的歷史可見，這是因為建陽書坊長期形成的普及性、大眾化的經驗策略和讀者定位。

宋代以來興盛的福建刻書以經史類圖書為主，這是與宋代以來學校的普及、閩學的興盛密切相關的。建陽書坊刊刻的經史典籍有的冠以「纂圖互注」之名。所謂「纂圖互注」，往往是為經史典籍加上圖譜、重言、重意、互注，有的還有圈點句讀，主要是為了便於參加科舉考試的讀書士子們課讀。如《監本纂圖重言重意互注點校毛詩》「陳氏原藏本上有宋人朱筆點句，諱字有朱筆規識，蓋正是宋時書塾中課讀的遺跡」。[9]這些書版行以後銷售很快，供不應求，往往不久又

9 李致忠：《宋版書敘錄》（北京市：北京圖書館出版社，1994年），頁84。

重刻，或者為其他書坊競相翻刻。這些書籍的「纂圖」，往往是上圖下文的版式。如宋紹熙年間（1190-1194）刻本《纂圖互注禮記》二十卷，卷首「禮記舉要圖」九葉十四幅，多為上圖下文。經典「纂圖」中的「圖」是重心，圖所占比例往往比較大，文字配合起說明作用。「纂圖互注」，顯然是經典普及的方式，這種方式對於舉子課讀、乃至初學者或者文化水平不高的讀者學習經典大有裨益。

正是在經典著作普及化的傳統影響下，宋元時代的建陽書坊刊刻了大量敘事類圖書。這些圖書最早的刊本都屬於通俗歷史讀物，正是在通俗歷史讀物傳播的基礎上，產生了講史平話小說的刊刻與傳播，更好地普及歷史知識，並由此開啟了明代小說的大繁榮。

而從小說傳播的歷史來說，普及性、通俗化、大眾化是小說的編撰乃至抄寫、刊刻與生俱來的本質特徵。如唐代變文，在敦煌遺書中發現的約一百九十種之中，就有不少是帶有「變圖」的插圖本，如《王陵變》、《昭君變》、《破魔變文》、《十王經降魔變文》等。這種插圖本，有一段文字配一幅圖畫的，也有正面是圖畫而背面抄寫唱詞的。如伯四千兩百五十四卷《降魔變文》正面為圖六幅，背面抄錄與畫圖內容相應的唱辭六段，是轉變配有畫圖的證明。這種文圖相配形式，是後世小說「全相」、「繪圖」本的濫觴。插圖本的文字，常常比單純的文字本簡略得多，而由於插圖的作用，同樣能使聽眾領會明白。[10]

從變文插圖，我們自然可以聯想到建陽刊的小說，與變文性質有點相似，面對的是文化水平不是很高的受眾，他們讀文的能力不如讀圖的能力，圖畫幫助他們理解文意，同時，圖畫代替和補充了一部分文字的表達，這是建陽刊刻的小說減少文字而增加插圖的重要原

10 參看薛冰：《插圖本》（南京市：江蘇古籍出版社，2002年，中國版本文化叢書），頁11。

因──適應普通民眾的閱讀。要說建陽刊刻的小說受到變文插圖的影響也說得上，但更為本質的是因為變文書寫者和書坊主共同面對的是相似的接受群──文化水平不高、識字不多的普通民眾，對接受群的接受能力與接受興趣的關注，使他們選擇了相同的插圖形式。

其實，上圖下文版式並不是建陽書坊的獨創，也不專屬於建陽書坊，但是，我們注意到，其他地區使用此形式的也都是通俗類讀物，面對的同樣是文化水平不高的讀者群。如現存較早的連續插圖本，南宋嘉定三年（1210）臨安府書鋪印造的《佛國禪師文殊指南圖贊》，上圖下文，共有圖五十四幅，屬於通俗的宗教宣傳圖書。又如戲曲，現存最早的《西廂記》全本是明代弘治十一年（1498）北京金臺岳家書籍鋪刊印的《新刊大字魁本全相參增奇妙注釋西廂記》，上圖下文，共有二百七十三面圖。鄭振鐸先生謂其「繼承了建安版的上圖下文的版型，而運以北派的刀法，『二美俱，兩難並』，的確是一部長篇大幅的名作」。[11]再如萬曆二十四年（1596）寶善堂刊本《閨範》，是仿照《列女傳》的形式編選的賢德女子故事，屬於女性教育圖書，上圖下文，適合於文化水平未必很高的女子閱讀。

因此從上圖下文的版式，我們可以意會到建陽書坊刻書明確的讀者定位──其定位的讀者群是普通下層民眾。

面對這樣的讀者群，建陽書坊主的認識是清醒的。比如嘉靖二十七年建陽葉逢春刊《新刊通俗演義三國志史傳》的元峰子〈三國志傳加像序〉，明確說明插圖的用意。文化不高的讀者群需要大量的圖，需要上圖下文的形式。上圖下文的版式廣受讀者歡迎，書坊以此作為重要的市場競爭手段。如葉逢春本「三國」以增加插圖相標榜之後，有實力的建陽書坊名家如劉氏愛日堂、鄭氏宗文堂、熊氏種德堂、黃氏仁和堂等紛紛刊刻「全像三國」，書坊不僅以「全像」相標榜，而

11 鄭振鐸：《中國古代木刻畫史略》（上海市：上海書店出版社，2010年），頁48。

且以全像之是否精美為競爭。萬曆年間建陽書林雙峰堂余象斗刊的《音釋補遺按鑑演義全像批評三國志傳》《京本增補校正全像忠義水滸志傳評林》都以全像之精美相標榜。

但事實上，上圖下文版式插圖數量如此大，若求圖像之精美，聘請名家寫手，其繪刻成本會是江南本的數倍甚至上百倍，如此高的成本勢必大大提高書價。書坊主對於讀者群的消費能力的認識也是很清楚的，這些文化不高的人們基本上是經濟能力也較差的人群，但這個消費群比之經濟能力好的人群遠為巨大。面對這樣的一個消費群，既需要大量的圖像，又不能提高書價，因此只能採用壓低成本的大眾化運作模式，以求薄利多銷。但是很顯然，建陽書坊刊刻小說在競爭市場、拓寬銷路的同時也普及了文化，促進了小說的傳播，從而推進了小說藝術的發展。

三　建陽與江南小說刊刻的合流

至於建陽書坊刊刻的非上圖下文版式的小說，一方面源於建陽書坊久遠的刻書歷史，建陽刻書中本就擁有豐富多樣的版式；另一方面，表現了建陽書坊與江南書坊之間密切的交流互動，畢竟，建陽書坊刊刻小說以上圖下文版式為多。萬曆之後逐漸多見的非上圖下文小說版式，則體現了建陽書坊與江南書坊合流的趨勢。此合流體現在多方面：

一是建陽書坊刻書地點的遷移，如建陽葉氏、余氏、熊氏等刻書世家都於金陵設立分肆。

二是刻工的合流，建陽的優秀刻工如劉素明既為建陽書坊刻書，又為江南書坊刻書；建陽書坊也聘請江南刻工，如余君召刊本《英烈傳》刻工署「上元王少淮」；建陽書坊還聘請建陽與江南的刻繪名家聯手合作，如蕭氏師儉堂刊戲曲《幽閨記》即為劉素明與版畫高手蔡元勳、劉松年的合作。劉素明還與江南很多刻繪名手合作為江南書坊刻書。

合流最為具體地表現在刻本的版面形態上。余象斗刊刻《新刊京本校正演義全像三國志傳評林》，熊清波誠德堂刊刻《新刻京本補遺通俗演義三國全傳》，藜光堂劉榮吾刊刻《精鐫按鑑全像鼎峙三國志傳》，忠正堂熊佛貴刻《新鍥音釋評林演義合相三國志史傳》等，都同時具備上圖下文（包括上評中圖下文）版式與卷前半葉全幅插圖方式，是最為直觀的小說版式地域特徵的融合。明代後期建陽書坊不少刊本，如人瑞堂刊《隋煬帝豔史》、熊飛刊《英雄譜》，以及大量的戲曲刊本，都是江南刊本所常見的整版全幅的插圖版式，且雕刻相當精美，故而學界多認為這些刊本未必刻於建陽本地，但書坊顯然毫無疑問是建陽書坊。

特別要說到小說刻本中的「月光版」。余季岳刊《按鑑演義帝王御世盤古至唐虞傳》是上圖下文版式，但上欄圖像樣式比較特別，是在方框當中採用月光版的形式。周心慧《中國古小說版畫史略》稱「其形如鏡取影，畫面雖小，卻頗雋秀典雅」月光版插圖形式多見於蘇州刻書，清初李漁刻書頗喜採用。但何地最早使用月光版則還需考證。近年拍賣公開的《古本演義三國志》頗值得關注，此本刻工與《二刻英雄譜》相同，都由建陽刻工劉玉明鐫圖，現存五十八葉共一百一十六幅插圖，每幅圖上方約五分之二版面為論贊，論贊行間夾注形式與《二刻英雄譜》相似，亦夾有朱色圈點及零星批註，圖像採用月光式，構圖精巧，雕刻細緻精美。雖然無法完全確定此本出於建陽書坊，但刻工無疑是建陽刻工，且與《二刻英雄譜》刻工相同，足以代表建陽書坊與江南書坊刻書風格的合流。

而建陽書坊標誌性的插圖形式當然也影響了江南刊本，江南刊本中也有不少上圖下文的版式。不少建陽書版流轉至江南，江南書坊以此翻刻，並大量新雕上圖下文版式的小說，因而上圖下文版式在入清以後仍然流行。

建陽書坊與江南書坊的合流推動了明清刻書業的發展，推動了小說藝術的發展。在這一發展過程中，最重要由於經濟文化中心的轉移，建陽書坊在刻書業中的重要地位逐漸被淡化，建陽書坊逐漸衰微，但建陽書坊的刻書創意和經營經驗融進了以江南為中心的刻書業的長遠發展之中。

後記

我最初從事書坊刊刻小說研究，是屬於「命題作文」。二〇〇四年，我的導師袁世碩先生、齊裕焜先生商量，建議我研究福建建陽的小說刊刻問題。從此，喜歡文學和文本的我，便與文學文獻和文化結下了難解之緣。

二〇〇四年，我以「福建刻書與明代通俗文學的發展」為題，申報了國家社科基金青年專案，獲得了立項。進入這一研究領域逐漸發現，小說刊刻所涉及的版本文獻和文學文化背景因素等非常豐富，其中很多問題都可以展開作系統深入的研究，我也常常被其中的枝蔓問題所吸引，偶爾一跑題，一年半載的時間轉眼就過去了。例如，讀熊大木《大宋中興通俗演義》，我就順藤摸瓜作了《精忠錄》的點校和研究。如此在閱讀中，我的視野和思路逐漸開闊，慢慢學會了自省，每每對自己過往所做研究感到不滿，也因此多年未敢就這方面的研究出版專著，總覺得課題太大，自己所見所聞有限，研究還不夠成熟。現在承蒙福建師範大學文學院領導的厚愛，把我的書稿納入了《福建師範大學文學院百年學術論叢》第三輯，我也只好勉力地把陸陸續續寫了十來年的藏稿整理一部分出來，以請教於讀者諸君。

十多年來，我的導師齊先生對我諄諄指教，關愛有加。我的每一篇幼稚的文字，齊先生基本是第一位讀者。我需要什麼文獻，他國內國外滿世界幫我聯繫。我有什麼疑問，他總是全力與我討論，並且常常質證於他或長或幼的學界朋友，為此也很感謝齊先生的所有朋友對我的關心和愛護。

感謝我的導師袁先生，記得上學時袁先生給我們講《紅白蜘蛛》，引導我對建陽刻書最早的關注，此後多次參加學術會議，每當我說建陽刻書，袁先生一定是最認真的聽眾，接著是最熱忱的肯定。無論是建陽刊刻小說的地域特徵，還是小說與類書的關係，或者小說文本的分析，甚至刻書家的族譜，每一個問題，袁先生都熱情鼓勵我深入研究。他每每問我工作進度，我總是覺得愧對老師。

感謝我同門的兄弟姐妹的愛護，時時讓我感到溫馨和溫暖。

我在這十來年讀書寫文章的過程中得到好多師友的指導和幫助，受益匪淺。寫下這句話，好多朋友的形象如在眼前，我曾無數次打擾他們，也曾請他們幫我看未成稿的文章，也曾請他們幫忙找文獻，也曾直接索要他們的文章著作，有時一條小注弄得我滿頭大汗最後也是請他們幫忙解決問題。我不善聯繫，幾無問候，但有問題請教，他們總是熱情回應，全力幫忙。

本書的部分內容已經在學術刊物發表，很多編輯先生為我的文章付出了辛勤的努力，有的文章幾易其稿，我從中學習和感悟的東西非常多。〈明代建陽刊刻小說的地域特徵及其生成原因〉一文在《文學遺產》發表，經歷了二、三年時間的修改，竺青先生跟我打電話討論，常常一說就是一兩個小時，每一次修改都是一個思想提升的過程。感恩編輯先生的無私奉獻。

這麼多年的課題研究始終得到我校圖書館陳旭東老師的幫助，他在版本文獻方面給予我有力的支持。本次書稿整理，博士生胡小梅、鄧雷幫忙做了大量的工作，福建省圖書館劉繁給予了大力支持。在此一併表示感謝。

十來年中，我很享受這讀書、思考、討論的過程。假如無外界壓力，我並無出書的願望。在這十來年中，建陽刊刻小說從比較偏僻的話題變為學術界頗為關注的話題。我壓了多年的書稿中討論的有些內容或問題，學界已有所涉獵與探討。這次整理書稿，我便有意作了刪減，或參考當前研究作了修改。其中關於建陽書坊刊刻了哪些小說、現存哪些刊本等這樣一些基本的問題，因為是我討論問題的基礎和前提，不能不說，不厭其煩，敬請學界同仁理解。

本課題的研究儘量參酌學術界已有的研究成果，大凡對我的研究有所啟迪或助益的，我已在直接參考文獻中予以注明。此外，還有很多關於小說版本、小說史、出版史、地域文化、理學思想、宗教信仰、法學等論文論著，未能一一列舉，但作為一個時代的學術背景，每個學人都必然從中受益，在此謹向學術界無數勉力耕耘的學者致敬。

涂秀虹

二〇一六年九月八日寫於福州

作者簡介

涂秀虹

一九九七年畢業於山東大學文學院中國古代文學專業，獲博士學位，現為福建師範大學文學院教授。主持國家社科基金項目「建陽刊刻小說與地域文化關係研究」。發表學術論文四十多篇。出版專著《元明小說戲曲關係研究》，《敘事藝術研究論稿》，以及古籍整理成果《《精忠錄》點校》。主要研究領域為中國古代小說藝術、古代小說刊刻、小說戲曲關係等。

本書簡介

福建建陽為宋元明三代全國刻書中心之一，在中國印刷史上的地位令人矚目。現存明代小說三分之二以上的刊本出於建陽書坊，因此，建陽刻書對於明代小說的繁榮乃至中國古代小說發展走向具有決定性意義。建陽刊刻之小說多為書坊自編自刊，與閩地之教育普及、史學積累、清官文化、民間信仰等關係極為密切。建陽被稱為「閩邦鄒魯」、「道南理窟」，獨特的地域文化決定了建陽刊刻小說明顯的地域特徵，在題材選擇上以講史、神魔、公案三種類型為主，而少有人情小說。受朱子閩學精神深刻影響，建陽書坊刊刻小說通過講述故事通俗演繹儒家義理，在刊刻形式和銷售定位上具有普及文化、教化民眾的自覺意識。

福建師範大學文學院百年學術論叢·第三輯 1702C06

明代建陽書坊之小說刊刻

作　　者　涂秀虹
總 策 畫　鄭家建　李建華

發 行 人　陳滿銘
總 經 理　梁錦興
總 編 輯　陳滿銘
副總編輯　張晏瑞
編 輯 所　萬卷樓圖書股份有限公司
排　　版　林曉敏
印　　刷　維中科技有限公司

發　　行　萬卷樓圖書股份有限公司
臺北市羅斯福路二段 41 號 6 樓之 3
電話 (02)23216565
傳真 (02)23218698
電郵 SERVICE@WANJUAN.COM.TW
香港經銷　香港聯合書刊物流有限公司
電話 (852)21502100
傳真 (852)23560735

ISBN 978-986-478-180-5
2019 年 1 月再版二刷
2018 年 9 月再版
2016 年 12 月初版
定價：新臺幣 560 元

如何購買本書：
1. 劃撥購書，請透過以下郵政劃撥帳號：
帳號：15624015
戶名：萬卷樓圖書股份有限公司
2. 轉帳購書，請透過以下帳戶
合作金庫銀行 古亭分行
戶名：萬卷樓圖書股份有限公司
帳號：0877717092596
3. 網路購書，請透過萬卷樓網站
網址 WWW.WANJUAN.COM.TW
大量購書，請直接聯繫我們，將有專人為您服務。客服：(02)23216565 分機 610

如有缺頁、破損或裝訂錯誤，請寄回更換

國家圖書館出版品預行編目資料

明代建陽書坊之小說刊刻 /涂秀虹著.
-- 再版. -- 臺北市 : 萬卷樓, 2018.09
面 ; 公分. -- （福建師範大學文學院百年學術論叢・第三輯・第 6 冊）
ISBN 978-986-478-180-5（平裝）
1.明代小說 2.版本學
820.8　　107014176